Frontiers of Literary Theory

文学理论前沿

第一辑

国际文学理论学会
中国中外文艺理论学会
清华大学比较文学与文化研究中心

北京大学出版社
北京

图书在版编目(CIP)数据

文学理论前沿/王宁主编.—北京:北京大学出版社,
2004.4
ISBN 7-301-07114-0

Ⅰ.文… Ⅱ.王… Ⅲ.文学理论-研究 Ⅳ.10
中国版本图书馆 CIP 数据核字(2004)第 022518 号

书　　　名:文学理论前沿
著作责任者:王　宁　主编
责 任 编 辑:江　溶　任　鹏
标 准 书 号:ISBN 7-301-07114-0/I·0668
出 版 发 行:北京大学出版社
地　　　址:北京市海淀区中关村北京大学校内　100871
网　　　址:http://cbs.pku.edu.cn　　电子信箱:zpup@pup.pku.edu.cn
电　　　话:邮购部 62752015　发行部 62750672　编辑部 62752022
排　版　者:北京军峰公司
印　刷　者:三河市新世纪印务有限公司
经　销　者:新华书店
650mm×980mm　16 开本　19.25 印张　313 千字
2004 年 4 月第 1 版　2005 年 11 月第 2 次印刷
定　　　价:36.00 元

目 录

Contents

编者前言

经过一年多的准备工作、组稿和编辑加工,这本厚实的《文学理论前沿》丛刊第一辑马上就要与专业文学理论工作者和广大读者见面了。本丛刊作为中国中外文艺理论学会的会刊，由学会委托清华大学比较文学与文化研究中心负责编辑，北京大学出版社出版。由于目前国际文学理论学会尚无一家学术刊物,而且该学会秘书处又设在中国清华大学(王宁任该学会秘书长),因此经过与学会主席希利斯・米勒教授等领导成员商量，本丛刊实际上又担当了国际文学理论学会的中文刊物之角色。这在当今国际人文社会科学领域内西方语言(尤其是英语)占主导地位的情况下,不能不说是一个创举。

也许有人会问，在当前中国大陆及港台地区各种学术期刊林立的情况下,你们为什么还要办这一大型丛刊呢？我们的回答是,我们的立足点有两个:一是站在文学理论和文化研究的前沿,对当今学术界普遍关注的热点话题提出我们的研究成果，同时也从今天的新视角对曾在文学理论史上有过重要影响但现已被忽视的一些老话题进行新的阐释；二是着眼于国际性,也即我们发表的文章并非仅出于国内学者之手,而是在整个国际学术界物色优秀的文稿。鉴于目前国际文学理论界尚无一家专门发表高质量的反映当今文学理论前沿课题最新研究成果的长篇论文的大型中文丛刊，本刊的出版无疑将填补这一空白。本刊计划每年出版一辑至二辑，刊发 15, 000 字—25, 000 字左右的既体现扎实的理论功力同时又有独特理论创新的长篇学术论文 10 篇左右。最长的论文不超过 30, 000 字。其中境外学者的论文为 2—4 篇,分别选译自国际文学理论的权威刊物《新文学史》和《批评探索》(主编者拥有这两家刊物的中文版版权)或直接向境外学者约稿。国内及海外学者用中文撰写的论文需经过匿名评审后决定是否刊用。每一辑的字数为300,000字左右。

本丛刊计划开设“前沿理论探讨”、“理论文体阐释”及“20世纪文论大师研究”、“新著评介”、“名家访谈”等栏目。每一篇研究性论文附有中英文提要800字左右，争取把中国学者的最新研究成果推荐给国际学术界。这样,经过若干年的努力,我们一定会为未来的文学理论研究留下丰厚的精神财富。

在本辑第一个栏目“前沿理论探讨”中,我们发表了三篇中国学者的长篇论文，分别探讨了生态理论批评、后殖民主义理论与思潮以及现代性/后现代性问题。对于这几个当今国际文学理论领域内的前沿理论课题,这三位学者都以大量的第一手原文资料作为基础,在前人或自己研究的基础上作了进一步深入的探讨,并试图发出中国学者的不同“声音”。而第四篇出自西方学者之手的论文则试图对后殖民写作进行文类学的理论化,这为我们今后对这个课题的深入研究提供了扎实的参照。

第二个栏目以“理论文体阐释”为标题,正好说明了这一组文章的研究对象：文类或文体。虽然这两篇文章分别出自中西方两位素不相识并从未有过交流和对话的学者之手，但都不约而同地大量引证了巴赫金的理论:一个试图提出一种巴赫金式的阐释理论,另一个则指明了巴赫金对文类理论所作出的独特贡献。应该承认,把这两篇文章放在一个栏目内,是编者有意识地要使中国的文学理论家走向世界，与国际文学理论界就我们共同关心的话题进行平等的对话。可以肯定，当西方学者在阅读了钱中文论文的英文提要后,一定会对文章的内容发生兴趣。

对西方马克思主义文论的研究在中国理论界已不是一个新的话题了，但第三个栏目的两篇论文却试图从一个新的角度对西方马克思主义再“探”。两篇文章所集中讨论的理论家分别为德勒兹和伊格尔顿，这两位文论大师的名字在中国的理论界虽然“如雷贯耳”，但对其理论精髓却知之甚少,尤其缺乏扎实的、基于阅读原文资料的深入研究。这两篇论文的发表无疑填补了国内研究的一个空白。

鉴于本丛刊力图肩负的一个重要任务,即并非仅限于“引进”理论,更重要的是“输出”理论,从而真正达到赛义德所说的“理论的旅行”之双向目的，我们开设了第四个栏目“20世纪文论大师研究”，其目的在于有计划地向国际文学理论界推出我们自己的大师级理论家。本栏目的两位作者都花费了大量的时间和精力查阅了国内外的现有研究资料。结果发现:弗莱作为加拿大原型批评理论家和文化批评家,其西文研究资料真可谓“浩如烟海”，他本人也成为少数几位被引证频率最高的思想文化巨人之一；而西方语言文献中对朱光潜的研究资料却相当的贫乏，除了少数几位精通中文的汉学家外，欧美主流学者甚至都不知道这位对20世纪的中国美学和文学理论产生过重大影响的大师级理论家。这不能不说是中国美学和文学理论界的一大悲哀。我们相信，本栏目肖鹰的论文如在将来用英文重写并在国际文论界发表的话，将有助于中国文论的真正走向世界。

正当本刊的编辑工作行将结束时，传来了美国的后殖民主义理论批评家爱德华·赛义德教授去世的消息。他的去世在欧美思想界、知识界及文学理论界都产生了强烈的反响。我们特发表他的生前好友、美国《批评探索》杂志主编 W. J. T. 米切尔的一篇悼念文章，以表达我们对这位文化巨人的深切哀思和追忆。最后，我们谨向为本丛刊的出版投入大量时间和精力的北京大学出版社编辑人员致以深切的谢意，同时也期待着广大读者的支持和鼓励。

王　宁

2004年1月1日

前沿理论探讨

生态主义话语：生态哲学与文学批评

陈剑澜

内容提要：生态主义是一种在当代世界中具有相当影响力的政治话语。它产生于西方发达社会，而后波及全球，对20世纪晚期的人文社会科学研究有着重要影响。自20世纪90年代中后期以来，受生态主义话语影响的生态批评异军突起，迅速占据了美国乃至整个西方文学批评理论的前沿，并对中国当代的文学批评理论产生了一定的影响。本文作为一篇跨学科的比较文论文章，主要探讨生态主义话语的核心部分——生态哲学的缘起、基本问题及其政治意向，并在此基础上兼论生态批评的若干问题。

关键词：生态主义　生态哲学　生态批评　人类中心主义　非人类中心主义

Abstract: Ecologism, as a political discourse, has exerted a wide influence in the contemporary world. Born in the Western developed societies, it immediately swept the whole world exerting significant influence on the humanities and social sciences of the late 20th century. Since the mid-later 1990s, ecocriticism, inspired by ecophilosophy, rose and came to the fore, and has swiftly occupied the forefront of contemporary critical theory making a certain effect on current Chinese literary theory and criticism. The present essay, characterized by crossing disciplines and branches of learning, is aimed to explore the origin of ecophilosophy, kernel of ecologist discourse, and its fundamental issues and political intentions, on the basis of which it discusses some relevant issues in current ecocriticism.

Keywords: ecologism, ecophilosophy, ecocriticism, anthropocentrism, non-anthropocentrism

生态主义（ecologism）是1970年以后在西方社会兴起的一种强有力的政治话语。尽管生态主义的思想渊源可以追溯到18—19世纪的欧洲浪漫主义运动，甚至更早，但只有在当代世界的语境中，它才具有实质的政治意义。1980年动物权利论者雷根（Tom Regan）写过一篇文章，题为《动物正当（权利）与人类错误》（Animal Rights, Human Wrongs）。如今，在许多场合，"生态正当"与"人类错误"差不多已成为两个水火不容的断语。前者表示一种以人与非人类世界的交互影响为着眼点、以自然生态系统的健康为目标的价值追求，后者则意味着一种人类沙文主义的僭妄。在当代西方的人文社会科学领域，以"生态"（eco-, ecological）冠名的学科、学说或主义数不胜数，如生态哲学（ecophilosophy）、生态神学（eco-theology）、生态政治学（ecological politics）、生态经济学（ecological economics）、生态人文主义（ecological humanism）、生态女性主义（ecofeminism）等等。本文拟对生态主义话语的核心部分——生态哲学的基本问题及其政治意向进行分析，附带论及生态主义在文学批评领域的实践即生态批评（ecocriticism）的若干问题。

一、生态学时代

20世纪初，美国环境保护史上的两位重要人物平肖（Gifford Pinchot）和缪尔（John Muir）[1]就为何保护自然环境发生过一场争论。分歧起于一项在毗邻加利福尼亚州约塞米蒂国家公园的赫奇·赫奇峡谷（Hetch Hetchy Valley）修建水库的计划。该计划拟淹没赫奇·赫奇峡谷以解决旧金山的供水需要。平肖支持修建计划，认为在峡谷筑坝可以向数百万人供水，符合最有效地利用自然资源的原则；缪尔则反对这项计划，主张峡谷应当受到保护，免遭人类活动的破坏。这是以平肖为首的资源保护运动（conservation movement）和缪尔领导的自然保护运动（preservation movement）的一次正面交锋。[2]虽然1914年美国国会终于批准了这一计划，但两种立场的争论至今余波未了。争论的焦点在于：究竟是为了人类自己的利益还是为了自然界本身的价值去对待和保护环境？在自传《开拓疆土》中，平肖把资源保护主义定义为“一个从人类文明角度出发的基本物质方针”，“一个为了人类持久利益开发和利用地球及其资源的政策”。其主导原则是，公共土地应当服务于公众需要并为公众所用。保护森林土地是通过科学管理，使之为全体公民明智地使用和掌握。“林业政策致力于保护森林，不是因为它们是美的……也不是因为它们是荒野野生生物的避难所……而是因为我们可以用以建造繁荣的家园。”缪尔则认为，资源保护主义把所有自然资源仅仅当作供人使用的商品来对待是一个严重的错误。他坚持为荒野的精神、审美价值以及其他生物的固有价值辩护。自然保护主义力图使自然环境免受人类活动的侵扰，其目标是保护荒野原生的、未受破坏的状态。[3] 这是生态环境保护领域内两种截然对立的思想。前者通常被称为技术中心论(technocentrism)，后者则被称为生态中心论(ecocentrism)。

两种模式的对立在利奥波德（Aldo Leopold）的经历中表现得尤为明显。利奥波德 1909 年毕业于耶鲁大学，获林业硕士学位，而后进入美国林业局工作，先后在西南部亚利桑那州和新墨西哥州担任林务官员。这一时期，他作为平肖领导的资源保护运动的支持者，将功利主义原则应用于野生动物管理，主张消灭肉食动物以增加猎物数量；同时积极倡导荒野保护。在他的直接推动和规划下，1924 年联邦林业局在新墨西哥吉拉国家森林建立了美国第一个荒野区——吉拉荒野区。此后，他把主要精力投入到荒野保护和野生动物保护（在当时主要指猎物保护）中，经过多年努力，完成了《猎物管理》(1933)一书的写作。在书中，他指出，猎物是“资源”或“庄稼”，管理的目的是提高收成。“像其他一切农艺一样，猎物管理通过调节抑制种兽的自然增长或生产力的环境因素生产产品。”[4]此书是美国野生动物管理领域的奠基作，也是资源保护主义的一部经典文献。1933 年，利奥波德就任威斯康星大学猎物管理教授。此后，隐含在他早期工作中的与平肖式的保护主义相对立的思想逐渐酝酿成熟，他开始了从“经济学”方式向“生态学”方式的转变。1935 年秋天，他赴德国考察林业和猎物管理，德国人工化的管理方法让他感到厌恶，也促使他重审自己的管理思想。同年，他在威斯康星河畔购买了一座废弃的农场。在以后的十几年里，他带领家人在这块土地上亲手从事生态恢复，劳作之余，在农场破旧的木屋里过着梭罗式的冥想生活。他这一时期的思想浓缩在他死后出版的《沙郡年鉴》(1949)一书中。其中《大地伦理》一文首次提出了整体主义的环境伦理观。他接受了坦斯利(Arthur G. Tansley)等人的“生态系统”观念，把自然界描述成一个由太阳能流动过程中的生命和无生命物组成的“高级有机结构”或“金字塔”：土壤位于底部，其上依次是植物层、昆虫层、鸟和啮齿动物层，最顶端是各种食肉动物；物种按其食物构成分列于不同的层或营养级，上一级靠下一级提供食物和其他服务，形成复杂的食物链；结构的功能运转取决于各个不同部分的协作与竞争。利奥波德指出，这种结构是经过数百万年的进化发展起来的，而人是增加金字塔高度和复杂性的众多后来者之一。历史和生态学的证据表明，人为改变的激烈程度越小，金字塔中重新适应的可能性就越大。因此，对自然的生态学理解，要求我们将道德共同体从人类社会扩展至整个自然界，即“大地”，从而“把人的角色从大地共同体的征服者变为共同体的普通成员和公民。这意味着对同伴的尊重，以及对共同体本身的尊重”。利奥波德所主张的根本原则是：“一件事物，当它倾向于保护生命共同体的完整、稳定和美时，就是正当的；反之，就是错误的。”《大地伦理》是生态中心论的发轫之作，《沙郡年鉴》也因此被当代生态主义者誉为“圣书”。

现代环境主义走过的道路与利奥波德个人的思想经历十分相似。1962年，卡逊（Rachel Carson）出版了《寂静的春天》一书。在该书中卡逊以惊世骇俗的笔调描绘了滥用农药对人类环境的毁灭性影响，提出人类应与其他生物相协调、共同分享地球的思想。《寂静的春天》的问世被认作现代环境主义运动开始的标志。作者对工业社会人与自然关系的激进批判立场，招来美国主流知识界的反对，导致了长达十数年的争论。在此过程中，不同社会群体从不同视角表达了对环境危机的实质及其克服前景的认识，分歧之大，几无调和的可能。而且直到今天，此类分歧也远远没有消除。不过，从主导思想的变化看，四十年的环境主义运动仍可明确分为两个阶段。在整个20世纪60年代，尽管荒野保护组织提出过“为荒野而保护荒野”（wilderness-for-wilderness'-sake）的主张，尽管也有人对技术中心论进行过颠覆性的批判，但总的来说，这一时期的思想更接近平肖而不是缪尔。1970年4月22日，来自许多国家的人在美国经历或参与了第一个“地球日”的活动，活动的主题是严肃地反省地球的环境状况。这是环境主义者在公众面前的一次集体亮相，虽然公众并没有报以预期的热情。此后，由于斯德哥尔摩会议等一系列国际环境会议的召开，在美国媒体的鼓噪下，“生态学时代”这个词一下子被叫响了。[5]于是，在今天的叙述中，1970年4月22日成了环境主义运动的分水岭。客观地说，第一个“地球日”及以后相关行动的直接影响在于，它促使一批职业哲学家、社会科学家和政治家投身环境主义运动,并担当起反省和规范运动的任务,从而在相当程度上改变了运动的方向。1973年,奈斯(Arne Naess)在国际哲学杂志《探索》上发表《浅层的与深层的、长远的生态学运动:一个概要》一文,首次把环境主义分成两个对立的阵营:浅层生态学运动和深层生态学运动。奈斯认为,浅层生态学是人类中心主义的,只关心人类的利益;深层生态学则是非人类中心主义和整体主义的,关心的是整个自然界的利益。浅层生态学只专注于环境退化的症候,如污染、资源耗竭等等;深层生态学却要追问环境危机的根源,包括社会的、文化的和人性的。在实践上,浅层生态学主张改良现有的价值观念和社会制度;深层生态学则主张重建人类文明的秩序,使之成为自然整体中的一个有机部分[6]。奈斯的区分原则上为环境主义者普遍接受,尽管许多人并不赞同他的学说。这也就是所谓"改良环境主义"(reformist environmentalism)与"激进环境主义"(radical environmentalism)的对立。自70年代至今,激进环境主义代表着运动的主流。

那么,生态主义和环境主义是什么关系呢?多布森(Andrew Dobson)在《绿色政治思想》第一章开头就说:"关于生态主义,必须明确的首要观点是,它不同于环境主义。……两者的主要区别在于,生态主义认为,对环境的关心……以人与环境的关系以及相应的社会政治生活的彻底转变为先决条件;而环境主义则主张一种针对环境问题的'管理'方式,它确信环境问题能够得到解决而无须根本改变现行的价值观或生产、消费模式。"在该章的结尾,他又说:"有必要再强调一遍,这是一本关于生态主义而不是关于环境主义的书。"[7]多布森的整本书就是要论证这一点。他不厌其烦地列举两者的区别:生态主义从根本上置疑当前的政治、经济和社会制度,环境主义则不然;生态主义期望一个不追求高增长、高科技、高消费,而以包含着更多劳动、更少闲暇、更少物品和服务需要的"美好生活"为目标的后现代社会,环境主义则不然;生态主义将地球的有限性置于优先地位,追问在此框架内何种政治、经济和社会实践是可能的和可欲的,环境主义则不然……最后,在人与非人类世界的关系上,生态主义关心的是人类活动必须限制在何种范围内才不至于干扰非人类世界,环境主义则关心人类的介入在什么程度上不会威胁到人类自己的利益。显然,多布森的区分和奈斯的区分同出一辙。多布森所说的"环境主义"实际上指的是老派的改良环境主义,而所谓"生态主义"也就是激进环境主义。所以,佩珀(David Pepper)把多布森的生态主义定义概括为"激进环境主义的政治哲学,包括生态中心论"[8]。生态中心论是生态主义最重要但并非惟一的理论基础。除此之外,生命中心论(biocentrism)也是一个重要的思想资源。生命中心论和生态中心论分别代表着生态哲学内部个体主义和整体主义两条路线,它们一起构成生态主义的思想支柱。

与生态哲学相比,生态批评的兴起要晚得多。按照布依尔(Lawrence Buell)在《生态批评暴动》一文中的说法,生态批评或"文学与环境研究"(literature-and-environment studies)运动起于20世纪90年代,而且至今仍处在发展阶段。"尽管这个词(按:指生态批评)二十年前就发明出来了,尽管对于和自然观念、荒野、自然科学以及各种空间环境相关的文学文本与运动的批评性阅读已经持续了半个多世纪,但只是在最后十年里,与环境相关的文学研究才一跃而显现为一场大规模的批评暴动。"布依尔所谓的"暴动"(insurgency),既针对当代批评界的已有格局而言,又是对生态批评内部无序状态的形容:

> 当代文学与环境研究成分之驳杂,称其为"一场运动"实不为过。就此而论,它与新批评的形式主义、结构主义、解构主义和新历史主义没有多少共同之处,倒是和女性主义及族群修正主义或同性恋研究有些相似。因为它总体上是受问题驱动而不是受方法驱动的。生态批评至今没有廓清其范围,而这是方法上更趋一致的暴动(more methodologically-focused insurgencies)所必需的,如韦勒克和沃伦的《文学理论》之于新批评的形式主义,爱德华·赛义德的《东方主义》之于殖民话语研究。[9]

那么,生态批评的主旨究竟是什么?它关心的主要问题又是什么呢?在《生态批评读本:文学生态学的里程碑》(1996)的"导论"中,格劳特费尔蒂(Cheryll Glotfelty)给生态批评下了一个流传甚广的定义:"生态批评研究文学与物理环境之间的关系。"正如女性主义批评从性别意识的视角考察语言和文学,马克思主义批评把生产方式和阶级的意识带进文本阅读,"生态批评运用一种以地球为中心的方法研究文学"。这个定义相当空洞。所谓"以地球为中心"(earth-centered)除了提法上与"以人为中心"(human-centered)相对外,实在见不出多少深意,而且更难让人明白它在批评实践中如何操作。当然,格劳特费尔蒂有自己的解释:

> 生态批评家和理论家问的是这样一些问题：这首十四行诗是如何再现自然的？物理环境在这篇小说的情节里起什么作用？这部戏剧所表达的价值观和生态智慧是否一致？我们关于大地的隐喻是如何影响我们对待大地的方式的？我们如何能够把自然写作当成一种文类(genre)？除了种族、阶级、性别，地点(place)应否成为一个新的批评范畴？男人的自然书写有别于女人的吗？文字经验(literacy)本身以何种方式影响了人类与自然界的关系？荒野的概念是如何随时间而改变的？环境危机以何种方式、在何种程度上渗透到当代文学和流行文化中来？何种自然观充斥着美国政府报告、企业广告和电视自然纪录片，产生什么样的修辞效果？生态科学和文学研究有什么关系？科学本身如何对文学分析开放？文学研究与历史、哲学、心理学、艺术史、伦理学等相关学科的环境话语如何可能相得益彰？[10]

《读本》除“导论”外共收录文章25篇，作者多为生态批评领域的新锐，所以算得上是一次阶段性的总结。格劳特费尔蒂列举的问题基本上囊括了这些文章的主题。整部《读本》尽管始终都围绕着生态主义或生态环境危机展开，各位作者选择的对象、关注的问题和进入问题的角度却差别极大。其中，既有对文学文本的生态式阅读，也有关于生态危机的文化根源的一般性探讨；既有对生态批评若干理论原则的论述，又有把生态主义视角和女性主义、东方主义问题联系起来的尝试；既有对自然写作和户外经验的内在性的心理学分析，也有关于生态批评与生态科学关系的长篇大论。从理论定向、批评对象的选择和批评策略上看，这些文章总体上没有显示出一个能够与既有批评模式相抗衡的新的批评流派应有的气象。1999年《新文学史》出版了一期生态批评专号，刊发论文10篇(包括上面提到的布依尔的文章)，作者都是该领域的中坚人物。通览下来我们可以发现，批评家们各自为战的情形仍无明显改观。这里面既有关于生态批评的根基牢靠与否的探讨，也有对经典文本的生态式细读，而两者之间又好像没什么关联。布依尔的《生态批评暴动》是在读了其中9篇文章以后写的。他在文中提出几个问题：生态批评迄今取得了什么成就？它何得何失？它可望选取何种新的方向？它必须选取何种方向才能实现其潜能？他通过对运动历史的简要回顾初步回答了这些问题。应当说，此类问题是需要所有从事和关注生态批评的学者们共同来面对的，这关系到生态批评能否由一场“暴动”发展成一个成熟的批评流派。

从思想资源的积累看，生态批评与生态哲学之间存在着很大差距。究其原因，主要并不在于历史长短的问题，而在于它们与生态环境运动实践的关系不同。生态哲学是应现代环境主义运动的需要产生的，从一开始就担当着总结和引导运动的角色。主要依靠生态哲学家们的努力，生态主义（或曰激进环境主义）话语才得以构成。生态批评则不一样。它既不是运动的直接产物和参与者，就其研究现状而言，也不能成为生态主义话语的有机部分。生态批评实际上是在生态主义感召下的一种自觉的文学批评活动。在未来的发展中，它必须处理好两个问题：1. 如何理解生态主义的基本问题、精神实质及政治意向？2. 如何获得一种从文学角度介入生态主义运动的批评策略？这两个问题逻辑上是平行的，但就目前情形而论，前者更为急迫，因为它决定着“生态批评”的思想定位。事实上，这也是当代生态批评家们谈论最多的话题。因此，在接下来的叙述中，我们将集中研究生态哲学方面的问题，由此适当地延伸至文学批评领域。

二、人类中心主义问题

人类中心主义（anthropocentrism）是当代生态主义者攻击的一个主要目标，他们将自己坚持的理论路线叫做非人类中心主义（non-anthropocentrism），以示对立。1967 年，怀特（Lynn White）发表一篇著名的文章《生态危机的历史根源》。怀特把生态危机的根源追溯到“正统基督教对于自然的傲慢”。此种“傲慢”植根于《创世纪》中的那种蛮横的、人类中心主义的态度：“上帝就赐福给他们，又对他们说：‘要生养众多，遍满地面，治理（conquer）这地，也要管理（be masters of）海里的鱼，空中的鸟和地上各样行动的活物。’”他认为，这种人类中心主义的态度和后来培根式的人利用科学技术来统治自然的观念是一脉相承的[11]。怀特对人类中心主义的批判，几乎得到生态主义者的一致赞同，不过他们更愿意把根向前追到希腊。如生命中心论者泰勒（Paul W. Taylor）曾经列举“人类中心主义”的三个来源——希腊传统、犹太－基督教传统、笛卡尔主义，视它们为同类。[12]

如此宽泛地认定人类中心主义是成问题的。所谓人类中心主义是指以人类的利益为尺度来解释和处理整个世界的观点，具体地说，即在人与自然关系上主张惟有人具有内在价值、非人类存在物只具有对人的工具价值的观点。人类中心主义在古代希腊和中世纪文化中有着渊源，但其系统化和社会推导则是在现代完成的。

公元前5世纪的希腊哲学家普罗泰戈拉曾经说过："人是万物的尺度，是存在的事物存在的尺度，也是不存在的事物不存在的尺度。"这句话常常被认作人类中心主义的开山纲领。其实，这里的"人"并不是指与世间万物相对立的人类，而是指与其他人相对立的个人；"尺度"也不是指价值的尺度，而是指感觉的尺度。因此，这一命题的本义是表达一种感觉主义的真理观。柏拉图将其解释为：事物对于你就是它向你显现的样子，对于我就是向我显现的样子；亚里士多德则解释为：每个人所感知的都是一样确实的[13]。把这个命题当成人类中心主义的源头，实际上掩盖了人类中心主义演变的历史线索，抹杀了古代和现代两种人类中心主义之间的根本差别。

古代人类中心主义的基本特点，是以人的目的（对人的效用）来看待世间万物。苏格拉底曾经表达过这一观念："由于我们需要粮食，神明就使田地给我们出产粮食，并且给我们提供了适宜于生产粮食的季节，不仅使我们需要的得到丰富多彩的供应，而且还使我们赏心悦目……"[14]他还说道，昼夜交替、四季轮回，以至火、水、动物等等，都是神为了人类的需要而安排的。从柏拉图、亚里士多德到普罗提诺和托马斯·阿奎那，这一思想通过"存在巨链"(the Great Chain of Being)说被更明确地表述出来。"存在巨链"说是古代和中世纪宇宙论的一部分。按照这个学说，宇宙间的存在物按完美程度分为高低不同的等级，其中最高一级是造物主(神)，造物主之下依次是天使、人、动物、植物和无生命物；上一级存在物和下一级存在物之间的关系被理解为主奴关系，即下级是为上级而存在的。[15]正如亚里士多德提到的，植物为动物而存在，动物为人类而存在，绝大部分野生动物是为了给人提供衣、食和器具。"如若自然不造残缺不全之物，不做徒劳无益之事，那么它必然是为着人类而创造了所有动物。"[16]在阿奎那的体系中，这一思想与基督教的创世论融合。默迪（W. H. Mordy）指出，这种认为自然物是被创造出来服务于人类需要的观点，在欧洲一直保持到19世纪。甚至当时的科学家对此也深信不疑。比较解剖学家和古生物学家居维叶（Georges Cuvier）说："想不出比为人提供食物更好的原因来解释鱼的存在。"地质学家赖尔(Charles Lyell)则说："马、狗、牛、羊、猫及各种家禽被赋予适应各种水土气候条件的能力，这显然是为了使它们能在世界各地追随着人类，以使我们得到它们的效力，而它们得到我们的保护。"[17]

这就是人们今天经常提到的被认为应对生态环境危机负责的所谓

"传统人类中心主义"。然而，将现代文明中人与自然的紧张关系归因于这种意义上的人类中心主义是牵强的。首先，尽管它只是以人的目的来看待自然事物，肯定自然事物的工具价值，但并不必然地排斥从别的角度来看待自然事物的可能，并不必然地否认自然事物可能具有对人的工具价值以外的价值。其次，从生物学或生态学的角度说，人作为一种生物，为了维持其生存，必然要与其他生物以及无机环境之间进行物质能量交换，这一过程是人的内在价值实现的过程，也是其他生命形式以及无生命物的工具价值实现的过程。这一点是最极端的非人类中心主义者也无法反对的。再次，这种人类中心主义只是确证人类利用自然的合法性，但并没有肯定人可以无限度地利用自然，并不必然要否认人在利用自然的同时对自然担有某种道德义务，即负责任地利用自然；要肯定人无限度地利用自然的权利，确证人类利用自然的绝对合法性，需要一个人的本质与自然的本质相区分的概念框架，而在古代和中古社会（有机论传统）中，这个概念框架是不存在的。最后，这种人类中心主义只是一种朴素的意识，而一种朴素的意识是不足以对人类文明起支配作用的；对人类文明起支配作用的思想只能是经过社会论证的意识，即广义的"意识形态"。因此，要认清作为现代文明时代主导价值观念的人类中心主义的实质，必须考察这种古代以来一直存在的朴素意识是如何借助新的概念框架完成其社会化推论的。

在犹太-基督教传统中，人与自然的关系具有两面性。在上帝创世的神话中，人是上帝创造的事物中最接近上帝的，因而高于其他一切造物，并且禀有上帝授予的统治万物的权力。人高于自然并且统治自然，是因为人是上帝"照着自己的形象"创造的。从较世俗的观点看，这是强调人类精神的优越性。正是由于这一点，怀特指责"基督教，特别就其西方形式而言，是世界上迄今所见的最人类中心的宗教"。然而，在上帝创世论中，人与自然的关系也包括非人类中心主义（更确切地说，是限制人类中心主义）的一面。尽管人高于自然，但人以外的自然事物同样体现着上帝创造的意图。作为至善的上帝意志的产物，万物具有其神圣性。《新旧约全书》里的大量经文可以证明犹太-基督教内部始终存在着一个善待自然的传统。所以，多贝尔（Patrick Dobel）在反驳怀特的文章中指出，基督教对待自然的态度是一种"托管的伦理"（ethics of stewardship），即人奉上帝之命管理上帝的造物。[18]

《创世纪》中有一段在当代常常引起争议的文字，"上帝说：'看哪，我将遍地上一切结种子的菜蔬,和一切树上所结有核的果子,全赐给你们作食物。至于地上的走兽和空中的飞鸟,并各种爬在地上有生命的物,我将青草赐给它们作食物。'"从中可以见出犹太－基督教的上帝、人、自然之间特殊的统治逻辑。上帝是世界的绝对统治者，而上帝对世界的统治又是由他创造的人来完成的。作为世界的实际统治者，人为满足其生存需要,有权以功利主义的方式对待自然;由于上帝的授权,自然对人具有工具价值。然而,作为上帝在世间的代理者,人对自然的统治不是为实现其自身的目的,而是为了实现上帝的意志,这决定了人最终必须以非功利主义的方式对待自然;由于上帝的绝对权力,自然又具有超人类的非工具价值。这种双重的权力结构，是人与自然关系两面性的根源。正如莱斯(William Leiss)在评论怀特时所指出的:"基督教的教义是通过约束人操纵更高的权力的方法来遏制人的现世的野心。"〔19〕

从文艺复兴时期开始,随着基督教的衰落和现代科学的兴起,上帝的地位日益弱化,传统的上帝、人、自然之间的权力结构逐渐被消除,代之而起的是一个世俗化的人本主义的概念框架。培根是处在这个转折点上的人物。培根试图调和当时实际存在的宗教和科学的对立。他的"双重真理"论看似折衷,其真实目的却是为科学争地盘。因此,培根极力主张实现科学的伟大复兴,推进科学的发展。在他看来,科学的任务在于发现自然的规律,但发现本身不是目的;发展科学的真正目的是使人依靠对自然规律的认识去征服自然,支配自然,以实现人类的利益。培根还通过对基督教"原罪"说的重新解释来申言发展科学和控制自然的合法性。在《新工具》的结尾,他写道:"人类在一堕落时就同时失去他们的天真状态和对于自然万物的统治权。但是这两宗损失，就是在此生中也是能够得到某种部分的补救的:前者要靠宗教和信仰,后者则靠技术和科学……"〔20〕这样一来，他非但否定了通过科学的进步控制自然的观念与上帝的计划相违背的可能，反而认证了这项工作本身的神圣性。在对自然的权力结构中,绝对统治者上帝事实上已经消失了。大约与培根思想同时流行的"自然神论",在这一点上说得更明确。自然神论反对基督教教会所宣扬的人格神及其对自然和社会的统治和支配作用,认为上帝不过是"世界理性"或"有智慧的意志"等非人格的存在。上帝作为世界的"始因"或"造物主",在创世之后,就不再干预世界运动,而让世界按其本身的规律存在和发展下去。

17世纪以后,这种人与自然的关系模式藉由机械论自然观和人本主义原则构成的新的概念框架,终于获得了它的经典形式。

现代人类中心主义在逻辑上基于一个元伦理学(meta-ethical)预设。按照这个预设,在主体所及的范围内,可以区分出两个不同的领域:一是"是"(is)的领域,即事实的领域;一是"应当"(ought)的领域,即价值的领域。这一区分是休谟在《人性论》的一个"附论"里首先提出的,因此被叫做"休谟法则"[21]。休谟的本意是要在描述判断(descriptive judgment)和规范判断(normative judgment)之间做出区分,指明由前者推导出后者是不合法的。然而,由于这个法则是休谟基于他对道德原则根据的独特理解而提出的,因此又具有实质的意义。以前的经验主义者洛克认为,人心生来是一张白纸,既无天赋观念,也无道德情感,一切认识和道德都来源于后天的经验和推理。这事实上是把科学和伦理的根据相等同。而理性主义者,如笛卡尔、斯宾诺莎、莱布尼兹等,尽管在科学和道德的根据是什么的问题上与经验主义者相对立,但对于根据同一性的认定则与后者完全一致。休谟的看法不同。他认为,"道德不是理证的(demonstrative)科学"。这包含两层意思:

首先,道德善恶的判断不是来自理性。休谟所谓"理性"(又称知性)是指人的认识能力。休谟认为,人类的一切知识(科学和伦理)都来源于"知觉"。知觉分为"印象"和"观念"两类,其差别在于刺激心灵、进入思想或意识时的强烈程度和生动程度不同。印象包括最初出现于心灵的一切感觉、情感和情绪,是强烈的、活跃的;观念是指这些感觉、情感和情绪在思维和推理中的"微弱的意象",是在理性的参与下由印象派生而来的。在认识中,理性(知性)的作用在于从印象形成观念,并对不同的观念以及观念与印象进行比较以确定它们之间的关系。道德善恶的区别源于知觉,但不是基于观念,而是基于印象。判断善恶的道德准则刺激情感,产生或制止行为,是主动的;理性只是在接受感觉、情感和情绪之后进行推理,形成印象的"暗淡的摹本",是被动的。"一个主动的原则永远不能建立在一个不主动的原则上"。具体地说,理性的作用在于发现真伪,即判定观念之间以及观念和印象的符合或不符合关系,而道德善恶的区别只涉及情感、意志和行为,无关乎符合或不符合关系。因此,道德规则不是理性的结论[22]。

其次,道德是不可以理证和推断的。知性的作用包括观念的比较(理证)和事实的推断(概然判断)两种,如果善恶的界限能够由知性来确定,那么善和恶这两种性质就或者在于观念的关系,或者在于由推理发现的事实。然而,善恶不可能是观念的关系。假设善恶是观念的关系,它必定限于以下四种关系之一:类似关系、相反关系、性质的程度以及数量与数目的比例。这四种关系无一不可以应用于无理性乃至无生命对象。如果把道德的本质归于此类关系,就必须承认善恶也属于这些事物。同样,道德也不在于知性所发现的事实。善恶的判断先于理性的思考。如果运用理性对此判断进行分析,除了一些情感、动机、意志、思想外,发现不了任何关于对象的事实。人们判断某种行为、品格是善的或恶的,只是意味着,由于人"天性的结构",在思维那种行为、品格时产生赞赏或责备的感觉、情绪。道德判断确实关涉一个事实,不过这个事实是感情的对象,不是理性的对象。它在人的心中,不在对象之内。"因此,恶和德可以比作声音、颜色、冷和热,依照近代哲学来说,这些都不是对象的性质,而是心中的知觉;道德学中的这个发现正如物理学中那个发现一样,应当认为是思辨科学方面的一个重大进步……"[23]

科学判断以理性为根据,判断的内容是对象的性质,因此是客观的事实判断。道德判断是由情感作出的,判断的内容和根据在于主体的感觉、情绪,是主观的价值判断。对于两者的关系,休谟的解决是纯粹现代的。他指责古今哲学不仅一味渲染理性的永恒性、不变性及其神圣来源,而且极度强调情感的盲目性、变幻性和欺骗性。他认为,在意志活动即有目的的人类行为中,情感和理性各有作用,但在地位上前者优先于后者。一方面,意志活动的动机来自情感,而不是理性。理性所思考的或者是观念的抽象关系,或者是经验对象的关系,其目的在于判断真伪,因而永远无力引起或阻止任何行为。意志活动总是指向现实世界,只有直接的情感才能发动意志,导致行为。理性活动在前一个场合产生属于观念世界范围内的数学知识,这是与意志活动相隔绝的。另一方面,理性在指导意志方面不能反对情感。情感是原始的印象,理性是复本的观念,因此只有让理性去符合情感,而不是以理性来纠正或反对情感。情感惟有在建立于一个虚妄的假设上,或者在它选择了不足以达到预定目的的手段时,才可以称为不合理的。即使处于这种情况,确切地说,不合理的也不是情感,而是理性的判断。总之,在意志活动中,情感永远是主动的、积极的,是目的;理性总是被动的、辅助的,是手段。"理性是、并且也应该是情感的奴隶,除了服务和服从情感外,再不能有任何其他的职务。"[24]

这样,在以情感为目的、以理性为手段的意志活动中,自然对象就以特定的方式呈现于主体。在此过程中,理性凭借思维揭示自然对象的客

观的物理属性,而情感则将自身的需要投射到自然对象之上,从而赋予其主观的价值属性。因此,当休谟把善恶比作声音、颜色、冷热时,其意义非同寻常,尽管他自己认为这个“发现”对实践简直没有影响。此前,伽利略和洛克曾经把物体的性质分为第一性的质和第二性的质,认为前者是客观的、真实的,而后者是主观的、虚假的。这是在认识论范围内谈问题。而现在,休谟把善恶和第二性的质相联系,视之为和物理学中的发现一样重要的道德学发现,这意味着在认识论里作为假象被驱逐的主观性在伦理学中获得了合法地位和实在意义。当然,道德性质和声、色、味之类性质虽都是主观的,但它们的联系毕竟只是类比,两者之间有着重要差别。第二性的质依赖于主体的感觉,善恶的性质则依赖于主体的道德情感。这一类比的真实意义在于,善恶的道德判断不只是主体的内省活动,同时也是对自然对象的评价活动。关于对象的价值判断不同于事实判断。就事实判断而言,判断的尺度是理性,它提供判断的逻辑形式,而判断的内容则来自于对象(印象和观念)。对于价值判断来说,判断的尺度是主体的情感和需要,它不仅提供判断的形式,而且提供判断的内容(这种内容取决于对象的性质对于主体需要的关系);换句话说,价值判断不是被动的反映,而是主动的构成,自然对象的价值依赖于主体的评价,并且仅仅存在于评价活动之中。至此,“是”与“应当”、事实与价值的二分就远远超出了伦理学命题之确证的范围,而成为对人类活动的两大领域——科学认知和伦理实践——各自的本质及相互关系的概括。由于这一区分植根于世俗化的科学与人文传统,因而成为现代思想中根深蒂固的信条。

以此区分为前提,机械论自然观和人本主义得以组合成一个完整的人与自然关系框架。机械论判定了自然的因果必然性的事实,人本主义则确证了人类自由的至高无上的价值。因此,人类活动的基本目标,就是凭借对自然规律的认识把人类的自由理想在自然的必然中实现出来。当康德说人是目的并且惟有人是目的时,他事实上是在肯定惟有人是内在地有价值的主体;当他说人是自然的最高目的和创造的终极目的时,也就意味着自然是实现人类目的的手段。康德的“人”是道德的主体,是拥有德行的人,但他一旦具备了德行,仍然要去追求幸福,仍然要把自然作为可欲之物。而休谟和边沁的“人”是一心追求幸福、要求获得快乐和免除痛苦的人,是利益的主体,自然原本就是他的财富。无论对于康德或休谟、边沁,道德的必要性只在于确立人之为人的价值。[25]在这项任务完成之后,所有人类成员就可以一起向自然开战了。这样,一种新的人与自然关系模式在重重推论之后终于昭然于世。我们可以将其概括如下：人是具有自由意志和自主能力的主体，是世界的惟一目的，只有人拥有内在价值；而自然只是由毫无生气的物堆积而成的客体，它本身无所谓目的，也无所谓价值，其价值仅限于对人的工具价值。简言之，人是自然的主人，是自然事物惟一的价值尺度；人的利益和需要在不违反人道的前提下是绝对合理的，自然是满足人类需要的对象；人的自由首先体现在对自然的不断征服、改造之中。这就是植根于现代社会内部至今仍然支配着人类文明现实的人类中心主义的价值观。

三、自然中的价值

自然界整体或其中的生命具有内在价值（intrinsic value）或固有价值（inherent worth），是生态哲学着力要论证的一点，也是生态批评时常涉足的论题。不同的是，哲学家们进行概念推理，批评家们则从文本的文学性阅读中发掘重新估价的可能。从一开始，各派生态哲学学说就争相对此发表意见，它们之间的区别也主要是通过这一点表现出来的。

当代生态哲学按立论基点不同大致分为个体主义和整体主义两个谱系。个体主义发轫于早期的动物解放运动（animal liberation movement）和动物权利论（animal rights theory），成就于泰勒的生命中心论。整体主义通常指生态中心论。其思想渊源要追溯到利奥波德的“大地伦理”。利奥波德提出的对于“生命共同体”的义务原则被生态主义者视为“金律”。克利考特（J. Baird Callicott）的主观价值论和罗尔斯顿（Holmes Rolston III）的客观价值论从两个不同立场为之确证，而奈斯等人的深层生态学则代表着此类努力的最高成就。

生命中心论的先驱者是施韦策（Albert Schweitzer）。施韦策于1919年首次提出“敬畏生命”（Ehrfurht von dem Leben）的观念，用以救治现代社会的伦理病症，认为只有禀承对一切生命负有无限责任的德性的人才是健全的人。以后，他在《文化和伦理》（1923）一书中对此做了进一步阐发，并终身加以弘扬。施韦策指出，自然以最有意义的方式产生无数生命，又以毫无意义的方式毁灭它们。自然造就的生命意志陷于神秘的自我分裂之中：生命的存在必须以牺牲其他生命为代价。惟有人，一切生命中最高的生命，能够在自己的生命中体验到其他生命，因而能够像敬畏自己的生命意志一样敬畏所有生命意志。“对他来说，善是保护生命、提升生命，使能够发展的生命实现其最高价值；恶是毁灭生命、伤害生命，压制能够发展的生命。这是绝对的、根本的道德原则。"[26]

泰勒接受了这一思想，为之提供确证，构筑了一个相当庞大的生命中心论体系。泰勒把"尊重自然"（respect for nature）作为其理论的最高原则。他说："我所捍卫的环境伦理学理论的主旨是，某些行为是正当的，某些品质在道德上是善的，是由于它们表达或体现了我称之为尊重自然的终极道德意念。"[27]泰勒分步骤对此加以论说。

首先，他区分了两个不同的概念：存在物"自身的好"(good of its own)和存在物的"固有价值"。"自身的好"是一个描述性概念，有关的陈述是事实判断。说一个存在物有自身的好，是指该存在物能够受到惠助或伤害。这个"好"是客观的，不涉及存在物是否有意识。依据这一标准，一切生物，无论有无感受力，都是有自身的好的存在物。"固有价值"则是一个规范性概念，有关的陈述是价值判断。说一个存在物具有固有价值，包含着两个原则：1. 道德关心原则，即该存在物应得到道德关心；2. 内在价值原则，即该存在物自身的好的实现本身就是目的，而道德代理者对此负有"起码的义务"[28]。

接着，泰勒指出，一个存在物有自身的好，是该存在物具有固有价值的必要而非充分条件。前者向后者的转换，必须借助他称之为"生命中心论自然观"的"信念体系"。该信念体系由四个命题组成：

1. 相信人与其他生物同是地球生命共同体的成员；
2. 相信人类物种和所有其他物种是一个相互依存的系统中不可分离的要素，每个生物的存活及其盛衰变化不仅取决于环境物理条件，而且取决于它与其他生物的关系；
3. 相信一切有机体都是以自身的方式追求自身的好的独立的生命目的中心(teleological centers of life)；
4. 相信人并不天生优越于任何其他生物。[29]

四个命题组合起来形成一个平等主义框架。在这个信念体系内，有自身的好的存在物就是具有固有价值的存在物。泰勒认为，一个人一旦接受了这个观点，就达到了尊重自然这一终极的道德意念，就会自觉地为生物自身的好，即为实现其自身的生命潜能，去提升它们，保护它们。从尊重自然的道德意念出发，泰勒提出两组实践伦理规范：一般原则和优先原则。一般原则是处理人与非人类生物伦理关系的普遍原则，包括不作恶、不干涉、忠诚、补偿正义四项；优先原则是解决人与非人类生物之间伦理冲突的特定原则，包括自卫、比例性、最小错误、分配正义和补偿正义五项。

生命中心论代表了个体主义生态哲学的最高成就。然而，这一理论取向，又决定了它在处理生态环境问题时必然面临诸多困难。生命中心论论证生命个体的道德价值，把自然界的无生命物排除在道德考虑之外，只承认它们对生命界的维生价值。它强调对生命个体的义务，不涉及对物种和生态系统的义务，而后者在当代生态主义看来更为重要。因此，生命中心论自提出以来，在非人类中心主义内部不断受到以生态中心论为代表的整体主义的批评。

生态中心论认为，生态系统的健康本身具有价值，人类对它负有直接的义务；生命个体、物种、生态过程作为生态系统的组成部分和存在形式，具有非（人类的）工具价值，人类对它们同样负有道德义务。

生态中心论的主旨是利奥波德曾经表述过的。他的"大地伦理"在哲学上留下两个有待论证的问题：一是元伦理学的，即生态学的"是"向伦理学的"应当"推导的问题；二是对个体的尊重与对整体的尊重之间的关系问题。

克利考特依据情感论和整体主义原则来发展利奥波德的生态中心论思想。他指出，按照"休谟-达尔文"的道德哲学传统，伦理植根于人类的利他主义情感，如仁慈、同情、忠诚等等，这类情感是包括人类祖先在内的许多物种间自然选择的结果，没有它们，个体就无法组成一个互助的社会。随着社会的扩大和复杂化，人类的道德情感和伦理也日益进化。如今，我们已将所有人类成员纳入道德共同体的范围。大地伦理预示了人类道德进化的下一个阶段。现代生态学表明，自然界是由动物和植物、土壤和水构成的生命共同体，人是共同体的一个成员。这要求我们同情、善待同伴，忠诚于共同体本身。[30]然而，对于两者的关系，克利考特坚持整体主义立场。他认为，生态系统整体在逻辑上先于构成它的个体或物种，因为部分的性质取决于与整体的关系。他相信，从这种形而上学的整体主义可以推导出相应的伦理结论："从生态学的观点看，既然有机个体并非具体的对象，而是连续（尽管有差别）的整体的存在形式，自身和他者的区分就变得模糊了。……试想，当有机个体从中心向外移动时，要在它自身和它的环境之间找出明显的界限是不可能的。……世界就是它扩展的身体。"在人的方面说,这意味着"从利己主义向环境主义转变"。因为我们作为个体是与自然同在的,保护自然环境就是实现我们的自我利益。[31]

罗尔斯顿从自然主义出发,综合个体主义和整体主义,提出一种"自然价值论",作为处理人与自然关系的道德依据。自然价值论的目的是论证生态系统以及系统内各个部分的客观价值。罗尔斯顿认为,"是"和"应当"、事实和价值、描述和评价的截然二分,在人际伦理的范围或许适合,在环境伦理领域却行不通。生态学既是描述的又是评价的,在此,与其说"应当"是从"是"推导出来的,不如说两者同时出现:

> 当我们从描述植物和动物、循环与生命金字塔、自养生物与异养生物的相互配合、生物圈的动态平衡,逐渐过渡到描述生物圈的复杂性、地球生物的繁荣与相互依赖、交织着对抗与综合的统一与和谐、生存并繁荣于其共同体中的有机体,直到最后描述自然的美与善时,我们很难精确地断定,自然事实在什么地方开始隐退了,自然价值在什么地方开始浮现了;在某些人看来,实然/应然之间的鸿沟至少是消失了,在事实被完全揭示出来的地方,价值似乎也出现了;它们二者似乎都是生态系统的属性。[32]

在他看来,自然价值是由自然系统的结构决定的一种性质。有机体作为自维持系统,物种作为生命动力形式,都具有内在价值;同时,对于其他有机体和物种而言,又具有工具价值。在生态系统内部,内在价值和工具价值交互生成,而生态系统整体作为生命的创造者和支持者,则具有一种超越于内在价值和工具价值之上的"系统价值"(systemic value),这是弥漫在系统中的"自在的价值"。从生命个体、物种到生态系统,价值依次递增,义务也相应递增。罗尔斯顿不是一个平等主义者。他认为,人类较之其他生命形式具有更大的价值,然而,当人类意识到自己存在于这样一个生物圈中并且是这个过程的产物,不管他们如何理解他们的文化和人类中心偏好,以及对同类或异类的义务,他们终应对这个生命共同体的完整、稳定和美有所感激。"只有拓展到大地领域中去,伦理学才是完整的。"[33]

在伦理学上,深层生态学属于生态中心论,并且具有鲜明的整体主义特征。然而,深层生态学的伦理立场是从整体主义的形而上学和非理性主义的认识论推论出来的,因此,在理论结构上有别于一般的生态中心论。

深层生态学的理论主要由三个部分组成:“最高前提”、“生态智慧”以及“平台或原则”。

“最高前提”指的是一个与现代社会主导的个体主义和还原论相对立的整体主义世界观。这种世界观认为,人不是与自然相分离的,而是自然的一个部分;包括人在内的所有存在物的性质,是由它与其他存在物以及与自然整体的关系决定的。在深层生态主义者看来,要达到这一认识,只能靠直觉领会。

深层生态主义者认为,我们一旦体认到自然的整一性和个体的关系性,便会具有一种“生态智慧”,即两个终极准则或直觉:“自我实现”(Self-realization)以及由此引申出的“生命中心平等”(biocentric equality)或生命圈平等主义(biospherical egalitarianism)。自我实现是人类精神向非人类存在物以至自然整体认同的过程。这个“自我”(Self)不是传统意义上的“自我”(ego,self),而是“深广的生态自我”[34]。在自我实现中,人不再是孤立的个体,而是无所不在的关系物;自然也不再是与人分离的僵死的客体,而是“扩展的自我”。因此,自我实现不只是某个个体的自我完成,同时也是所有事物的潜能的实现。奈斯以“最大化共生!”、“最大化多样性!”、“成己成物!”(Live and let live!)来形容之。[35]于是就引发了第二个终极准则。“生命中心平等的直觉是生命圈中的一切都同样拥有生活、繁荣并在更大的自我实现中展现其个体自身和自我实现的权利。这个基本直觉是生态圈中所有机体和存在物,作为相互联系的整体的部分,都具有内在价值。”[36]

“平台或原则”是指奈斯和塞申斯共同概括的八项深层生态学运动纲领:

1. 地球上人类和非人类生命的福祉和繁荣具有自身的价值(内在价值、固有价值)。这些价值不依赖于非人类世界对人类的有用性。
2. 生命形式的丰富性和多样性有助于这些价值的实现并且有其自身的价值。
3. 除非为满足维生需要,人类无权减少这种丰富性和多样性。
4. 人类生命和文化的繁荣与人口的大幅度减少不相矛盾。非人类生命的繁荣要求人口减少。
5. 当前人类对非人类世界干涉过度,情况正迅速恶化。
6. 因此政策必须改变。这些政策影响经济、技术和意识形态的基本结构。其结果将与目前截然不同。

7. 意识形态的改变主要在于评价生活质量(居住于固有价值的情境),而不是坚持日益提高的生活标准。对于巨(big)和大(great)之间的差别要有深刻的认识。
8. 赞同上述观点的人有直接和间接的义务努力去促成这些改变。[37]

生态中心论把包括生物和无机环境在内的整个自然界纳入道德考虑的范围,论证生命个体、物种、生态过程和生态系统的非人类价值,概括了生态主义的主旨,因而成为激进环境主义运动最重要的理论基础。但是,这种思想本身仍然存在着问题。生态中心论者确信生态学必定对人类理解和评价自然起主导作用,而生态学是一门年轻的科学,如何处理不断变化的科学结论与持久的伦理信念之间的矛盾是一个不可回避的难题。在运用生态学知识时,生态中心论者普遍有越界的倾向,即不是在经验科学的范围内而是在形而上学的层次上来理解生态学,因此像生态系统的健康、平衡之类的概念带有明显的神秘色彩。特别是深层生态学在形而上学和认识论上鲜明的反传统特征,使它成为一个有争议的哲学话题。同时,它极端的整体主义和非人类中心主义立场,又受到包括激进环境主义在内的多方面的批评。如许多西方学者指责其生命圈平等主义是“生态法西斯主义”;一些第三世界学者则认为,深层生态学实践对发展中国家意味着“生态帝国主义”。尽管深层生态主义者曾对此做过辩解,但从理论逻辑上看,这类倾向的存在是不可否认的。在下面的部分里,我们要集中讨论这些问题。

四、后现代科学或意识形态

现代机械论自然观是科学革命的产物。它产生于16—17世纪,在18世纪初随着牛顿体系的完成得以确立,此后又广泛渗透到自然科学和社会科学的各个领域,形成一个庞大的知识体系,从而成为现代社会中根深蒂固的信条。

机械论自然观是建立在机械力学的基础上的。从机械力学的观点看,世界是由运动着的物质粒子(原子)组成的。物质粒子是永恒的,即在物理学意义上不可分和不毁灭。它的最基本性质是不可入性,因此,在任何给定的时刻，它占据固定的空间。整个自然界就是运动着的物质粒子在空间中相互作用的结果。19世纪末20世纪初，由于相对论和量子理论的出现，物理学关于质量、空间、时间、能等概念发生了根本的变化，机械论依据经典力学所假定的稳定性被否定了。“在新物理学看来，世界是处在一定时空关系中的‘事件’组合而成的统一体，而事件只不过是‘多种关系’的综合而已。而且量子理论已经证明‘能就是质量’，物质只不过是振动的一种方式”。[38]怀特海(Alfred North Whitehead)借助现代物理学的成就，在总结柏格森等人探索的基础上，建立了一个以“事件”和“过程”概念为核心的“有机体哲学”，又称“活动的过程哲学”。怀特海系统地批判了传统的机械论观点，主张把自然理解为生命机体的创造进化过程。他说：“现代理论的基本精神就是说明较简单的前期机体状态进向复杂机体的进化过程。因此，这一理论便迫切地要求一种机体观念作自然的基础。它也要求一种潜在的活动（实体活动）表现在个别机体现状态之中，并在机体达成态中发生演化。”[39]

怀特海认为，构成世界的“终极单元”是“事件”(event)或“现实实有”(actual entities)，又称“实有”(entities)。实有不是具有“现实完整性的元素”(实体)，而是活动的结构。怀特海用“过程原理”来界定实有：“一个现实实有如何生成就构成该现实实有是什么，因此对现实实有的这两个描述不是独立的。它的‘存在’(being)由它的‘生成’(becoming)构成。”[40]这样，怀特海就以本质上是运动、变化、发展过程的现实实有概念代替了机械论的实体概念。他说：“‘现实实有’……是构成世界的终极实在物，在现实实有的后面，找不到更实在的东西。”[41]从哲学范式上看，现实实有概念的内涵相当于传统哲学的属性概念，而它的外延则相当于实体概念。这种实体与属性关系的颠倒和量子理论中质量与能之间的颠倒是一致的。怀特海说：“无论如何，质量的概念已经渐次地失去了它的突出地位，不再是惟一终极恒定的量了，往后我们可以发现质量与能量的关系颠倒了。物质变成了一定量的能相对于其本身的某种动态效应而言的名称。这一系列思想引导出一个概念，认为能是根本的，代替了物质的地位。”[42]

怀特海认为，现实实有的生成机制在于“摄入”(prehension)。所谓摄入，就是现实实有以自身为主体，把其他实有作为对象来抓取。现实实有在摄入的同时，也被其他实有摄入。摄入过程就是现实实有之间相互联系、相互作用、相互包容、相互共生的过程。就已经建构起来的现实实有

而言，它是“现实”；而就后续的生成过程而言，它又是“潜能”。“作为一个真正的许多实有共生中的要素由潜能成为现实，是系于一切实有——现实的或非现实的——的普遍的形而上学特征；宇宙中的每一个事物都卷入每一个共生过程。换言之，每一个事物对于每一个‘生成’都是潜能，这属于‘存在’的本性。此即‘相对性原理’。”[43]由于摄入过程永无止息，在某种意义上，每一个事物在全部时间内都存在于所有地方。因为每一个位置在所有其他位置中都有自己的位态。因此，每一个时空基点都反映了整个世界。这样，整个世界就被描绘成一个复杂的动态关系网络。

有机体哲学或过程哲学是一种与机械论的自然观相对立的新的自然哲学，它在现代知识背景下重新确认了古代自然观中的生命机体概念。怀特海因此被尊奉为“后现代科学”(postmodern sciences)的先驱。如格里芬(David R. Griffin)就认为怀特海的观点是“深层生态学的”，因为他的宇宙论表明个体事物是由它与其他事物的关系产生和构成的，从而为自我的生态学性质、内在价值观念以及生命平等主义提供了有力的支持。[44]

从怀特海起，经贝塔朗菲(Ludwig von Bertalanffy)，到拉兹洛(Ervin Laszlo)，在科学发展的背景下，有机论自然哲学出现复兴之势。在科学界，罗夫洛克(James Lovelock)和马格里斯(Lynn Margulis)主张把地球理解为一个“活的机体”。罗夫洛克以希腊大地女神“盖亚”(Gaia)来命名全球生态系统。“盖亚假说”包含着“同情”大地母亲的呼吁。[45]这些对于非人类中心主义是当然的资源。当代非人类中心主义者，尽管有个体主义和整体主义之分，在自然观上却都坚持有机论，而且主要是以生态学为根基的有机论。由于这种有机论把包括人在内的一切个体还原为关系性的存在，从而对现代思想中根深蒂固的“个人主体”观念，以至整个人本主义传统形成挑战。从生态学角度，一个生态系统可以被描述成由太阳能和化学能流动构成的能量循环过程。在此过程中，个体的存在完全在于它和别的环节以及整个能量流的关系。生物物理学家莫洛维兹(Harold Morowitz)说：

> 从现代(生态学)观点看，每个生物都是一个耗散结构，即它不靠自身而只是作为系统中连续的能量流的结果持存着。……依据这个观点，个体的实在性是成问题的，因为它本身不存在，而只是作为整个能量流的局部紊乱存在。……例如，水流中的旋涡。旋涡是由总在变化的水分子群形成的结构。在西方经典意义上，它不作为实体

(entity)存在；它存在，只是因为水的流动。同理，形成生物体的外部结构是一些暂时的、不稳定的、由不断变化的分子组成的单体，分子的变化依赖于保持其形状和结构的不间断的能量流。[46]

克利考特和深层生态主义者的个体关系性原则即缘此而生。然而，生态学是一门科学，而形而上学是与之相区分的知识领域。所谓科学，以其内容和逻辑形式而论，是对经验对象特定方面的性质的陈述，在本质上是特称判断。通常基础科学（与交叉科学相对而言）划分的根据，就是做出判断的约束条件的独立性，即学科视角的特定性。一门科学的结论的有效性只限于其约束条件或视角范围内，越出这一范围，则必须对约束条件加以重新规定，并就扩展的有效性给出相应的证明。而所谓形而上学，从内容和逻辑上讲，是对经验以外（即广义的"超验"）的对象的陈述，必定是全称判断。判断的主词（如"自然是……"中的"自然"）在经验世界没有对应物，只存在于观念之中。对它的陈述也不可能在经验范围内得到验证（肯定或否定）。当然，在传统上，形而上学也有自己的证明方法，所谓"本体论证明"、"因果性证明"等等即是。不过，自康德以来，尤其是黑格尔之后，此类方法已不大行得通，以致20世纪的逻辑实证主义要将形而上学贬入抒情诗之列。严格地讲，形而上学不是一个无序的战场，而是有一整套规则约束的。20世纪的形而上学家涉足这一领域前，在方法上都是慎之又慎。在最低限度上，形而上学的规则约束是对自身领域的否定性规定，即与经验科学的截然区分。这是20世纪不断被强化的一个界限。当代非人类中心主义者凭借对生态科学的信任，大胆踏上了这个禁区。

罗尔斯顿说："在环境伦理中，人们关于自然的信念，既植根于又超越了生物科学和生态科学；这种信念与人们的义务信念有着密切关系。"[47]这表明了生命科学，特别是生态学，在当代生态哲学中所扮演的特殊角色。在许多生态主义者看来，这门科学不只提供生态知识，而且能够提供一种"生态智慧"；借助后者，我们可以建立一个关于自然的信念体系，指导人与自然关系的道德实践。如此一来，生态学这门科学一跃而具有了形而上学功能。

克利考特在《生态学的形而上学意义》一文中指出，虽然生态学既非基础科学（如物理学）也非宇宙科学（如天文学），却具有形而上学意义，因为它深刻地改变了我们对于自己以及地球环境的理解。所谓"意义"(implications)并不是指在生态学前提和形而上学结论之间存在着逻辑关系，若前者真后者亦真；而是就它的拉丁词根“蕴涵”（implicare）而言，前者“唤起”（evoke）后者。在此“意义”上，生态学与当代物理学在概念上相互补充，指向共同的形而上学观念。

> 这样，处在自然科学体系顶端的“新生态学”和处于基础地位的“新物理学”，分别以最复杂、最具体和最基本、最普遍的表述，勾画出相互一致、相互支持的抽象自然图景。因而，一个牢固的形而上学共识似乎正从20世纪科学中浮现出来，它最终或许会取代植根于19世纪科学范式的形而上学共识。[48]

克利考特简要回顾了生态学从海克尔（Ernst Haeckel）到坦斯利的早期历史，以及二战以后受利奥波德影响的若干生态学家的思想，把它们和罗尔斯顿、奈斯等人的观点联系起来，试图清理出一条整体主义形而上学的发展路线。然而，不知道克利考特是否考虑过，20世纪后半期生态学的发展总体上并不能够为他主张的整体主义世界观提供有效的支持。生态思想史家沃斯特（Donald Worster）说：

> 在战后年代里，生态学取得了理论上的精深缜密、学术上的突出地位和资金上的完全保证，但也失去了很多内部一致性。它陷入了各分支领域的嘈杂纷争中……他们至少在很长时间内或很广范围内，无法就世界的基本面貌达成一致意见。有人把平衡当作是自然界决定性的特征，其他人则批驳这种观点。他们很难就自然界呈现多少稳定性和多少变化达成一致。他们永远难以确定一个受到破坏的环境或健康正常的环境究竟是什么样子。因此，生态学无法为困惑不解的广大公众提供自然中任何明确的令人信服的标准。有人甚至说，自然界就是一片混乱，惟一的秩序只存在于人类大脑中。另一些人则怀疑科学是否曾完全理解自然界盘根错节的复杂性。已经开始的对科学寄望很多的这个时代，最终只能满足于很少一点……[49]

这种进退维谷的情形在生态批评领域同样存在。菲利普斯（Dana Phillips）在《生态批评、文学理论与生态学的真实性》一文中对此做了细致的讨论。他指出，生态批评家喜欢挪用生态学和环境学的术语，如“生态系统”、“有机体”、“荒野”等等。他们往往是在隐喻意义上使用这些概念，却又不承认其隐喻性质，仿佛文学、生态学和环境学的言说方式是相通相容的，仿佛它们之间的差别完全能够忽略不计。生态批评家漠视生态学的新近发展。他们常常求助于生态学的科学权威性，在修辞上利用这一权威性使其话语得到道德的和哲学的认可。菲利普斯以埃尔德(John Elder)的《想像地球》一书为例。埃尔德在书中说："生态科学证实了自然过程的不可分割性:风景的每一特征都必须和整体联系起来理解,正如每一生物的习性都反映并依赖于它周围的生命群落。"埃尔德设想,"浑然的世界整体"是一个既具有生态学含义又具有诗意的现象。正如生态学家记录生态系统的"浑然整体",诗人在诗中赞美这个整体。不仅如此,埃尔德还把诗歌和生态系统相类比:正如生态系统是动植物群的表现,诗歌是景物与风气的表现。菲利普斯指出,埃尔德的类比,无论从科学或文学上说，都是错误的。埃尔德在整部书中把生态群落的有机概念和生态系统的有机概念混为一谈。事实上，早在1935年坦斯利首次提出"生态系统"的概念时,有机概念就受到了怀疑。坦斯利的意图,是要把生态系统作为机械概念而非有机概念来理解。埃尔德似乎没有意识到，生态科学至今未能证实"自然过程的不可分割性"。20世纪60年代以来,生态学不得不一个又一个地放弃此类含混的概念。无论这些概念对于诗的断言如何圆熟,却经不起科学的检验。

> 生态学作为科学是倾向于还原的，而不是如埃尔德认为的那样。如果事物真是"浑然的"或不可分割的整体,就不会有科学,更不用说生态学了。因此,近年来,许多以内涵丰富而名噪一时的生态学的核心概念，或被还以本来面目，或变得更加具体，或完全被抛弃。现在，似乎连生态系统的概念也可能在生物学上是没有根据的。不管有无根据,生态系统的概念原本是一个理论的存在,因而无论如何也决不可能担保诗的真实性……[50]

其实,最要害的问题还不在于此类"后现代科学"本身的拼贴特征,也不在于生态哲学家和生态批评家们对这些资源的挪用和引申，而在于整个生态主义运动借助所谓"后现代科学"要达到何种结论,这种结论的性质如何,它与其"科学"前提之间有什么关系。下面我们来分析一下深层生态学体系的逻辑结构。

奈斯在论述深层生态学的体系时给出了一个结构图。图表分成四个层次:

第1层次是“最高前提和生态智慧”；

第2层次是“八点深层生态学平台或原则”；

第3层次是“普遍规范结论和‘事实’假说”；

第4层次是“具体规则或适用于具体情况的决定”。

从第1层次到第4层次是“逻辑推导”，从第4层次到第1层次是“追问”[51]。

在要素上，这个体系是相当完整的。从结构安排看，第1层次是形而上学论域，他列举了佛教、基督教和哲学（如斯宾诺莎、怀特海）三个传统；第2层次是规范伦理学论域；第3、4两个层次属于应用伦理学范围。因此，对于体系的确证，第1层次向第2层次的推导是关键。

在第1层次里，如前所述，“最高前提”指的是一个整体主义世界观，“生态智慧”是指“自我实现”和“生命中心平等”两个终极准则或直觉。第2层次是八项深层生态学运动纲领，这是一个具有包容性的非人类中心主义宣言。

细加辨析就会发现，八条纲领是规范判断，“最高前提和生态智慧”在语言形式上包含陈述，但本质上也是规范判断。这是问题的核心。在这个体系内，实际上没有从形而上学到伦理规范的概念推理，形而上学的“是”向伦理学的“应当”的转换是在第1层次里通过“直觉”来完成的，就“直觉”而论，斯宾诺莎和怀特海的“哲学”与宗教世界观一样具有规范的功能。如此一来，从“追问”的方向看，一个人决定自己是否能成为深层生态主义者，并不需要经过伦理学确证的环节，只须凭借对“最高前提和生态智慧”的直接领会、接受或拒绝。两者之间的“逻辑推导”是一个虚招。对于这一点，奈斯本人是有数的。他先说任何社会运动都需要修辞和口号，以便使成员们坚持共同斗争，同时唤起外部人们的兴趣。“自然最有智慧”、“小的是好的”、“万物一体”即属此类。它们不是一定正确的道理。他承认深层生态学不能成为一个完成的体系，但是作为职业哲学家，他仍然应该尽可能地讲清楚。他所讲的即是上面这个体系。他并不认为这个体系可以说服试图反驳它的人，甚至对反驳表示冷漠。他说这个层次结构有一些通常“假说 - 演绎体系”（hypothetico-deductive system）才有的特征，不过有一点不同，即第1层次的某些句子是规范的，更宜于用命令（祈使语气）来表达。这使得推导至第4层次即要紧的决定层次成为可能。“因此，在我们的前提和结论中皆有‘应当’。我们决没有从‘是’挪到‘应当’，反之亦然。从逻辑的立场看，这是关键。”显然，他是在奚落“是”与“应当”

区分的元伦理学信条。他进而明言:“对上面的前提-结论全景结构(图表)不必太认真。它不应是对深层生态学运动内部创造性思想的任何限制意义上的定性。创造性思想是居无定所的。不过我们这些个有科学和分析哲学背景的人找来了一个有用的图表。”[52]

奈斯提出了一个体系,却又对体系不以为然;他摆出一个从形而上学到伦理学推导的架势,到头来又说实际上没有严格的推导。这是什么意思呢?先从他举出的哲学来看。斯宾诺莎试图借泛神论确证“神—自然—实体”的同一性,恢复有机论传统。由于他的体系以现代科学原则的真理性为前提,结果导致精神与物质在属性中不可避免的分裂。在此,惟一的实体“神”无论在本体论或价值论上都不能对存在物产生实质性的影响。怀特海的有机体哲学或过程哲学以量子理论以至相对论为立言基础,这些物理学的新发展突破了牛顿力学的结论,但以此为根据建立的自然哲学,在科学与形而上学关系的处理上仍同机械论一脉相承,都属于现代的范畴。在有机体哲学以及系统哲学中,“价值”是作为“自然系统”的性质来定义的,这个“价值”和传统有机论中作为规范的价值观念完全不同。根本差异在于,古代和中世纪的有机论是在信仰体系中确立的,而现代有机论是在科学主义范围内表达的。因此,所谓有机论的“复活”,只是表面结论和形式的回归。于是,奈斯又引前现代的宗教或文化为援,他列出的就有基督教、佛教、道教(道家)、巴哈依教(Baha'i)。这些“世界宗教”,除基督教外,都属于广义的东方宗教。这些宗教或文化各有自己的背景、问题和志向,即使不考虑它们在解决人生问题方式上的差别,作为信仰体系,他们和科学主义文化无论如何也是不相通的。奈斯对此类困难并不在意,他关心的是这些传统的某个方面有利于解释深层生态学的主张,而这个解释在深层生态学运动内部不是必需的。真正的问题不在于此种理论上的实用主义态度,而在于这个先在的“主张”是从哪里得来的。它是“逻辑推导”的结论还是超于逻辑、理论之外的信仰?事实上,所谓“逻辑推导”是假象,更确切地说,是宣传技巧,这一点奈斯已经点明。所以,只能是后一种情况,即深层生态学主张是一个信仰体系,作为信仰体系,它压根儿就不需要自明性的前提。明白了这一层,整个体系在理论上的重重抵牾就可以迎刃而解。对于深层生态学的信仰性质,奈斯同样没有避讳:

> 生态智慧不是经典意义上的宗教。它们更宜于定性为受生态科学鼓舞的全景意义上的普遍哲学。在第1层次,一个传统宗教可以通

过一套规范和描述假设进入推导的金字塔，这套假设以对此一宗教的当代解释(解释学努力)为特征。

深层生态学运动的支持者以他们的根本信仰和意念为基础介入当代冲突。这个基础给予他们特殊的力量和对一个更加绿色的未来的快乐憧憬。当然，他们很少用系统文字来表达他们所坚持的。[53]

从伦理学理论的角度看，深层生态学的信仰主义特征是值得注意的。信仰的伦理有它存在的空间，以信仰为基础的社会运动其信仰性质本身无可指责。可是，如果信仰力图借助科学和“理性形而上学”来确证，在理论上则必须严肃对待。信仰在本质上是反理性主义的。对于深层生态学来说，这种性质就是它由以产生回过头来又努力支持和倡导的那部分环境主义运动的“激进”性质。非理性主义伦理学是拒绝按理性主义的规则证明的，而深层生态主义者却不放弃此种证明，在证明时也不管既有思想资源的理性与非理性性质，一概自由发挥。整个深层生态学体系就是在此种忽东忽西、左冲右突的策略下建构起来的。这究竟说明了什么呢？说明这不是伦理学证明，是意识形态证明。即是说，深层生态学本质上不是一种伦理学理论，而是生态主义运动的意识形态，其目的在于为运动提供合法性证明，从而推进运动的发展。在此，所谓“意识形态”，是指反映特定政治意志的虚假(与科学的真实性相对而言)意识。当代生态主义或曰激进环境主义运动的边缘政治性质是公开的，在西方社会的政治格局中发挥着特定的作用。以行动或思想为之辩护、宣传、推广，是参与运动的不同方式。用思想参与运动，服务于运动，履行其意识形态功能，是完全有正当理由的。但是，意识形态就是意识形态，意识形态不是伦理学。对于这个“身份”之是与非是不能不追究的。

五、生态政治

萨缪尔森(Paul A. Samuelson)在《经济学》(第12版)的结尾引用了凯恩斯(John M. Keyens)在大萧条时代说的一段话。凯恩斯说，假设一百年后，所有人的生活比现在好上百倍，假设没有战争和人口的巨大增长，“经济问题”是可以解决的，这意味着经济问题不是人类永久的问题。到那时，为生存而斗争，这个迄今为止人类(以至整个生物界最原始的生命形态)最紧迫、最基本的问题将会消失，人类将丧失其传统的目的。到那时,人类自诞生以来第一次面对真正的、永久的问题:如何用摆脱了经济压力的自由,如何打发科学和福利赢得的闲暇,过着智慧、和谐、美好的生活。当积累财富不再具有重要的社会意义,道德将发生变化。我们将摆脱二百年来困扰着我们的那些虚伪的道德准则。它们把某些人类最可憎的品质拔高到最高美德的地位。

> 但是要当心!这一切的时代还没有到来。至少还要再过一百年的时间,在此期间,我们不得不自欺欺人地把美的说成丑的,丑的说成美的;因为丑的有用,美的无用。我们还不得不在一个较长的时期内仍然把贪婪、高利贷和谨慎奉若神祇。

萨缪尔森说,如果经济持续进展,凯恩斯的乌托邦预言不是没有可能实现的。那时,富裕国家将面临"为什么目的而生产"的问题。但是,他感叹道:"遗憾的是,稀缺问题消亡的太平盛世并不是近在眼前。我们暂时还不得不生活在现在,继续为每日的生计而操劳。"[54]乌托邦是对冷酷现实的反抗。至高无上的德性是对平庸的法规、戒条的抵制。两者的对立之中问出的是人的伦理:人究竟何去何从?

凯恩斯的话是有所本的。二百年前,休谟说过,化大功夫去证明仁慈之德值得人们尊敬,是多余的。慷慨和仁慈无论在哪里都会赢得人们嘉许,足以令刚一领会它们的每个人一见倾心。可是,当我们颂扬一个仁慈而博学的人时,我们总忘不了强调,他的交往和服务给社会带来的幸福和满足。"难道我们还不能因此得出结论说:社会德性的效用至少构成了它们的优点的一部分,而且是它们受到普遍赞誉和尊重的一个根源吗?"

> 当我们介绍一种动物或植物,说它是有用的或有益的时候,我们就是在给它一种适合于它本性的称赞和推崇;另一方面,当我们想到这些低等生物的任何有害的影响时,我们同样会产生一种厌恶感。我们总是愿意看成熟稻田和果实累累的葡萄园的景色,喜欢看马吃草的景象和放牧的羊群,而不愿看那窝藏着豺狼和毒蛇的野草荆棘。

我相信,休谟所描绘的我们同自然事物的亲近之感,比当今非人类中心主义者说的更真切、更少褊狭。人以自然为他活动的场所和生计的来源这

种朴素的“人类中心主义”意识,并不一定要排除他对自然的感激、赞美和敬畏之情。推而广之,“民胞物与”(张载)、“以天地万物为一体莫非己也”(程颢),便是仁慈的极致。施韦策的“敬畏生命”,利奥波德的“生命共同体”义务,泰勒的“尊重自然”,克利考特的“同情”万物,罗尔斯顿的“保护价值”,深层生态主义者的“自我实现”、“生命圈平等”、“成己成物”,是对它的不同表达。此种至德之境是不能没有的。在人性价值可能性的体现上,它居于一切其他德性之先,没有任何别的德性能够抵消它、取代它。但是,作为社会、历史中人性的承担者,我们同样需要另一些德性。休谟说,“显然,没有什么东西能比仁慈的情感更多地赋予人类以价值”。假设自然已赋予了人类极为丰赡的外部条件,每个人最贪婪的欲望和奢侈的想像不用操心和费力都能得到充裕的满足,自然美总是超过一切人工修饰,四季如春的气候使所有衣服和遮盖物变得多余,天然的植物是人们可口美味的食物,甘泉是人们的饮料。人们无需劳作、耕耘或航海。音乐、诗歌和玄思是人们惟一要做的事情,交谈、欢笑和交友是人们惟一的消遣。这时,仁慈、慷慨、友爱、感恩……的德性会兴盛发达,“人们决不会想起那种谨慎和防备的正义之德……它将是一种多余的摆设,而且在道德的栏目中不会有它的名字”。再假定一个社会陷入必需品极度匮乏的状态,以至于最大的节俭和勤劳都不能使大多数人免遭死亡,更不能让全体人民免受穷极之苦。在此情形下,正义法则会被暂时搁置,代之以更强烈的需要和自我保存的动机。人们可以采用经过审慎考虑或为人道所容许的一切手段来保护自己。这时,假如有一群人强行甚至以暴力平均分配食物,他们的行为会被视为犯罪或有害吗?

> 有鉴于此,平等或正义的规则完全依赖于人们所处的特殊状况和条件,它们的起源和存在的基础在于对它们的严格而一致的遵守对公众产生的效用。反过来说,如果人类的条件处在某种特别的情形下,如物产极端丰富或极端匮乏,人心异常温厚慈善或极其贪婪邪恶,正义在这些情况下就会变得完全无用,你就可以由此而完全取消它的实存,中止它加于人类的义务。[55]

休谟的道德学说偏于效果论和幸福论。关于正义的起源和功能,动机论和义务论有不同的理解。但是,休谟至少提示了一点:仁慈之德是乌托邦里的宠儿。这个理想世界或许终会到来。在它到来以前,仁慈也不可或缺，因为人由之而有无上的尊严。然而，在不完美的现实历史领域，仅仅有仁慈是不够的，还要有正义。正义是社会政治伦理的第一原理。

正义或公正要求同样对待同样的人[56]，在分配领域，即要求平等地分配社会利益（benefits）和负担（burdens）。从这个原则看，当代大量的环境政策都很成问题。几乎所有的社会，从地方、国家到全球层次，都倾向于把环境负担最大限度地加于处于不利地位的人群——穷人、色种人以及发展中国家，而把环境利益最大限度地给予处于有利地位的人群——富人、白种人和发达国家。这种现象，可以确切地称作“环境歧视”。

从70年代中期起，一些美国社会学家开始关心与污染和有毒废弃物相关的健康和安全风险的分配，提醒政府和公众注意有色人社区和白人居住地相比承受着不均等的风险压力。他们发现，有毒废弃物堆积地、填埋站、焚化场以及污染工业总是位于穷人和少数民族高度密集的社区内或周围地区。美国《国家法律杂志》1992年主持的一项研究指出：“美国政府在清除有害废弃物和惩罚排污者的方式上存在着种族区分。白人社区较之黑人、西班牙裔和其他少数民族居住的社区，看起来行动快、结果好、处罚重。这种不平等的保护经常发生在穷富社区之间。”这项研究列举了大量数据，说明美国法院“对少数民族地区内污染法违犯者的处罚低于对大部分白人地区违法者的处罚”[57]。

类似的现象在国际层次同样存在。在当代世界中，与富国相比，穷国更多地承受了森林破坏、荒漠化、空气和水污染等环境退化的后果；在这些国家内部，越贫穷的人承受得越多。这一状况，部分地是由历史上的殖民主义统治、掠夺造成的，而更多地则要归咎于现有的经济规则及相应的国际政治经济秩序。世界银行首席经济学家萨莫斯（Lawrence Summers）在1994年说：“有害健康的污染的成本计量依先前从累计发病率和死亡率中的所得而定。从这个观点看，一定数量的有害健康的污染应放在成本最低的国家，也就是收入最低的国家。我认为，在向收入最低的国家大量倾倒垃圾背后的经济学逻辑是无可挑剔的，我们应当正视之。”针对这一观点，加登斯（Joseph R. Des Jardins）指出：“当我们了解到世界银行有效地控制着国际债务机构并因而操纵着绝大多数欠发达国家的经济，我们就明白了这种态度的问题所在。或许，除了在最残酷的功利主义范围内，我们难以找到任何可以把任何此类模式当作正义或公平来接受的正义理论。”[58]

在这样的原则面前，人与自然的和谐完全是天方夜谭。这是环境公正运动(environmental justice movement)产生的深刻原因。环境公正原则的提出,否定了环境事务无关或优先于社会公正的观点,肯定阶级、种族、国家间的社会经济关系是认定和解决环境问题的关键。由阶级、种族和国家间的歧视造成的权利和机会的差别,意味着人类社会成员不平等地享受着环境利益,不平等地承受着环境负担。环境公正原则确认了环境的稳定与人类福利和社会生产的组织之间的联系。它不仅要求消除阶级、种族和国家间的环境歧视,而且要求当代人和后代人平等地分有环境利益和负担〔59〕。

1991年在华盛顿召开的"首届有色族人民环境领导高级会议"系统概括了环境公正原则,其内容达17条之多。在此,我们择其要者,摘录如下:

1. 环境公正肯定地球母亲的神圣性、所有物种间的生态一体性和相互依存性,以及不受生态破坏的权利;
2. 环境公正要求公共政策建立在全体人民相互尊重和公正的基础上,没有任何形式的歧视和偏见;
3. 环境公正赋予为了对人类和其他生物可持续的星球的利益有道德的、平衡的和负责任的使用权;
4. 环境公正肯定全体人民基本的政治、经济、文化和环境自决权;
5. 环境公正要求作为平等伙伴参与各级决策的权利,包括需要的估算、计划、实施和评价;
6. 环境公正保护环境不公正的受害者获得损失和康复充分赔偿的权利;
7. 环境公正认为政府的环境不公正是对国际法、《世界人权宣言》和《联合国关于种族灭绝条约》的违犯;
8. 环境公正要求我们作为个体,使个人的消费机会尽可能少地消耗地球母亲的资源,尽可能少地生产废弃物;自觉地向我们的生活方式发起挑战,使之优先确保当代和后代共同拥有的自然界的健康。〔60〕

显然,这个纲领和许多社会运动的主张一样,具有广泛的包容性。就起因和具体目标而言,这个运动应归入广义的"人类中心主义"范畴,但从纲领中看,它又吸收了若干非人类中心主义成分,并且和"可持续发展"观念保持着同盟关系。因此,环境公正运动的出现,对于从不同伦理立场关心环境问题的人们来说，理应是一个沟通和争取共识的机会。哈特雷(Troy W. Hartley)说："环境公正运动没有提出虚构的环境伦理学理念或世界观，只是提出了一个在环境伦理学讨论里并不出色的分配价值原则。一个有影响的环境公正运动正在把环境不平等推向政策议程，因此，环境伦理学也应该讨论环境公正。"[61]然而，此类呼吁没有得到非人类中心主义者的有效回应。如深层生态主义者塞申斯(George Sessions)在《后现代主义与环境公正：生态学运动之死？》(1995)、《政治正确、生态实在与生态学运动的未来》(1995)等文中，批评"左派试图把环境运动从全球生态危机的主要问题再引向城市—污染—社会公正的议程"。以后，他又指出："人类中心主义的城市—污染与社会公正关切不允许优于对全球生态危机之紧迫性的现实处理问题。这可归结为优先的问题，涉及到发展一个有现实意义的生态世界观。"[62]

若说面对此前环境主义运动所提出的"环境问题"，传统伦理的坚定维护者还可以闪烁其辞的话，环境公正运动的出现则迫使他们正视环境问题揭示出的伦理危机的事实。同样，主张人与自然无条件亲和的非人类中心主义者也应该走出来看看眼皮底下发生的事情。环境公正运动带来的环境危机性质的重新思考，对于生态哲学的"合法性"是一个考验。这一理论定位上的质问，不是把社会公正问题纳入激进环境主义运动所能够解决得了的。环境公正运动从一个侧面暴露了现代社会伦理危机的严重性。问题已经不是全人类应不应当对自然负责，而是关系到人类成员之间应不应当彼此负责这个起码的选择。环境歧视的存在，表明理性的、秩序的大同伦理世界还远远没有到来。今天，围绕着环境纠纷，国与国之间、国家和地方内部人群与人群之[illegible]是，势头越来越猛，而现代社会的发展理[illegible]可以想见，随着人口继续增长，资源消耗越来越多，环境[illegible]化，在有限的时间里，由环境问题导致的大规模战争是完全可能[illegible]亡的事总是会发生的。但是，如果杀人者和被杀者都是为了同一个价值理想而斗争，我们还有理由无条件地信奉这种理想吗？如果地球上真地出现了马尔萨斯所说的"积极抑制"，我们能够毫无顾忌地认为是"环境的反抗"或"自然的惩罚"吗？深层生态主义者说过："人类生命和文化的繁荣与人口的大幅度减少不相矛盾。非人类生命的繁荣要求人口减少。"[63]从纯经济学角度讲，这或许是有道理的；然而，从伦理上看，不管他们怎样解释人口减少只能通过自觉地控制生育，在这个环境纠纷高度政治化的世界中，如此断言实在是太轻率了。

印度学者古哈(Ramachandra Guha)从第三世界立场对深层生态学的理论与实践进行了严厉批判。在《激进环境主义与荒野保护:来自第三世界的批判》一文中,古哈指出,以深层生态学为代表的激进环境主义尽管以普遍主义的面目出现,实际上却深深植根于美国的环境和文化史,是美国所特有的;如果像深层生态主义者要求的那样,把他们的主张在全球范围内付诸实践,将会导致严重的社会后果。他认为,深层生态学把人对自然的态度区分为人类中心的和生命(生态)中心的,进而以生态完整性而非人类需要作为行动依据,是不可接受的。人类中心和生命(生态)中心的区分无助于理解环境退化的动力机制。当代全球面对的两个根本性的生态问题是工业化世界和第三世界城市上层阶级的过度消费,以及日益扩大的短期和长期的军事化(局部战争和军备竞赛)。这两大问题的原因是非常世俗的:大而言之,在于经济与政治结构的对立;小而言之,在于生活方式的选择。这些原因,无论在何种意义上,都不可能还原为对自然的更深层的人类中心的态度;相反,它们所导致的生态退化对人类生存构成威胁,而不是满足了人类的最大利益。因此,“施咒于人类中心主义恶魔,往好里说是不着边际的,往坏里说是一种危险的混淆”。古哈进而指出,深层生态主义者所关注的荒野保护在美国或许可行,而一旦应用于像印度这样的第三世界国家肯定是有害的。印度是一个长期定居、人口密集的国家,农业人口与自然之间有着良好的平衡关系,而留出荒野地区势必导致自然资源从穷人手里直接转移到富人手里。在印度和非洲推行的国际性荒野保护项目可以证明这一点。这些项目实施的意图和结果是:一方面,富人的旅游利益得到满足;另一方面,威胁着穷人生计的环境问题(如燃料、饲料、水资源短缺、土壤侵蚀、空气和水污染)却得不到恰当处理。古哈认为,深层生态学在“激进的外衣”下,有意无意地为这种狭隘的、不平等的保护实践提供正当理由。“国际保护精英们越来越多地用深层生态主义者用过的哲学、伦理和科学论证来推进他们的荒野十字军。”一位杰出的美国生物学家新近提议,由他和他的科学同事们来接管全球的大部分地区。另一位科学家在权威科学论坛《生态学与系统论年评》上撰文称,生物学家作为“自然界的代表”,“掌管着热带生态的未来”。只有他们有权“决定热带农业景观(tropical agroscape)是否仅仅由人类与其共生生物、共栖体和寄生生物所构成,或者说,它是否也要包括大自然的一些‘孤岛’——自然孕育了人类,又被人类征服。”他甚至告诫他的同事:

"如果生物学家要把一个热带地区生物学化，他们就必须用心用力、讲究战略战术、不惜时间和金钱把它买下来。"针对此类扬言，古哈写道：

> 这种公开的帝国主义宣言，集中体现了深层生态学热衷于荒野保护的多重危险。正如我所表明的，它大大加剧了美国运动忽视第三世界内部更为紧迫的环境问题的倾向。但是，或许更重要、也更为阴险的是，它也为西方生物学家及其资助人、组织（如世界野生动物基金会、国际自然与自然资源保护联盟）的帝国主义渴望提供动力。把一个在文化上植根于美国保护史的运动批发、移植到地球上其他地区，只能导致那里的人群在社会中背井离乡。[64]

古哈的批判或许有偏激之处，可是，他从生态"殖民地人民"的立场对深层生态学的普遍主义诉求及其政治后果所做的揭示，是值得深思的。生态主义者宣称不依附也不认同任何已有的政治意识形态，无论是左派（如社会主义）或右派（如保守主义）。在理论上，生态主义运动是朝这个方向努力的。然而，在实践上，尤其在全球范围的实践上，它能够保持这种政治纯洁性吗？从深层生态主义者对环境公正运动的谴责可以看出，生态主义对左派的态度是充满敌意的，毫不留情的；两个运动的实际关切与行动结果也大相径庭。但是，对于生态环境保护领域的右派，生态主义又如何表现呢？

我们以哈丁（Garret Hardin）的"救生艇伦理"为例。"救生艇"隐喻说的是，世界好比海洋，富国好比海洋中的一艘艘救生艇，四周水面上浮满了穷人，随时有淹死的危险。"救生艇伦理"的核心问题是：在此种情形下，救生艇上的乘客该如何做？哈丁说，必须承认每艘救生艇的承载力都是有限的。以美国这艘救生艇而言，它现在承载着50人，慷慨点，假定其承载力为60人，即还可以搭乘10人（不过，这有悖"安全系数"原理），而在水中等待救助的有100人。这时，有三种可能：一是按基督教教导的"为他人负责"或按马克思教导的"从按劳分配到按需分配"，把所有人都拉上船。这样，船会因超载而沉没，每个人都被淹死——"完全的公正，完全的灾难"。二是既然这艘船还有10人的剩余承载力，我们不妨再搭上10个人。这样做会损害安全系数，我们或早或迟要付出昂贵的代价。更重要的是，选择哪10个人呢？是按"先来后到"，还是挑最好的或最需要的？我们如何来区分？我们又如何向被排除在外的90人交代呢？三是不许人上船，保持微小的安全系数。这样，救生艇上的人才可能存活，“尽管我们将不得不提防扒船的人群”。哈丁知道，许多人反感第三种解决方式，认为是不公正的。他承认确实如此。但是——如果有人说“我为我的幸运感到有罪”，那么回答很简单：下去，把你的位子让出来。这种无私的行为也许满足了有负罪感的人们的良知，却改变不了救生艇伦理。那个接受有负罪感的人让出的位子的人自己不会为突如其来的幸运感到有罪，否则他就不会爬上来。如此下去，良知将在救生艇上泯灭。因此，“救生艇伦理常在，不以一时恍惚而改变”[65]。

“救生艇伦理”是新马尔萨斯主义的极端代表，其理论价值在于其鲜明性。哈丁没有用任何修辞来掩饰其右翼立场。对于“救生艇伦理”，可以想见，深层生态主义者是绝不会赞成的。因为：其一，哈丁的全部议论都以发达世界主导的政治、经济规则的合理性为前提，这是深层生态学坚决反对的；其二，哈丁关心的是人口与粮食之类问题，在深层生态学看来，这只是细枝末节，专注于此不可能解决全球性的生态环境危机；其三，哈丁要处理的是当代世界中人与人之间的关系，而深层生态学则要优先处理人与自然的关系，具体地说，就是如何使地球生态系统不受或少受人类活动破坏。然而，在全球范围的实践上，“救生艇伦理”与深层生态学之间的对立好像并不那么分明。深层生态学极力推动的第三世界荒野保护固然保留了荒野，实际上却是对自然资源进行重新分配。结果，一方面富人的休闲、娱乐需要得到了满足，另一方面穷人的生存环境却没有得到改善（如果不是恶化的话）。从左派（如环境公正运动）的立场看，这种结果是无法容忍的，因为它加剧了环境不公正；从右派（如“救生艇伦理”）的角度看，前一方面且不论，而后一方面原则上是可以接受的。反过来，左派致力于消除不同人群间的环境歧视，深层生态学对此不感兴趣；而右派一旦按哈丁的伦理行事，大量落水人群将无处存身，其道德上的困难恰恰可以借助深层生态主义者的断语来化解：“人类生命和文化的繁荣与人口的大幅度减少不相矛盾。非人类生命的繁荣要求人口减少。”深层生态学与环境保护领域的右翼思想在实践（特别是第三世界的实践）上的这种默契，是令人震惊的！尽管深层生态主义者在此一窘境面前说他们并不反对人本身，只是反对以人为中心，尽管他们说每个人的维生需要都必须得到满足，富人有义务节制消费，然而，只要他们抱着人（全人类）与自然（地球生态系统）这个对立公式不放，这些言辞只能减轻他们道德上的负疚感，而不可能改变其主张的逻辑后果。

生态主义或激进环境主义作为植根于以美国为代表的发达世界的意识形态，在多数民主社会中能够有效地履行它的边缘政治职能。在此意义上,它的激进性质可以理解为一种姿态或策略,其目的是迫使主流社会伦理话语的操持者放弃权力垄断寻求妥协。可是，生态主义者并不满足于有限的边缘政治地位，而是要求普遍主义的实践。当他们把明显带有乌托邦色彩的社会建构方案无条件地加于这个仍然充满着阶级、种族、国家区分(歧视)的世界时,面对被漠视、被损害的人群,他们原初的志向和许诺就变得十分苍白。生态主义由于社会角色的变换而具有双重政治意向，这一点在理论上必须清醒对待。我们当然不会因此否定它在当代历史中的合理性,以及它实际上具有的批判意义。但是，在发达社会之外，尤其在中国这样的第三世界国家,一厢情愿地为其“前瞻性”喝彩,是否足够明智？至于世界范围的生态主义运动向何处发展，能否在未来的发展中对不同利益群体的环境关怀进行综合，从而导向一种真正的全球性实践,任何断言都为时过早。同样,生态批评的现状也是如此,它对于现代性/后现代性/全球性的反驳作用是无可置疑的,但其中暴露出来的种种理论上的不完善也是显而易见的，因此对它在文学批评中的实际效用以及在的未来的发展前景究竟该作如何评价,我们还有待于实践的考验。

(作者单位:中国艺术研究院《文艺研究》编辑部)

注　释:

〔1〕 平肖(1865—1946)是美国资源保护运动早期代表人物,曾在西奥多·罗斯福时期（1901—1909）任总林务管，并于 1905 年组建美国林业局；缪尔(1838—1914)是美国自然保护运动领袖,塞拉俱乐部(Sierra Club)的创始人。

〔2〕 See Joseph R. Des Jardins, *Environmental Ethics: An Introduction to Environmental Philosophy* (2nd edition), Wadsworth Publishing Company, 1997, pp. 39-41; and David Pepper, *Modern Environmentalism: An Introduction*, London & New York: Routledge, 1996, pp. 219-221.

〔3〕 See Joseph R. Des Jardins, *Environmental Ethics: An Introduction to Environmental Philosophy*, p. 39.

〔4〕 沃斯特:《自然的经济体系——生态思想史》,第 321 页。

〔5〕 参见沃斯特《自然的经济体系——生态思想史》,第 412—415 页。

〔6〕 See Arne Naess, “The Shallow and the Deep, Long-Range Ecological Movement,”

Inquiry 16 (Spring 1973): 95-100; and his "The Deep Ecological Movement: Some Philosophical Aspects," *Philosophical Inquiry* 8 (Fall 1986): 10-31.

〔7〕 Andrew Dobson, *The Green Politics Thoughts: An Introduction*, London: Unwin Hyman Ltd., 1990, p. 13, p. 35.

〔8〕 David Pepper, *Modern Environmentalism: An Introduction*, p. 329.

〔9〕 Lawrence Buell, "Ecocritical Insurgency," *New Literary History* 30 (Summer 1999): 699-712.

〔10〕 See Cheryll Glotfelty, "Introduction: Literary Studies in an Age of Environmental Crisis," in Cheryll Glotfelty & Harold Fromm (eds.), *The Ecocriticism Reader: Landmarks in Literary Ecology*, University of Georgia Press, 1996, pp. xviii-xiv.

〔11〕 See Lynn White, "The Historical Roots of Our Ecological Crisis," *Science* 155 (1967): 1203-1207.

〔12〕 See Paul W. Taylor, "The Ethics of Respect for Nature," *Environmental Ethics* 3 (Fall 1981): 197-218.

〔13〕 参见赵敦华《西方哲学通史》第一卷,北京大学出版社 1996 年版,第 67—70 页。

〔14〕 色诺芬:《回忆苏格拉底》,商务印书馆 1984 年版,第 156 页。

〔15〕 See Tim Hayward, "Anthropocentrism," in *Encyclopedia of Applied Ethics*, Vol. 1, Academic Press, 1998, pp. 173-181.

〔16〕 亚里士多德:《政治学》,颜一编《亚里士多德选集·政治学卷》,中国人民大学出版社 1999 年版,第 520 页。

〔17〕 参见张建刚《人类中心主义、内在价值和理性》,徐嵩龄主编《环境伦理学:评论与阐释》,社会科学文献出版社 1999 年版,第 125—126 页。

〔18〕 See Patrick Dobel, "The Judeo-Christian Stewardship Attitude to Nature," *The Christian Century*, Oct. 12, 1977.

〔19〕 参见莱斯《自然的控制》,重庆出版社,1993 年版,第 30 页。

〔20〕 培根:《新工具》,商务印书馆 1984 年版,第 291 页。

〔21〕 参见休谟《人性论》,商务印书馆 1980 年版,第 509—510 页。

〔22〕 参见休谟《人性论》,第 497—498 页。

〔23〕 休谟:《人性论》,第 509 页。

〔24〕 休谟:《人性论》,第 453 页。

〔25〕 康德断言人是"自然的最高目的"和"创造的终极目的",是以"德行之配当与配当之幸福的统一"这个问题已经解决为先在条件的。这个"人"是禀有"善良意志"并且能够使之在行动中实现的朝向无限的"有限的理性存在者",一个真正的道德的主体。在此意义上,人是自然的最高目的和创造的

终极目的，意味着人以他内在高贵的本性赋予世界一种提升的意义，一种比机械因果性构造出来的世界冷冰冰的面孔更宏伟的意义。但是，在现代社会中，人是世界的目的终究是在功利主义范围内定义的。功利主义把德行归结为幸福，从而取消了康德的设问。从历史的角度说，功利主义和义务论两大现代伦理在社会意识层次的交错置换，是以其共同的世俗化基础为前提实现的；从理论形态和结构看，两者的历史性结合也确实具备了充分条件。义务论的形式主义和动机论性质使之在社会实在领域无法有效地贯彻；同时，它把伦理孤立地限定在与幸福相对的德行范围，却又对幸福网开一面。如此一来，就给功利主义留下了足够的施展空间。在这个特定的理论意义上，就启蒙思想在18、19世纪之交的完成形式而论，康德主义和边沁主义同样对在现代社会造成的灾难性后果负有责任（关于这一问题，笔者将另文论述）。

〔26〕 Albert Schweitzer, *Out of My Life and Thought*, trans. A. B. Lemke, New York: Holt, 1990, p. 131.

〔27〕 Paul W. Taylor, *Respect for Nature*, Princeton University Press, 1986, p. 80.

〔28〕 Paul W. Taylor, "The Ethics of Respect for Nature."

〔29〕 Paul W. Taylor, *Respect for Nature*, p. 99ff.

〔30〕 See J. Baird Callicott, "Introduction" to Part One, in *Environmental Philosophy: From Animal Rights to Radical Ecology* pp. 7-16.

〔31〕 See Joseph R. Des Jardins, *Environmental Ethics: An Introduction to Environmental Philosophy*, pp. 192-193.

〔32〕 罗尔斯顿：《环境伦理学》，中国社会科学出版社2000年版，第315页。

〔33〕 罗尔斯顿：《环境伦理学》，第256页。

〔34〕 Arne Naess, "Identification, Oneness, Wholeness, and Self-realization," in John Benson, *Environmental Ethics: An Introduction with Readings*, Routledge, 2000, pp. 244-251.

〔35〕 Arne Naess, "The Deep Ecological Movement: Some Philosophical Aspects."

〔36〕 Bill Devall & George Sessions, *Deep Ecology*, Peregrine Smith Books, 1985, p. 65.

〔37〕 Arne Naess, "The Deep Ecological Movement: Some Philosophical Aspects," or Bill Devall & George Sessions, *Deep Ecology*, p. 70.

〔38〕 刘放桐主编《现代西方哲学》(修订本)上册，人民出版社1990年版，第350页。

〔39〕 怀特海：《科学与近代世界》，商务印书馆1959年版，第104页。

〔40〕 Alfred North Whitehead, *Process and Reality*, London & New York: Harper and Row, 1960, pp. 34-35.

〔41〕 Alfred North Whitehead, *Process and Reality*, pp. 27-28.

〔42〕 怀特海：《科学与近代世界》，第99页。

〔43〕 Alfred North Whitehead, *Process and Reality*, p. 33.

〔44〕 See David R. Griffin, "Whitehead's Deeply Ecological Worldview," in M. E. Tucky & J. A. Grim, Lewisburg (eds.), *Worldviews and Ecology*, Pa.: Bucknell University Press, 1993, pp. 190-206. Cf. David Pepper, *Modern Environmentalism: An Introduction*, p. 242.

〔45〕 Harold Morowitz, "Biology as a Cosmological Science," *Main Currents in Modern Thought* 28 (1972): 156. Cf. J. Baird Callicott, "The Metaphysical Implications of Ecology," *Environmental Ethics* 8 (Winter 1986): 301-316.

〔46〕 See Joseph R. Des Jardins, *Environmental Ethics, An Introduction to Environmental Philosophy*, p. 207.

〔47〕 罗尔斯顿:《环境伦理学》,第 313 页。

〔48〕 J. Baird Callicott, "The Metaphysical Implications of Ecology."

〔49〕 参见沃斯特《自然的经济体系——生态思想史》,第 395—396 页。

〔50〕 See Dana Phillips, "Ecocriticism, Literary Theory, and the Truth of Ecology," *New Literary History* 30(Summer 1999): 577-602; 中译文见王宁编《新文学史》第 1 卷,清华大学出版社 2001 年版,第 287—314 页。

〔51〕 Arne Naess, "The Deep Ecological Movement: Some Philosophical Aspects."

〔52〕 Arne Naess, "The Deep Ecological Movement: Some Philosophical Aspects."

〔53〕 Arne Naess, "The Deep Ecological Movement: Some Philosophical Aspects."

〔54〕 萨缪尔森、诺德豪斯:《经济学》(第 12 版),中国发展出版社 1992 年版,第 1495—1496 页。

〔55〕 参见休谟《道德原理探究》,中国社会科学出版社 1999 年版,第 7—17 页。

〔56〕 亚里士多德的说法(Justice requires treating equals equally),其现代表述式是:正义要求同样对待人,除非他们具有基于正当理由不被同样对待的差别(Justice requires that people be treated equally unless they have differences that would justify unequal treatment)。此即所谓"形式正义原则"(See Joseph R. Des Jardins, *Environmental Ethics: An Introduction to Environmental Philosophy*, p. 227)。

〔57〕 See Joseph R. Des Jardins, *Environmental Ethics: An Introduction to Environmental Philosophy*, p. 229; and Mark Dowie, *Losing Ground: American Environmentalism at the Close of the Twentieth Century*, The MIT Press, 1995, p. 143

〔58〕 See Joseph R. Des Jardins, *Environmental Ethics: An Introduction to Environmental Philosophy*, p. 230.

〔59〕 See Carl Talbot, "Environmental Justice," in *Encyclopedia of Applied Ethics*, Vol. 2, 1998, pp. 93-105.

〔60〕 *The First National People of Color Environmental Leader Summit*, October 24-27, 1991.

〔61〕 Troy W. Hartley, "Environmental Justice: An Environmental Civil Rights Value Acceptable to All World Views," *Environmental Ethics* 17 (1995): 277-289.

〔62〕 See George Sessions, "Introduction" to Part Two, in *Environmental Philosophy: From Animal Rights to Radical Ecology*, pp. 165-182.

〔63〕 Arne Naess, "The Deep Ecological Movement: Some Philosophical Aspects".

〔64〕 See Ramachandra Guha, "Radical Environmentalism and Wilderness Preservation: A Third World Critique," *Environmental Ethics* 11 (Spring 1989): 71-83.

〔65〕 See Garret Hardin, "Living on a Lifeboat," *Bioscience* 24 (1974): 10.

全球化时代的后殖民批评及其对我们的启示

王 宁

内容提要：本文继续作者在后殖民理论思潮研究领域内已经取得的先期成果，通过细读赛义德、斯皮瓦克和巴巴的近著，对西方后殖民主义理论思潮在当前的全球化语境下的新发展作了进一步深入探讨。作者认为，赛义德已经超越了早期的东方主义和文化霸权主义批判，而是更为关注流亡及其写作问题：心灵和文字的流亡；斯皮瓦克也试图摆脱所受到的解构思维的影响，进一步探讨后殖民理性的哲学和文化批判；巴巴在超越早期的含混和晦涩文风之后，致力于文化身份和少数族裔的研究。这三位后殖民理论代表人物的近期著述构成了全球化语境下的后殖民理论批评的最新风景线，标志着后殖民主义理论思潮的第二波。他们的"非边缘化"和解构"中心"进而占据国际学术"中心"的成功尝试对于中国文学理论批评的国际化战略无疑有着极大的启发和鞭策。

关键词：后殖民理论　第三世界批评　流散写作　后殖民理性　少数人化

Abstract: The present essay, based on the author's previous research results, furthers his approach to the recent development in postcolonial theory and criticism with close reading and analysis of the recent publications by Edward Said, Gayatri Spivak and Homi Bhabha. To the author, Said has already transcended his critiques of Orientalism and cultural hegemonism characterized by his early critical theory, shifting his attention to issues of Diaspora and its writing: exile in spirit and in word. Spivak has, trying to avoid the influence of Derrida's deconstruction, deepened her exploration of postcolonial reason from its very roots and offered her philosophical and cultural critique. Bhabha, having escaped his earlier ambivalent and playful writing style, devotes himself to the study of cultural identity and minoritization. Their recent publications have formed a new landscape on the global postcolonial theoretic scene marking the second tide of postcolonialism in the age of globalization. Their successful attempts of "de-mariginalization" and "decentralization" for the purpose of occupying the "center" of international academia have given Chinese theorists insightful revelations in their strategy of promoting China's literary theory and criticism on a global scale.

Key words: postcolonial theory, Third World criticism, diasporic writing, postcolonial reason, minoritization

后殖民主义理论思潮曾在80年代后期至90年代初期取代处于衰落状态的后现代主义理论思潮，一度雄踞西方文学理论批评界。之后由于文化研究的崛起而迅速地被纳入广义的文化研究视野。但进入全球化时代以来，由于赛义德和斯皮瓦克的著述被重新认识以及霍米·巴巴的异军突起，后殖民理论和批评又得到了新的发展。早先的一些相关理论课题被从事全球化研究的学者发掘出新的价值进而得到进一步的深化。可以说，进入全球化时代以来，后殖民主义理论思潮的再度兴起与全球化/本土化、民族/文化身份以及流散写作/批评等问题的讨论密切相关。那么什么是全球化时代的后殖民理论批评之特色呢？这正是本文所要探讨的。对赛义德和斯皮瓦克早期的批评理论，我已在不同的场合曾作过较为详细的评述[1]，因此本文的论述将在过去研究的基础上集中讨论两位理论家的近著，并对巴巴的批评理论之特色作一较为全面的评述。这些理论家近期的研究标志着当代后殖民理论的新的转向，或者说是一种全球化时代的后殖民批评。他们提出的不少理论范畴都与我们今天所讨论的全球化与文化问题密切相关，而他们的成功经验则对我们在今天的全球化语境下发展中国的文学理论批评有着极大的启示。

从东方主义批判到流亡文学研究

毫无疑问，与另几位后殖民理论家相比，最近去世的赛义德（Edward

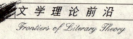

Said, 1935-2003)的知名度始终是最高的,这已为他的去世时所产生的强烈反响所证实。他的著述被人们讨论和引证之频率始终居高不下，这当然也与他的多产和在美国学术界的较早崛起不无关系。我们可以作这样一个比较:如果说,斯皮瓦克的后殖民主义理论带有明显的女权主义和解构色彩,霍米·巴巴的理论具有较强的“第三世界”文化批判和“少数族群”研究之特色的话,那么毫无疑问,赛义德早期的理论则有着强烈的意识形态和政治批判色彩，其批判的锋芒直指西方的文化霸权主义和强权政治,其批判的理论基石就是“东方主义”建构。出版于20世纪70年代后期的那本富有挑战意味的专著《东方主义》(*Orientalism*, 1978)确实为我们的跨学科文化学术研究开辟了一个崭新的理论视野，即将研究的触角直接指向历来被西方主流学术界所忽视、并且故意边缘化了的一个领地:东方或第三世界,它在地理环境上与西方世界分别处于地球的两个部分,但这个“东方”并非仅指涉其地理位置,同时它本身还具有着深刻的政治和文化内涵。但赛义德的尝试还具有强烈的“非中心化”(de-centralization)和“解构”的作用,实际上是后现代主义之后出现在西方学界的“非边缘化”倾向的先声。

但是,正如不少东西方学者已经注意到的那样,赛义德所批判和建构的“东方”和“东方主义”也不无其局限性,这种局限性具体体现在地理上、文化上和文学上，这也使我们第三世界学者和批评家有了可据以进行质疑和重新思考的理论基点。诚然,《东方主义》一书的出版,不仅奠定了赛义德本人的学术声誉和地位，同时也标志着他的后殖民理论体系建构的开始。之后,他虽然在其他场合曾对“东方主义”的内涵和外延做过一些补充和修正,但其理论核心并未有所突破。

1993年出版的宏篇巨制《文化和帝国主义》(*Culture and Imperialism*)全面地审视了西方文化,从18世纪的作家简·奥斯汀一直论到当今仍有争议的赛尔曼·拉什迪，从现代主义诗人叶芝一直论到具有后现代特征的海湾战争中新闻媒体之作用，其间还透过后殖民主义的理论视角分析了显然具有后殖民性的英国作家吉卜林和康拉德的小说，以一个比较文学学者的身份对这一学科的局限进行反驳，直到在一个更为广阔的世界背景下全面描述帝国主义的文化侵略和殖民地人民的反抗的历史,等等,大大地突破了传统的学科界限。当然，这一时期的学术界也发生了巨大的变化:关于后现代主义的讨论越来越趋向全球化,并与第三世界的反殖民和反霸权斗争相关联；而比较文学的兴趣东移则更是导致了一种以东西方文学的对话与交流为特色的新的国际比较文学研究格局的出现；后现代主义之后的后殖民主义大潮不断向中心运动，文化研究在一个全球范围内的转型期方兴未艾……这一切都使得比较文学研究者必须正视文化和文化本质问题。可以说，赛义德在沉默了一段时间后的深入思考在很大程度上是接着上述两本著作中所涉及的问题的进一步深入研究。而对这些问题的反思和深入探讨则集中体现在他出版于上世纪末的论文集《流亡的反思及其他论文》(*Reflections on Exile and Other Essays*, 2000)中所收的各篇论文中。在本文的这一部分，我主要讨论这本书中所收录的一些重要论文中的观点及创新之处。

在这部写作时间长达三十多年的论文集中，赛义德真实地记载了自己初到美利坚帝国的中心在哥伦比亚大学任教直至世纪末所走过的道路。在这期间，美国的文学学术界也和这个国家一样经历了风风雨雨和潮起潮落。人们不难看出，"20世纪可算作是美国的世纪，也许情况确实如此，尽管对这一世纪将产生的意义作出预言仍然为时过早"[2]。在政治、经济和军事领域是如此，在美国的文学研究领域，也经历了从新批评、现代主义到后现代主义、新历史主义、后殖民主义和文化研究的变迁，文学经典的涵义和成分也发生了本质的变化。在赛义德看来，今天的人们"谈论经典就是要理解文化中心化的这一演变过程，这是我们今天仍伴随着的帝国主义和全球主义所导致的一个直接结果。这一伟大事业的特权就在于，它始终居于中心的中心，因而能够接触或包含边缘的或怪异的生活的历史经验，哪怕只是以一种浓缩的或不大看得见的形式经历的。被帝国主义搅合在一起的全球语境中的文学理论批评提供了一整套的可能性，尤其是我们若认真考虑非殖民化的历史经验的话……则更是如此"[3]。无疑，赛义德是在西方学术的中心地带以一个有着第三世界背景的后殖民地知识分子的身份发出这番言论的，因此也自然会同时受到东西方学者的重视和非议。尽管人们不免会对赛义德本人的双重身份提出种种质疑，但他仍然在不止一个场合为自己辩解，"也如同其他许多人那样，我不止属于一个世界。我是一个巴勒斯坦的阿拉伯人，同时我也是一个美国人。这赋予我一种奇怪的，但也不算怪异的双重视角。此外，我当然也是一个学者。所有这些身份都不是清纯的；每一种身份都对另一种发生影响和作用"[4]。他的这番自我表述无疑也代表了大多数后殖民理论家所处的双重境遇，他们为了在帝国中心地带的众声喧哗之中发出一种独特的声音，不得不依赖自己所拥有的双重身份和双重文化背景：既在第一世界

充当第三世界的代言人,同时又在第三世界宣传第一世界的理论,以便向第三世界知识分子进行文化启蒙。他们的流落他乡正是他们之所以具有这种双重身份的一个重要原因。因而他们对另一些流离失所的人们的关心便是理所当然的。

诚然,作为一位有着深切流亡体会的第三世界裔知识分子,赛义德对自己民族的痛苦是始终记忆犹新的。在收入书中的一篇题为《流亡的反思》的文章中,他开宗明义地指出,"流亡令人不可思议地使你不得不想到它,但经历起来又是十分可怕的。它是强加于个人与故乡以及自我与其真正的家园之间的不可弥合的裂痕:它那极大的哀伤是永远也无法克服的。虽然文学和历史包括流亡生活中的种种英雄的、浪漫的、光荣的甚至胜利的故事,但这些充其量只是旨在克服与亲友隔离所导致的巨大悲伤的一些努力。流亡的成果将永远因为所留下的某种丧失而变得黯然失色"[5]。这种流亡所导致的精神上的创伤无时无刻不萦绕在他的心头,并不时地表露在字里行间。那么他本人究竟是如何克服流亡带来的巨大痛苦的呢?赛义德一方面并不否认流亡给个人生活带来的巨大不幸,但另一方面,他又认为,"然而,我又必须把流亡说成是一种特权,只不过是针对那些主宰现代生活的大量机构的一种**不得不做出的选择**。但毕竟流亡不能算是一个选择的问题:你一生下来就陷入其中,或者它偏偏就降临到你的头上。但是假设流亡者不甘心在局外调治伤痛,那么他就要学会一些东西:他或她必须培育一种有道德原则的(而非放纵或懒散的)主体"[6]。从上述两段发自内心的表述来看,赛义德也和不少被迫走上流亡之路的第三世界知识分子一样,内心隐匿着难以弥合的精神创伤,而对于这一点,那些未经历过流亡的人是无法感受到的。由此可见,赛义德的不同凡响之处正在于他能够将这种痛苦转化为一种既能在帝国的中心求得生存同时又能发出批判声音的强大动力。毫无疑问,受到赛义德等后殖民理论家的启发,一大批远离故土流落他乡的第三世界知识分子也从自己的流亡经历中发掘丰富的写作资源,从而使得"流散写作"(diasporic writing)在全球化的时代方兴未艾,越来越为研究全球化和后殖民问题的学者所重视。

众所周知,赛义德与哈佛大学的亨廷顿教授在当今的美国社会所处的地位是非常独特的,他们分别代表了能为美国政府的决策提供左右两方面参考的知识力量。收入书中的一篇长篇论文就反映了这两位大师级人物的论战。这篇论文题为《定义的冲突》(The Clash of Definitions)。我们大概不难从这篇未发表过的文章的标题看出作者想要讨论的主题：其矛头直指亨廷顿发表于《外交事务》(*Foreign Affairs*) 1993年夏季号上的那篇引起广泛争议的文章《文明的冲突》。在此我们完全可以一睹这两位左右两方面代表的交锋之风采。针对亨廷顿所鼓吹的"文明冲突论"的偏激之词，赛义德一针见血地指出，"亨廷顿所鼓吹的其他文明必定要与西方文明相冲突的论调如此之强烈和一以贯之，他表现出为西方所规定的为了继续获胜而必须做的事如此之骄横和不可一世，以至于我们不得不得出这样的结论，即正是他本人对继续并扩大冷战最有兴趣，他所要采取的方法绝不是要人们去理解当今的世界局势或努力与不同的文化和睦相处"[7]。因此显而易见，亨廷顿为世界的未来描绘了一幅不同的文明或文化之间有可能发生剧烈冲突的可怕图景，而赛义德则存心要把这幅虚假的图景消解掉。接着，赛义德经过仔细考证指出，亨廷顿的文明冲突论并非他首创，而是取自伯纳德·路易斯（Bernard Lewis）发表于《大西洋月刊》(*The Atlantic Monthly*) 1990年9月号上的文章《穆斯林仇恨的根源》(The Roots of Muslim Rage)[8]。而亨廷顿充其量不过是重蹈了前人的覆辙，本质上并无什么创新之处，这就从问题的本质入手一下子击中了亨廷顿的要害。但是我们却无法考证出，为什么赛义德在当时亨廷顿引起广泛争议时未发表这篇文章，而在多年后却将之收入作为自己一生之总结的论文集中？他是不是想让历史来检验自己的论断是否正确？但不幸的是，就在他的文集出版一年后，震惊世界的9·11事件发生了，经过修正了的亨廷顿的"文明冲突论"再次占了上风。我们虽然不知道赛义德当时是怎么想的，但我们至少可以从他对亨廷顿观点的批判中窥见亨氏论断的片面性和缺乏原创性。

在《定义的冲突》这篇文章中，赛义德还进一步一针见血地指出了这种"文明冲突论"的荒谬本质，"使我更为不安的是，宣称这种文明冲突论调者作为历史学家和文化分析学家似乎是多么地健忘：用这种方法对这些文化所做的定义本身又是颇有争议的。我们无需接受这种十分天真幼稚和故意带有还原论的观点，即各种文明本身是彼此相同的，我们必须始终提出这样的问题：那些文明是由那些人根据什么理由点出来、创造出来并予以界定的"[9]。在赛义德看来，这种论调显然有很多破绽，其中"最不堪一击的部分就在于这些文明之间假想出来的严格的分离，尽管有着强有力的证据表明，当今的世界实际上是一个混杂的、流动的和多种文明交织一体的世界"[10]。因此在这样一个充满了各种不确定和偶然因素的世界,文明的冲突实际上和文明的共存及对话始终是并行不悖的,就好比全球化与本土化的二重关系一样:时而处于冲突和对峙的状态,时而又处于共容和对话的状态。忽视这种二重性而任意强调和夸大文明之间的冲突一面只能起到一种误导的作用。从这一点来看,赛义德的批判之言辞是十分有力的,得出的结论因此便是令人信服的。

鉴于《东方主义》一书出版后引来的颇多争议,尤其是来自东方学家阵营的争议,赛义德在不同的场合作了一些回应,但最有力、并且观点最鲜明的当推发表于《种族和阶级》(*Race and Class*) 1985年秋季号并收入本书的论文《东方主义重新思考》(Orientalism Reconsidered)。在这篇论文中,赛义德首先简要地重申了他对东方主义的三重定义:"作为思想和专业的一个分支,东方主义当然包括几个相互交叠的方面:首先,欧亚之间不断变化的历史和文化关系,这是一种有着4000年历史的关系;其次,西方的一个学术研究的学科,始于19世纪初,专门研究各种东方文化和传统;第三,有关被叫做东方的世界之一部分的各种意识形态构想、形象和幻想。"但他紧接着又补充道,"但是这并不意味着东西方之间的划分是一成不变的,也不意味着这种划分只是一种虚构"[11]。由于这其中的种种复杂因素,东方主义概念的提出和建构便带有各种主客观的因素,所引来的非议和争议自然也就是在所难免的了。对此,赛义德并不回避,而是透过各种表面的现象究其本质,对东方主义作进一步的界定和描述。"由于对东方主义的重新思考始终与我早先提及的另外许多这类活动密切相关,因此在此有必要较为详尽地进行阐述。因此我们现在可以将东方主义视为一种如同都市社会中的男性主宰或父权制一样的实践:东方被习以为常地描绘为女性化,它的财富是丰润的,它的主要象征是性感女郎,妻妾和霸道的——但又是令人奇怪地有着吸引力的统治者。此外,东方就像家庭主妇一样,忍受着沉默和无限丰富的生产。这种材料中的不少都显然与由现代西方主流文化支撑的性别、种族和政治的不对称结构相关联,这一点正如同女权主义者、黑人研究批评家以及反帝国主义的积极分子所表明的那样"。[12] 我们完全可以从赛义德本人对东方主义建构的重新反思发现,经过学界多年来围绕东方主义或东方学展开的争论,他在某种程度上已经吸纳了批评者的部分意见,并对自己过去的建构作了某些修正。

在80年代初出版的论文集《世界、文本和批评家》(*The World, the Text and the Critic*, 1983)收入了他的一篇著名的论文,也就是那篇广为人们引证的《旅行中的理论》(Traveling Theory)。在那篇文章中,赛义德通过卢卡契的“物化”(reification)理论在不同的时代和不同的地区的流传以及由此而引来的种种不同的理解和阐释,旨在说明这样一个道理:理论有时可以“旅行”到另一个时代和场景中,而在这一旅行的过程中,它们往往会失去某些原有的力量和反叛性。这种情况的出现多半受制于那种理论在被彼时彼地的人们接受时所作出的修正、篡改甚至归化,因此理论的变形是完全有可能发生的。毫无疑问,用这一概念来解释包括后现代主义和后殖民主义在内的各种西方理论在第三世界和东方诸国的传播和接受以及所产生的误读和误构状况是十分恰当的。因此这一论点所产生的影响是巨大的,对此赛义德虽然十分明白,但他总认为有必要对此作进一步的反思和阐述。在这本书中收入了他写于 1994 年的一篇论文《理论的旅行重新思考》(Traveling Theory Reconsidered),在这篇论文中,他强调了卢卡契的理论对阿多诺的启迪后又接着指出了它与后殖民批评理论的关系,这个中介就是当代后殖民批评的先驱弗朗兹·法农。这无疑是卢卡契的理论旅行到另一些地方的一个例证。在追溯了法农的后殖民批评思想与卢卡契理论的关联之后,赛义德总结道,“在这里,一方面在法农与较为激进的卢卡契(也许只是暂时的)之间,另一方面在卢卡契与阿多诺之间存在着某种接合点。它们所隐含着的理论、批评、非神秘化和非中心化事业从来就未完成。因此理论的观点便始终在旅行,它超越了自身的局限,向外扩展,并在某种意义上处于一种流亡的状态中”[13]。这就在某种程度上重复了解构主义的阐释原则:理论的内涵是不可穷尽的,因而对意义的阐释也是没有终结的。而理论的旅行所到之处必然会和彼时彼地的接受土壤和环境相作用而且产生新的意义。可以说,赛义德本人的以东方主义文化批判为核心的后殖民批评理论在第三世界产生的共鸣和反响就证明了他的这种“旅行中的理论”说的有效性。

近几年来,赛义德虽然身体状况一直不好,但是他本人直到于 2003 年 9 月 24 日去世前依然活跃于美国学术理论界,始终是人们关注的中心。作为一位有着强烈社会责任感和使命感的知识分子,他认为,“知识分子并不是要登上一座山峰或讲坛以便站在高处做慷慨激昂的演讲,显然,你想在人们能很好地听你讲话的地方说要说的话;同时,你也希望你的演讲表述得极好以便对不断发展着的社会进程产生影响,例如,对和平和正义产生影响。不错,知识分子的声音是孤独的,但它能产生共鸣,因为它可以自由地与一场运动的现实、一个民族的愿望以及共同追求的理论密切相关"[14],因此,知识分子在当今社会的作用是不可轻视的。和许多将自己封闭在大学校园内潜心攻读"纯粹的"学问的知识分子所不一样的是,在他看来,知识分子并不意味着只是指那些掌握了一门学问的学者,知识分子应当时刻关注当代社会的变革,有责任对当代文化的形成进行干预,并提出自己的批判性策略。他始终是这样说的,也是这样做的,因此他时常针对一些尖锐的重大国际问题,如海湾战争、科索沃危机、9·11事件以及其后的国际反恐战争等,及时地发表自己的独特见解,因而也得罪了一些人,甚至遭到恐吓和威胁。尽管身患癌症并到了晚期,他仍不时地出现在公众场合发表演讲,阐述自己的观点,对当代社会的一些敏感问题发表自己的看法。可以说,《流亡的反思》一书的出版既是对他一生的批评和学术生涯的总结,同时也为当今全球化语境下的后殖民批评及理论研究提出了一些有意义的新课题。

从解构到后殖民理性批判

在当今的美国乃至整个西方学术理论界和文化研究界,佳亚特里·C. 斯皮瓦克(Gayatri C. Spivak,1942—)通常被当作仅次于赛义德的当代最有影响、同时也最有争议的一位后殖民地或第三世界知识分子,或后殖民批评家,这在很大程度上也许是由于她的双重边缘身份所致:既是一位知识女性同时又有着鲜明的第三世界背景。据说斯皮瓦克为了保持她的印度公民身份,始终持印度护照,保留原有的国籍,这一点在当今美国的不少后殖民批评家中实属罕见。1999年,当她的著作《后殖民理性批判:走向行将消失的当下的历史》(*A Critique of Postcolonial Reason: Toward a History of the Vanishing Present*)在哈佛大学出版社出版时,她的学术声誉达到了空前的境地:她被历来对新理论思潮颇有微词的哈佛大学邀请去讲演,为她新出版的专著作了一系列广告式的宣传,随即她又获得了加拿大最有名气的多伦多大学授予的荣誉博士学位;在她那本新著的封底,哈佛大学出版社是这样评价她的成就的:"在对她曾经帮助界定的后殖民研究领域所作的第一部全面探讨中,佳亚特里·C. 斯皮瓦克这位世界顶尖的文学理论家之一,尝试着扮演在后殖民领地之内为后殖民批评家的论述负有责任的角色"。这一事实无可辩驳地说明了,无论就其本身的学术影响和批评著述的穿透力而言,还是就其对后殖民主义这一理论概念的逐步得到承认进而成为当代最前沿的一种理论学术话语所作的贡献而言，斯皮瓦克都可算作赛义德之后最有影响的一位有着自觉理论意识的后殖民批评家。而随着赛义德身体的日益衰弱直到最近的溘然长逝，斯皮瓦克在后殖民批评领域内的领军作用就愈加显得重要和不可替代。

作为一位个人经历异常复杂而且理论方向也十分驳杂的后殖民理论批评家，斯皮瓦克走过的是一条发展轨迹清晰可寻的学术道路：她早年曾作为德里达的解构主义理论在北美最重要的翻译阐释者而一举成名，其后又以一个颇有挑战性的女权主义批评家的身份而活跃在女性文学界和批评界。之后当这一切均为她的异军突起铺平道路后，她才尝试着独辟蹊径，逐步发展成为有着自己独特批评个性和理论风格的当代最有影响的后殖民理论批评家之一。和十分多产的赛义德相比，斯皮瓦克的专著并不算多，其主要批评理论和实践见于她的这三部论文集以及上面提到的那部专著中：《在他者的世界：文化政治论集》(*In Other Worlds: Essays in Cultural Politics*, 1987)，《外在于教学机器之内》(*Outside in the Teaching Machine*, 1993) 和《斯皮瓦克读本》(*The Spivak Reader*, 1996, [ed. Donna Landry and Gerald MacLean])。此外她还出版有访谈录，编译多部理论著作和文集，并在欧美各主要刊物发表了大量的批评论文。

毫无疑问，斯皮瓦克不仅是德里达的著作在英语世界的主要翻译者，同时也是当今的批评家和学者中对德里达的思想把握最准确、解释最透彻的一人，这主要体现在她为德里达的代表性著作《论文字学》英译本撰写的那篇长达八十页的"译者前言"以及其后发表的一系列论文中。尽管她后来早已脱离了翻译实践，而且并不满足于仅仅对德里达的理论进行批评性阐释，但那篇长篇宏论却已经奠定了她在理论和文化翻译领域内的重要地位，并且预示了其后崛起的后殖民文化翻译和对传统的翻译理论的解构性冲击。如果说，赛义德的后殖民理论主要受到葛兰西的西方马克思主义和福柯的后结构主义理论影响的话，那么，斯皮瓦克的后殖民理论则主要受惠于德里达的解构理论，可以说，正是从对德里达理论的翻译解释入手，斯皮瓦克开始了她那漫长的以解构理论为其主要理论基础的女权主义和后殖民理论批评著述。

斯皮瓦克由于曾经全身心地投入翻译德里达的代表性著作《论文字学》(*De la Grammatologie*)，因而她早期的著述风格的晦涩特征显然在很大程度上受到了德里达的影响。一些有着鲜明的意识形态倾向性的女权主义批评家常常抱怨她的冗长句子和晦涩风格。但她的聪明之处恰在于，她试图超越德里达的"文本中心"之局限，来达到自己的理论建构。这

具体体现在她对当代社会现实的强烈参与意识和对权威话语的挑战精神和批判锋芒，人们尤其可在她后期的后殖民批评文字中见到这一特征。当然，斯皮瓦克也和一切解构理论家一样，并不否认差异，但她对差异和踪迹的兴趣并未导致她沉溺于无端的文字游戏中，却促使她在其后的学术生涯中把大量精力花在对第三世界文本和“非主流文化”的研究，这一点正是她与其理论宗师德里达和博士论文导师德曼以及另一些解构主义批评家的不同之处。

斯皮瓦克的批评思想是十分复杂的，即使在她全身心地投入对德里达的解构理论的翻译阐释时，仍然显露出其他观点和主义的影响之痕迹。按照《斯皮瓦克读本》的两位编者的总结，贯穿于斯皮瓦克的学术思想之始终的主要是这样三个既大相径庭同时又关系紧密的研究领域：女权主义，马克思主义和解构主义。斯皮瓦克作为一位对马克思主义有过很大兴趣并花了一番功夫对马克思主义创始人的原著作了细读和深入研究的解构主义者，时时刻刻都没有忘记马克思主义的辩证唯物主义和历史唯物主义基本思想，这些思想对于她后来既运用解构的思维方式来研究“非主流话语”同时又致力于超越解构主义无疑是起了重要作用的。但是她和詹姆逊等欧美马克思主义理论家的明显不同之处恰在于，她是从解构的角度来阅读马克思主义的，同时又使自己的批判超越了解构的文字游戏，从而同时达到了马克思主义的意识形态批判之高度和文化阐释之深度。

作为一位有着强烈的女性挑战意识的女权主义批评家，斯皮瓦克也不同于那些全身心地投入其中的女权主义者，在某种程度上说来，她之所以对女权主义感兴趣，在很大程度上不过是因为她自己是一个女人而已。她对女权主义的态度往往是矛盾的，因此她的女权主义批评既包含了从女性本身的视角出发进行的文学和文化批评，同时更带有对女权主义理论本身的批评。一方面，她曾在20世纪七八十年代致力于北美的女权主义理论话语的建构和女性批评实践，另一方面又对女权主义的局限性有着清醒的认识并不时地提出自己的批评，这样，她一般被人们认为是如同法国的克里斯蒂娃和西克苏那样的“学院派”女权主义理论家。因此她的观点一出笼，便同时受到来自女权主义批评内部和外部两方面的批评和攻击。但她对当代女权主义批评和性别政治的贡献和所产生的实际影响却是无人可以否认的。

作为一位在印度受过大学本科教育、有着清晰的后殖民地背景的第三世界知识分子或批评家，斯皮瓦克的理论特征就在于她的立场的多变性和理论基点的不确定性：她能够不断地根据西方文化和文学批评理论发展的主流嬗变来调整自己的学术研究，以便能在不同的批评主旨嬗变时刻出奇制胜地提出自己的理论洞见。在一次访谈中，她是这样为自己的灵活立场进行辩护的："我并不想为后殖民地知识分子对西方模式的依赖性进行辩护：我所做的工作是要搞清楚我所属的学科的困境。我本人的位置是灵活的。马克思主义者认为我太代码化了，女权主义者则嫌我太向男性认同了，本土理论家认为我太专注西方理论。我对此倒是心神不安，但却感到高兴。人们的警惕性由于她被人注意的方式而一下子提高了，但却不必为自己进行辩护。"[15]毫无疑问，在上述三种批评理论中，她贡献最多的领域无疑是后殖民主义理论与批评。在斯皮瓦克看来，后殖民主义本身并不是一种反对帝国主义或殖民主义的批评话语，后殖民主义的批判目的在于削弱西方对东方和第三世界国家的文化霸权。作为一位有着第三世界背景的后殖民理论批评家，她既要摆脱西方模式的影响，又要达到实现其"非边缘化"策略的目的，因而惟一的选择就是用西方的语言和(出自西方的)解构策略来达到削弱西方殖民主义和文化霸权的目的。对西方文化霸权的批判和西方中心模式的不断消解的尝试实际上促使她逐步完成了从"边缘"向"中心"运动进而最终消除单一"中心"的企图。可以说，从斯皮瓦克的学术地位和近几年来在欧美文学和文化理论批评界的与日俱增之影响来看，她的愿望应该说已经达到了。

斯皮瓦克是一位有着不可抹去的第三世界生活经验和文化背景的后殖民理论家，由于她至今仍持印度护照，因此她和祖国的后殖民运动便有着千丝万缕的联系，并推动着印度的"非主流研究"(Subaltern Studies)群体的工作。她首先关心的是如何正视第三世界的后殖民性或后殖民状态，既然殖民地问题是当代后殖民理论家所无法回避的问题，那么无论是马克思主义者还是女权主义者或是解构主义者都无法回避第三世界知识分子所面对的后殖民状态，后殖民地人民的边缘性正如东方文化的边缘性一样，是长期以来的殖民地宗主国和帝国霸权的政治压迫和经济剥削所造成的。但即使如此，这一边缘地带的人民也是不可征服的，他们会抓住一切适当的时机进行"非边缘化"和"非领地化"的尝试，进而实现从边缘向中心的运动以便最后消解中心/边缘这一人为的二元对立。可以说，斯皮瓦克本人学术生涯的不断推进以及她的批评思想的演进实际上就是这方面的一个成功的范例。

毫无疑问，和其他后殖民理论家一样，斯皮瓦克的理论知识背景也体现在另一些方面。除了她所潜心研究的德里达的解构理论外，她也多少受惠于福柯的“权力-知识”之概念；她还从法国思想家德勒兹和佳塔里那里借鉴了“非领地化”的策略；并且从马克思那里提取了“价值”或“价值形式”等理论概念，经过自己的带有第三世界知识分子的主体意识的理解和基于第三世界经验的创造性转化发展成为一种居于第一世界之内部的“他者”的话语，从而对帝国的权威话语形成了有力的挑战和消解。这也就是为什么后殖民批评既活跃在“边缘”同时又能在“中心”地带自如地运作的原因。斯皮瓦克认为，后殖民性不能与全球性的重新绘图——即把当代世界划分为南北两部分——相隔绝。后殖民地国家或民族进入了一个并非它自己创造的世界，但它却在与自身的非殖民化进行讨价还价式的谈判，当然这种谈判的结果是争取殖民地人民的更大的自主权和独立性，以便最终实现从边缘向中心的运动和新的中心的建立。

斯皮瓦克的后殖民研究的另一大特色在于积极参与“非主流（文化）研究”，并成为这一研究群体实际上的领袖。斯皮瓦克长期以来一直从事的就是诸如女权主义、解构理论和后殖民地文化等“非主流”话语的研究，因此用这个术语来概括她的学术研究特征倒是十分恰当的，她所致力于的就是要使这些后殖民地的非主流社群喊出自己的声音，以便削弱帝国的文化霸权和主宰地位。因此，在当代各种理论思潮的角逐中，“非主流”研究组织的批判性尝试对于重写殖民地的历史和为传统的文学经典注入新的成分都起到了重要的作用。

鉴于我已在不同的场合对斯皮瓦克直到90年代初的学术思想作过较为全面的讨论，因此在本文中我将集中讨论她出版于90年代末的专著《后殖民理性批判》。通过对这本书的主要观点的评介，我们大概不难把握斯皮瓦克本人以及进入全球化时代以来后殖民批评理论的新进展。

在斯皮瓦克已经出版的整本著述中，《后殖民理性批判》可以说是她的第一部有着一定体系性和完整理论思想的专著。这本书除了序言和一篇题为《解构的开始生效》(The Setting to Work of Deconstruction) 的附录外，整体部分分为四章：第一章题为“哲学”，第二章题为“文学”，第三章题为“历史”，第四章题为“文化”，这种分类使人不难看出斯皮瓦克作为一位思想家的宏伟理论抱负。其中写得最为精彩的部分当推第一和第四部分，这正好也反映了她本人在这两个学科领域内的深刻造诣。按照她本人的说法，“我的目的在于通过各种实践——哲学、文学、历史和文化——

来追踪本土信息提供者的形象”,但是随着她的论述的展开,“某种后殖民主体反过来却一直在重新揭示殖民的主体，并且在挪用信息提供者的观点”[16]。这也许正是后殖民理论批评的一个悖论。

正如她本人所概括的,本书第一章观照的是哲学,也即探讨西方古典哲学的宗师康德是如何排斥土著居民的。黑格尔又是如何将欧洲的他者纳入其规范的偏离模式的,以及殖民主体又是如何“净化”黑格尔本人的;马克思又是如何在差异中进行协调的。等等。这就从殖民主义的源头探讨了问题的根本,并且清晰地梳理出一条殖民和反殖民/后殖民的发展线索。在讨论了上述几位思想家对殖民和后殖民理性所作的贡献后,作者指出,这一事实“在于当今世界没有一个国家不属于这个资本主义的经济体系,或者说试图全然回避它。事实上,在经济领域里,马克思主义——充其量作为一种思考和推测的形态,是由一位活动家兼哲学家所构思的,他自学了很多当代经济学因而将其视作一门人类的(因为是社会的)科学,通过这种感觉又发起了对政治经济的一场彻底的批判——在今天的世界上只能作为对一个体制(微电子时代的后工业世界资本主义)的持续的批判而产生作用,但是这种批判却是任何政治机构都试图进入的,因为那是这种情境的‘实在’”[17]。虽然马克思主义探讨的是资本主义处于上升时期的运作规律,但对资本主义本质规律的研究在当今的新马克思主义理论家那里却从未间断过，对此斯皮瓦克也十分清楚地认识到了，并试图把这一研究加以推进。这一章中的精彩之处还体现在她本人对马克思的《资本论》的细读,在细读的过程中她还发现了这样一个常常被人们忽视的事实，“尽管在经济领域内始终存在着围绕价值观念的用处而进行的热烈争论,但马克思主义的文化批判却令人奇怪地保持沉默。无论是英国的雷蒙德·威廉斯或斯图亚特·霍尔，或是德国的批判理论，或者是美国的弗雷德里克·詹姆逊或社会文本团体，或者是法国的阿尔杜塞派或后阿尔杜塞派,都未曾对其深刻的涵义作过探讨”。而斯皮瓦克则发现了这其中所隐含的意义，并建议专事思想意识研究的历史学家们去细读一下《资本论》中的一部分,这就是题为“外贸”的一个章节。在她看来,“整个这一章都值得一读,以便欣赏马克思所揭示的外贸的利益再现是如何表现为对他本人分析政治经济之有效性的消解，特别是它所坚持的一个观点,即利润的比率有可能跌落。”[18]应该说,深受马克思主义影响的斯皮瓦克从来也没有忘记马克思的辩证唯物主义方法和唯物主义的历史观，而且对辩证唯物主义和历史唯物主义方法的坚持始终体现于她对后殖民理性的批判。因此这一章实际上也为后面更为深入的理性批判奠定了基调。

第二章之所以以“文学”为标题，主要是因为“文学”也许与我们的文学研究者最为密切相关。在这一章里，作者展开论述的方式与前一章中就理论谈理论或围绕理论文本进行演绎的抽象方式迥然有别，而是通过对一些蕴含着殖民主题的文学文本的阅读，试图探讨殖民主义和后殖民性是如何形成的，以便展开她的后殖民理性批判。作者所涉及的作家作品包括夏洛特·勃朗特的《简爱》、玛丽·雪莉的《弗兰根斯坦》以及波德莱尔、吉卜林、莱斯、马哈斯威塔、科茨等作家的作品，而在实际论述中则大大超出了这些作品的范围。通过对这些殖民/后殖民文学文本的仔细阅读，斯皮瓦克指出，“我现在想进一步推进一个论点，并做一番对比。后殖民作家的任务，也即那些由历史在实际上产生出来的殖民地女性公民的后裔，不可能仅仅局限于在《弗兰根斯坦》中强有力地展现出来的特殊的主仆关系。”[19]而在进一步阐述女权主义的任务时，斯皮瓦克则指出，“……存在于都市社会关系和机构内的女权主义具有一种与19世纪欧洲的不断向上活动的资产阶级文化政治中为个人主义而奋斗有着关联的东西。因此，即使我们女权主义批评家发现了对普遍性或学术客观性所作的具有男性主义的真理诉求的修辞性错误，我们也只好去建构一种全球姐妹关系的真理的说谎行为。”[20]毫无疑问，在斯皮瓦克的解构式后殖民理论视角下，与男性中心话语相对立的是，始终存在着一种女性中心的话语，而在这些殖民文本中也始终蕴含着某种后殖民性，它也作为前者（殖民性）的对立面而存在。这就历史地说明了后殖民性也像后现代性一样，并不只说明一种与殖民性在时间上的延续关系，而是揭示出，殖民性一诞生，它的对立物后殖民性也就存在了。而对后殖民的理解在很大程度上则应将其置于殖民的语境之中来理解。

在这一章中，斯皮瓦克还讨论了吉卜林的短篇小说《征服者威廉》以及隐于其中的后殖民混杂策略。也和霍米·巴巴的文化翻译观念相类似，她认为，“作为违规的翻译（translation-as-violation）之结构较为直接地描述了第三世界主义文学教义中的某些倾向。它自然是我的总的论点的一部分，除非第三世界主义的女权主义发展出一种对这些倾向的防范措施，否则它是不可能不加入其中的”[21]。这实际上也预示了本书后面对詹姆逊的讨论和批判。也和不少西方批评家一样，她对詹姆逊等人的第三世界批评理论是持批判态度的，但与那些白人批评家所不同的是，斯皮瓦克从自己的第三世界立场出发,在肯定其积极意义的同时,指出了其明显的新殖民主义局限性,“第三世界研究,包括英语世界的第三世界女权主义研究是如此之虚幻因而竟常常忽视了文化研究中的所有语言具体性或学术深度。确实,在世界上的那些已摆脱殖民统治的地区,通常用无甚差别的英语翻译来转述或直接用英语或欧洲语言撰写的著作,或者那些在第一世界由某些有着其他种族背景的人写出的著作,正在开始形成某种‘第三世界文学’”[22]。毫无疑问,对斯皮瓦克等有着第三世界和后殖民背景的批评来说,这种所谓的“第三世界文学”与真正来自第三世界的写作是不可同日而语的。因此她的这段言辞在某种程度上也向我们揭示了所谓“第三世界文学”的虚幻性以及其人为建构的本质特征。

第三章的写作方法是进行历史档案的追踪,通过对一些历史事件的反思揭露了殖民主义者对弱势群体的欺压,表明了斯皮瓦克一贯坚持的对殖民主义的鲜明批判立场。这其中的不少资料是她长期介入印度的“非主流研究”群体的工作而获得的,为未来的国际后殖民研究也提供了历史资料的保证。在这一章中,她还呼应了德里达对欧洲的混杂历史的讨论,从而消解了“欧洲纯正”与“第三世界殖民地混杂”这一人为的二元对立。[23]

应该指出的是,在这部著作中,第四章探讨的问题与当今的一些热点话题最为密切相关,诸如后现代主义,尤其是讨论了詹姆逊对后现代主义的概念界定和批判,妇女在历史上的地位以及最近颇为人文学者所热衷的全球化问题,等等,对当今关于全球化问题的理论讨论也提出了不少新的见解。其中不少具有洞见性的观点已经被纳入了全球化研究学者们关注的视野,对此我将另文讨论。但仅从上述简略的评介中,我们大概已经不难看出这本专著的学术和理论份量之厚重了。当然,斯皮瓦克的著述生涯还远未结束,她在今后的年代里还将进行何种研究,我们将拭目以待。

民族叙述、文化定位和少数人化

进入全球化时代以来,后殖民主义理论思潮又重新焕发了新的活力,它的不少研究课题都与全球化语境下的民族文化身份认同问题密切相关。随着爱德华·赛义德的病入膏肓进而去世,另两位后殖民理论批评的代表人物——佳亚特里·斯皮瓦克和霍米·巴巴的影响力越来越显得突出。而在这三位大师级后殖民理论家中,原先因为年轻和不甚多产而名气相对小一些的巴巴近几年来却异常活跃,他的后殖民批评著述在当今的欧美文学理论批评界、文化研究界乃至文化翻译界的引用率都是相当高的,这一点不禁令他的同辈学者望其项背。尽管巴巴迄今只出版了一本自己的专著,而且还是一本根据已发表的论文改写而成的专题研究文集,但令人不得不佩服的却是,这本书的引用率之高很少有人能与之比拟。确实,近二十年来,几乎巴巴每发表一篇论文或编辑出版一本文集,都会有成千上万的读者和批评家争相引证并讨论,这对一个处于当代学术前沿的学者型批评家来说,确实是难以做到的。

作为西方文化学术界最具有冲击力和批判锋芒的当代后殖民理论家之一,巴巴在理论上的建树主要体现在这几个方面:(1)他创造性地将马克思主义和后结构主义理论糅为一体,并且颇为有效地将其运用于自己的批评实践,从而发展了一种颇具挑战性和解构性的后殖民文化研究和文化批判风格;(2)他的混杂理论影响了当今全球性后殖民语境下的民族和文化身份研究,提出了第三世界批评家进入学术主流并发出自己声音的具体策略;(3)他的模拟概念以及对一些殖民地题材的作品的细读则对第三世界批评家的反对西方文化霸权的努力有着巨大的启迪作用,对文学经典的重构也有着推进作用;(4)他所发展出的一种文化翻译理论强有力地冲击了翻译研究领域内长期占统治地位的以语言转述为主的文字翻译,从文化的层面消解了以语言为中心的逻各斯中心主义,为翻译研究领域内出现的文化转向铺平了道路。

鉴于巴巴相对于他的另两位后殖民批评同事不那么为中国读者和理论界所熟悉,因此本文的这一部分将集中对巴巴其人以及他的后殖民批评理论之特色作一评介。

霍米·巴巴(Homi F. Bhabha, 1949—)出生于印度孟买邦的一个商人家庭,从小受的是印度学校的教育,据说他的血统中还有波斯地区人的成分,这种"混杂"的民族身份倒使得他在研究民族和文化身份以及少数族裔文学和文化方面有着切身的经历,因而有很大的发言权。巴巴后来在英国求学,师从著名的马克思主义理论家特里·伊格尔顿,在著名学府牛津大学获得博士学位。毕业后长期在萨塞克斯大学任教,但其间却不断地应邀赴美国的一些名牌大学讲学。1994 年,巴巴被芝加哥大学聘请担任该校切斯特·D. 特里帕人文科学讲座教授(Chester F. Tripp Chair of the Humanities),其间又以客座教授的身份在伦敦大学讲学。自 2000 年底起,巴巴来到哈佛大学,担任安娜·F. 罗森伯格英美语言文学讲座教授(Anne F. Rothenberg Professor of English and American Literature and

Language)，并且兼任该校专为他设立的历史与文学研究中心主任。到这时，可以说，巴巴也和他的后殖民批评同行一样，实现了自己多年来的“非边缘化”和跻身学术主流的愿望。

与当今十分活跃和多产的赛义德和斯皮瓦克这两位理论家相比，巴巴的著作确实少了一些。除了他那些并不算很多的论文外，他至今只出版了一本著作《文化的定位》(*The Location of Culture*, 1994)，在此之前，还出过一本编选的论文集《民族和叙述》(*Nation and Narration*, 1990)。他的专著《全球性的尺度》(*A Global Measure*)和另一本雷内·韦勒克讲座专题讲演集将于近年分别由哈佛大学出版社和哥伦比亚大学出版社出版。可以预见，随着他的这两本书的出版，已经日渐冷却的后殖民主义理论思潮将再度“热”起来，并进入一个新的发展阶段。

《民族和叙述》虽是一本编著，但仅从这本书的选目来看也足以说明巴巴独具慧眼的编辑眼光。这是他首次介入并批判那些试图通过假设有趋同性和历史连续性传统之方法来界定并归化第三世界民族性的“本质主义”文字，因为在他看来，这些文字虚假地界定并保证了它们的从属地位，是不可靠的。他在导言中开宗明义地指出，“民族就如同叙述一样，在神话的时代往往失去自己的源头，只有在心灵的目光中才能全然意识到自己的视野。这样一种民族或叙述的形象似乎显得不可能地罗曼蒂克并且极具隐喻性，但正是从政治思想和文学语言的那些传统中，西方才出现了作为强有力的历史观念的民族。”[24]这就是说，民族本身就是一种叙述，它的不确定性也如同叙述的不可靠性一样。如果说，赛义德的后殖民批评始于对东方主义的批判，那么巴巴的后殖民批评则可以说始于对民族神话的解构，正是这种对民族之本质性的解构在某种程度上奠定了巴巴的后殖民批评理论的基础。在这之前及其后，巴巴一直坚持其“混杂”的策略，在自己的著述中发展了一整套具有强有力解构性的“含混”或“模棱两可”(ambivalence)的术语，可以说，巴巴在其后的一系列著述中都不同程度地发展了这种文化批判策略，而且也正是这种反本质主义和反文化本真性的“混杂”批评策略使得巴巴在自己的批评生涯中一直处于一种能动的和具有创造性活力的境地。

那么这种模棱两可性究竟体现为何种特征呢？它在批判殖民话语时将起到什么样的颠覆和消解作用呢？这正是这本书中巴巴的导言和论文所要阐述的。在介绍这种“模棱两可性”的批评策略时，巴巴指出，“这本书中所探讨的就是这种现代社会的模棱两可的文化表征。假如民族的模棱两可性是其处于过渡时期的历史、概念的不确定性和各种词汇间的摇摆性的问题的话,那么它对意味着一种'民族性'的叙述和话语所产生的影响便是一种从中枢进行的海姆利克式施压。"[25]也即是说,从殖民话语的内部对其实行压迫,使之带有杂质进而变得不纯,最后其防御机制彻底崩溃,对殖民主义霸权的批判和颠覆也就得以实现。因此,巴巴接着写道,"通过叙述性言说来研究民族不仅是要把注意力放在其语言和修辞上,它的目的还在于改变概念性的对象本身。如果有问题的文本性'封闭'对民族文化的'整体性'提出质疑的话,那么它的积极价值便在于展现那种广泛的播撒,通过这一过程来建构与民族生活相关联的意义和象征场。"[26]由于语言本身所具有的含混性和不确定性,因此对民族的叙述本身就是一种不确定的言说。对此,巴巴在指出了民族及其叙述话语所具有的'雅努斯式'(janus-faced)双重性后,便进一步阐述道,"民族文化的'本土性'既非统一的也非仅与自身相关联,它也没有必要仅仅被视为与其外在或超越相关联的'他者'"[27]。既然当今这个世界充满了偶然性和不确定性,那么任何纯真的东西都是靠不住的,内在/外在之界限也绝不是泾渭分明的,倒是混杂的和多种成分交融一体的东西也许正是新的意义和变体可赖以产生的平台。因此可以看出,巴巴的解构策略仅仅是一种手段,而非最终的目的。他的最终目的是要建构自己的具有后殖民文化批判特征的元批评话语。

《播撒:时代、叙述和现代民族的边缘性》(Dissemination: Time, Narrative, and the Margins of the Modern Nation)这篇引用率颇高的论文更是体现出巴巴所受到的多种理论影响和启迪,包括巴赫金的对话理论,克里斯蒂娃的精神分析符号学,但首先正如他本人所言,论文的题目就取自解构理论大师德里达的同名著作。文章所取得的直接效果就在于创造性地将解构主义的播撒概念运用于对殖民话语的批判。文章的副标题表明了他所要讨论的时代、叙述和现代民族的边缘地位等问题,但实际上所涉及的问题远远不止这些,包括民族的时代、人民的空间、少数族裔的边缘性、社会的无特征和文化的失范、语言的异质性以及英语的气候。通过对上述一系列概念的"解构"和"播撒",巴巴实际上重新建构了一种现代的民族,即一种存在于历史的叙述之中的民族。在含混和模棱两可这些中心词的主导下,巴巴指出,"现代性疆界的或然性就在民族-空间的这些矛盾的短暂性中展示了出来。文化和社群的语言是放在当下的裂缝上的,因而成了一个民族过去的修辞手段。专注于民族事件和起源的历史学家们从来就不会问这样一个尴尬的问题：在这样一个民族的双重时代，社会表征已经变得支离破碎，而那些拥有民族的'现代'整体性的政治理论家们也……从来不会提出这个问题的。"[28]而巴巴却要以叙述话语的力量去完成这种建构。在对民族的意义进行播撒的同时，巴巴依然涉及了他所一贯关注的老话题：文化认同问题。在他看来，"文化认同因而便被置放在克里斯蒂娃所声称的'身份缺失'或被法农描述为一种深刻的文化'不确定性'的边缘处。作为一种言说形式的人民便从表述的深渊浮现了出来，因为在那里，主体分裂，能指'枯竭'，说教性和施为性均得到了不自然的表达。具有民族集体性和一致性的语言此时此刻正处于危机之中。"[29]包括巴巴本人在内的一些第三世界知识分子始终面临着这样一种身份认同上的两难，他们的身份早已经历了从一种身份变为多重身份的过程，因而对自己的民族和文化的认同也是双重的：既有殖民地的怀旧又不乏宗主国的遗风。

毫无疑问，在后现代主义大潮日渐衰落、后殖民主义异军突起的年代，巴巴的这本书所起到的作用是巨大的，它为他日后从边缘向中心的运动奠定了基础。后殖民理论大师赛义德和斯皮瓦克都曾对这本书予以了极高的评价，尤其是他的印度同胞斯皮瓦克认为，这本书是"一本充满激情的文集，以其全球范围之广度给人以深刻的印象，并使得民族的异质问题清晰可见"。确实，在巴巴看来，正如历史之于叙述一样，叙述也就是历史，因此在这本书中，"文学批评实际上具有了历史的特征"。换言之，民族就是一种"叙述性的"建构，它产生于处于各种竞争状态中的文化成分的"混杂性"的互动作用。既然民族的"混杂性"是不可避免的，文化的身份和认同也是如此。他的这一思想在其后的著述中也得到了相对一以贯之的体现。

《文化的定位》作为巴巴的代表性著作，粹集了他于80年代中期至90年代初撰写的重要论文，相当全面系统地体现了他的以探讨身份认同和少数族裔问题为特征的后殖民理论批评思想。这也正是他为什么在赛义德和斯皮瓦克平分后殖民理论批评话语之秋色后仍能异军突起并后来者居上的重要原因。正如赛义德所中肯地指出的，"霍米·巴巴属于那样一种罕见的奇人：一位有着巨大的敏锐和智慧的读者，一位充满了超常能量的理论家。他的著作是不同时代、文体和文化之间交流的标志性成果；同时具有殖民的、后殖民的、现代主义的和后现代的张力。"这就相当准确地概括出了巴巴理论的多重源头和多种成分：他对前人有所继承，但更多的却是对既定的传统和成规的消解和批判性扬弃，而在这种消解和批判的过程中逐渐形成他自己的元批评理论话语。确实，巴巴在书中开启了后殖民知识计划的概念性教义和政治上的一贯性。他在那一篇篇闪烁着思想者火花的论文中解释了为何要将西方的现代性文化置于后殖民视角中加以重新定位。在收入书中的《理论的奉献》(The Commitment to Theory)这篇论文中，巴巴将一些批评家建构的理论与政见所形成的不幸的、甚或虚假的对立突显了出来，以便质疑并批判那些主导着后殖民理论争鸣的精英主义和欧洲中心主义。他尖锐地指出，"认为理论必须是一种社会和文化所特有的精英语言，实际上假设了一个具有毁灭性的和自欺欺人的特征。据说，学院派批评家的位置不可避免地要置于一种帝国主义或新殖民主义西方的欧洲中心主义档案中。"[30]作为一位来自后殖民地国家印度的学者，巴巴的一个重要使命就是要从内部摧毁欧洲中心主义的堡垒，而他的策略则是从内部首先使其失去本真性，变得混杂和不纯，进而使其固有的权威性被消解。具有讽刺意味的则是，巴巴本人却在自己的整个学术生涯中，始终受到那些充满精英主义、欧洲中心主义和资产阶级学术特权的责任的影响，尤其是受到新马克思主义和欧洲后结构主义思潮的影响。这一点尤其体现在他的文化批判思想和著述风格上。因而他的不少最严厉的批评者指责他不知不觉地重复了那些"新帝国主义"或"新殖民主义"的思维模式之于第三世界的话语霸权。但是巴巴为了显示自己不同于那些主流西方学者的特征，总是对西方中心的思维模式予以严厉的批判。就产生于西方语境的批判理论所具有的二重性，巴巴指出，"批判理论冠之以'西方的'究竟有什么问题呢？显然，这是一种制度性权力和意识形态欧洲中心性的名称。批判理论往往在那些熟悉的殖民地人类学传统和环境之内部介入文本，其目的或者是为了使之在自己的文化和学术话语内普遍化，或者为了激化它内部对西方逻各斯中心符号，即理想主义的主体的批判，或者说确实是那些民间社会的幻觉和谬见。"[31]显然，受其后结构主义大师的启迪和影响，巴巴并不追求与其认同，而是寻求其间的差异，这一点尤其体现在他对全球化给文化带来的两种后果的理解上：文化上的趋同性和文化上的多样性，而后者的特征更加明显。

在这篇论文中，巴巴就目前文化研究界普遍关注的全球化所导致的文化趋同性和多样性问题发表了独特的见解。他也和大多数研究全球化与文化问题的学者一样，并不赞成文化上的趋同性，而更强调文化上的差异性和多样性,认为这正是后殖民语境下文化翻译的一个重要成果。关于这种文化翻译的意义,本文限于篇幅将不予以展开,留待今后专文论述。在他看来,“文化多样性是一个认识论的对象,即文化作为经验知识的客体,而文化差异则是把文化当做‘知识的’、权威的加以表述的过程,它完全可用于文化认同体系的建构。如果文化多样性是一个比较伦理学、美学和人种学范畴的话,那么文化差异便是一个指义的过程,通过这个过程,文化的表述和关于文化的表述便对力量、参照、应用和能力场的生产加以了区分和区别,并予以认可。文化多样性是对预先给定的文化内容和习惯的认可;由于它居于一种相对论的时间框架内,因此便会产生多元文化主义、文化交流或人类文化的自由概念。文化多样性同样也是一种表达整体文化分离的激进修辞的表现……文化多样性在某些早期结构主义人类学描述那里,甚至可以作为一个表述体系和文化符号的交往。”[32]这样,他便把后现代主义的差异和多元原则成功地转移到了对殖民话语的考察和研究中,形成了自赛义德和斯皮瓦克之后后殖民批评领域中又一种独特的声音。

在《文化的定位》中,巴巴创立并阐释了“阈限的”或“间隙的”(interstitial)、“之间的”(in-between)等一系列具有后现代主义的不确定性特征的范畴,认为正是这些范畴占据了各种具有竞争性的文化传统、历史时期和批评方法之间的空间。通过使用一种融符号学和解构主义精神分析学为一体的准则,巴巴审视了殖民主义法则的矛盾性,指出这种矛盾性使得隐匿在对“英文书籍”的某种具有表演性的模拟之中的抵制成为可能。巴巴的讨论出发点显然是文学文本,或更确切地说是一些具有后殖民特征的英语文学文本,所涉及的作家和艺术家包括托尼·莫里森、约瑟夫·康拉德、塞尔曼·拉什迪、V.S. 奈保尔和奈丁·戈迪莫,通过对这些作家的作品的细读和分析,巴巴试图发现居于那些主导性的社会结构之间的边缘的、“挥之不去的”和“无家可归的”空间中文化究竟是如何定位的。显然,通过这种貌似戏拟实则犀利的非边缘化和解构性批评方法,巴巴终于实现了对帝国话语霸权的消解,使第三世界批评家得以从边缘向中心运动并最终占据中心。

与赛义德和斯皮瓦克一样,霍米·巴巴的后殖民批评理论也有着诸多来源,其中比较明显的有早期从他的老师伊格尔顿那里继承来的马克思主义,其后的拉康式结构主义和后结构主义精神分析学,德里达的解构批评理论和葛兰西的文化霸权概念。毫无疑问,巴巴这位当代后殖民理论批评家,受到殖民主义研究先驱弗朗兹·法农的影响更为明显,而且他在几乎自己所有的著作中都免不了要引证或讨论法农。在《质疑身份:弗朗兹·法农和后殖民特权》(Interrogating Identity: Frantz Fanon and the Postcolonial Prerogative)这篇论文中,他再次讨论了法农和后殖民特权的问题,并和近几年来学术界所热衷的文化记忆问题放在一起讨论。他指出,"回忆法农实际上是一个认真的发现和迷失方向的过程。记忆从来就不是一种默默的反思和追忆的行为。它是痛苦的记忆:将支离破碎的过去拼在一起以便使当下的创伤富有意义。它是这样一种种族和种族主义、殖民主义以及文化认同问题的历史,以至于法农以比任何别的作家都更为卓越的深度和诗意予以了揭示。"[33]正是在法农精神的启迪下,巴巴从来就没有忘记殖民主义统治时期留给殖民地人民的痛苦记忆,这些痛苦的记忆必将作为一种文化表征不时地展现在后殖民写作中。

但巴巴毕竟很早就离开了自己的祖国印度,他也和大多数生活在第一世界的第三世界知识分子一样,对殖民主义宗主国的批判在相当的程度上仍停留在文字上。他尤其受到善于玩弄文字游戏的解构批评家德里达的影响,往往将各种不同的理论话语"混杂化",使之溶注在具有自己独特个性的批评话语中,这具体体现在具有模拟(mimicry)和表演(performance)特征的后现代理念中。而巴巴则运用这一后现代/后结构批评的武器,对民族主义、再现和抵制都予以了严格的审视,尤其强调了一种带有殖民论争之特征的"模棱两可性"和"混杂性",正是在这种"阈限的"(liminal)有限空间内文化上的差异实现了某种接合,所产生的结果便是对文化和民族身份的想象性"建构"。巴巴在许多篇论文中都试图发现一种对殖民主义话语具有着摧毁性的"模棱两可"或"含混"之特征的话语,它既对原体有着某种模仿性,同时又与之不同,这样便对殖民主义宗主国的话语的原体产生了强有力的解构作用。这一点尤其体现在他对"模拟"概念的阐述。在《关于模拟和人:殖民话语的模棱两可性》(Of Mimicry and Man: The Ambivalence of Colonial Discourse)这篇广为人们引用的文章中,他开宗明义地指出,"后启蒙以来的英国殖民主义话语常常以一种模棱两可而非虚假的腔调发言。假如殖民主义以历史的名义掌握权力的话,那么它便常常通过闹剧的形式来施行它的权威……在从殖民想象的高级理想向其低级的模仿性文学效果的这种喜剧性转折中,模拟以最使人难以捉摸和最为有效的一种殖民权力和知识策略的形式出现了。"[34]既然模拟本身就失去了其严肃性,因而巴巴的态度便显而易见了:他采取的实际上是一种论辩而非对抗的态度。这大概也是他为什么始终能够为主张多元和差异的美国学术界接受并认可的一个重要原因。

但是这种模拟究竟在何种程度上显示出自己的特征和力量呢?巴巴接着指出,“被我称之为模拟的殖民话语的那种模式的权威性因此也就显示出了某种不确定的特征:模拟显示出的是一种差异的再现,这种差异本身就是一种拒绝全盘接受的过程。这样看来,模拟实际上是一种双重表述的符号,一种复杂的改良、规约和律令的策略,它在将权力具象化的同时‘挪用了’(appropriates)他者。”由于巴巴本人在表述上的含混性和模棱两可性,又对模拟的另一方面特征加以限定:“然而,模拟同样也是不可挪用的符号,是一种差异或桀骜不驯,它与殖民权力的主导性策略的功能相一致,强化了监督机制(surveillance),并且对‘已经被规范化的’(normalized)知识和学科权力构成了内在的威胁。”[35]由此可见,模拟对殖民话语所产生的效果是深刻的和令人不安的,但并不是那种毁灭性的打击。这也许正是巴巴的后殖民批评策略的目的所在。

与赛义德和斯皮瓦克这两位主要的后殖民批评家相比,巴巴不仅在年龄上轻一些,其政治态度和批评观念也相对灵活一些,但由于他在近期异常活跃,他的批评话语也显示出批判的锋芒和犀利性,因而大有后来者居上之势。由于巴巴本人的民族和文化身份以及知识背景较之前两位学者更为复杂,因此随着世界进入全球化的时代和身份认同问题越来越引人关注,巴巴的后殖民理论变得越来越重要。他的后殖民批评策略是以一种介于游戏性和模拟性之间的独特方式来削弱西方帝国的文化霸权,即表面上在模仿西方主流话语,实则通过这种戏拟削弱并破坏了西方的思维和写作方式的整体性和一贯性。这具体表现在,一方面,他对第三世界人民的反殖民斗争深表同情和支持,并在不同的场合有所表示,他认为,长期以来的“反对殖民主义压迫的斗争不仅改变了西方历史的方向,而且对作为一种进步的和有序的整体的时间观念也提出了挑战。对殖民主义的非人格化的分析不仅从启蒙时代的‘人’的概念疏离了出来,而且也对作为人类知识的一个预先给定的形象的社会现实之透明度提出了挑战”[36]。但是另一方面,与赛义德和斯皮瓦克不同的是,他又总是把后殖民主义的话语看作仅仅是论辩性的而非对抗性的,在他看来,可以通过这种论辩而达到削弱甚至消解西方的话语霸权之目的。诚然,在后结构主义的语境之内,这种批判性的尝试依然具有强有力的解构性,而非实证性，其目的在于动摇和消解关于帝国的神话和殖民主义的意识形态。巴巴一方面也支持赛义德的主张，在不同的场合对帝国主义的文化霸权予以抨击和批判，另一方面，他又总是通过对帝国话语的模拟来产生出一种相对于前者的权威的杂体，其最终的目的在于解构和削弱权威的力量。既然第三世界话语对于帝国话语来说是一个“他者”，那么它就只是与后者相关联才得以存在，一旦没有了后者，这个“他者”显然也就无甚意义了。这样看来，有一度时期，巴巴的态度在不少场合下与其说是严肃的倒不如说是游戏性的，因而他的著述也总是用一种模棱两可的方式写出的，对它的解释也就应是多元的。毫不奇怪，由于巴巴对西方的文化霸权抱如此反讽和戏拟的态度，因此他很难使人相信他的解构尝试的真正目的。例如，巴巴曾对模仿（mimesis）和模拟（mimicry）这两个概念作过区分，他认为，这两者的根本区别在于，前者的特征是同源系统内的表现，后者的目的则在于产生出某种居于与原体的相似和不似之间的“他体”[37]，这种“他体”既带有“被殖民”的痕迹，同时又与本土文化话语糅为一体，因而在很大程度上基于被殖民的一方对殖民地宗主国的文化和理论话语的有意识的、并且带有创造性的误读之上。在当前的中国文化语境中，巴巴的“混杂”策略和解构式批评对相当一批有着西方理论背景的先锋派批评家颇有影响：张颐武、陈晓明、戴锦华、王一川和陶东风等当代新锐批评家就是在巴巴理论的启迪下不断提出具有中国特色的后现代、后殖民及第三世界批评的策略。他们的批评已经引起了巴巴等西方后殖民理论家的注意，并对第一世界的文化霸权产生了强有力的批判和解构作用。因此，随着后殖民主义论争在中国语境下的日益深入，巴巴的批评实践和话语策略越来越对这批有着后现代主义/后结构主义倾向的中青年批评家产生诱惑力，这主要体现在关于全球化/本土化、第一世界/第三世界、现代性/后现代性这类二元对立的讨论和消解上。

近几年来，巴巴的后殖民批评理论又发生了新的转向：从居于第一世界内部的后殖民论辩性逐步转向关注真正的后殖民地人们的反殖反霸斗争，并对他过去的那种具有戏拟特征的后现代风格有所超越。根据他最近在中国以及亚洲其他国家和地区的一系列演讲，我们了解到，他目前关注的一个课题就是“少数族裔”或“少数族群体”所面临的困境。他认为，“反殖民主义的少数族的策略向殖民主义体制提出了挑战，这种策略是‘重新划分’帝国主义强行分割的种族歧视的范围，将其分成外部领域（物质的机构）和内部领域（文化的认同）。通过将内部领域/外部领域的区分模式印刻到歧视性霸权的主要帝国主义话语内部的、殖民主义的自我/他者的二元模式上,反殖民主义策略逆转了帝国主义霸权,或者创立了一种'不恰当的'反殖民的模拟;这种歧视性霸权的帝国主义话语包括:社会生活领域的公开和隐私,法律领域的风俗和合同,土地和所有权领域的财物和房产等。在物质领域内西化的影响越大,在精神和文化的飞地之中的抵制就越激烈。"[38]这种理论兴趣的转向将体现在他即将出版的两本专著和文集中。在这些著作中,一个艰深晦涩的巴巴不见了身影,出现在我们面前的是一个充满激情和睿智并具有自己独特风格的文化批判者和思想家。

综上所述,随着全球化时代的人们越来越关注身份认同问题,霍米·巴巴的后殖民批评理论便越来越显示出新的活力。巴巴经常往返于欧美两大陆传播自己的学术思想,并逐渐把目光转到亚太地区,认为在这些殖民地和宗主国的中间地带可以实践他的混杂理论和"少数人化"策略。由于巴巴的另两部近著尚未出版,加之他仍处于自己的著述盛期,因此对他的全面评述还有待于未来的进一步深入研究。但巴巴近期在中国的系列演讲和在中国发表的论文无疑将有助于我们了解巴巴的后殖民批评理论以及他近期研究中的新的转向:即他所提出的"少数人化"(minoritization)策略,他认为这也是一种过程,实际上标志着另一种形式的全球化。在《黑人学者和印度公主》这篇公开演讲中,他从细读美国已故黑人作家杜波依斯的作品入手,认为"杜波依斯的核心洞见在于强调少数族形成的'邻接的'和偶然的性质;在这里,是否能够团结一致要有赖于超越自主性和主权,而赞同一种跨文化的差异的表达。这是一个有关少数族群体的富有生气的、辩证的概念,它是一个亲善契合的过程,是正在进行的目的和兴趣的转化;通过这种转化,社会群体和政治团体开始将它们的信息播向临近的公众领域。少数人化(minoritization)这一理性概念远比少数族的人类学概念优越,后者在国际民权与政治权利大会的第二十七条中有规定。它实际上是另一种类似全球化的过程"[39]。但是这种过程将产生多大的影响,还有待于时间的考验。鉴于巴巴在学界正如日中天,他的后殖民批评理论和学术思想之价值将随着他两部新著的问世而逐渐显示出来,因此对他的批评理论和学术思想做一较为全面的总结还有待于进一步深入的研究。

几点启示:后殖民语境下中国文学理论的国际化战略

熟悉我近几年来著述的读者大概不难看出,最近几年来,我在研究后殖民主义理论思潮以及全球化与文化的关系等理论问题时,常常关注中国的文学理论和文化研究如何进入国际理论争鸣的主流,并发出强有力的声音,以及中国的人文社会科学期刊如何进入国际权威刊物之列,并使中国学者撰写的论文对国际同行发生影响。[40]这自然是不足为奇的,因为我始终认为,中国不仅是这样一个地大物博有着众多人口的第三世界大国,而且中国有着世界上最庞大的人文社会科学研究队伍。因此中国不仅应当从整体上对人类作出较大的贡献,而且更应当在人文社会科学的研究领域中对世界作出重大的贡献。但是实际情况如何呢?正如我们所看到的,中国的文学理论工作者在国际性的理论争鸣中发出的声音微乎其微,虽说没有陷入完全失语的境地,但至少说还没有对我们的国际同行产生应有的影响和启迪,因而致使不少西方文学理论研究者和部分比较文学学者竟然对中国文学一无所知,或者对有着几千年传统的中国文学理论视而不见。我国有一些文学理论研究者在国内对外行人大谈某个西方文学理论流派或观点,把自己打扮成这方面的专家或权威,而真正和国际同行在一起时却不能与他们进行有效的对话,更不能在国际权威刊物上发表论文,让我们的国际同行来引用和讨论。有人认为这是因为中国学者的英语水平不够好,因而无法用英文撰写论文到国际权威刊物上去发表,这可能是其中的一个原因,但并不是根本的原因。更让人觉得悲哀的是,有人还天真地试图等待西方的汉学家来“发现”中国的文学理论价值。这种状况显然与近十多年来飞速发展的中国经济形成鲜明的对比。我认为,造成这种状况的根本原因在于两个方面:其一是一些有着固有的“西方中心主义”思维模式的学者根本忽视中国文学理论的存在,一些国际性的刊物检索机构也未能将一些已达到国际水平的中文刊物列入其中。但目前随着中国的综合国力的日益强大和对外学术交流的日益频繁,这种情况已经开始有所改观,已经有越来越多的西方学者开始对中国文学及其理论发生兴趣,并自觉地通过翻译来阅读中国的文学作品和理论著作了。其二则在于我们本身。作为理论工作者,我们应该扪心自问,我们究竟是不是提出了能够在一个广阔的国际语境下显示出新意的理论观点?我们的研究是不是已经达到了与国际同行对话的层次?如果真的达到了这一境地,即使我们的论文用中文来写作,也会有人将其翻译介绍给国际同行。当然,在现阶段,单单指望西方的汉学家来翻译我们的理论著作可能不大现实,因此这就要求我们自己向世界推介一些力著。尤其是对我们专攻比较文学和西方文学理论的学者来说,用英文写作并在国际刊物上发表应当是我们最起码的训练,如果连这一点也做不到,怎么能谈得上去进行比较并影响西方的学术同行呢?在这方面,几位后殖民理论大师们的成功经验足以供我们发展中国文学理论的国际化战略所参照。当然,不可否认,他们的成功在相当程度上取决于他们的英文水平,但更为重要的是,他们能够针对西方学者已经说过的话"接下去说",或"反过来说",在这种讨论和对话的过程中提出自己的批判性见解,从而达到与西方学者进行平等对话的层次。我想,这或许正是后殖民理论家给我们的最重要的启示。

（作者单位:清华大学外语系）

注　释:

〔1〕 关于赛义德和斯皮瓦克的后殖民批评理论的详细论述,分别参阅拙作,《东方主义、后殖民主义和文化霸权主义批判》,《北京大学学报》,1995 年第 2 期;《解构、女权主义和后殖民批评:斯皮瓦克的学术思想探幽》,《北京大学学报》,1998 年第 1 期,以及《全球化时代的后殖民理论批评》,《文艺研究》,2003 年第 5 期。本文实际上是上述最后一篇论文的修改扩充本,特向《文艺研究》主编致谢,感谢该刊先行发表本文的部分文字。

〔2〕〔3〕 Cf. Edward Said, *Reflections on Exile and Other Essays*, Cambridge, Mass.: Harvard University Press, 2000, p. xxx, pp. xxx-xxxi.

〔4〕〔5〕〔6〕〔7〕〔8〕〔9〕〔10〕〔11〕〔12〕〔13〕 Ibid., pp. 397, 173, 184, 571, 586, 586, 587, 199, 212, 451.

〔14〕 Said, *Representations of the Intellectual*, New York: Pantheon Books, 1994, pp. 101—102.

〔15〕 Cf. Gayatri C. Spivak, *The Post-Colonial Critic: Interviews, Strategies, Dialogues*, Sarah Harasym ed., pp. 69—70, New York & London: Routledge, 1990.

〔16〕 Cf. Gayatri C. Spivak, *A Critique of Postcolonial Reason: Toward a History of the Vanishing Present*, Cambridge, Mass.: Harvard University Press, 1999, "Preface", p. ix.

〔17〕〔18〕〔19〕〔20〕〔21〕〔22〕〔23〕 Ibid., pp. 84, 99, 140, 148, 164, 170, 200.

〔24〕〔25〕〔26〕〔27〕〔28〕〔29〕 Homi Bhabha ed., *Nation and Narration*, London & New

York: Routledge, 1990, "Introduction", pp. 1, 2, 3, 4; pp. 294, 304.

〔30〕〔31〕〔32〕〔33〕〔34〕〔35〕 Cf. Homi Bhabha, *The Location of Culture*, London & New York: Routledge, 1994, pp. 19, 31, 34, 63, 85, 86.

〔36〕 参见巴巴为弗朗兹·法农的著作《黑色的皮肤，白色的面罩》(*Black Skin, White Masks*)英译本撰写的序言，转引自帕特里克·威廉斯和罗拉·拉里斯曼编，《殖民话语和后殖民理论读本》(*Colonial Discourse, and Post-Colonial Theory: A Reader*)，纽约：哥伦比亚大学出版社，1994 年版，第 114 页。

〔37〕 Cf. Bhabha, "Of Mimicry and Man: The Ambivalence of Colonial Discourse", in *The Location of Culture*, pp. 85-92.

〔38〕〔39〕 关于巴巴最近以来的学术思想之转向，参见他于 2002 年 6 月 25 日在清华 - 哈佛后殖民理论高级论坛上的主题发言《黑人学者和印度公主》(The Black Savant and the Dark Princess)，中译文见《文学评论》2002 年第 5 期。

〔40〕 这方面，尤其参阅拙作，《全球化进程中中国文学理论的国际化》，载《文学评论》，2001 年第 6 期；以及葛涛对我的访谈《人文社科期刊如何进入国际权威领域——王宁教授谈 SSCI 和 A&HCI》，载《中华读书报》，2003 年 9 月 3 日号。

后现代的包容：当下中国的现代性重构

陈晓明

内容提要：中国现代性的发展历史是激进而片面化的，暴力革命与权威政治构成其现代性的主导内容。直到90年代以后，中国的现代性建构才开始逐步显示出它的成效。然而，现代性在中国确实是生不逢时，现代性既是一项未竟的事业，又走到了其尽头。正值现代性的那些价值理念逐步确立时，后现代的种种学说开始对现代性进行了质疑和批判，这使现代性的某些基本价值理念的建构受到动摇。现代性在中国的建构的最大困扰及难题，就在于现代性的西方身份难以摆脱，这也就使中国的民族传统认同始终构成建构现代性的巨大障碍。既认定现代性具有普遍性的价值准则，则有时也认识到它不可避免地在历史实践中被民族－国家，被不同的文明或文化吸收和改造。但所谓吸收、调和与融合，这一切只有在后现代的知识基础上，或者说在后现代性的观念方法之下，才会真正产生和谐的情境。否则，其潜在的冲突与对抗，最终还是以民族－国家的认同吞没了现代性，实际上更有可能是传统的惰性导致现代性重建滞后。全部理论发展至今，我们有理由重新思考后现代性与现代性之间的包容关系。本文认为，后现代并不是对现代性简单的抛弃和颠覆，而是在更加合理和从容的境况中，对现代性的修正、拓展和精细化。后现代理应包含更丰富、更多元、更富有变化活力的现代性。对于中国这样的高速发展的国家来说，在这样的时空堆积了不同时期的历史沉积物，有必要在当代活的历史实践中来理解和重建现代性，这本身就构成后现代在新世纪展开实践的新的出发点。

关键词：现代性　后现代性　包容　多样性方案　本真性理想

Abstract: The development of China' s modernity is both radical and incomplete, with violent revolution and authoritarian politics as its dominant content. It was not until the late 1990s that the construction of China' s modernity started to work. Modernity in China, however, was indeed somewhat out of place: it is both an incomplete project as well as something coming to an end. To the author, the moment those value notions of modernity were gradually formed the various postmodern ideas started to question and even critique them, which has undoubtedly shaken the fundamental value notions of modernity. The greatest obstacle preventing the construction of China' s modernity lies in its being unable to escape its Western identity. On the other hand, China' s traditional national identity also forms the obstacle in the process of constructing modernity. While recognizing modernity' s universal value notion, one sometimes also realizes that it cannot but be absorbed and reformed by such things as nation-state and different civilizations and cultures in its practice. But this could only occur on the basis of postmodern knowledge, or, when it is observed with the episteme and methodology of postmodernity a real harmonious situation could come into being. Otherwise, the implied conflict and opposition between the two will cause modernity to be gulped by the identity of nation-state, which will more probably delay the reconstruction of modernity with traditional lasiness. The author holds that one has full reason to reconsider the actual inclusive relationship between postmodernity and modernity. The postmodern does not simply abandon or subvert modernity, but rather, it tries, in a more rational condition, to revise, develop and elaborate the latter. In this way, the postmodern should include a richer, more plural and more dynamic modernity. For China, a country developing so fastly, it is necessary to understand and reconstruct modernity in the current dynamic historical practice, which marks the starting point of postmodern practice in the new century.

Keywords: modernity, postmodernity, inclusiveness, diversified project, authentic ideal

“现代性”不知不觉地就成为现当代文学研究的关键词，更为微妙的是，所有本来可以用“后现代”的地方，都神不知鬼不觉地换上了“现代性”。这一切确实有点蹊跷，后现代原本与“现代性”你死我活，而且一度让“现代性”变得丑陋不堪，现在怎么就沦落到被“现代性”扫地出门的地步了呢？后现代又何以就甘拜下风，被洗心革面呢？

实际上，现今人们谈论的“现代性”比当年的“后现代”更混乱，更不确定。甚至到底是要肯定它还是要怀疑它都不清晰，现代性就变成一面理论的旗帜——一面没有确切含义和方向的旗帜，这也令人奇怪。后现代在中国一开始就备受质疑和责难，人们几乎来不及思考就凭本能迎头痛击。但谁想到，要不了多久，它就变成了常识，就可以从人们的直接经验和现在广泛接受的知识中得到印证。这多少使人们有些尴尬。“现代性”如期而至，人们几乎是在一夜之间心领神会，接受了这个同样是外来的词汇，但这回没有人责问“舶来品”之类的问题。甚至都不必了解一下这个概念的来龙去脉，它的基本含义。这回好像真是中国人自己的事情，真是回到中国的历史中去。如此贴切，如此顺理成章，难怪詹姆逊 2002 年 8 月在上海的一场讲演，令中国一代学人摸不着头脑而奋起反击。这位当年中国的后现代祖师爷，怎么又变成“现代性”的鼓吹者呢？“战斗正未有穷期”，不想一开始就陷入了深度误会。在这里，现代性与后现代，中国与西方，后殖民叙述与民族本位，差异的文化政治学与文学的审美问题……等等，正像一团乱麻一样裹在一起，尽管它们之间从来就没有被认真清理过，但也从来没有像今天一样裹得这么紧这么乱，这正说明清理的紧迫性和必要性。在今天，理论的天平向现代性彻底倾斜的时候，我们也不得不追问，“后现代”真的就失去了理论潜能吗？抛弃了后现代的能指，人们的话语就能和后现代脱开干系吗？詹姆逊不无揶揄而又尖锐地指出：“这次古老的现代性在当代语言里痼疾复发，真正患的其实是一场后现代病。”[1]詹姆逊真是一语中的，仔细辨析不难发现，当今的现代性言说，骨子里却是后现代的货色，不管是后殖民、身份认同、全球化；还是差异政治、多元文化、消费社会，其实质都是后现代的视点、立场和态度在起作用。这显然又是一个耐人寻味的问题，何以后现代要被改换成现代性？现代性与后现代是如何被混淆在一起的？这种混淆会带来什么样的理论后果？很显然，这种状况应该加以清理，应该借此提出更明晰且更富有建设性的理论方案——对后现代的包容性（也是新的抱负）进行尝试性表达。

一、后现代的当下性

后现代在中国的引介可以追溯到80年代初期和中期,那时后现代的概念并不清晰,也不常见,而且经常与后期现代派混用。80年代后期,关于先锋派文学的后现代性才构成中国文学自身的问题。但这一论说立即遭到强烈怀疑,怀疑的依据主要是中国社会尚未进入“现代”,何以有后现代之说?立论主要在于从经济发展水平和社会学角度来推断后现代在中国的可能性。此种质疑显然站不住脚,后现代在中国并不只是经济的直接产物,更重要的在于它是经济、文化、政治多边作用的产物,在人们的心理经验、感觉方式、观念和立场诸方面产生后现代的特征。随着90年代中国经济的高速发展,城市化、电子电信和互联网等高科技产业大力推进,人们已经无法从经济发展水平来质疑后现代在中国的可能。而且,随着大量的图书翻译出版,后现代知识生产十分强劲,后现代迅速就变成直接经验和理论思想的常识。后现代的本土叙事奇怪地停滞不前,这可能与后现代在中国的叙事一开始就被推到存在的合法性的困难境地有关。后现代叙事要花费主要精力去证明中国的后现代具有真实性。一旦后现代知识成为普及性的常识,这项论证也就完结。本来这是进一步深化中国后现代性的本土化叙事的极好契机,但后现代的论说者们却都停顿了下来。实际上,这项停顿只是表面的,因为后现代被改头换面,被新左、新自、被后殖民理论、被文化研究,被现代性论说所替代。这种替代在拓宽后现代论域的同时,也消解了中国当下的后现代话语。因为丧失能指的话语是没有象征权力的话语,后现代性的能指在被瓜分中消解,这就像它当初的理论号召一样,想不到它到头来还是要自食其果。

后现代在当代中国一直就被妖魔化。人们根据对后现代的一知半解,不知何故,居然把后现代塑造为“什么都可以”的语言游戏——这是对当代中国后现代话语最流行的定位。这一定位一半来自新自由主义,另一半来自新左派。可见两方面阵营都不满意后现代。汪晖虽然不是后现代最激烈的批判者,但像汪晖这样眼界开阔的研究者,对中国后现代的评析也更多持否定性的态度。更不用说那些流行的误解和偏见有多深。在他那篇影响卓著的《当代中国的思想状况与后现代问题》一文中,汪晖虽然声称他无法对中国的后现代主义进行全面分析,但他还是作了相当深入的诊断。在不少层面上,汪晖的概括是有道理的,是切中问题的实质的。他把中国的后现代看成是受西方的后现代影响的产物，同时看成是中国现代化思潮的补充。他认为后现代论说没有对中国的现代文化与西方现代文化的关系进行细致分析，它们解构的历史对象与启蒙思潮如出一辙，但后现代嘲弄了启蒙主义的主体性概念。把它看成是置身于消费社会中的不合时宜的思潮。[2]在这里，值得提出来的是，汪晖忽略了后现代主义对主流意识形态的美学规范的解构，而这一解构与此前80年代中期和此后在90年代上半期影响甚大的"人文精神"的启蒙思潮在本质上是不同的。在处理主体性的问题上，后现代主义确实是赞扬了边缘化非主体性意识，而这一点恰恰是对与主流意识形态或明或暗同质化的那种主体性意识截然分离的。后现代的群体并不一致，有主观意识很强的消解中心化的后现代批评；也有客观上起到消解中心化的作用的后现代论说。王宁、张颐武、王岳川、戴锦华、王一川、陶东风、栗宪庭、朱大可以及我本人等等——这些人的立场态度方法都不尽相同，但在80年代末、90年代初所做的理论引介与文学艺术批评，都可以看出批判既定权威中心话语，开拓新的话语场域的那种创新的能动性。不管如何，后现代在80年代末期及90年代初期在文学界和思想界出现，并且有效地形成了一股强有力的话语力量，它对主流意识形态依然在维护的中心化权威话语产生了有力的冲击，为创建一个相对多元化的话语格局起到了积极的推动作用。这些历史的能动性一面，汪晖避而不谈，显然是有失偏颇的。当然，汪晖指出后现代嘲弄了"启蒙主体"这一问题，值得重视。事实上，后现代嘲弄的是虚假的主体性，而寻求更真实的主体性，恰恰是后现代话语进一步的理论抱负(关于这一点，本文在后面再加论述)。

后现代话语的出现以及由此引领形成的论争局面，实际上是90年代初旧有的权威话语秩序解体的产物，也是当代思想界第一次自主性地在文化场域内重新争夺和分配话语权展开的演练。在90年代初，一部分青年学人声称回到学术史，而反思80年代重思想史的学风，特别是受到西学影响而表现出的"浮躁的"学术态度。沉入书斋而反思激进主义，回归保守主义的立场，这当然也是一种姿态，一种在特殊的意识形态氛围中试图保持知识分子独立性的姿态。但这也使90年代初的思想界客观上处于单调贫乏的状况。后现代话语打破了这种历史僵局，它一方面揭示了当代文学中富有活力的现象；另一方面也给话语的重新建构提示了历史导引。在主流权威话语秩序之外，知识分子因此开始重新开辟话语空间。正是经历了80、90年代之交的历史变故，旧有的意识形态话语才耗尽了它最后一点真实的历史能量。随后的历史岁月，它只需要制作符号化的能指,它自身,以及它周边其他的话语而并不关心它的实际所指。庞大的能指符号群不断地无限地再生产,这就是中国在20世纪末期独有的文化景观。但在它的庞大体系之外，创生的富有活力的话语开始生长，尽管一开始是以混乱的、无序的、自相冲突拼杀的方式展开的历史实践，但中国的思想文化场域，第一次开始不是围绕主流意识形态中心而展开话语叙事，而是以学术性话语的自相论争攻讦开始创建自主性的思想基地。在此之前的所有的思想理论话语,都是以直接对话的形式,以"获得承认"的主体意愿展开与主流意识形态对话,而后现代则不同,这是另一种话语。正如罗兰·巴特所说的那样:"最大的问题是去胜过'所指'、胜过法律、胜过父亲、胜过被压制者,我不说驳倒,而是说胜过。"[3]正是因为这种"胜过",后现代在当代话语中扎下根来,并开创了当代思想的新局面。

然而,后现代之根并没有长出茂盛的枝叶,人们偷盗了后现代的思想成果,再对光秃秃的树林大加攻讦。实际的情形是,人们吸吮了后现代的那些观念和知识,不知不觉也在进行思想和观念的转换,但却依然对后现代进行另类化处理。后现代在当代中国的新型话语建构中的积极作用并未获得普遍的理解,更多的情况下,后现代被描述为"什么都可以"的游戏态度,或者解构一切价值准则,反对任何思想目标的破坏者形象。当代知识和观念的推进,无论如何也离不开后现代清理出的一块基础,但当代话语场域的权力分配体制,使人们不愿意在后现代的论域之下推进,而是另起炉灶。这种情况也不过是美国和欧洲的翻版。后殖民理论与新左派的崛起，既是后现代的顺理成章的推演，也是冠冕堂皇的改头换面。在中国,这种情形则显示出"多元性的混乱"。

由于后殖民理论的介入，后现代出现了明显的左翼转向。后殖民理论在美国就打上了鲜明的左派标记。赛义德、斯皮瓦克、霍米·巴巴等人，无不是"全球化浪潮中的知识左派"。后殖民理论的身份诉求移植到中国显然出现了严重的错位。这些来自第三世界或有第三世界文化背景的知识分子，在发达资本主义的世界里，强烈要求获得民族身份的认同，这是反资本主义文化霸权的策略需要。它继承的依然是马克思主义的批判资本主义的传统，以及美国大学校园内反主流政治的传统。它与他们生活于其中的资本主义权力轴心构成了直接的对抗和冲突。但后殖民在中国也强调中国的民族性,强调中国的文化身份,其诉求则是全球化中的文化权力形势，并且明确的或潜在的对抗语境是反对美国帝国主义。处在西方文化语境中的后殖民知识分子，他们强调的身份诉求显然有两点依托：其一是其个人生存处境的离散化状态，他们离开了祖国，作为少数族群而生活于西方资本主义世界，他们的个人认同危机是存在的；其二，这些第三世界，如印度、巴勒斯坦等，确实有着被帝国主义殖民化的历史和现实，就他们的民族－国家来说，存在严重的民族身份认同危机。后殖民在中国的叙述显然缺乏这两方面的依托，过分强调民族文化身份在全球化文化权力形势中的地位，这更像是将国家意识形态转化为国际政治格局中的战略争夺，虽然它们看上去也有强烈的“全球化浪潮中的知识左派”们的反思精神。[4]

后现代的知识谱系也因此开始具有了完整性，后现代主义几乎是突然变成了“后学”。没有人对这二者的内在本质和不同做过区别，倒是一些西方学者通过仔细的辨析发现了其中的细微差异。后现代论述在80年代末期至90年代初期的中国文学界的兴起，恰恰是采用了局部战略，它只具有战术的意义。后现代及后结构主义是作为一种工具箱起作用的，面对的是中国当下的问题。但转化为后学，它所包含的知识谱系当然更完整，举凡后现代、后结构主义、女权主义、后殖民理论等等，都显示出它在理论上的完整性。正是这一完整性，它的意义更具有标准化的特征——它与美国的左派理论叙述有着更紧密直接的联系，但这又使中国的后现代论述失去了原有的反对当下意识形态霸权的主导意义。很显然，海外学人开始广泛介入中国学界也推动了中国的后学迅速发展。海外学人几乎无一例外地左倾，强烈的反美情绪，使得这种所谓的中国“后学”增加了浓厚的意识形态色彩。

后现代论述就这样发生了转向，打上了“新左”的烙印。实际上，正牌的“新左”从来就没有赞同过后现代，始终不渝地抨击后现代，这倒与“新自”如出一辙。但人们并不管这些，特别是“新自”阵营，从来不顾及二者的区别，对后现代论述一视同仁，结果是二者共享了各自的恶名，却再也看不到中国后现代的本来面目。

后现代的中国历史与现实就这样被遮蔽掩盖了，仿佛后现代论述与后殖民叙事没有任何转折，再到现代性言说，这些变化都显得顺理成章。新左的崛起，后殖民理论作为其精神底蕴功不可没。在全球化语境中，强调中国的民族身份，反对帝国主义的霸权，一时间成为中国知识分子的首要任务，这确实让人百思不得其解。如果说1996年间的“中国可以说不”，

还只是一班文化掮客的闹剧的话，随后的新左阵营举起反美的大旗，则不得不意味着当代中国思想界已经形成一种潮流。这股潮流包括了一大批极其出色的知识分子，在年轻一代的大学生研究生中也很有市场，其形势越来越壮大。这真是对80年代思想界追求西方的自由民主理念的极大反讽。

带有新左倾向的后殖民论述与西方的学术主流贴得更近，其主题指向两个方面：其一是批判资本主义（包括全球化、自由市场、跨国的文化渗透等）；其二是指向现代性的历史，关于现代性的形成、起源、现代性的多样性方案等等，这些构成反西方中心主义的论题，并且隐含着"承认的政治"的模糊愿望。

后现代不应该被后殖民以及现代性的论域简单遮蔽，而是在更富有建设性的层面上，对这些知识展开重构。这就要重新发掘后现代论述回到当下中国的问题来，既具有当下的批判性，也具有当下的启示性。后现代理应是一种具有思想活力的论述，它增强人们对当下事物的感受力，对当下新型文化和审美经验的领会。

现代性论说的厚重的历史感，遮蔽了思想的鲜明与犀利。就这一现象，敏锐的詹姆逊也看到形势不妙。2002年，在北京《读书》杂志举办的一次座谈中，詹姆逊的主题是"回归当前事件的哲学"，他提出"当下本体论"的问题[5]。当然，詹姆逊基于他的左派立场，他回归当前是针对当前国际范围内的共产主义运动低谷状态而言，左派马克思主义要回应当前的全球化和新的压迫制度。詹姆逊对现代性论述的时兴显然不以为然，在他看来，发明现代性的概念是不值得的。何以如此，重要的原因之一就是现代性概念并不能直接应对当下的问题。但他的"当下本体论"也不甚了了。他提到福利和教育问题，这显然只是一个现实实践的问题。"当下的本体论"的理论内涵在这里没有说明。詹姆逊当然还是要保持他的左派立场，对资本主义全球化现实进行猛烈的抨击，为国际共产主义运动的重新复兴提供理论依据。回到当下，当然不能去重复那些意识形态的老路，过强的意识形态倾向性，无助于看清当下问题的实质。意识形态立场实际上是把结论当作出发点，所有的论述都有现成的答案，最终都绕回到起点上。而我们现在需要运用后现代的知识和方法，捕捉那些从未有过的新的思想品质，新的感觉方式和存在的态度。它既直接面对当下的困境，也试图发掘当下存在的希冀。这种思想、知识和感觉应该是真实而富有质感，智慧而有快乐，犀利而有包容性。

二、现代性在中国的必要延伸

建构这种新的当下的后现代知识，并不是要再次颠覆当今已经时兴起来的现代性论述，恰恰不是，而是摆正后现代与现代性的关系。后现代理应是一种更富有包容性的知识范型，它可以而且应该具有更强的兼容性。尽管库恩的《科学革命的结构》曾提出，一种知识对另一种知识，只能是革命式的替代，这是你死我活的革命；但在这里，并不是用后现代性再次去代替现代性——后现代对现代性的革命已经完成，正如我们已经指出的那样，当今的现代性论述本质上是后现代的方法和立场。在这里，我们要强调的是，明确它所具有的后现代性。

当今的现代性论述，一方面揭示了现代性的内涵的丰富性和深刻性；另一方面又把现代性看成充满危险的历史进程和社会思维。后者当然与后现代对现代性的批判一脉相承，它实质上就是一种后现代的反现代性在马克思主义批判理论支持下的深化。但前者却显示出一种含混和暧昧，也正因为如此，现代性论述与过去的后现代话语还是存在着差异。转向现代性的后现代话语，也不知不觉地对现代性的内在的丰富性产生了兴趣，这是理论自我设置的圈套。当一种理论要行使批判能力时，它要对理解的对象事物进行全面的梳理，无形中使对象的内在意义得到全面显现。这使得这种批判理论成为对这一对象事物的论述，在某种情况下，批判性被阐释压抑时，那就更显示出这种论述的客观效果。

从总体上来说，现代性论述主要来自三个方面，具有自由主义立场的政治学、左翼阵营的社会学领域、以及马克思主义批判理论。显然，这几方面都未必有明显的后现代主义色彩，只是左派马克思主义的批判理论在引入后殖民理论和行使大众文化批判时后现代主义的意味才突显出来。这几种现代性论述都对“现代性”持怀疑批判态度，在反思现代性时来探究现代性的问题。像列维－斯特劳斯这样的自由主义阵营的思想家也把“现代性”看成问题重重，在他看来，现代性最大的问题是从此以后，人们就不能分辨什么东西是好的，什么东西是坏的，一切都失去标准。[6]他分析说，现代性存在三次浪潮，他认为现代性最具特色的东西便是其多种多样以及其中的频繁剧变，他把现代性理解为对前现代政治哲学的激进变更（radical modification）。根据他选定的现代性标志，第一个把所有先前的政治哲学当作在根本上不充分甚至不健全的东西明确加以拒斥的政治哲学家被视为第一次浪潮的制造者,此人便是马基雅维里。尽管霍布斯论述得比马氏更明确,也更清晰,但斯特劳斯还是认定马氏更具有开创性。马氏拒绝了整个哲学的与神学的传统,极力缩小"存在"与"应当"之间的鸿沟。由此马氏抛弃了传统政治哲学的理想主义,提出了通达政治事务的现实主义途径,以及完整地给出了政治与正义之间的联系方案。[7]现代性的第二次浪潮从卢梭开始。卢梭提出了普遍意志的合理性问题,并把它与善联系起来。卢梭关注的是在一个共和式社会中将每个人的愿望、每个人对其社会同类的要求转化为法律形式的必然性。这直接影响了康德的道德哲学。[8]斯特劳斯认为现代性的第三次浪潮与尼采相关。尼采对一切理想的真正源头的认识使得一种全新的筹划得以可能,即重估一切价值。在尼采看来,重估价值的根基是最高的权力意志,只有超人可以重估一切价值。[9]斯特劳斯对现代性的三次浪潮所得出的结果却是对现代性的质疑,他的结论是:"自由民主制的有力支持来自一种决不能被称为现代的思之方式:我们西方传统之前现代思想。"[10]斯特劳斯的现代性诊断无疑也存在武断与勉强之处。在斯特劳斯看来,现代性的第三次浪潮导致了德国的法西斯主义和共产主义,这是他反对现代性的理由之一。尼采可能是法西斯主义兴起的原因之一,但不是全部,法西斯主义在德国的兴起有着更复杂的原因。至于共产主义的出现,更不能简单持否定态度。列维-斯特劳斯试图从马基雅维里之前的前现代政治学哲学家那里(例如,色诺芬的思想里),找到现代政治学困境的解救良方。像他这么大名望的思想家,居然对现代性以来的思想如此不信任,也令人觉得奇怪。当然,色诺芬的思想不过虚晃一枪,色诺芬的思想显然是经过他阐释后才产生如此深刻有力的意义,实际也就是他的思想。

几乎所有的现代性批判者都对现代以来创立庞大的思想体系不满,最激进者当推利奥塔。利奥塔的《后现代状况》几乎把现代性贬得万劫不复,现代性创立的宏大叙事,无疑是现代理性犯下的最大的罪过,所有的思想和知识都被装到这个巨大的框架中,都变成一种解决方案。现代性的批判者把现代性的含义加以高度概括时,也让人疑心是不是夸大了现代性的罪过。利奥塔通常被人们当作后现代大师来崇敬,但詹姆逊却不买账。詹姆逊一针见血地指出,利奥塔骨子里还是个现代主义者。现代主义者也就大体上可以看成是"现代性"中之人。利奥塔自己也语焉不详,让人摸不着头脑。在1986年的一次讲演中,他提出要"重写现代性"的说法,而他的"重写",目的就是防止被后现代改写。这么看来,他又是反后现代的人,要维护住现代性的某种基本涵义。[11]

现代性最得力的论述者吉登斯，显然对现代性相当悲观。在谈到马克斯·韦伯对现代性的悲观论调时,吉登斯说道:“即使是韦伯,也没能预见到现代性更为黑暗的一面究竟有多严重”。[12]吉登斯把现代性的特征解释为断裂性、反思性,在他看来,这二者正表明了现代性的巨大风险。断裂、反思引发的社会的脱序,安全稳定性的丧失,信任的风险……等等,成为吉登斯用以阐述现代性严重后果的标志。在吉登斯看来，现代性的设计错误和操作失误是导致巨大危机的根源，但这还不是导致现代性不确定性的最重要的因素。他认为最重要的因素是：未预期的后果和社会知识的反思性或循环性。这种社会知识的循环促使新知识不断被嵌入到社会中去，影响到社会不断改变它的性质。吉登斯不无抱怨地指出，“现代性最有特色的图像之一,便是它让我们发现,经验知识的发展本身,并不能自然而然地使我们在不同的价值观念之间作出选择。”[13]作为一个卓越的现代性论述者,吉登斯的批判性立场反倒被人遗忘,甚至连詹姆逊都忽略了这一点，在他看来，吉登斯正是那些“发明”并“鼓吹”现代性的人，他干脆说，吉登斯就是一个现代性者。令人惊异的是，相当多的左派的同道,如今都被詹姆逊钉在现代性的耻辱柱上。

显然,查尔斯·泰勒也无疑会被认为是现代性的热烈鼓吹者,他的那本巨著《自我的根源:现代性认同的形成》被认为是上个世纪最重要的20本哲学著作之一。而泰勒本人却对“现代性”忧心忡忡。他认为,现代性至少存在三方面隐忧：其一是个人主义的片面化发展，它可能导致意义丧失,道德视野褪色以及认同的危机;其二是工具主义理性猖獗,它导致了技术的支配地位从而使我们的生活狭隘化和平庸化;其三是“温和的专制主义”,它使当代社会面临自由丧失的危险[14]。这三个方面本来是现代性创建现代社会的伟大成果,现在,在泰勒看来,它恰恰是使现代社会走向困境和危险的内在因素。

这些对现代性的批判,在西方的语境中,无疑有其合理性和必要性。经过近二百年的现代性启蒙，现代性的那些普适价值已经作为社会的组织机制、法的观念和秩序,以及作为人们的行为准则、思维习惯在起作用,不管他们如何批判，这些制度和价值都不会被动摇和削弱。这显然与中国的情形大不相同。中国的现代性建构的历史道路曲折反复，现代性的社会组织和法的秩序建立得很不充分，现代性启蒙迅速就为民族－国家的激进革命所取代。尽管说激进的民族－国家革命也是一种现代性建

构，这是中国从传统的前现代社会进入现代性社会的一种特殊方式，共产革命也是中国现代性的激进形式，它当然也构成世界现代性的最激进的形式。但中国的现代性的普适性价值的建立则显得很不充分，那些被指斥为"资产阶级的"（和小资产阶级的）思想、情感和生活方式，对于现代性社会建构来说，并不是可有可无的，它是一种最内在的根基，唯有这些文化质素，才能使现代性的民族－国家及法的秩序深入人心。唯有如此现代性社会的存在和运转才有保障。就从现在的现代性论述对现代性的批判来看，它们不断质疑现代建构的那些自由、民主、平等、博爱、正义等普适性价值，以及现代民族－国家的社会组织建制等方面。这些现代性状况无疑有这样或那样的弊端，但在建构人类社会时，在与其他的价值和社会组织形式相比较而言，它们显得更好些。不是因为它们完美才选择它，而是因为它们相对更好而确认它。现代性是一个选择的过程，也是一个不断变革的过程，它为进步的理念所怂恿，不断地剔除那些它认为不合理的东西，选择那些"更进步"、更"有效率"、"更有价值"的东西，这种选择当然也不能完全保证正确，其盲目性和谬误，已经为历史一再证明。但从总体上说来，如果对人类理性还不至于过分悲观的话，现代性选择总体上还是向好的方面发展。资本主义社会可以进入发达的福利社会，而社会主义国家也普遍选择了改革，像中国这样走了不少历史弯路的国家，最终还是选择了改革，选择了加入 WTO，选择了与国际社会保持更高程度的一致。这些无疑都是理性选择的结果。

从这个意义上来说，在当今中国，过分批判现代性的普适性价值是不恰当的，它可能会影响中国有待于完成的延宕了的现代性建构，有可能导致中国与国际社会保持更高程度的接轨产生再度延迟，或者变形。确实，中国社会百多年来的历史表明，它一直处于西方现代性的激烈挑战的氛围中，也可以说是处于世界资本主义体系重组的结构之中，它虽然以激进的方式回应了西方的挑战，但它的传统文化依然深厚，传统的社会组织形式和政治文化依然在起决定作用。这就导致了中国社会具有多层次重叠的特性：一方面是传统的巨大的拖延力，另一方面是激进的社会变革，这二者都使中国的现代性基础建构显得非常不扎实。在当今中国，后现代与现代性可以也应该并行不悖。现代性的那些过度过激方面当然必须加以修正，但现代性的那些基本价值，那些推动中国社会改革和发展的现代性理念应该加以保留和强调。没有现代性的那些价值作为基础，后现代的文化建构，它的文化批判都会变成无本之木，无源之水。例如，在当今中国社会刚刚开始建设现代民主和基本的个人自由的前提下，过分强调文化差异和民族身份认同，强调反美帝国主义霸权，把注意力集中在质疑美国的民主自由，那显然是本末倒置，避重就轻。只有当民族与自由真正全面实现后，再质疑民主的局限性，才可以面对中国的实际质疑民主的局限性。

三、现代性的多样性方案

当然，问题的关键又必须回到理论。现代性是否具有多样性？这正是现代性的普适性面临的难题。如果说现代性具有多样性，那么，由西方创立的那些现代性的基本价值就被置于怀疑的境地。发展中国家就没有必要固守西方自启蒙时代以来创立的那些诸如自由、民主、平等之类的价值，普适性价值也无从谈起。显然，这并不是一个实践的问题，而是一个理论认识的问题。就实践而言，它是对的或是错的，它是单一的现代性还是另样的现代性，这在理论上当然可以各执己见，都可以有一套自圆其说的道理。但理论的正确性依然不能逃脱历史的检验，也不能回避现实难题。尽管说历史与现实依然是解释的结果，但基本的历史事实正如基本的常识一样，它是不能被理论轻易改变的。

现代性的多样性是近年来相当热门的话题，不用说，受后殖民理论的影响，更具体地说，受差异文化政治学的影响，现代性的多样性一度成为后现代及其变种的各色理论颠覆欧洲中心主义和反全球化跨国资本主义的有效利器。这无疑是那些在全球化的世界趋势中，试图重新定位，寻求自我认同的民族－国家所热衷的主题。“谁的现代性？”这是来自左翼阵营的经典性质问，也是第三世界对发达资本主义政治文化霸权的质疑。这一质问直接关涉到现代性是否具有普遍性的共同准则，而且是谁赋予这一准则以必须遵守的权威性。在中国最早提出这一追问的应该是汪晖，他在《韦伯与中国的现代性问题》中提出这一问题。汪晖指出，“现代性概念是从基督教文明内部产生的概念，为什么却被用于对非西方社会和文化的描述呢？”[15]他认为，现代性的表述不仅需要置于现代与传统的时间关系中，而且需要置于西方与非西方的空间关系中，但这种空间关系是一种时间性的空间关系。在汪晖为《文化与公共性》这本书写的导言中，他继续追问“为什么欧洲中心主义能够规划现代的全球历史，把自身设定为普遍的抱负和全球历史的终结，而其他地区的种族中心主义却没

有这样的能力”[16]。作为后冷战时期少数有能力全面深入思考中国的国际政治地位和文化地位的学者之一，汪晖的这种提问无疑具有特定的历史背景。在90年代后期，当时全球化介入中国正处于蓄势待发阶段，给人的印象则是中国被全盘性卷入全球化（尽管事实上相去甚远），而中美关系也处于紧张而复杂的互动结构中。汪晖触及到中国的集体意识，也代表和反映了相当一部分中青年学者的思想立场。

当然，汪晖的追问也是对国际学界的呼应。就现代性的起源、现时代的文化差异政治等问题，左翼阵营已经作出相当完备的论述。从历史的角度来看，这些论述揭示西方现代性与帝国主义历史的关系，重新描述帝国主义和殖民主义的压迫史。同时，不少学者还发掘出现代性起源的多样性。先是有弗兰克的《白银资本》，对现代性起源于东方提出大胆的推论。随后还有波尔纳的《黑色的雅典》对西方文明的源头提出质疑，在他看来，西方的文明源头克里特岛的米洛斯文明，受古代非洲、亚洲文明的影响相当严重。既然其文明源头在很大程度上来自非洲和亚洲，至少它就不能看作单纯的西方文明。由此也可以推论后来的现代性起源之内在动力，也未必是单纯西方文明的功劳。[17]

但不管怎么说，这些历史论证可以对西方过往的现代性提出质疑，但如何解决现代性创立的价值未必具有普遍性，依然是一个理论难题。毕竟现代社会的文明在自由民主的理念之下存在与发展，人们必须在这些普遍价值上达成共识，才能构建共同社会。文化的多元性是在这种普遍的价值之外，还是在其内？这显然不是一个单纯的理论认知问题。文化多元性如果与普遍的现代性价值相对，那就必然有另一种现代性（后现代性）出现。这是主张现代性多样性的左翼理论家必须面对的难题。

对这一难题作出直接回应的人是查尔斯·泰勒。在他那篇影响广泛的《承认的政治》中，泰勒试图解决普遍平等原则与差异政治之间构成的矛盾统一。泰勒显然是把“差异政治”看成是植根于个人天性中的本质属性，他首先就论述了“本真性理想”存在的意义。他指出，这是自从卢梭以来，人类意识发展的最重要的标志。存在着某种特定的作为人的方式，那是“我的方式”。“我内心发出的召唤要求我按照这种方式生活，而不是模仿别人的生活。”[18]但是泰勒也不能对人类生活的群体性和社会性视而不见。他不否认，人类生活的本质特征是其根本性的“对话”特征。“本真性的理想”不可能从天上掉下来，也不可能在独思冥想中生成，它必然是社会互动的产物，是我与有意义的他者交往的结果。说穿了，就是“有意义的他者对我们的贡献"[19]。作为一个马克思的传人,泰勒如果回忆一下马克思所说的"人的本质是一切社会关系的总和"的观点,那他给"本真性理想"赋予的规定,可能就不会那么强调差异性,而会更多着眼于普遍性(当然,马克思的普遍性也只限于阶级的普遍性)。当然,泰勒的思想很明确,他的差异性并不向普遍性转化,尽管他向着"有意义的他者"开放,这个开放的限度就在于他的社区主义。普遍性只到了社区群体就终止了,这就使泰勒轻易就化解了本真性自我、他者与普遍性的矛盾。

这就使泰勒可以着手解决普遍平等与差异政治的冲突。泰勒论述到,从现代认同观念的发展中产生了一种差异政治(politics of difference),差异政治也有一种普遍主义基础,故二者有其重合之处。支撑着这个要求的基础是一种普遍平等的原则,而普遍平等则来源于普遍尊重。显然,从泰勒的思想中可以看到霍布斯和黑格尔以及康德的脉络,在这里,我们无法深究。泰勒要在普遍平等尊重的基础上,再谈差异政治,这个想法无疑是非常精辟且深刻的。问题在于,在泰勒的实际论述展开中,以及他面对魁北克省的法语居民的社区集体权益时,他的考量明显向着差异政治倾斜。多元文化论述的结果,泰勒倾向于得出这样的假设:"所有这些文化差不多肯定都包含某些值得我们赞叹和尊重的东西。在漫长的岁月里,它们为无数性格气质各异的人们提供了意义的视界,也就是说,它们建构了人们关于善、神圣和美的意识……。"[20] 这些不同的文化提供的这些文化价值,显然是多元文化相互平等尊重的基础,结果似乎被颠倒过来,普遍平等是在差异性的基础上的自我认同。也就是说,各种文化都有充分的理由平起平坐,它们天然地价值等同,这些才构成普遍平等的基础。泰勒没有明说,但从他的思想意图的最终落脚点,不难作出这种推论。

吴冠军在他的近著《承认的政治》中,分析了汪晖的"现代性"诉求,并进入到泰勒的思想中展开探讨。吴冠军以他的自由主义深厚学养,所作的分析无疑是精辟深入的,只是在对泰勒的普遍主义与特殊主义这一点看法上,还有值得再推敲处。汪晖以为泰勒的"承认的政治"不是特殊主义,而是普遍主义的。如果考虑到汪晖写此文时所具有的比较强烈的特殊主义的诉求,就不难理解汪晖会得出这样的结论。泰勒虚晃了几枪:诸如他的"潜能"说,他反对将异质文化中的作品列入经典,他关于理论尝试的谦辞,以及对文化内在意蕴的发掘最终要交付给文化研究等等,都使人觉得泰勒的观点显得相当温和,他还保留了普遍主义的空间。但是,这并没有削弱他对差异文化的实质态度,那就是与所谓的现代性的普遍性文

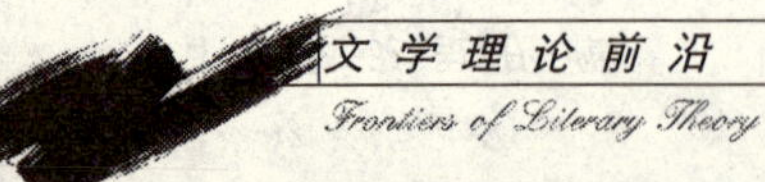

化处在平等地位的观点。很显然，吴冠军也是为了给他的“多元的现代性”留下余地，一边批判泰勒，一边也对泰勒手下留情。就对泰勒的基本立场判断上，我以为哈贝马斯的判断可能还是对的，他认为：“泰勒的承认政治靠的是‘假定一切文化都具有同等价值’，并且对世界文明都作出了同样贡献，这样的立足点显然不牢靠”[21]。我以为哈贝马斯的理解还是更接近泰勒的原意。泰勒最终还是要把差异政治作为一种普遍主义的基础。这一点倒是绕口令式地回到汪晖的判断中。泰勒在这一意义上认为，差异政治是多元文化存在的基础，差异是绝对的，是本质性的，而普遍则是相对的。这样看来，差异性本身就成为普遍性的原则了。因为所有的文化都平起平坐，已经具有成就，和没有成就但具有“潜能”的，它们都可能对人类有意义。这就使价值判断变成完全相对的。没有任何一种文化具有优越性，也没有任何文化处于更低劣的状态。泰勒的理想表现在，这里不需要强制性和不可靠的关于平等价值的判断，而是一种对比较文化研究的开放的意愿，这种研究势必在随之而来的融合中改变我们的视界。[22]当然，吴冠军还是看出了泰勒的问题所在，他指出，无原则的“保存文化传统”是泰勒“承认的政治”所存在的最大症结：“诉诸强制性的力量的‘文化保存’是以完全扼杀‘文化民主’为代价的。泰勒认为差异政治的失败之处就在于‘没有证明那些旨在确保该文化代代相传的措施的正当性’，而承认的政治则首要地追求文化保存这一所谓集体目标。……‘承认的政治’最核心的理论意图就是承认文化保存是‘一个合法的目标’”[23]。吴冠军的这一分析是有见地的，他进而表示，不能完全接受泰勒的“本真性观念”以及“承认的政治”，还有一个原因就是：“这样的理论主张很可能会演化为对民族文化阐释权的垄断，形成专制的‘文化极权’，并导致所有来自其他文明的积极批评都无法立足……”[24]。

值得指出的是，普遍性并不只是由“本真性理想”决定的，也不是一成不变的。文化的传统主义正是设想有一种传统的绝对性本质，在任何时候它都以它原有的纯粹性存在。这一点遭致了哈贝马斯的质疑。哈贝马斯指出，“现代社会的快速转型打破了一切凝固的生活方式。文化要想富有生气，就必须从批判和断裂中获取自我转化的力量。”[25]如果按照哈贝马斯的设想，这种“从批判和断裂中获取自我转化的”能力，本身就是一种现代性的态度，一种文化一旦选择了这种态度，也就意味着从传统主义束缚中走出来，它必然认同现代性的普遍性价值。当然，走出传统和认同现代性不是截然对立的，但不可能是相安无事，或保持平衡的。在这里，只有现代性占据了上风，才可能摆脱传统主义，而且传统主义一旦遭受到现代性的改造，它才能建构一种新型的现代性。在这个意义上，无疑是现代性占了上风。

由于传统主义总是在各种文化中起作用，不管是采取何种方式或达到何种程度的"批判与断裂"，传统总是不死的魂灵。有时候，越是激进的断裂，传统魔力反而越是强大。例如，中国的文化大革命，那是一个彻底与传统决裂的时代，但中国传统的某种魂灵反倒是真正被复活了。批判与断裂不是一种单纯的态度，它显然还是有现代性的价值基础的，在这里，"自我转化"总是有一种标准和目标，否则，人们无法判定它所包含的真实历史意义。就这一点来说，所有具有活力展开自我转化的文化，必然都是向着现代性转化，而不是回到传统的特殊性中。

吴冠军非常敏锐地质疑了汪晖的"谁的现代性"的追问，也清理了泰勒的"承认的政治"中的问题，在此基础上，吴冠军还是没有例外地提出了"多元的现代性"。他表示，提倡"多元的现代性"的目的在于为多元文明与现代性之间的互动与碰撞提供一个有效的分析框架。在很大程度上，"多元的现代性"是一个交往互动的产物，但是其基础是坚持启蒙的基本理想，"同时则将现代性的具体社会建制方案置于民族特色与精髓的改造、融合之下……。在基本的平等权利之上，多元的文化同现代性的各种方案之间则是一个互动交融、互为扬弃、互相改造的不断碰撞与适应的过程"〔26〕。

确实，吴冠军的"多元的现代性"论述得相当周密，提出了迄今为止国内学者在现代性与传统主义的关系方面最为完整的解决方案。对他的这一方案进行深入的辨析不是本文的任务，在这里，我想有一个问题是吴冠军回避或忽略了的，并且需要在这里加以解决。即"多元的现代性"是一个一劳永逸的方案，还是一个过渡性的，阶段性的方案？这个问题显然不是可有可无的，它牵涉到"多元的现代性"到底是一个理想性的方案，还是一个与现实妥协的临时方案？就吴冠军的论述来看，他是把"多元的现代性"当成一个理想性的方案来推崇的。

不管从理论上还是实践上，我们都很难否认"多元的现代性"。假如说，现代性是从西方输入东方中国的，那么，中国的历史文化条件，必然决定了它要带有中国的特色，也就决定了其现代性必然是中国式的现代性；如果说现代性具有一个超越民族－国家，当然也超越西方的普遍主义的性质，那么，美国的现代性与德国、英国、法国的现代性就不是一回事，它们也都是经历了这个普遍主义的怪物与本国的历史经验混合后产生的一种现代性。这就不用说，它再传入中国这种历史文化深厚的民族－国家，更是走了普遍主义的原样。但是问题正在于此，如果现代性具有普遍主义的本性的话，那么，所有这些变形的民族－国家的现代性都不过是局部的暂时的表现形式，它们都有量或形态的区别，但没有质的区别。也就是说，有些现代性做得好些，有些做得差些，但他们都在按照一种规则，都在向着一个方向迈进。尽管这是所有后发展国家不情愿的解释，但历史的实际很可能就是这种方式。如此看来，"多元的现代性"就不会是一个理想性的方案，终究还只是一个阶段性的临时方案。

按吴冠军的说法，在经过大量的反思－实践后，"传统转变为现代性，成为一种'经过反思的智慧'；而最后现代性的面貌则仍旧是多元的，因为不同年代不同地区的人们始终会有各不相同的反思与实践之结果"[27]。这一看法，当然不错。问题在于，"反思－实践"的可靠性和正确性如何保证呢？将现代性的具体社会建制方案"置于民族特色与精髓的改造、融合之下"，结果如何？何以加入了立足于传统本位的"反思－实践"就一定是更高明和更好的呢？迄今为止，中国一直将现代性的社会建制及普遍理念置于中国民族特色的改造之下，其结果到底如何，并不难回答。在这里，想就吴冠军的"反思－实践"在多元现代性的建构中的作用问题作一点补充。

吉登斯就对"反思性循环"提出过质疑，他一方面把这种反思性看成是现代性不可避免的现象，另一方面，他也看到反思性构成了现代性的风险之一。正是反思性促使现代性不断处于一种不稳定的状态，无止境地增加新的内容，当然也增加了新的风险。现代性的多元性特征越明显，表明其内在异质性越强，也表明现代性的不稳定性越强。在当今时代，假定我们以宗教文明来描述多元现代性的话，如果基督教文明的现代性，与伊斯兰以及与儒教中国的现代性差异越鲜明，无疑越造成这个世界的不稳定状况。中国之所以近来与欧盟及美国的冲突趋缓，并不是因为中国更加强了反思性的现代性，强调了其现代性的多元性特征，而是更深地介入了全球化体系，更加遵守国际准则，例如，加入 WTO，金融业按国际化标准处理呆坏账，资本市场的有序建立与逐步开放，通讯业和互联网的信息化，主办 APEC 会议，申奥成功、申办世博会、在联合国安理会采取国际合作的务实态度……等等，这些显然不是什么立足于传统主义的"反思－实践"的产物，而是非常现实和务实的全球统一市场的建立，以及政治上的国际间协调与合作的结果。“反思－实践”无疑是保持主体能动性和自主性的立场的方式，但“反思－实践”却不能一味强调立足于原来的主体传统体系。恰恰相反，“反思－实践”是主体不断通过外部对话，吸取外部的活力与能量，重新建构自身的主体的积极创造性过程。凭借着所有这些全球化和国际化的合作，我们才可能在某种程度上恢复传统的价值准则。但在这样的时刻，传统与其说是自我转化，不如说是中国更坚定开放后的能量投射的部分结果。传统或民族本位，在全球化时代，更像是国际间性留下的余地。

如果我们承认在多元性的建构过程中，主体不断重新创造自身的能动性，那么，按此推论，多元现代性可能最终会消失。但人们显然不愿面对，也不会心甘情愿地面对一个多元消失的现代性同质化世界。这一难题的解决，还有赖于引入后现代思维。

不管是查尔斯·泰勒、汪晖，还是吴冠军，在强调多元文化和文化的差异性时，依然是立足于现代性的立场，其多元和差异都是最大化的，其结果会导致强调民族传统本位。即使吴冠军相当积极地调和现代性的普遍价值与民族传统的关系，但在此纲领底下，也可能事与愿违。我主张，其一，消除多元现代性的理想性色彩；其二，看到它的妥协性本质；其三，强调一种“最小值”的多元的现代性。如此看起来，多元的现代性实则是抵抗现代性普遍性的结果，只有那些最为内在坚韧的民族传统特质，才可能使普遍性的现代性打上多元差异的特征，这也就是“最小值”的多元的现代性。

四、后现代的包容性

对于中国这样的发展中国家来说，现代性确实是一项未竟的事业。而且很初步的现代性迅速就朝向自身独特的历史道路行进。中国现代性的发展历史是激进而片面化的，暴力革命与权威政治构成其现代性的主导内容，这样一来连西方现代性的那些基本理念尚未建构就被丢弃。直到90年代以后，中国的现代性建构才开始逐步显示出它的成效。然而，现代性在中国确实是生不逢时，**现代性既是一项未竟的事业，又走到尽头**。正值现代性的那些价值理念逐步确立之时，后现代的种种学说开始对现代性进行质疑批判。这使现代性的某些基本价值理念的建构遭到动摇，例如，自由、民主等价值认同。当代后现代话语历经90年代的拓展，特别是加入了后殖民理论之后，其理论主题与立场发生了较大的混乱。随着文化研究的强化,90年代后期的思想界,明显强调文化差异的政治学,重新确立民族主义本位为出发点,重新强化中西二元对立,批判并怀疑现代性的基本价值准则。不管是现代性言说还是后现代性论述,中西对立与民族本位认同始终是一个难题。无论如何,除了处在现代激进文化潮流中的胡适,很少有人在寻求建构文化中国的方案时,敢于放弃民族本位立场。即使在严密论证充分吸取现代性普适价值,建构多元现代性方案时,也不能放弃中国民族传统本位立场。最后还是回到百年前的中学为体、西学为用的老路。

由此看来,现代性在中国的建构的最大困扰及难题,就在于现代性的西方身份难以摆脱,这也就使中国的民族传统认同始终构成建构现代性的巨大障碍。西方的现代性如何能穿越这个屏障?人们乐于把这个屏障想象成巨大的资源,它可以与西方的现代性融为一体。即使像吴冠军这样比较彻底地接受西方现代性理念的人,最后也不得不设想依靠中国传统的资源来重新塑造现代性。这显然只能是一种调和的现代性,这只能说,现代性并没有理想的绝对本质的存在,它只能在历史实践中被民族-国家,被不同的文明或文化吸收改造。所谓吸收、调和与融合,这一切只有在后现代的知识基础上,或者说在后现代性的观念方法之下,才会真正产生和谐的情境。否则,其潜在的冲突与对抗,最终还是会导致以民族-国家的认同吞没了现代性,实际上更有可能是传统的惰性导致现代性重建滞后。

如果说在后现代话语初起阶段,人们还并不能梳理清楚二者之间的关系;或者说为了给新的理论话语创建一个崭新的形象,而夸大了二者之间的对立和裂痕,那么,全部理论发展至今,就没有理由还在二者之间制造人为的冲突。在我看来,**后现代并不是对现代性简单的抛弃和颠覆,而是在更加合理和从容的境况中,对现代性的修正、拓展和精细化。**后现代理应是更丰富、更多元、更富有变化活力的现代性。詹姆逊在强调他的"当下本体论"时,他显然是试图超越现代性和后现代这种理论话语,但说来说去,他并不可能真正超出多少。他所设想的是在经典马克思主义的基础上建造面对这个时代当下实践的新型理论,其实质也只能是对后现代性理论作出某些改变而已。"当下性"可以说已经敏感地在某种程度上抓住了后现代对现代性的修正要点:这就是"当下性"的实践问题。虽然说这未必是詹姆逊的本意,但"当下性"确实是留住现代性在后现代历史境遇中的有效方式。例如,对于中国这样的高速发展的国家来说,在这样的时空堆积了不同时期的历史沉积物，有必要在当代活的历史实践中来理解和重建现代性,这本身就构成后现代的思考的出发点。

现代性与后现代相互包容的想法，齐格蒙特·鲍曼有不少精辟的见解。鲍曼这个道地的左派社会学家,奇怪地对现代性怀抱强烈的眷恋。正如有俄苏背景的柏林明目张胆地打出右派的招牌，鲍曼这个有着东欧背景的左派,也敢于对现代性的基本理念持肯定态度。不消说,写过《现代性与大屠杀》的鲍曼对现代性有激烈的批判，对后现代同样持反思态度。但他是少数能够冷静处理这两个难题并将它们联系在一起考虑未来方案的人之一。鲍曼曾经指出,“后现代的来临”这个命题试图把握的那种含混但却是真实的忧虑,暗示了情绪、知识分子的思潮、自我理解等的变化。这个变化对于一般意义上的智力劳动的策略，尤其是对于社会学和社会哲学的策略具有深远的意义。鲍曼告诫说:“只有从保护好后现代时期现代性的希望和雄心的愿望出发，才可能开展起来。上述的希望和雄心指的是有可能以理性为导向来改善人类状况的可能性；这种改善归根到底是以人类解放的程度来衡量的。不论是好还是坏，现代性所论及的都是提高人类自治的程度，但这种自治不是那种因缺乏团结而导致孤独无助状态的自治；是关于如何提高人类团结程度，不是那种因没有自治而导致压迫的团结。”[28]对于鲍曼来说,怀着这样的雄心抱负去推动那种历史状况是值得加以实现的理想情怀。一个拒绝放弃自己的现代的责任的策略之所以会变成一个后现代的策略，就在于它直截了当地承认它的理论前提不过是一些假说。“从一个真正‘后现代’的风格上说,这样一个策略指向的是价值,而不是法则;是假说,而不是基础;是目的,而不是‘根基’(groundings)。”[29]

鲍曼把后现代与现代性的长期对立的关系，加以富有活力的调整，虽然他的着眼点主要是建构一门后现代性的社会学。[30] 在鲍曼的头脑中，关于前东欧的社会政治情景肯定还记忆犹新，他不能放弃现代性的那些启蒙理想；同时作为一个当代社会最敏锐的观察者，他看到当代社会巨大的变化，不强调后现代的立场和观念无疑不能准确地把握当代社会。鲍曼看到,现代性的知识处理民族－国家的系统,而后现代的知识则着眼于个人。也就是说，现代性知识旨在实现国家和社会的权力的理性化；而后现代知识旨在实现个人行为的理性化。他说道:“后现代意味着新的状态且要求对传统的任务和策略进行反思和重新调整。然而，对于旨在于后现代的新条件下保持现代的希望和宏图大志的这样一个策略

而言，谁在运用管理的知识以及为什么样的目的而运用这些知识的问题就变得至关紧要了。”[31]

鲍曼关于现代与后现代知识分别对社会和个人产生作用这一见解极具启示性，它可以用于理解我们反复努力而无法绕出的关于多元文化或多元现代性的怪圈。这些怪圈里，虽然强调多元性，看上去是一种后现代的态度，实际还是现代性的民族－国家的观念在作祟，多元只是立足于某些民族传统、国家主义或是社区集体，其本质还是现代性的权力斗争。后现代知识立足于个人，其差异性，真正是个体的差异性；其多元，真正是建立在个体－主体利益之上的多元。在这个意义上的无限多元，也就消解了有限的民族－国家立场的多元，也就可以超越诸如民族主义、传统主义和社区至上主义之类的政治诉求。当然，我们并不是说，在后现代时代，民族、传统、国家社区就没有真实意义，其认同都是虚假的；而是说，这些诉求经常是一些政治团体和阶层的权力诉求，特别是在发展中国家尤为如此。鲍曼强调的现代性关怀作为后现代建构的基础，正有利于解决好二者的矛盾。后现代所有的思想、知识和社会要求，都包含着现代性的那些基本价值，而反过来，后现代着眼于个体的差异性，是对现代性强大的普遍性的一种修正。这项修正不是在普遍价值认同本身，而是在普遍性过分推演的社会化建构中加以修正。

后现代的叙事本身显然始终包含着同质化与异质化的矛盾。没有同质化，就没有对异质化的强烈需求；没有异质化，也就没有同质化存在的基础。这并不是黑格尔辩证法的翻版，而是全球一体化的世界潮流涌现出的新现象。也许人们会把经济一体化与文化特殊性区别开来，实际上，文化与经济一样，本身的内在结构都存在同质化与异质化的矛盾。而新的同质化与普遍性当然不只是现代性的简单延续，实际上，它是现代向后现代转化中完成的新的同质化或普遍性。同质化与普遍性并不是令人恐惧或令人窒息的某种状态，或者如少数民族主义者或传统主义者所指认的那样，那是西方化或美国化。真正的同质化或一体化，发生在单一的宗教或文化体系内（例如某些专制政体或宗教原教旨主义），在那里，个体的差异性，性别的差异性，家庭与人伦的价值，都被置于某种强制的一体化规则之内。我们很难设想，要用这种数个一体化的东西，来建构所谓全球的“多元性”。这种“多元性”对谁是公平呢？谁是这种多元性中的赢家呢？答案应该是很清楚的。

五、重新确认后现代建构的可能性

在这样的时代，真正要建构多元性，只能是在依然怀抱着现代性理想的后现代性基础上；以人为本，以个体为要素，建立起的多元文化，才真正是同质化与异质化始终保持着相互转化活力的文化。在保留现代性的基本理念的同时，放低现代性关于民族国家、关于传统本位的宏大叙事，把现代性的理念落实到人的建构上。也就是说，现代性的基本理念在现代阶段，着眼于民族国家的宏大建设，而在后现代阶段，现代性的那些理念主要着眼于人本身的建设，主张重新回到个体的主体性，个体的内在性。现代性的理念本身也就被后现代重写，建构着后现代的新的价值体系，最重要的在于，建构着后现代的人学。以后现代的人学为本，一切外在化的宏大主题包含的矛盾和困境，都可以得到化解。而后现代的人学，正是带领人类走向未来的人文价值的新的出发点。

当然，回到人本个体也同样面临理论的难题。个体的异质性在何种情况下才能恰当地建构起一种共存的整体性，而这样建立起来的整体性又在多大程度上保留个体的差异性？这一切都像是进入哲学的同质性/异质性的形而上学迷宫。像利奥塔那样，把个体差异性推到极端，也只是一种浅尝辄止的假说。正如他在《迥异》一书中试图论证的那样，每一个体的存在情境（语境）都是根本不同的，利氏上升到语句的表达来看这个问题，这就更使差异性变得绝对化了。在他看来，每个体系都包含最初表达的不同处境，不同的处境包含了世界中实例之间的不同关系，而这个处境由最初的语句产生（这像是同语反复）。他指出，这些处境是根本不同的，不存在某种把它们彼此联系起来的正确方式，也就是说没有公度性。[32]所有的存在都要追溯到最初的表达处境，而所有的表达处境都显示了个体异质的绝对性，这也就表明个体存在，或任何个别表达的不可公度性。不用说，利氏的这种观点遭到各派各家的激烈批评；他本人在理论上也未能自圆其说。利氏当然试图通过最初表达来揭示差异性是如何构成世界的基本存在方式，在这里，差异性是如此之重要，以至于我们不理解差异性就不能理解任何表达。但这也把差异性推向极端，使作为个体的存在无法去建构共同性。

从同质性推到异质性，而异质性也就是个体的差异性。这就追溯到存在的最初源头，这就要回到那个"本真性理想"。关于"本真性理想"这一论说构成了 18 世纪启蒙思想的最重要的根基，现在看上去，更像是一

个古老的传说，只有泰勒这种思想大家才敢翻出这些陈芝麻烂谷子来作为他的救世良方的依据。启蒙思想家坚信天赋权利（霍布斯），推崇理性自觉（康德），根源就在于人的存在依据的本真性理想。自从人类从上帝那里回到人类自身，人可以根据人的价值准则来判断人的存在，这就在于人类具有天赋的道德意识。过去与上帝相联系的观念和尺度，现在回到了人自身。查尔斯·泰勒对“本真性理想”在思想史上的重要性的认识，在他的《自我的根源：现代认同的形成》这部皇皇巨著中就充分论述过，在《认同的政治》一文中，他又再次以此作为他对文化认同论述的一个理论出发点。他指出，“本真性理想的确立，这个事实是现代文化深刻的主体转向的一部分，是内在性的一种新形式，我们正是由此把自己看作是具有内在深度的存在。”[33] 泰勒追溯了卢梭以降的启蒙思想家对此问题的论述，揭示了这一思想在现代性建构中的内在决定性作用。直到今天，还在泰勒的崭新的“认同的政治”学说中再次作为一个基础性的重要命题。作为一个思想精深的理论家，泰勒看到“本真性理想”在自我建构中的开放性特征，亦即它的“对话性”。通过与“有意义的”他者的对话，本真性理想才能建构起来，也才能真正有积极的和不断完善的建构。这一点显示了泰勒的惊人的洞察力。但泰勒的“对话”在展开过程中却偷换了主体，这个本真性理想经过积极的对话，结果却是回到了民族、社群式的“文化”。“本真性”的个体特质，被泰勒转换成共名性质的以文化为单位的“民族/社群”。泰勒引用了赫尔德的观点，赫尔德认为存在着某种特定的作为人的方式，那是“我的方式”。我内心发出的召唤要求我按照这种方式生活，而不是模仿别人的生活。这个观念使忠实于自己具有一种前所未有的重要性。如果我不这样做，我的生活就会失去意义；我所失去的正是对于我来说人之所以为人的东西。这种内心的呼唤使人实现了真正属于自我的潜能。泰勒却从中推导出赫尔德在两个层面使用这一独创性概念：“既适用于与众不同的个人，也适用于与众不同的负载着某种文化的民族。正像个人一样，一个民族也应当忠实于它自己，即忠实于它自己的文化。”[34]这样，“本真性理想”的主体就由个体转化为“民族”。这使得泰勒推崇的“本真性认同”就具有文化认同的含义。反过来说，这也就使文化认同具有无可辩驳的“纯粹性”，因为它是“本真性认同”。

吴冠军并不信任泰勒的“本真性存在”，在他看来，泰勒设计的“本真性认同”具有霸权性质，乃是“家庭、宗教、民族等‘天然的’、既有的、预定的身份认同，在这种认同中，个体被彻底剥夺了其主体性，无法自由地选择与改变加诸其上的所谓本真性认同”[35]。吴冠军认为泰勒的本真性认同的实质是被社群的“强势评价”左右的压制了个体主体性的认同。于是,他提出“建构性认同”。应该说,吴冠军对泰勒的批评有其合理恰切的地方,泰勒的问题在于他最后的落脚点,他把“本真性认同”小心翼翼地推向文化认同,不管他如何努力揭示本真性认同,如何从发自内心确立个体的真实出发点,但“内心”或个体的真实性结果还是完全等同于民族的文化召唤,这种逻辑推演无论如何是不充分的。不必从利奥塔极端差异的个体出发,就从一般的个体与社会的关系来理解,也很难得出这二者之间的联系是“本真性的”,这种关系确实是个体顺应和皈依了民族/社群的“强势评价”。在民族认同与个体的本真性存在之间,经常是相冲突的。这在日本的军国主义、德国的纳粹那里已经昭然若揭了。那些内在呼唤一旦向民族国家转化,它留给个人的本真性已经没有多少余地,其实质则是集体/集权对个体本真性的全面专制。但吴冠军的“建构性认同”与泰勒有多少区别呢?一个是回到社群,一个是回到民族传统文化本位,这里的建构性最终又给“个体的主体性”留下多少余地呢?事实上,泰勒在论述“本真性理想”时,是非常恰当的,他谈到了对话,谈到了有意义的他者,谈到了内心的自我召唤。这些都是纯粹个体的主动性的自我建构活动,在这一意义上,泰勒的本真性认同直到这一步为止都是开放式的建构性的。问题都出在最后一步,他们一个没有超出社群主义;另一个没有摆脱传统主义。在主体所有积极的个体性自我建构活动中,最终都倒向了共存性的陷阱。一方面,所有的共存性都设想是充分的个体本真的欲求,是个体的完满性的实现;另一方面又设想,所有的个体性之最后展开,都获得了民族/社群或传统本位的提升。因为,如果没有共存性的提升,似乎个体性就只是一些彻底散乱的沙粒,看来人类从来没有相信过个体,从来没有相信过自我的本真性存在。

这一切恰恰说明我们真的要从头再来,从本真性的理想出发,重新建构我们的个体的主体性。确实,要设想完全超越社会、民族国家以及社群的个体性是不可能的,但以何者为根基,以何者为最终的诉求则是会有不同的结果。不是对本真性的超越和舍弃,而是回到本真性。真正理想性的个体本真性也就是主体的“最小值”,正是在最小值的含义上,主体才能保证其内在性。确实,“主体性”这个概念长期以来是后现代致力于攻击的主题,谁都知道福科说过“主体已死”一类的话,但是,福科后来在《何为启蒙》一文中,在把启蒙定义为一项“敲

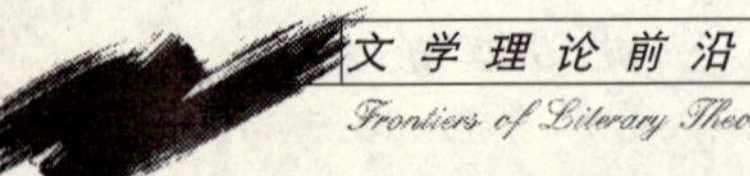

诈”时，也考虑如何在他的思想中重新思考主体的可能性。他提出，一个人必须拒绝一切可能用一种简单化的和权威选择的形式来表述他自己的事情，应该用“辩证的”细微差别来摆脱这种敲诈。因此，福科设想，我们必须对在一定程度上被启蒙历史地决定的我们自己进行分析。这样的分析暗示一系列可能精确的历史质询；这些质询将不会往回面向“合理性的基本内核”，这种内核能够在启蒙中发现、也将保存在任何事件中；他们面向“必然性之现在界限”，也就是说，“面向对于我们自身作为自主主体的建构来说并非必不可少的方面”[36]。事实上，福科对启蒙的批判并没有全然抛弃“启蒙”，他寻求的反思性质询也必然以启蒙的知识理念为依托。他要摆脱的是那些过多的外在的附加成份，对自我的质询本身，也有点回到本真性理想的意味了。在他所说的，对启蒙的反思意味着回到康德的那种途径，也必然使他的批判性质询像康德一样包含着启蒙的信念。同样，作为解构主义大师，德里达也一直被塑造为彻底颠覆主体性的怀疑主义者。然而，德里达并没有彻底丢弃主体性的概念，正如他也没有放弃解构的肯定性意义一样。这就是说，在解构的差异性序列中，有一种东西留存下来，一种剩余的意义，一种额外的超级意义重新铭写在差异之中。很显然，解构的重新自我铭写特性从来没有被正确理解，这也可能就是德里达后来反复采取文学文本的手法书写解构踪迹的动机。德里达曾经说过，他曾向哥德曼（Goldmann）谈起过“文字主体”的问题，哥德曼表示十分担心主体以及它的消失。他指出：“重新思考主体性的结果问题是绝对必要的，因为它是由文本的结构产生的。”[37]这里的主体性问题当然不是形而上学意义上的主体，不是人的完整性意义上的主体，这是由文本（广义的和狭义的）在差异性中产生的主体。这是解构的结果层面上思考的主体性问题，说到底它是解构与传统的历史、主体在意义上可以通约的最小单位。但是，这些思想可以成为我们今天重新思考的起点。这样也才能从主体性出发，融合民族－国家，融合社群主义，融合传统与现代的诸多内容，它是人类理性交往的基础和保证。假如未来的社会不可避免地是后现代性的话，那么，后现代性需要建构的不是什么本土主义的民族性或以社群主义为基础的差异性（多样性）；而是真正具有人类理想性的以个体本真性为依据的差异性（多样性），这也就是主体的“最小值”。这就是后现代的人学的基础，立足于这样的基础，后现代对现代性的包容，对现代性的重构，就不是奢望，而是实实在在的当下文化建构，在此基础上，当代中国文化既补足历史之缺失，又开创出未来发展之广阔空间。

（作者单位:北京大学中文系）

注　释:

〔1〕 参见詹姆逊2002年7月访问上海华东师范大学时所作的《后现代的幽灵》讲演稿。有关该讲演的中文译文未能见到，《文汇报》"学林版"刊登过部分内容，现在的中文译文采用张旭东根据詹姆逊的原讲稿翻译的文本。该文本可见中国人民大学中文系的文化研究网站，www. culsdudies. com. 据张旭东所言，詹姆逊的讲稿由作者在当时尚未问世的新作《现代性的神话》的"导言"和"结论"两部分组成。该书由英国伦敦维索出版社于2002年底出版。

〔2〕 汪晖:《当代中国的思想状况和现代性问题》，参见《知识分子立场》，第一卷，李世涛主编，时代文艺出版社，2000年版，第107—110页。

〔3〕 罗兰·巴特:《符号学原理》，李幼蒸译，三联书店，1988年版，第203页。巴特这里所说的"所指"之类，可以理解为权威性的秩序，当代中国的权威性话语当然不可能处于"被压制"的状况，巴特是描述在他们所面对的语境中，权威性的话语因为真理性和历史依据的丧失，在特定的对话语境中也可能处于劣势。这就有点如同威廉斯把文化划分为三大块:主导文化、剩余的文化、崛起的文化。当主导文化失去某种历史的合理性时，它就可能转化为剩余文化。在这种话语情境中，剩余文化就可能处于实际的边缘化状况。

〔4〕 后殖民理论在中国最早的引介且产生广泛影响的，可能是张宽在90年代初期在《读书》发表的介绍赛义德的《文化与帝国主义》的文章，随后赛义德的"东方主义"在中国不胫而走，这使原来詹姆逊的第三世界理论所隐含的反对资本主义文化霸权的意义浮出地表。后现代的知识谱系开始具有了完整性，后现代主义几乎是突然变成了"后学"。没有人区别这二者的内在的本质的不同，后现代论述在80年代末期至90年代初期的中国文学界的兴起，恰恰是采用了局部战略，它只具有战术的意义。后现代及后结构主义是作为一种工具箱起作用，面对的是中国当下的问题。但转化为后学，它所包含的知识谱系当然更完整，举凡后现代、后结构主义、女权主义、后殖民理论等等，都显示出它在理论上的完整性。正是这一完整性，它的意义更具有标准化的特征。它与美国的左派理论叙述有着更紧密直接的联系，但这又使中国的后现代论述失去了原有的反对当下意识形态霸权的主导意义。很显然，海外学人开始广泛介入中国学界也推动了中国的

后学迅速发展。海外学人几乎无一例外地左倾,强烈的反美情绪,使得这种所谓的“后学”增加了浓厚的意识形态色彩。

〔5〕 詹姆逊:《回归“当前事件的哲学”》,参见《读书》,2002年第12期,第16页。

〔6〕 参见列维-斯特劳斯:《现代性的三次浪潮》,中文译文载贺照田主编:《学术思想评论》,第六辑;《西方现代性的曲折与展开》,吉林人民出版社,2002年版,第86—110页。

〔7〕 同上书,参见第88—92页。

〔8〕 同上书,参见第93—95页。

〔9〕 同上书,参见第99页。

〔10〕 同上书,第101页。

〔11〕 该文原载 *L' inhumain, Galilée*, 1988年, pp33—44. 中文译文参考陆兴华译文,见《世纪中国》(http://www.cc.org.cn/),上网日期2002年12月27日

〔12〕 参见吉登斯:《现代性的后果》,第7页。

〔13〕 同上书,第135页。

〔14〕 参见查尔斯·泰勒:《现代性之隐忧》,中央编译出版社,2001年版,第139—140页。

〔15〕 该文原载《学人》第六辑,后收入汪晖自选集《死火重温》,广西师大出版社,1997年版,参见第12—13页。

〔16〕 参见汪晖《〈文化与公共性〉导论》,汪晖、陈燕谷编:《文化与公共性》,三联书店,1998年版,第10页。

〔17〕 但如此推论也对反欧洲中心理论构成反讽,既然欧洲中文化早已有亚洲或非洲文明的要素,那现在接受欧洲文化为代表的西方文化的影响又有何妨呢?因为那里面原本就有亚洲或非洲的东西。看起来,左派的这一论述并不在于实践的可能性或理论的逻辑性,而在于态度与立场,目的是打破欧洲文化中心论的神话。

〔18〕 参见查尔斯·泰勒:《承认的政治》,中文译文见《文化与公共性》,第295页。

〔19〕 同上书,第297页。

〔20〕 同上书,第330页。

〔21〕 哈贝马斯:《民主法制国家的承认斗争》,同上书,第357页。

〔22〕 同上书,第330—331页。

〔23〕 吴冠军《多元的现代性》,上海三联,2003年版,第319页。

〔24〕 同上书,第300页。

〔25〕 哈贝马斯:《民主法制国家的承认斗争》,参见《文化与公共性》,第359页。

〔26〕 吴冠军同上书,第268页。

〔27〕 同上书,第368页。

〔28〕 鲍曼:《是否有一门后现代的社会学》,参见史蒂文·塞德曼编:《后现代转向》,中文版,吴世雄等译,辽宁教育出版社,2001年版,第269—270页。译

文略有改动。

〔29〕 同上书,第270页。译文略有改动。

〔30〕 鲍曼特别解释他的设想是建构一种具有后现代性(postmodernity)的社会学,而不是一种后现代社会学。前者可能指的是着眼于后现代社会现实的策略性的后现代社会学研究;后者则是理论层面上的后现代社会学研究。

〔31〕 同上书,第272页。

〔32〕 Cf. *The Differend: Phrases in Dispute*, Trans. George Van Den Abeele. Manchester: Manchester University Press. 1988, P 49. 有关论述也可参照詹姆斯·威廉姆斯著《利奥塔》,黑龙江人民出版社,2002年版,第115—120页。

〔33〕 参见查尔斯·泰勒:《承认的政治》,中文译文见《文化与公共性》,第294页。

〔34〕 同上书,第295页。

〔35〕 吴冠军同上书,第293页。

〔36〕 福科《何为启蒙》,《福科集》杜小真编选,上海远东出版社,2003年版,第537页。

〔37〕 参见德里达:《一种疯狂守护着思想》,德里达访谈录,中文版,何佩群译,上海人民出版社,1997年版,第124页。

后殖民性的文类

〔美国〕彼得·希奇考克

像很多事情一样,后殖民性也是一个阶级的问题。

——阿贾兹·艾哈迈德

不同的文类不能混合。我不会把它们混合起来。

——雅克·德里达

现在让我们来假设一下,后殖民研究不仅仅是一个领域,而且还是有着它自属文类的一种话语,也即后殖民性,它卓越的道德规范不是形成一种文学类型,而是它的成规逻辑暗示着一种社会实践,这种社会实践在它的文类特性和风格方面均类似于文类。如同这样一个假说,无论从逻辑的观点,还是到文类的观点,以及到它的历史实质,和它不同的产生,到它形成的过程,都可能会集中在道德方面。所有的文类都担心一致性,而且当一种文类达到了极致,它也就同样在历史上结束了那种文类。如果后殖民性是个文类的话,那么在分类法方面,它将是个极有趣的范例,因为就像社会阶级中的无产阶级一样,它的矛盾的使命就在于它成就的那一刻,宣告它的存在、它适宜的最棘手部分是无效的。后殖民政见的目标并不是要产生一个后殖民性而后让它存在,让它成为一个全球性的情形,而是要它的一个终极的扬弃(和西方的本体论形成一个鲜明的对比),以此作为一个标志来说明殖民者/被殖民者这一对立已经失败了。同样,工人阶级寻求一种自我灭绝,并不是出于过分的无私,而是出于一种懂得这种彻底消失作为一个特别有害的社会阶层之方式而结束的道德规范。无产阶级存在的矛盾不是和民主的道德规范有关(完全出于生存而选举自己的奇怪权利),也不是和意识的道德规范有关,就像欲望总是如此容易地说出自己的名字。然而后殖民性却有着同样麻烦的身份和欲望，因为它必须废除所有的阶级分类宣言——它是这个分类的沉淀物——但它自己却在和胜利约会的时候结束了。当有人会因此而很自然地想要根据另一种不同的议程而加快其结束的进程(比如说，通过用过去时态，批评策略可以稍微示意一下，就像一个没有人支持的对"新"的宣布)时，后殖民性的关联性便依赖于对组成其文类结构的不公平性的坚持。然而，根据这一粗暴的假设，如果后殖民性是一个文类，一个独特的适宜的社会惯例的话，难道文类本身的概念结果不会有风险吗？

后殖民性并不是一个文类，因此对像这样一个有争论的类比也就没有意义了。但是目的并不是完全类比的，而是呈对话状态的。后殖民性和组成它客体的文类的命运如此地紧密相连，以至于后殖民性以作为它非角(agon)的话语逻辑而运作。这个对话主义在一个传统的意义上讲，表现得非常正式和富有美感，而并非表现得具有很强的政治能量，这其实是文本性的一个诡计，而不是谴责的基础(既然对话主义最终不是屈服于文本主义)。[1]实际上，是后殖民主义的话语语境和抽象客观主义在进行对话，否则的话，将会是非常的空洞。如果这是从米哈依·巴赫金和V.N.沃洛希诺夫关于符号的社会本质借鉴而来的话[2]，那么后殖民性作为认同的悖论在爱德华·赛义德和西奥多·阿多诺的著作中也有对话的成分。赛义德说约瑟夫·康拉德小说《黑暗的心》(*Heart of Darkness*)中叙述的形式其实是以一个神秘的对位法的姿势，摆到了一个区别之间，这个区别来自帝国主义在其全部"坚定的主权包含"为自己对自己的观点和一个典型的康拉德式的认为帝国主义在时间和空间上均有特定性这两种观点的不同。"既不是无条件的正确，也不是没有审核的确定。"[3]赛义德总结说，"按照康拉德的意思，我们生活在一个时刻都或多或少地被制作和不被制作的世界里。"(*CI*29)所以，叙述的这个属性便把紧迫和具体借给了后殖民非殖民化的一个相关范畴。康拉德对帝国主义在刚果的所做所为进行的雄辩控诉的历史意义和自那时起代表着刚果民主共和国的活着和死去的人非常有关。文类的正当性是它集中在不同的叙述和阶级分化的时刻，这两者强调了赛义德阅读的判断力。

第一眼看去，阿多诺关于理论与艺术以及艺术与现实之关系的思考好像并不明显地带有叙述逻辑的问题。在《审美理论》(*Aesthetic Theory*)这本书里，阿多诺所关心的问题是艺术如何才能成为现实。[4]一种用各种方式重复的修辞格是"和艺术本身的概念掺杂在一起的，是导致它自己废止

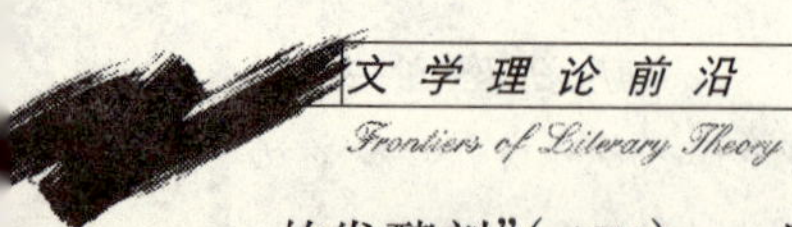

的发酵剂”(*AT*4)——因此成了无产阶级的另一个寓言故事。按照也是类似文类本身的法兰克福学派的辩证法,这种要求否定的扬弃(Aufhebung)之激情相当清楚地表达出来了。在阿多诺看来,艺术在社会中的嵌入关系到普遍事物和个别事物发生变化的内在力量,或者关系到个别事物中的普遍现象和“生产的社会关系的积淀或印痕”的冲撞(*AT*5)。当谈到文类时,这其中暗示了两个历史:第一个是描述文类赖以生存的生产的社会关系;第二个指文类本身的概念,这个概念从属于同样的条件,但和它所指的文类并不保持一致。我想通过把后殖民性和这两个历史联系得更为紧密,来表示该计划中的政治颤栗不仅仅存在于混合文类,而是使阶级划分本身的逻辑也问题化了,因为阶级划分的“积淀”恰好是“社会性”的。后殖民性的存在只是一个幻想,对于经常是仇恨的但最终还是可疑的关于认同和术语的正确性(terminological correctness)的争论,它不啻是一个速记法,这个争论没能正确理解作为阶级斗争的后殖民性的长久持续性(longue duree)。当然我偏爱更明显、更有益的后殖民性的政治承诺:在建设国家的过程中争夺位置的战争,为全体社会公民进行社会改革而进行的斗争(例如,女性没有体验像从父权国家摆脱一样地体会从殖民社会摆脱出来),从对经济的单方面依赖转变到一个更加合理的经济上的互相依赖,和通过一个坚定的阶级来彻底消亡阶级差别——这个概念一直和弗朗兹·法农相联系。然而,从阶级滑向阶级分化并不是把社会性压缩成一个古怪的、几乎听不到声音的关于文类的谈话,也不是对不太实际的形式主义的真实基础的取代,而是试图去突出陪伴后殖民性的分化热情也是潜在并意味着某种范畴的危机,这个危机和社会变化的逻辑和过程是一致的。在这个意义上,想把后殖民性向文类推得更近一些并不是要沉湎于狡猾的微笑,而是要给术语本身的极限想出一个合适的术语。阿多诺说过,“文类和形式实质上的成分在其材料的历史需要中占有一席之地”(*AT*200)。后殖民性差不多也是这样,用它被历史所召唤的实质成分的转折去废除赋予它的文类。

虽然不存在一种后殖民性的文类,但是有没有不同的后殖民文类?愤世嫉俗的人会说,“殖民话语分析,”通常会使人联想到这些人:赛义德,佳亚特里·C. 斯皮瓦克和霍米·巴巴。作为一种选择,自然有后殖民批评,它见证了生活在大都市的人们对于作为一种奢侈品的话语的迷恋,它用一个更实际的观点来阅读文学,这里包括一些作家像齐诺阿·阿赫比

(Chnua Achebe), 沃勒·索因卡 (Wole Soyinka), 纳瓦尔·爱尔·萨达威(Nawal el Saadawi)和卡莫·布拉特维特(Kamau Bratwaite)。然而很快地,这种文类特色便被所谓的高雅(refinement)给弄瘸了腿。例如,后殖民主义理论在某种程度上说是合人意的 (威尔森·哈里斯, 阿贾兹·艾哈迈德), 但是也同样找出了可怕的法国的高雅理论的痕迹, 并且紧接着就是消化不良(这些可以从对卡提比[Khatibi], 克里桑特[Glissant], 本尼茨-罗约[Benitez-Rojo], 以及[早期的]赛义德, 斯皮瓦克和巴巴)的反应中看到。我们可以说"英联邦文学批评"(commonwealth criticism)的文类,尽管它的实施已经融合并纳入到有着更广泛兴趣的后殖民批评中(一段被《帝国回溯》[*The Empire Writes Back*]这本书[5]直截了当地说明的文字)。我们可以解释反后殖民的后殖民主义的文类,还可以解释那些具有煽动性的、同时通常有说服力的论点的特性,这些论点替代了后殖民主义,但最终发现这种替代行为早已在一些后殖民人类学家那里被无意中正式宣布为经典了(安娜·麦克林托克[Anne McClintock], 阿贾兹·艾哈迈德, 萨拉·苏莱里[Sara Suleri], 阿里夫·德里克[Arif Dirlik])。有一种严肃的后殖民主义"之父"的文类(C. L. R. 詹姆斯[C. L. R. James], 利奥帕德·申霍[Léopold Senghor], 阿米尔卡·卡布拉尔[Amilcar Cabral], 法农, 艾米·塞瑟尔[Aimé Cesaire]), 他们不辞辛苦, 并不知道可能会使自己受到别人崇敬的这个领域。而且或许我们可以提一下转喻式的(metonymic)后殖民主义文类,它借鉴了殖民主义和后殖民研究的效果,只是为了找一个不同的术语代替(多元文化主义? 还是全球化?)来暗示先行者的时日已经不多了。但是所有这些都不是我们谈的文类。它们可能是一些论文、小册子或什么宣言之类的次文类, 它们是围绕着一套可能被维特根斯坦叫作家族相似 (family resemblance) 的东西组织起来的, 然而它们自己却没有显示出任何表明文类的特性。或者说,它们表示出来了吗? 问题的一部分出在文类本身这个概念上,这个概念在文类理论范围内有一个特殊的意思,但是从一般的术语来讲, 它却经常和形式并列(为了公平起见, 这种混乱也可以从对立的方向找到, 但是注意一下阿多诺在上面是怎样为了安全起见两个都用了)。为什么不使用后殖民性的"变体"(varieties)或"类型"(types) 这种说法, 然后不让自己因为这些太多的关于文类的术语而愤怒呢? 一个原因是, 文类边界的制定告诉我们一些关于权力逻辑和政治角逐场的事情, 在这里后殖民性挣扎着去说出不同的见解; 换句话说, 文类同样也从属于非殖民化。另一个原因是, 在话语和社会性之间有一个联

系，文类对这个联系有很多东西要说，但另一方面，后殖民研究在文类这方面一直相对保持沉默。[6]当然这并不是说后殖民性没有夸大社会表达性。远不只是这些。但是后殖民性如果真的被当作对这种表达性文类的一个更加细致彻底的评论又会怎样呢？如果它关于文类本身的独特的轻率行为表现了文类特性——一种超文类的东西，这种超文类的东西对文类和文类以外的（在艾哈迈德的格言中所表明的一种超越[7]）分类逻辑提出挑战，如果是这样的话又会怎样呢？所有文类都通过对分类语域的自我批判不同程度地保持了下来，但它们不能自己衡量它们的批判性反应的危机。或许，这个有权利的超出范围，这个外来物（exotopy），这个赛义德认为来自于康拉德的外在性，这个麻烦或混合体，可以被叫做后殖民性文类。一种文类还是多种文类？我们几乎凭本能就知道至少有一种后殖民性文类：这就是小说。

谈到小说能历史地、政治地和文化地体现一种具体的人类表达的文类，就这一点而言，有人可能会说根本就没有所谓后殖民小说这类东西。不管我们把小说的出现阐释为与一个寻求主导结构的阶级的统治愿望的毗邻，还是在殖民主义和帝国主义的地缘政治计划中寻求它的影射，小说都作为一种文类已经被和关于殖民臣民的压抑、镇压和压制相联系的分类概念深深地污染了，因而它想象的概要，不管怎么样做准备或被表现为自由的精华，都无法体现非殖民化和后殖民主义所关涉的社会改革。有人可以肯定地说，后殖民主义表述有一些显著的特点和具体特征，这些特点和特征在小说里出现得很频繁，因而我们可以附加上这个形容词来给这样的小说分类。更重要的是，我们可以认为正是后殖民主义胜利的标志才使得小说是它自己的，尽管小说在过去似乎与殖民文化一直有着可疑的关系。在这里，被文类起源的民主本能所培育的文类的本能对通过内容而达到的重新表述和重构是开放的，因为这些内容本身就它的天性也是喜欢自由的。事实上，我们研究文类的变体越多，就越得承认后殖民作家从小说自身抓住了小说，并且认为决定文类的正是加速这种发展的东西。因此，后殖民小说是存在的，因为文类的本质是给挑战文类组成的内容提供形式，并且这种正当的柔韧性是被强制实施在后殖民性的挑战里的。但是，如果再一次证明文类的完整性似乎也是至少有碍于提供无限变体的过程的话，那么该会是怎样能？它会不会追溯文类的逻辑和法则，然后遵守这些逻辑和法则，其目的是为了决定文类的危机？这就是文类中变体更多的是有关由逻辑上的矛盾所引起的一种文类的内爆

(implosion),而不是有关民主本能的地方。危机给了文类生机与活力,当然除非这个危机的本质不能在文类范围内得到解释。因此,我们便有了历史,同时也就有了新的文类。

这种理论形式不全是雅克·德里达在他的《文类的法则》[8](The Law of Genre)一文开篇中的意思。在这篇文章里他为了对它的真实性提出挑战而强调,文类中明确提出的禁止,不是通过想说明文类是一连串的处方,而是通过把期望的禁令——文类的法则暗示着一个不纯的和不可能的反法律和"污染的原则"——文类是由主体的历史和"我"的产生点缀的概念结合起来的。德里达从文学起源的内部和周边提出文类问题,他所使用的方法折射出容量更大的在法语中由文类提供的哲学可能性。然而有趣的是,他证明自己的论点所依据的文本是莫里斯·布朗肖(Maurice Blanchot)的《时代的疯狂》(*La Folie du jour*),他想表明的是一种"方式"或"类型"(他指的是它的叫做[或不叫]"*récit*"的名称),而不是暗示不太像疯狂而更像分类错误的东西(*LG*62,64,68 和 76)。然而他的"叙述"基于任何理由都是合适的,包括它是否因为"确切地拿联系一个故事的可能性和不可能性打赌",(*LG*63)。文类存在于自然和历史之间,在实在(*physis*)和记录技艺(*technè*)的东西之间。《时代的疯狂》在没有说明自己是一种文类的情况下突出了有差别的疯狂。德里达在他那个恰巧是没有典范作用的例子中,发现文类的法则预先假定了一种有差别的疯狂,这种疯狂不断地威胁着它公然控制着的界限,也就是文类在属类方面的意义,即,"文类在所有类别中一直是在发挥着顺序的原则的作用:相像,类似,相同性,和不同,生物性分类,组织和宗谱,推理的顺序,理智的理智,事实的事实,自然光和历史感"(*LG*77)。文类分析包括对那些裁定文类的分析。在《文类的法则》这本书中,德里达使用莫里斯·布朗肖的《时代的疯狂》不仅仅是在文雅地指责吉拉德·热奈特(Gerard Genette)对文类和语态的划分(*récit* 作为后者的一个例子),而且是在大体上支持布朗肖的努力(在《文学的空间》这本书里和其他地方),来区分"所有平和的文类理论和历史的类别,以便打破它们的生物分类的肯定性,它们的等级分布和严谨的命名法假定的稳定性"(*LG*59)。就像茨威坦·托多洛夫已经做过的,我们需要指出,如果布朗肖讨好文类的法则,把很多文类弄得乱七八糟,这是文类法则的一个癖好,这个癖好恰好是由违反法则所肯定的。然而我们回忆起,伴随法则的失效,文类就有了生命。在混合造成的混乱中,文类死掉了（从来不是静悄悄地）。这样，我们可以说，德里达为哲学文章遗留下来的成就——但是用后殖民性的话来说，他混合文类的暗示是什么？——像是在后殖民性文类中的逻辑吗？在《他者的独白主义；或起源的替代》（*Monolingualism of the Other; or the Prosthesis of Origin*）一书中，德里达声明了后殖民身份（我的术语，不是他的）的方方面面。这本书实际上成了后殖民身份文类的评论，这个评论被作为文类一部分的语言刺痛了。在法国的殖民关系中，语言作为一种财产的思想意识是被看成身份的一个所有物，因此德里达才写道（或者表演口技）："我只有一种语言；它不是我的。"[9]这本书再次提出了文类特性的问题，尤其而且主要是针对作为一种方法的解构和提出后殖民主体性的联系。

德里达的具有反讽意味的声明"我不会混合文类"是后殖民性主体的发言，也是混杂、间隙（interstitial）和超文化性的发言。这里我们主要是具体地考察审美的和政治的后果，这两者都使得文类成了后殖民性意义的中心，并且使后殖民性成为文类理论的一个非常重要的问题。如果后殖民小说的不可能性是一种修辞手法或技巧，那么，毕竟它也是要给后殖民主义只是旧瓶装新酒的前景加上一丝具体的怀疑色彩（就像是一种类型，一种次文类，一种风格，一种对技术的抢夺）。不可能性应该继续追究下去，因为文类是历史的，它们在勤勉地创造和突显的时间长河中有它们的位置，但并不是在它们所选择的那个条件下。这个概念和马克思主义对于机构的援用以及与之相关的阶级分类之间的一致性是重要的，但这同时也是有问题的。隐藏在文类危机中的是阶级划分的危机，即关于身份的某种顺序和后殖民主义一直要讨论但没有说的东西之不同点（这不仅仅是关于次等[subaltern]的限定界限的）。阶级划分有条件的限制根据语境的不同而不同（就像小说是被关于文类的习以为常的话语而过于决定了的一样），但是并不排除对限定的产生提出挑战的必要性。从理论上讲，这意味着强调文类的逻辑构成而不是假想一个基于内容的认同性的公式。然而后者却极为重要，它支持对殖民主义本身留下的世界的创造性适应，它有着改善后殖民性转换效果的作用，或许后殖民性应该是那些后果的名字，但是非殖民化的艰苦工作不能通过宣扬这一明显的联合而收到最好的效果。实际上，这个至少是为什么那么多后殖民批评家花时间否认用来指代他们努力分类的一个原因。

然而把文类抑制在后殖民理论范围内的原因是后殖民自我定位的矛盾，这个矛盾的危机展现了一些具体的省略。这些不利条件有很多，而且在其他地方被称作是文类的“潜在的陷阱”(pitfalls),“反历史主义”(ahistoricism),或者我最喜欢的一个,“氛围”(aura),但是其中几个概念确实显露出后殖民性要下定义的一些困难,并且显现出在文类问题上要有的次要的效果。[10]从更广义的范围来说,文学后殖民主义是后殖民主义论争最多的和最有影响力的一种,所以如果这个会因为有关一个现代国家的结构型政治——这种结构型政治的操作包括文化的部分但不一定因为考虑到在它的形式上曾经和现在什么是殖民的而去优先考虑文学——而产生一个有些沉默寡言或犹豫不决的位置,我们对此不应该感到惊奇。第二个不足在某些方面和第一个有些联系,也就是说,后殖民写作和后殖民批评都是主要在文化精英里产生的,经常是流散作家或移民作家,这样才使得后殖民主义成为一种所谓的文化资本(cultural capital),并且是一种跨民族价值观的交流,而不是在正在进行的非殖民化斗争过程中的一个进步的实践。如果我感到这还不是非常有说服力的话,主要是因为一旦人们接受了后殖民主义是一种话语这个不言而喻的道理,列举从精英作家到独特的个人习艺者的趋势往往似乎掉进了一个个人化的华丽辞藻中,这些华丽的辞藻便代替了一个更系统的在其他社会语域中的话语的实际逻辑手段。有人可能会进一步指出,用文化资本来言说的理论本身的弘扬几乎不是在21世纪初才有的一个启示。然而,像耐尔·拉森(Neil Larsen)那样的坦率总是让人感到耳目一新——“‘后殖民主义’本身并不是叙述或全球化运动和形成的话语,而是几百个古怪的英文系”——然而,就像在《决定》(*Determinations*)一书中他自己所表达的论点所显示的,后殖民定位的思想意识的复杂分支超越了一个英文系的原有容量,在它那里占了一半位置的后殖民主义本身的寿命按理说已经缩短了。[11]

后殖民主义的最大缺点,因此也是关于后殖民主义身份的最大缺陷是归属于它意义的几乎越来越快的生长。这就好像是霍米·巴巴理论的细微差别,这个差别是有关“矛盾”不仅仅是单单一个后结构主义者对法农的一些观点的重复,法农再现了作为一种“紧张状态”的殖民主义的经历,但是已经使得后殖民主义的暂时的、不确定的意义的定义对它自身来说成为了一种产业。当同时大量涌来的临时性东西足够多了,为什么还非得定下七种不同类型的含混呢?再者,这样犹豫不决有它自己的物质条件,这些物质条件包括领域定义的原有逻辑,有些更复杂的对由来已久的风俗的合并——这些风俗在历史上曾培育使人想起殖民他者(othering)的主-客体关系的意识形态方面的反射。后者的意思是,如果矛盾在社会关系的极权主义模式里发现了弱点，那么那些社会关系便面对挑战有权要求澄清代替政治含意的形式。不结束后殖民主义大量产生的意义，就不能说明矛盾。这里需要说明的是，这不仅仅是后殖民性的一个功能（我们可以看到一个类似的反射在氛围这个含义甚至更加宽泛的术语里，即后现代性中），它对一种后殖民主义政见也有着独特的影响，因为它在历史坐标里很活跃。

用来说明后殖民主义和后殖民性特点的过多的意思，在非殖民化过程中是一种历史停顿的症状。第三世界的政治有几个关键问题：一个是建立独立的和多样化的统治形式，来和那些通常揭露的痛苦的过去和当下殖民时刻的经历及本土历史进行谈判；为保证安全和共同利益的贸易的地区合作提供便利；通过外部或地区力量来形成防止地区占领（经济的，政治的，军事的）的联盟；继续——不论是通过民族主义、联邦主义、地区主义还是其他形式的政体——那种生活方式，不仅反对昔日霸权，而且还坚持并创造它们自己的术语。没有直接经历过殖民主义和帝国主义的国家或地区，过去经常受到它们的地缘政治的无意识的影响，但这并不是说第三世界的政治从此就只能处于被动的局面。正相反，它强烈地暗示着个别政权失败或成功的大致判断，忽视了建立在第三世界创造性中的不同领域，而且比起万隆会议的蓝图和后来的影响，这个历史更长。考虑到这方面，后殖民文学理论的两败俱伤的“文化战争”看起来不相干，但是矛盾和多种的定义都有不同和革新的斗争，这些不同和斗争在第三世界历史中非常明显。如果后殖民主义文学从殖民文学关系中是一个逻辑断裂，它在社会政治话语中也有一个逻辑上的题名，但是这个题名正是它自己的名字想要掩盖的。因此，什么是自然的？在后殖民性的发展过程中，包括它本身作为一个复杂的、真正基础替身的身份，不是所有的后殖民的东西都是后殖民的，那种不充足和误认的实质里，存在着一种活力及其各种方案的不可能性之程度。

如果我们这种重新定义的精神是正确的，很肯定地说，这会不会取消当前试图只通过一些反复的附属关系来证明症状的尝试呢？那种不可避免性确实取消了，但是从这个意义上来讲——这种尝试能仔细检查文类的逻辑，这个逻辑能解释什么是特点，甚至当它冒险变得多出一个特点时——并没有抵消。这个逻辑上的界限被建立在文类内部，并且提供差别和移位来作为操作原则。帝国主义和殖民主义的文类有很多，但是没有一个可以排除小说，游记，或者——至少到20世纪60年代——人种志。

小说能作为一种文类有着它自己革命的历史，在西方话语结构里，它和史诗、悲剧和抒情诗是完全有区别的。在17和18世纪，在西方，当写作渐渐成为一种职业时，人们规定了不同文类的明显差别。实际上，文学的界限——一种最终从大学的文学系传承和宣扬的东西——正是通过一种能力来建立的，这种能力体现在标识写作文类的不同，进而区分什么是文学，什么不是。分类、排序和分级的深刻程度与政治、科学、文化和哲学相互联系，我们先暂且不精确地归咎为现代性、理性主义、经验主义和民族。阶级的历史当然是阶级划分的历史，而且重要的是文类和性别之间亲密的词源关系极大地帮助了我们理解在主体形成过程中的性别战争和文学分类。文类作为文类的发展同时也说明了现代性的政治无意识：对文学的分类之抱负是离不开自我和社会独特的历史的。

历史已经不可改变地被问题化了。然而我们却可以描绘西方社会探索的眼睛，它无可指摘的差别逻辑已经沉没在矛盾和深刻对立的礁石上了。这并不是说文学分类已经离去，而是差别逻辑自身正处于被重新考虑和改动的过程中。我的论点是，我们思考文类方式的转变的顶峰，来自后殖民性作为一种文类的感觉，而非简单地认为后殖民性就是一些通过殖民主义的经历而伪造的舶来品。这样一种方法不是不相信书面或口头的对比类型和其他文化表达，而是相反，它严肃地对待一些方式，非殖民化正是用这些方式暗示了大量解除（delinking）压迫的东西，而这个压迫则包括从文类本身历史的决裂。我们当然可以在批评转向话语、叙述和在意愿——如果不是在实践——上的阐释学后结构主义者的范围内，来衡量文类的重新思考。然而后殖民性作为一种文类不是这些批评论点的附属品；而是不论从它的断言还是从它的矛盾来讲，它都反对一种逻辑，这种逻辑能使它变成边缘的、次要的或一种批评的消遣。

我们能不能用这种方式来思考文类呢？如果能，该怎么样呢？爱德华·赛义德的著名论断是："东方几乎是西方发明的"[12]，这个"几乎"不仅仅是东方主义无限复杂性的关键，而且还是一种类似它被替代的方式。这个"几乎"可以让人想到霍米·巴巴的矛盾，埃提安·巴利巴（Etienne Balibar）和伊曼纽尔·沃勒斯坦（Immanuel Wallerstein）已经发现的种族、民族和阶级的有歧义的身份。赛义德自己用很多方法思考东方主义，包括"以东方和（很多时候）西方之间本体论的知识差别为基础的思考方式"（*O*2）。小说是东方主义的一种关键文类，尽管由来已久的习俗的逻辑，东方主义的成规逻辑和它的话语语域，在《东方主义》这本书中起着一个更

加系统的作用。在这个层次上的后殖民性不是和东方主义风格相对的一种认同,就像在一个二元对立里的东方主义风格一样,也不是在传承下来的范畴中的一个简单变体。具有矛盾意味的是，它的不同存在于一个复制的形式中,但是这个复制是作为转折和移位的。"几乎"存在于后殖民性中的反响不能深化东方主义思维的范畴危机和帝国主义的知识，而是创造性地意味着从文类规定中脱离出来。后殖民性启发式的因素同时也是它解散帝国成分的论证和在那种分离情况下表达出的可能的世界。"思维风格"中的"几乎"把殖民主义的范畴危机当成是文类内部的一个有症状的范畴危机。如果后殖民主义是这个危机的一个名字，那么后殖民性就是文类在它自己的历史内错位的名字。

文类理论主要是(但不仅仅是)以语言为基础的,后殖民主义已经通过用特殊的方法使用语言并取得了很大成功。然而，这在后殖民政见中已经成为一个无处不在的缺点,就好像是在语言、文学和文化生产上的焦点组成了后殖民对立和创造性真实的或唯一的基础。把后殖民性读成一种文类的程度,带有几分文类性质的一种类似的文学/文化模型,以此来贸然限制它的政治挑战范围和有效性。一些最具论争性的后殖民理论,和文学在一起，清楚地以一个更加开阔的方式来定位后殖民实践。阿齐里·姆本贝 (Achille Mbembe) 对后殖民地的精深和有针对性的分析，尤其在庸俗美学方面,精明地改变了辩论的方式。[13]与此类似,耐尔·拉萨鲁斯(Neil Lazarus)的一部关于蟋蟀(基于 C. L. R. 詹姆斯的激发)"非洲流行艺术"(Afropop) 的著作，是针对一个对流行的和民族主义更加彻底的思考而写成的,而那些被文学批评所称道的东西则不及它彻底。[14]这些更加全面的保证不仅扩大了后殖民要探究的实质，它们还暗示了这种分析正趋向文化研究，并且远离了很多把文学作为文类（literature sui generis)的逻辑规定。大学里的英文系一直是文类的捍卫者,因为怀疑文类也就是怀疑它的存在理由。

从 60 年代一直到 70 年代，随着非殖民化力量的全面发展和独立的后殖民国家确立其自治和差异，文学批评的一个分支也开始严肃地为小说进行作为形式的文类特征编码。我们由此想起了早先彼特·查尔兹(Peter Childs)的诙谐评论:"英帝国主义和'英语'文学至少有一个共同的理论传统：它们都相信偶然发生的事件。"[15]还远远不到非殖民化的前沿，英语文学机构当时正积极地把在一些小说理论中讨论的成分形诸文字,这些著作包括伊安·瓦特的《小说的崛起》,F. R. 利维斯的《伟大的传统》,诺思洛普·弗莱的《批评的剖析》,韦恩·布思的《小说修辞学》以及雷蒙德·威廉斯的《英国小说:从狄更斯到劳伦斯》。但是我感到,小说作为一种形式缺少理论的严谨，这种严谨的理论已经因为诗歌而发展起来，特别是当它在实用批评和新批评中显现出来时更是如此。就像菲利浦·斯特维克(Philip Stevick)所说的那样:“(小说)作为一种文类具有足够的相干性,在理解它的传统时,它要求形式主义批评和文化历史二者相结合的那种洞见,而且它还有足够的生命力存在于任何理论中,即使那种理论非常蹩脚。”[16]大部分最近的文学理论都回避讨论小说作为一种文类,而选择集中于次文类、类型和文类的变体(社会学的、哲学的、政治的、历史的),或写作的模式上(现实主义、后现代主义等),在这些写作模式上,小说作为一种文类仍然是无须证明的(axiological)。首先——这一点以斯特维克于1967年主编的一本名为《小说理论》(*The Theory of the Novel*)的文集为标志——当各种不同的文类正在被文化的组成成分的再定义争夺,特别是被大众(包括新的也包括已形成的形式)的干预争夺时,要把小说作为文类理论化的这种冲动便提出了一个专业识别的可能前景。其次,这个对小说作为一种文类的实质的方法论的探究非常短命。就像现代性时间/空间的压缩在这样一个飞快的速度上提出一个新的内容,以至于批评家们再也没有时间来确切地表述文类差别的基础,除非能取得满意的效果。我们不妨也说明一下,前面提到的转向话语和叙述,不是不和这个发展相联系的。当然，文类的危机是否存在于文类差别的产生与感兴趣的宏观逻辑事物之间的断裂——像非殖民化——中，不是我们要讨论的问题,但是我们不妨现在想一想是否这种分裂全都是荒诞的;以及在一般意义上的后殖民性和个别的后殖民小说是否构成了关于那一危机的问题。

起初，对取材于正在死亡或已经死亡的殖民主义的实质性写作的认可实际上是一个特殊的出版系列(比如说海尼曼[Heinemann]的)或课程调整的问题(在课程目录中出现“英联邦文学”);这不需要去注意文学理论或是文类,因为我们假设有一种“共同文化”。1975年,齐努阿·阿赫贝指出,西方的批评与“殖民主义批评”差不了多少,并且继续主要地受限于种族的范畴而非受制于与文学成分的实质冲突。[17]回忆一下法农关于“本土作家”意识阶段的区分、同化、纪念及反对吧,尤其指20世纪50年代代表了第三个“斗争阶段”,这个阶段在随后的几十年里会产生如此之多的震撼人心的文学作品。反对的形式存在于内容的政治性表达，但是对此的挑战远远超出了它。虽然如此,如果我们阅读现在的文类批评,它将会令人惊奇地与它的规定相适合,比如《事物的分离》(*Things Fall Apart*),或阿特莫斯·图托拉(Amos Tutuola)的《醉酒者》(*The Palm-Wine Drinkard*)。莫里斯·施罗德(Maurice Z. Shroder)指出,"小说的实质是相对简单的。小说记录了从无知状态到有知状态的过程,从快乐的无知到对世界的成熟认识,从对欢乐全然不知到能识别出世界的实际存在方式。"[18]施罗德当时考虑的是《堂·吉诃德》及其以后的传统,但是不管他随后的例子有着不完整性,但这些文类原则还是十分宽泛的。总的来说,小说是关于解谜的,尽管它有可能通过涉及神话故事来发展情节(因此得了一个美名,叫做"现代世界的史诗")。同样,我们想一想图托拉的叙述者,他援用了约鲁巴(Yoruba)的重要神话,但同时又和现实世界作斗争(借助于棕榈酒浓重的雾气)。这一悖论体现在,当文类差别是用来支持小说的特权时,文类实际的组成成分将包含一切,以至于它们将代表几乎任何事情,因此小说的定义其实就是小说延伸其定义的过程。如果历史的终结(end of history)——借用福山那个臭名昭著的概念[19]——在这里将会看起来像是存在于作为共性的文类的一个命题,存在于一个假设之中,那么这个假设便认为小说的各种变体改变了小说,但仅仅是达到使小说保持原样的程度。因此,小说作为一种文类的第二个矛盾——它每一次声明它的死亡——确认了那个时刻不可能到来;就像资本和阶级,它消失在每天的生活当中,它同时也存在于每天的生活中。

另一方面,我们知道没有任何文类、阶级和经济关系躲过了人类互动和社交的过程(因为它们天生就是这样)。小说中把我们描写成注定是文类的变体,而不受历史变革的约束,这种概念是荒唐可笑的。我们需要的是一种严肃对待文类的分析方式,而当允许其自身不是非历史的文类法则时,这种严肃的态度便能领悟到特殊的文类可能出现或过期(就像西方文学中的爱情故事和抒情诗)的条件。在这里我们把焦点集中在小说上,原因不仅仅是大部分与后殖民性有关的东西都和这种文类相联系,而是因为文类内在的东西允许深入探讨它弱化的逻辑。正是这种逻辑使得后殖民性成为一种文类。

把各种各样有关小说作为一种文类的小说理论做个总结并不是我的本意。然而我还是要说,定义的深刻程度与计划的不可能性相呼应。我们还没来得及详细说明先前提到的所谓出现的条件,我们就会发现一个精确的社会学或历史学批评的坐标受到怀疑的征兆。如果有人拿《约瑟夫·安德鲁传》(*Joseph Andrews*)作为文类定义的模版,那么反对的一方将拿六百年前的《金驴记》(*The Golen Ass*)来把形式、功能和语境模型变得要么空洞无物,要么没有系统。可能我们现在正缺少小说的文类理论,因为我们更加彻底地了解建构在文类定义中的特殊主义的逻辑。贸然去定义文类是一种傲慢——这种傲慢是文学批评家要求被射中的行为方式。相反地,我们可以用一种更加开放和相关的术语来给文类下定义。文类没有一个固定的起源,在不同的历史时期浮出或下陷的特点的特殊组合决定了文类的存在。这第二种方法,即文类周期性的爆发,并不是蔓延在历史的任何时候,但在属性和分类问题上更容易引起人们的兴趣。它躲开了特殊主义的子弹,认为文类与历史的关系是重复出现的优化时刻,被剥夺了原始的神秘,这种优化可能会在实际上包含前面我们没有提到过的例子。然而,当然就像托尼·本尼特(Tony Bennett)所指出的那样,如果这样能回答瓦特、乔治·卢卡契和卢西安·戈德曼提出的小说理论中决定论的一些过分的东西的话,方法论上的不足仍然是原来的意思,即被单独划出来的作为正常成分的属性不能和文类的每个例子相一致,包括那些和最佳条件不能相呼应的东西。[20]本尼特提出的一个解决办法受到了巴赫金的启发,尽管巴赫金并不是十分关心文类本质的,而是更多地致力于详细描述文类的复杂过程。巴赫金提出了很著名的"小说化"这个名词,来描述对文类这个概念挑战的深度,而不是给文类找出一个公式(有意思的是,因为他这样违反规则,他的文类批评被称作是"令人困惑的"[21],并且有"对文类理论基础一无所知之嫌")。[22]小说化带有对话原则的迹象,它随意的转向文类作为封闭系统的独白性,并且不断地变成在现代阶段中一般意义上写作的签字模式。本尼特引用巴赫金的观点,主要是为了把它用作一个证据来强调,当它试图把确定的文学结构和社会历史学的条件结合起来的时候,文类相对于社会学是一个有污点的学科。这不是巴赫金在谈到小说化时的意思,也并不是说这种观点表明了言语文类的概念,虽然这种言语文类的概念在很多重要的方面证实了巴赫金早先关于小说作为文类的想法。实际上,本尼特关于文类社会学的评论不是关于小说理论是怎样可能促成文化关系的重新概念化的,而是关于社会学方法中的弱点的,这种方法对于使用文类来标识将会相对容易一些。因此,用本尼特的话说,文类被重新认为是"文类社会学的反转"(*OL*110)。解决社会决定论和经济缩减论两者意想不到的难点的办法是,在构成框架过分决定文本分布和被接受的情况下，分析风靡一时的“社会作用的不同领域”。本尼特指出，“文类理论的正经工作不是来定义什么是文类——因为这样最后的结果只能是一套套的用来规范当代阅读行为的规定——而是仔细检查文类系统的组成和功用。”（*OL*112）本尼特在理论上的细微差别是值得称赞的，因为它同时试图设法回避与非历史性形式主义、结构文本主义（本尼特引自德里达的文章《文类的法则》）以及简单的决定论的矛盾，在这同时，它又保持对意义社会生产的唯物主义的理解。但是人们不禁要问，为什么一个不能定义文类的理论要自称是一种文类理论？用一种不同的和更多产的方法来定义文类是一回事，而在表面上避开文类的法则但实际上同时又保留它的主要逻辑，则是另外一回事。比如说，尽管有人能够接受小说作为一种“文类系统”的说法，这种文类系统和文类有明显不同（所有的文类都是系统），我们仍然面临那个系统如何被认知和随后被判定的问题。一个系统如何能够在没有被分类的情况下进行交流？当然说它是一个系统，就是说已经赋予了它一个可以被识别出的复杂整体吗？我的观点不是关于语义的，而是有关政治的。“文学”作为一个主题，已经不断地使得它自己分类的逻辑和它存在的方式变得晦涩难懂。文学的历史，在这个意义上说，已经和文类的逻辑和它的歧视深深地连在一起了。反对文学的构成，在一定程度上来说是可敬的，即，文学代表了歧视的一种方式，这种歧视早已经是不公平的了，而这种不公平则是贬义的：它包装着价值观和品位的等级，这种包装反过来又支持着特权，具有讽刺意味的是，这种包装缩短了小说化的充分发展。文学从它自己的历史里的政治移位，在其他一些事情当中，必须对它制度化的逻辑构成提出质疑，包括文类的命名和归因（德里达有关文类混合的告诫说明了这种观点，但是很高兴呆在这儿）。然而有趣的是，一旦文类命名的弱点被证明了，小说文类尤其是这样，文类仍然坚持，就像是对那些要屈尊除去自己的事物不屑一顾。或许，在使分类问题更加复杂化的时候，已经有充分的观点了，但是这种努力必须在与文化政见有关时保持淳朴。

事实上，这是本尼特在写《文学之外》（*Outside Literature*）时依循的一个路径，在这里，马克思主义者在剥夺小说构成的独白性时，技术方面变得很狡猾，我想使用一个相关的但有点冒险的方针，这就要求我们回到巴赫金关于文类的讨论。作为最伟大的小说理论家之一，巴赫金倾向于假设它是一种形式，就像他尤其钟爱的三个小说家：拉伯雷、歌德和陀斯妥耶夫斯基那样。考虑到他的声誉，我们或许会感到惊奇，巴赫金分析作为文类的小说，仅仅发现了它的文类系统从文本一直延伸到一个由更加丰富多彩的生活组成的结构。巴赫金说明自己的观点时指出，小说不仅仅是模仿其他文类，它还模仿它自己的文类。这是“文类历史斗争”的宏大叙述的一部分，巴赫金的大部分著作都基于它对这种叙述的理解。[23]在组成《对话的想象》(*The Dialogic Imagination*)这本书的各篇文章中，巴赫金从很多方面挤压小说的文类：在历史方面，把它的范围扩大到远古时代；在形式方面，重新构建它的时间/空间关系；在语言方面，对它的语篇模式和语言风格进行详细和复杂的分析。正如麦克尔·霍奎斯特(Michael Holquist)在这本书的前言里提到的，“小说作为一种形式是如此的多变”，它从未受到过如此野心勃勃地溶合的待遇(*DI* xxvii)。小说化并未在经典性中寻求庇护，而是有了通过经典而合法化的特权，并且用权威强调了作者的身世。它还提供了一种类似批评诡计的东西，既然通过讨论小说作为一种“正在制作过程中的文类”，巴赫金便回避了一个特殊的章节：小说在形成的过程中是什么和不是什么。

因为巴赫金清楚地把作为文类的小说中的情节发展和“欧洲文明史”联系起来，后殖民小说的形成只能是有很多问题的，然而在他的定义中并没有任何东西能排除后殖民性对“文类的历史斗争”独特的和特殊的贡献。更进一步说，如果我们拿巴赫金使用的杂多词汇(heteroglossia)(就像赋予话语意义的处境)和它们的亲戚对话主义(作为话语中一个变化的尺度，意义也因此根据语境的变化而变化)，来增加这些基本特点的话，小说化看起来就好像和每天的社会生活如此地接近，以至于我们如果说作为文类的小说在新的地方和空间变得新颖也就不足为怪了。

有人可能不认为巴赫金的观点对于后殖民表述是重要的，但是赞同他大部分的观点，认为他的观点对于作为文类的小说来说是至关重要的。正像斯皮瓦克在呼吁实现跨民族读写能力时小说所要求的实际的读写能力包含了正在摆脱殖民统治、争取民族独立的国家里的口头叙述所做出的巨大贡献。鉴于这个事实，为了每天用一种想象的方式来表达民族，任何诱惑都有巨大的代价，这种诱惑就是本尼迪克特·安德森(Benedict Anderson)所描述的所谓小说（和报纸），因为一个民族想象有着超越或在殖民利益之外的“无限的连续性”[24]。小说有它的优点，但是这种不能被说出来的优点对于后殖民性的身份来说不见得是优点。另外，如果有人接受小说的“开放的一体”对某些人来说是封闭的——这些人要么不看也不写，要么有钱买小说看，或者可以得到小说的经销店，或者有时间去看小说(限制性条件可以继续问有关语言的问题[哪些书]，翻译[被翻译成何种语言]，以及出版地[在哪儿，出版的原因是什么])——那么什么来组成小说文类的条款？这些小说的产生的途径和内容都是后殖民的。尽管它们关于后殖民的解释受到了适当的质疑，《帝国回溯》的作者至少提出了重写作为后殖民特权的文类的问题：

> 英语写作与后殖民社会的传统的口头和书面文学的互动，以及一种写作的出现——这种写作的主要目的在于肯定社会和文化差异——对文类特点简单的假设提出了彻底的质疑，我们把这些文类通常用作结构和分类的决定性工具（小说，抒情诗，史诗，戏剧等等）。不管是那些应该被纳入经典的，还是应该被称作文学的，我们对这二者的理解都已经被一些作家给改变了，这些作家使传统的语言表达形式适应了英语语言的迫切要求。(*E*181)

很明显，这不是一个给后殖民小说表达的文类类型列一个表格的问题，也不是要创造一个公式，但是更进一步的解释后殖民写作的特殊例子对作为文类的小说意味着什么，会碰到这样的批评，即小说只不过是另一种方式的霸权。

巴赫金本人就反对小说的主导地位，尽管他被称为小说和小说理论的倡导者。《言语文类问题》(*The Problem of Speech Genres*)一文讨论了关于小说早先的一些文章的文类问题，并且重新把它定位为在言语分析中阐释学的一般问题。[25]从某种程度上讲，这可以被理解为他关于小说优越于诗歌和诗学的立场的让步。坎·赫施考帕(Ken Hirschkop)利用了这个平静的共存时刻，重新考虑了语言和文类的关系。[26]这其中的一个含义是，文类给予语言的被反转过来了，因此语言的文类功能必须扩大到能包含一个更大数量的事例，包括那些科学性的语言，尤其是那些社会科学的话语(这在《言语文类》里有大量的描述)。正如赫施考帕指出的，这将会导致一个较为平静和低调的几乎不费力气的语言交换的描述，以及一个不和谐，这个不和谐正是巴赫金对拉伯雷论述作品的特点。[27]文章也不是要着重讲述发生在言语文类未来前进过程中的历史斗争，尽管进程一直提供着文类差别。在《言语文类问题》这篇文章中，小说事实上是被降到“次文类”(secondary genre)的地位——很复杂,是的,但不是作为交际的语言的主要成分。什么是言语文类呢?巴赫金说:“每个话语当然都是单独的,但每种语言运用的范围都有这些话语自己的相对稳定的类型。”(*SG*60)巴赫金立刻指出,这意味着一个巨大的杂异性(vast heterogeneity),这个杂异性可能看起来使分类减少了任何一种实际用法。事实上,当他列举这些例子时,就导致了一定量的眩晕:“日常对话中的简单回答(由于主题、场景和参与者的不同,这些回答之间也非常不一样),每天的叙述、写作(各种各样的形式)、简短标准的军令、详细的命令、相当丰富斑驳的商务文件(大部分是标准的),以及各种各样的评论(从词语的广义来讲:社会的,政治的)。在这里我们还必须包括一些类型繁多的科学文字和所有的文学文类(从谚语到长篇小说)。”(*SG* 60-61)像非调解性日常言语以及诸如此类的主要(简单)文类,给次文类提供了原始的素材,尽管它们在过程中形式改变了。毫不奇怪,巴赫金通过小说来说明这个差别:“主要文类被改变了,并且在它们进入复杂文类的时候有了一个特殊的特点。它们失去了它们与现实世界及其他真实话语的直接联系。例如,日常对话的简单回答或者在小说中发现的书信,仍然保留了它们自已的形式和它们日常的意义,而这种保留也只是停留在小说内容这个层面上。它们只能通过作为一个整体的小说进入现实世界,换句话说,只能是作为一种文学艺术的事件,而非作为日常生活。话语中的作为整体的小说就像日常对话中的简单回答或者私人信笺一样(它们之间确实有共同点),但是不一样的是,小说是一种次等的(复杂)话语。”(*SG*62)这种划分的一个好处是,构成我们大部分交际行为的言语,对于研究语言作为一种社会理解,被描述成一种可行的资源,但不像它以古典修辞和雄辩术的形式存在时一样的特殊。同样地,文类这个概念包括在它的范围内正常非强调的日常生活的各个方面。语言的文类形式和语言形式本身是不一样的,语言形式本身提供了我们赖以创造语言形式的基本形式。然而言语文类对巴赫金来说是同样重要的,因为它们显示了一些规则,而这些规则正是我们不断总结的,目的是为了在日常的基础上交际(从逻辑上讲,如果没有文类的话,我们必须不断地刷新我们的每个话语,而这种行为的结果是,即便是最最简单的问候语,也变得费力。)巴赫金对于小说的这种新的理解以及他对言语文类的解释(包括像“太阳出来了,该起床了”这样的花哨词藻),我们已经付出了很大的努力来证明这两者的价值,其结果令人感到震惊。没错,他所有的分析还是带有跨语言学和他的语言哲学的味道,但是在这里，他和索绪尔及沃斯勒（Vossler）的不同只是程度上的不同，而非种类上的不同。只有他不断地强调语言的"内在社会性"省去了论述文类的干巴巴的和抽象的伪科学性。那么为什么在讨论文类的后殖民性的时候还要援用它呢？巴赫金的文章只是一本从未写过的书的一个片段，一个简章，但虽然短短几页纸，巴赫金却引导着我们认识了理解文类的关键因素。

巴赫金又回过头来讨论文学史，以及言语文类对于文学史意味着什么："每个时代，每种文学流派和文学艺术风格，某个时代和流派中的文学文类，是由这些文学作品的读者的思想、读者、听众及大众的特殊感觉和理解来决定的。关于这些思想变化发展的研究可能会非常有趣并很重要。"（*SG*98）重要的是，它为巴赫金有关陀斯妥耶夫斯基作品的彻底的重新研究做好了准备，包括专门论述文类的那一章节。[28]算上巴赫金的这篇著作，他关于文学文类的论述，可以说来自他对言语文类的注释，对于文类，后殖民性及后殖民性文类算是一种挑衅。

有关后殖民性理论和实践的一本入门著作是《后殖民研究的关键概念》（*Key Concepts in Post-Colonial Studies*），既然后殖民理论研究的认可的基础是文学分析，那么这本书没有论述有关文类的话题，则是很令人吃惊的。[29]没错，有很多新出现的有价值的定义，像"废止"（abrogation）和"转喻的空白"（metonymic gap），但省略了文类，对于什么形式定义后殖民主义有关非殖民主义化、殖民化、新殖民化以及与之相关的一些文本的打断和质问闭口不谈，在这里，问题还是很多的。从某方面来讲，这反映在文类研究的绝对优势上，尤其是文学方面。而危险是——这包括以上所讲的巴赫金的例子——文类定义仅仅是从西方文论中抽出来的，然后再以一种令人怀疑的所谓通用的方式应用到全世界。这种倾向必须得到抵制，但是在非殖民化方面不能引起策略性的再强调（巴赫金自己也许都会欣赏废止这个概念——反对标准的语言——我们可能会延伸到擅自挪用话语和言语文类）。因此，即使有些文学文类是相关的（戏剧，史诗，小说，诗歌等等），也不意味着文类本身将一成不变。从实际认知这个意义上来讲，文类有一定的稳定性，但这里我们必须要谈到在后殖民性条件下使用文类的具体性。文类的斗争发生在一定条件下，因为文类对语境很敏感，这些条件在很大程度上决定了一种文类范围内的不同表述。就拿德瑞克·沃尔克特（Derek Walcott）的《奥姆罗斯》（*Omeros*）这个例子来说，里面的史诗既是他想要表达的话语和读者的语域，同时又是文类是如何内在地被它们产生的具体现实给对话化了的标志。[30] 不管古希腊史诗指涉的是什么，诗歌的真实的和想象的源文本都是非殖民化。后殖民主义文学不仅仅是简单地写在西方、帝国主义或者殖民主义的阴影里。巴赫金指出，文类的题名是新的，它在重新表达的时刻被重新创造了出来，不管它将要受惠的是什么，它都不再拥有它可以面对的读者了。

然而一旦有人在后殖民性的条件下已经开始详细说明文学文类的多产性再强调，问题就不可避免地出现了。例如，后殖民小说是可认知特点的摘要吗？它能不能表现性格或场景的类型？有没有重复的标志或是类型(topoi)？有没有重复的母题(就像前面提到过的)，这些母题可能会被认为是表现模式的代表，或者这不但取决于创造行为，还取决于解读行为？后殖民作家在何种程度上想着他/她的作品已经被接受了？存在于这个结构里的文类能不能说些什么？后殖民主义批评早就已经开始关注这些问题了，尽管很少以文类的标题来关注。这并不意味着那些经典没有受到质疑或威胁，而是说如果文类成为后殖民文学批评的中心，他们将会改变一下辩论的术语。

然而，对于巴赫金有关言语文类的观点我们能做些什么呢？那些喜欢在《血色花瓣》(*Petals of Blood*)或者《我们的姐姐吉罗伊》(*Our Sister Killjoy*)里实验他们术语的评论家碰到"非调解性的言语交融"以及说话者和听者的话语语境时变得更加犹豫。(*SG*62)在某种程度上来说，这不是由文学批评的原则控制的，而是由文化在后殖民性表达中的位置决定的。要想熟悉曲折变化的后殖民写作的文类，不但仍需要查很多资料，而且在逻辑上还需要对当地社会对话的文类库进行调查研究，这种调查研究对于人类学家和人种志学者来说就叫做社会实践。从这个意义上讲文化的位置，就像批评距离一样让人感到焦虑。它或许意味着，后殖民性研究的专业技能水平可能会被它自己所推崇的公理——差异揭穿。

如果冷酷的多样性标识着言语文类，这并不预示着它们关于后殖民大量形式表达的研究。然而，它确实意味着我们不妨提出一种这样的观点，即，不是把某种文类看成是后殖民性的精髓——比如像我们刚才所说的小说——小说本身代表了主要的言语文类，这些话语文类是根据小说文类区别的法则来决定的，但不仅仅只是替身或反映。分析可能会更加倾向于作为非殖民化的继续进行的后殖民主义的实际意义，不是通过把小说从差异的经济中排除出去，不管它的文类根据多么有问题，而是把它小说化的过程放在一个特殊位置的主要言语文类的关系上。当然，交际不是后殖民主义的唯一形式；社会实践永远都不会被还原为简单的言语文类，主要的或是次等的。同样，后殖民主义也只能成为一种部分的描述和位置的理解：简单地说，后殖民性不是雷蒙德·威廉斯所说的“生活的全部方式”，它只是使生活变得可能的很多方式的一种。经常出现在后殖民性研究里的情况是，我们所发现的所谓小说化的过程，其实往往被理解成非殖民化。后者，正如法农所说，是一种本质上不同的政治和历史语境：“非殖民化已经开始改变这个世界，正如我们所看到的，它是一个完全混乱的程序。但是它决不是魔术的结果，也不是一个天然的地震的结果，也不是一个友好的理解。就像我们知道的，非殖民化是一个历史的过程：也就是说，它不能被人们所理解，它是不可知的，它对于它自己也是不清楚的，除了我们非常精确地找出它的运动［*le mouvement historicisant*——有关历史形成的］，这种运动导致了历史的形式和内容。”[31]

当法农说得已经最清楚了，他的著作则向那些批评他所描述的过程的人们揭示了一个复杂的挑战。正如巴巴所说，“紧急的状态总是事物出现的状态。”[32]现在仍然很难弄清殖民主义中的意识，法农所指的精神错乱群（constellation of delirium），从完全无序的程序（a program of absolute disorder）到形成的本质，这个本质在非殖民化过程中是非常迅猛的。“这不能被人们所理解，”法农暗示说，然而非殖民化正是这个理解的欲望的名字。这并不是说，小说因此便是到达这个理解的捷径，对作为过程的非殖民化结构的恶作剧的文类不在场证明，即使有人会说它已经一次又一次地施行了那个恶作剧。相反，这种观点会利用文类的教训来找出过程的逻辑，不用考虑非殖民化的辩证法（这个辩证法是法农的，不是他后来的学者的）提供了一个形式，我们可以从这个形式里找到适当的内容来完成它的身份。

肯定地说，这个焦点的大部分还是依赖于某种文类，即小说，不仅仅是因为与小说化过程的共鸣（也是形成的逻辑），而是因为不管多么有争论，它经常被理解成是后殖民表现震动的典型。巴赫金认为文类存在于现在，但“总是记着它的过去，它的开始”（*DI*106）。他指的是小说中的陈旧内容，但他把这个概念延伸以后，便包括了一般意义上的文类翻新，这种翻新来自一个资源宝库。在后殖民研究领域内，记忆的问题同样重要，但经常用来衡量已经失去了的起源、传统和被帝国主义与殖民主义暴力抑制的信仰。然而像这样的分析也会产生一个长久的记录，一个记忆的过程，这个过程不仅仅是殖民时期营养和抵抗的手段，而且还曾经在战胜殖民主义的斗争中作为创造性和附属关系的试金石。巴赫金以记忆的方式想要突出的是一种对于后殖民性有着重要意义的记忆的推断，但是这并没有使后者成为一种文类。问题是，文类的逻辑对于后殖民分析有用的程度，不在于它是否占据着文类的存在。文类是显示后殖民身份的障碍吗？它是后殖民主义为了使得它自己的表达性被认知而必须遵守的法则吗？还是作为文类的后殖民性努力去掉分类的压抑模式的本质，使得它作为文类的任务而再组成文类,或许就像言语文类那样？

回到文类本原的必要性,回到作为文类生命中的转折点的本原,就像巴赫金所理解的,对于后殖民主义来说是一个关键的兴趣,尽管对于它的文学一翼来说并不总是这样。在《话语文类》一书中,茨威坦·托多洛夫用一种相当简洁的方式，就文类本原的重要性提出了这个问题。他一开始的问题是文类是什么。回答是,"文本的阶级",这个回答使得托多洛夫开始讨论阶级(文类)和文本(文学)。分清文本作为话语,事实上作为言语行为,这一点和巴赫金的理论并非不一致(我并不是说先例,而是说主题的一致[33])。阶级产生一个更加有趣的定义。托多洛夫暗示说,我们将会有一个"操作概念"(operative notion),"如果我们只同意把文类称为文本的阶级,这个阶级已经被历史地认为是这样了"(*GD*17)。如果万一有人错过了在命名时援用的选择性，托多洛夫便提供了以下的注释:"这种看法的证据第一次在处理文类的话语中(元话语文类)被找到,并且是间接地和偶然地在文学文本中找到"(*GD*17)。事实上,它不像它一开始听起来的那样有害,因为托多洛夫同样明白一个文类话语可以和文类毗邻(换句话说,文类的概念不仅仅是元话语的),第二,他说明了客体的分类暗示着延伸和理解（一种对于特点的认同和他们跨越客体或作品的共同性的理解)。然而,如果我们认为托多洛夫所要求的认同是通过那些在历史上就已经提出要求的人们来实现的,我们是可以被原谅的。从那里,托多洛夫进一步用更加精确的词语来定义文类:"文类,不管是不是文学的,只是话语特性的编码。"(*GD*18)话语特性因此被划分为语义、句法和动词三个方面。这种编码的问题在某些方面更加复杂，既然它指的是文类特点的制度化:"因为文类就像制度一样存在,它们的功能就是读者的'期望的地平线',作者的'创作的模特'"(*GD*18)。即使我们把文类批评口头性(orality)和书面性（literacy）的尖锐问题放置在一边不管（就像我已经声明了的那样，这是后殖民性所不能做到的），我们仍然还是看到这样的作者，即“他的写作起到（但和现有的文类功能一致）现有的文类系统的功能”，和这样的读者，即“他们的阅读起到了文类系统的功能，而且多亏了那些评论，教材分配系统使我们对于文类系统非常熟悉，或者简单地只凭道听途说；然而，他们并不需要对这个系统有所意识”（*GD*18-19）。有意识或无意识地假设控制文类规则的制度，后殖民性干涉的必要性在这里就开始了。这并不是说，在基础结构的基础上，把后殖民性从文类的光辉里面驱除出去了；而是对于假设的制度在起作用，就像把理解历史的人和那些“起到文类系统功能”的读者结合起来，是文类得以生存并被我们所使用的唯一途径。或许巴赫金给文类分级的理由就是把他们的研究加以民主化。

制度化的必要性作为文类的第二法则出现，而且它的过程和某种现代性话语相一致。托多洛夫不把这个看成是一种直接的联系，而是一种文类在社会中“可操作”的重要方式。托多洛夫粗略地绘制出了文类存在的公理后，又考虑到言语行为变形为文类的方式，这种方式不再和那些行为巧合（这也是巴赫金所定义的文类和言语行为）。如果制度化给文类的存在压上一个沉重的负担，那么托多洛夫随后的例子就提供了评估性区分（evaluative distinction）的另一个层面，这种区分和文类相联系，作为殖民统治的监护人。托多洛夫正在寻找文类的起源，就像斯坦利（Stanley）寻找刚果和尼罗河的起源，或者马洛（Marlow）去往科茨（Kurtz），这使得他来到了中部非洲。尤其是托多洛夫引用了“邀请”刚果民主共和国（以前是扎伊尔）的卢巴文（Luba）文类的例子，他之所以选择使用这个例子，原因是它的“相对简单”（relative simplicity）。邀请是人类所共有的一种行为，在卢巴文里就成了一种“次等文学文类”（minor literary genre）[34]。通过几个公式和法则，托多洛夫展现了仪式变成文类叙述的过程。文类的组成成分被列举了出来，他们集中在“我”和“我的小舅子”互相邀请进餐。令人感到好奇的是，托多洛夫讨论叙述时提到了一个由谚语组成的转变的时刻，但是他没有深入研究这些谚语的内容是否可以给上面所描述的邀请赋予任何意义。[35]我们不妨认为它是一种结构主义者的疏忽，在这里，内容从来不会成为结构计划的障碍，但是像这些细节可能会帮助具体化这些例子的重要意义，使它超出“相对简单”的范围。托多洛夫又加了两个例子，一个是由具体的意义和别名驱动的名字的归属，尤其是马坎布（*makumbu*）或赞扬性名称，另一个是关于卡萨拉（*kasala*）的长长的叙事歌，这些叙事歌赞扬了社区人们的行为，描述了有关领袖的生活和死亡的主要的颂词。托多洛夫是著名的专有名词理论家，他在后一个例子中暗示，事实上是名字的归属形成了卡萨拉作为一种文类的基础。按照他这个从简单文类到复杂文类的逻辑(或者是主要的到次级的,用巴赫金的话说),托多洛夫的下一个例子是从他自己对荒诞小说的研究中找出的。这里需要指出的是,他的目标不是要证明西方的文类更好,而是卢巴文文类和西文文类有一个共同点:言语行为向一个习惯叙述的转换。因此,即使对于小说来说,"研究'小说起源'的困难的这一层意思只源于言语行为和其他事物无限的嵌入"(*GD*26)。在托多洛夫的程序里有很多可疑的和示范的因素,但是令人苦恼的问题仍然存在,这些问题和他的结构主义分析没有多大关系,而是和文类批评中他者的逻辑有更多的关系。

当然这很令人惊奇，既然托多洛夫自己已经非常投入地使他者理论化(例如,尤其是在《美洲的征服:他者的问题》[*The Conquest of America: The Question of the Other*]中，哥伦布起名的权利很清楚地和殖民知识联系着)[36],后者一直对于后殖民理论是一个很大的难题,既然他者几乎总是和反对与"我"对于它所认为的所有东西的统治相联系。我们必须非常小心地把我/他者的心理投资作为西方欲望的另一个对立，和托多洛夫正确地认为是巴赫金所加以区分的哲学人类学有所区别（或许通过强调术语的第一个单词是作为西方形而上学的附带现象),目的是为了针对他者的意义实现一个次要的权利。这是托多洛夫例子里的一个不足的地方:为了说明文类区别中的起源的共性,他再现了他者的反对,这种反对立即对那个层次知识的追求加以禁止。为什么一个复杂文类的例子非得扎根于"西方文学文类更为熟悉的领地"呢?这是因为熟悉(这种熟悉已经是惧怕托多洛夫在其他地方所理论化了的他者的索引）所带来的舒适保证了这一选择吗?为什么要赞同从非洲的"比较简单"(comparative simplicity)到欧洲的更加复杂文类的变化运动?非洲的口头史诗——卡萨拉是其中一种与之相关的——因为它复杂的形式而闻名:为什么不在分析无限"比较简单"例子的同时研究一下卡萨拉呢?[37]比如说西方文学中的精神分析部分的文类?后殖民性文类是一种抽象，它其中的一个意思是抓住文类的话语,后殖民表达性只是原始派艺术家的一个梦想,一块在其他地方停泊文类复杂文本的几乎没有镌刻任何字迹的石板。在这个层次上的后殖民性文类是文类的非法化。

举这个例子的目的,是为了在不否定比较主义基础的前提下,把争论的术语从作为一种文化陪衬的西方转移开来，尽管比较主义是一个更加不可知或不一致的多样性。太多的时候文类是文化融合的不在场的证明，比如说，一种非洲小说因其得到认可形式的“本土色彩”而受到欢迎的模式，同时某个文类受到的崇敬竟偷偷地忽略了言语行为的具体性，这种具体性恰恰是它的一种可能性。换句话说，卡萨拉作为卢巴人社会生活中的一种关键文类，它的主要特征是由编曲支撑的复杂变化的重复，它没有被证明是一种事实，这个事实把所有对于刚果文化的所有权的指认放在一边（几乎没有，既然对于刚果民主共和国文化的简要考察揭示了重要的语言学和人种学上的不同，甚至在班图的大多数人口里面，包括卢巴人，刚果人［Kongo］，蒙果人［Mongo］，伦达人［Lunda］，齐克威人［Tchokwe］，特塔拉人［Tetala］，卢洛人［Lulua］，班加拉人［Bangala］和宫比人［Ngombe］）。然而，人非常巧妙地运用了丰富的民族习惯和传统，产生了一个对语境敏感的创新结果，这个创新结果凭它自己的权利在文类方面是非常重要的。卡萨拉的歌曲可能是以前在战争中用来激励战士战斗的赞美诗（有趣的是，演唱者或是表演者，姆文纳的卡萨拉〔the Mwena Kasala〕，如果被俘虏了可能会为敌人做同样的事情）。卡萨拉的歌曲也有一些对死去的人哀悼和缅怀的特点。然而它们的主要特点是怀旧，通过包括著名的关于卢巴最初产生的神话的诗节，以及一些有关遥远的过去的相关的记忆，它们组成了一个社会，穆丁贝（Mudimbe）把这个社会称为“卢巴人的理念”（the idea of Luba）〔38〕。卡萨拉，就像纳姆比（numbi）歌曲、姆贝笛（mbudye）舞蹈和高度华丽的卢卡萨（lukasa）棋盘一样，是一个对试金石的记忆，这个记忆便利了一个卢巴人身份的实施。然而它的文化特征既不吻合人志学的方法论，也不吻合文类的方法论。从这个意义上说，卢巴人的理念超过了经典文类特征所要求的认同公式。1996年，在纽约的非洲艺术博物馆展出了卢巴文化，有一本书专门配合了这次展出，在这本书里面使用了这样的一些词，像“锻造记忆”（forging memory），“再造/制造卢巴的过去”（re/constructing Luba pasts）的目的是为了详细地描述卢巴的存在及其表现的过程，这个过程拒绝人种的骄傲和纯洁。“殖民化结构”〔39〕在遭遇文化分散和多中心的类似主体性时，已经遇到了极大的困难。

前面我们已经说过，认真对待巴赫金提出的关于言语文类的想法（日常生活中的话语文类），就要重新调整我们曾经思考和分析文学的方式。这些文类的多样性比起全面的研究和术语，可能看起来会更加和缓，因为本土文化的多样性和某种文类的事件正是面临风险的东西。当然，有人可能会说,后殖民小说是这些话语蒸馏后的结果,它是一个新的复杂的整体,我相信这个事情可以成功,尽管有人提醒说,主要文类和次要文类之间的关系不是单方面的,趋势是朝向离心或向心。然而其中的一个问题是,被认为是后殖民小说的,常常被认为是远离变化地点、远离蒸馏地点的后殖民小说,因此,遍及后殖民小说的事实上的习惯很可能会被漏掉(后殖民小说的另外一种叫法可能正是这种遗漏)。如果我们给这个遗漏加上各种各样不同的后殖民作家——嵌入的,批评的,流散的,流亡的,等等等等——那么,这种次文类就不仅仅是在它们自己的层次上是复杂的,而且在作为一个整体的小说的历史里更是一个问题。在后殖民写作中重新创作小说是一个广泛的、极端艰难的课题,它现在刚刚开始在小说作为一种文类的研究中有影响。我们一直在争论的问题是一些小说,这些小说反映了某些形式的后殖民认同,但是它们遭到了质疑,它们密谋重新产生他者的有害逻辑,这些逻辑与往昔的或者它们重新提出的当代的宣言相联系。类似的是,仅仅证明小说作为现代性符号,也是另一种本土现代性可能为了西方特权而被牺牲的符号。小说的历史比这个更复杂,但是问题正是后殖民性这个词语已经开始代表的内容。

没有一种后殖民性文类、主要或者次要的言语文类能一直没有问题地代替它所暗示的不同。这个词语的使用本来就是启发性的,非殖民化进行到一定程度,试图废除权威们邪恶形式的文类勾当。但是为什么要把这个分类的反逻辑和阶级——处在一个非常不同的基调里的、作为一种联系的社会文类——相联系呢?一个非常明显的原因是过量的研究,这种研究认为探讨文类既是社会的表达,又是文学分类(我们可能又会想到卢卡契和戈德曼关于小说的著作),文类变成了一个阶级寻求自我表达的途径。既然艺术中文类特征的根本经常使文类理论家想起亚里士多德的诗学(酒神颂歌,史诗,戏剧对话)和一个虽有阶级划分但没有被抛弃的阶级的年代,我们不妨把阶级联系认为是历史的报复。在这里我们没有地方再重复在文类的故事里阶级被影射的种种方式了(这超过了文类作为共性这一点),但我确实想说明它和后殖民研究的关系。有关言语文类的分析可能是担当了促成把高雅文学降格为现在的文学的工具,或者是在文化范围内的文学的再次苏醒,尽管这种归类可能有些问题。但在这里重要的不是要争取一个等价物,而是要争取一个交换逻辑的政治学。在马克思看来,交换关系处在阶级划分的中心位置,它是一个过程,在这个过程中，生产商品的社会必要劳动时间的不同在交换商品时被表达了出来，通过一个共同的等价物：货币。要求劳动价值和商品价值差额的是剥削者，他的存在和作为社会制度的差额紧紧联系着。在资本主义社会，生产和商品流通使得阶级差别成为必然，不用说，这样一个社会和在这个社会中占主导地位的文类差别这两者之间没有绝对的均等。然而，交换的逻辑不同程度地遍及社会活动的各个层次，因此，怀疑这个逻辑也就是怀疑由它引起的社会等级，包括政治的和文化的秩序。在某些非殖民化话语中，我们可以清楚地读到这点；有人会想到乌斯曼·山贝尼（Ousmane Sembene）写的《黑人码头工人》（*Black Docker*）或者埃杜阿多·加利诺（Eduardo Galeano）的著名三部曲《火的记忆》（*Memory of Fire*）。但一个后殖民文类的阶级分析到底是什么样的？从某种程度上说，它和那些从其他交换决定的阶级特色的系统没有区别。然而，一部分政治利益来自早先提出的关于文类的问题，在这里我们可以对此做以下补充：产生于非殖民化具体地点的文类差别的价值和产生于其他地方的文类有不成比例的差别。这不仅意味着要说明这两者之间的空间，比如说，普拉莫笛亚·阿南塔·图尔（Pramoedya Ananta Toer）的讲述和布卢四重奏（Buru Quartet）的写作，以及我对此的批评（这是一个绝对的和必然的空间，这个空间包括可能性，若不是新殖民翻译/消费的不可避免性），而且还意味着后殖民社会复杂的不同之处，这些不同可能会对任何话语形式的类型学提出疑问。假设文类均等只能加强交换的逻辑，以及由此产生的阶级和片段。这就是艾哈迈德所指涉的阶级。

本着混合文类的精神，这篇文章的开头是一个假设，那么结尾我们就用一个轶事吧。1908年，比利时国王利奥帕德（Leopold）二世，自称是一名慈善家和他所占领的国土的解放者，把他的占领地变成刚果，最终他放弃了他自己的这个称谓。利奥帕德非常清楚地知道国家的档案里面包含着比象牙和橡胶多得多的东西。事实上，那些档案里面有关利奥帕德的自由国家各个方面的记录是如此的详细和全面，以至于这些记录放在一起竟组成了所谓的殖民主义的文类，因为每一个特征或方面都是后来殖民主义所谓的文类的组成成分。担心他可能给后人留下的遗产，利奥帕德命令销毁在布鲁塞尔的刚果政权的资料。在一个还没有文件切碎机的时代，人们花了整整8天的时间来销毁所有的文件。利奥帕德对他的军机大臣古斯塔夫·斯廷汉伯（Gustave Stinglhamber）说，“我要给他们我的刚果，但是他们没有权利知道我在那里做了什么”[40]。当然一种文类事实上的破坏不能祛除社会条件，它是这些社会条件的沉淀物：刚果在未来半个世纪内将仍然是比利时的殖民地，而且将继续产生殖民叙述。同时，尽管利奥帕德的贪婪销毁了那些记录，取消了以此为基础的事件，利奥帕德在刚果的野蛮行径已经通过各种各样的形式被记录了下来，远远在他的控制范围之外，在军事报告里，日记，车站记录，还有中非人民的口头文化。我们可以说，言语文类，主要的、次要的这些一起形成了后殖民性文类，但我愿意更进一步。后殖民性文类不仅仅简单地在人类文明的进程中证明了殖民主义的谎言，不管是存档还是没有存档的。它的逻辑不是证明真理，反对谬误（因为它的本质是必须被彻底地具体化——即使卢巴文有一个详细的，充满习俗的神话的起源，这个起源就像布鲁塞尔的文学一样神秘[41]）。它的文类区分是要质疑文类，不仅仅是作为文类法则的一种满足，而是作为除去产生它的阶级分类和划分的一种方式。因为这“既不是无条件正确又不是无资格确定”（*CL*25）。

（作者单位：美国纽约州立大学）

乔杰　译　王宁　校

（译自 *New Literarry History*, 2003, 34: 299-330）

注　释：

〔1〕 有关阶级和后殖民性联系的副文本也存在于联系语言和社会的轨迹上。在我的阅读过程中，对话性是理解这些复杂关系的方式，尽管我从巴赫金那里得到大部分概念，但是我并不认为这是对辩证思维的极大反对。

〔2〕 特别参见，由 Ladislav Matejka 和 I. R. Titunik 译，V. N. Volosinov, *Marxism and the Philosophy of Language*,（1986）。想清楚全面地理解对话主义，参见 Michael Holquist, *Dialoguism: Bakhtin and His World*,（London, 1990）。

〔3〕 Edward Said, *Culture and Imperialism*（New York, 1993）, p. 25；在本文中引用为 *CI*。

〔4〕 Theodor W. Adorno, *Aesthetic Theory*, Gretel Adorno 和 Rolf Tiedmann 编，Robert Hulot-Kentor 译（Minneapolis, 1997）；在文章中引为 *AT*。

〔5〕 Bill Ashcroft, Gareth Griffiths & Helen Tiffin, *The Empire Writes Back* （New York, 1998），在文章中引为 *E*。尽管大多数人对这本书的评价都集中在它对后殖民主义的分类包容性上（定居者的身份问题最具争议），但这本书同时也提出了文类的问题。作者在书中表示，在后殖民主义社会“接受了的形式，[即小说，戏剧]不是这个复杂时间的真正的中心，而是，它很及时地就变成了很多形式中的一系列形式”（182）。我同意这个观点，小说可以

被看作是很多形式中的一种，但是这并没有真正传达权利和文类的问题；特别是，文类怎样才可能历史地起到它作为文化资本的作用，如何才能变得从自身内部到国际公众的范围内不一样地显得有勇气。关于对读写的能力和再现质询的问题的争执仍然十分紧张，而且这些会向作者所提出的不可阻挡的发展提出问题。

〔6〕 在这里必须说明的是，以上所提到的后殖民批评家都回避了文类这个问题。甚至 Firdous Azim 在强调小说的殖民主义崛起时都把文体作为一种文类这个问题给全部省略了。参见 Firdous Azim, *The Colonial Rise of the Novel*(New York, 1993)。文类是在 Ismail S. Talib 的 *The Language of Postcolonial Literature: An Introduction* 中第一次被提出的(London, 2002)，但是当时还是集中在英语作为一种表达的媒介，而不是作为一种文类，在这个文类里，表达被典型化了。虽然如此，他对成规的分析就后殖民主义文类批评来讲还是非常具有煽动性的。在后殖民主义理论里，Spivak, Said 和 Bhabha 的兴趣都被阐释成包含了争论的因素，因此文类理论中的缺漏就在方法论方面重新创造了。例如，参见一部相反的有说服力的辩论著作，*Postcolonial Theory: Context, Practices, Politics* 作者是 Bart Moore-Gilbert(New York, 1997)。

〔7〕 Aijaz Ahmad 主要在他写的 *In Theory*(New York, 1993)里提出了关于阶级和后殖民性疑难的混合的几点评论，在我摘抄短句的几篇文章中，同样也提到了，参见发表在 Padmini Mongia 编，*Contemporary Postcolonial Theory: A Reader* 中的"The Politics of Literary Postcoloniality"一文(London, 1996)，pp. 276-293。不管他是从国家方面谈后殖民性，还是从几个具体的民族历史来谈，他都感觉到这个术语有点言过其实和晦涩难懂。关于他的立场有很多值得推荐的地方，尤其是他把这个领域的系谱或系谱学转向对它涉及范围的一个唯物主义理解的方式。然而他的批评理论经常太过于个人化，而且把任何带有文学味的东西误读为资产阶级的瘟疫。当然在后殖民中的确存在着一些严重的不足（它们中的大部分已经被说明了），但是不是所有这些巧合都是一些没有重新建构好的文化主义、资产阶级或者相反的什么东西的有害的产物。不摈弃对后殖民主义知识或美学的认可，我们同样可能疏离文学的东西。

〔8〕 参见 Jacques Derrida, "The Law of Genre", Avital Ronell 译，发表在 W. J. T. Mitchell 编，*On Narrative*, (Chicago, 1981), pp. 51-77；在这篇文章中引为 *LG*。

〔9〕 Jacques Derrida, *Monolingualism of the Other*, or *The Prosthesis of Origin* (Stanford, 1998), p. 1.

〔10〕 这些文章大部分都很有名，其中两个最有针对性：一个是 Anne McClintock 写的，"The Angel of Progress: Pitfalls of the Term 'Post-colonialism'"，发表在

Colonial Discourse and Post-Colonial Theory, Patrick William 和 Laura Christian 编（New York, 1994), pp. 291-304；另一个是 Arif Dirlik 写的，"The Post-colonial Aura: Third World Criticism in the Age of Global Capitalism",发表在 *Contemporary Postcolonial Theory: A Reader*, Padmini Mongia 编（London, 1996), pp. 294-321。Dirlik 注释说"the tendency of so much postcolonial criticism to start off with a sociology of power relationships only to take refuge in aesthetic phraseology"(318)，所以我不得不感觉到这个词的使用是在开玩笑地援用的。或者不是。是不是后殖民氛围被它机械的再生产给震慑住了？是不是暗示着一个被现代性挥霍的人类堕落前的真实性？关于 Dirlik 对后殖民性起源的精当评述，我们可以建议另一个可选的标题："The Work of Postcoloniality in the Age of Western Academy。"

〔11〕 See Neil Larsen, *Determinations: Essays on Theory, Narrative in the Americas*(New York, 2001), p. 30.

〔12〕 Edward Said, *Orientalism*(New York, 1978), p. 1；在此文章中引为 *O*。

〔13〕 Archille Mbembe, *On the Postcolony*(Berkeley, 2001).

〔14〕 See Neil Lazarus, *Nationalism and Cultural Practice in the Postcolonial World*(Cambridge, 1999).

〔15〕 Peter Childs, "Introduction", *in Post-Colonial Theory and English Literature: A Reader*,由 Peter Childs 本人编(Eidinburgh, 1999), p. 2.

〔16〕 Philip Stevick, "Introduction", in *The Theory of the Novel*, Philip Stevick 编(New York, 1967), p. 1.

〔17〕 Chinua Achebe, *Morning yet on Creation Day*(London, 1975).

〔18〕 Maurice Z. Shroder, "The Novel as Genre", in *The Theory of the Novel*, Philip Stevick 编(New York, 1967), p. 14.

〔19〕 See Francis Fukuyama, *The End of History and the Last Man*(New York, 1992).

〔20〕 See Tony Bennett, *Outside Literature*(London, 1992)；在这篇文章中引为 *OL*。

〔21〕 Tzvetan Todorov, *Genres in Discourse*, Catherine Porter 译(Cambridge, 1990), p. 91；在这篇文章中引为 *GD*。

〔22〕 Gerard Genette, *The Architext: An Introduction*, Jane E. Lewin 译（Berkeley, 1992), p. 5.

〔23〕 See Mikhail Bakhtin, *The Dialogic Imagination*, Michael Holquist 编，Caryl Emerson 和 Michael Holquist 译(Austin, 1981), p. 5；在这篇文章中引为 *DI*。

〔24〕 在这里我当然指的是 Anderson 的关于民族作为一个"imagined community"的一篇文章。See Benedict Anderson, *Imagined Communities*(London, 1991).

〔25〕 Mikhail Bakhtin, "The Problem of Speech Genres", in *The Problem of Speeck Genres and Other Late Essays*, Caryl Emerson 和 Michael Holquist 编, Vern W. McGee 译(Austin, 1986), pp. 66-102；在这篇文章中引为 *SG*。

〔26〕 Ken Hirschkop, *Mikhail Bakhtin: An Aesthetic for Democracy*(Oxford, 1999), pp. 188-199.

〔27〕 Mikhail Bakhtin, *Rabelais and His World*, Heeleene Iswolsky 译(Bloomington, Ind., 1984).

〔28〕 Mikhail Bakhtin, *Problems of Dostoevsky's Poetics*, Caryl Emerson 编辑并翻译(Minneapolis, 1984).

〔29〕 Bill Ashcroft, Gareth Griffiths, Helen Tiffin, *Key Concepts in Post-Colonial Studies* (New York, 1998). 在很多方面,这本书是 *The Empire Writes Back* 的很好的补充,它说明了它理念的范围。它当然也是一本有关分类的大部头著作,正好符合我现在的兴趣。

〔30〕 Derek Walcott, *Omeros*(New York, 1990).

〔31〕 Frantz Fanon, *The Wretched of the Earth*, Contance Farrington 译 (New York, 1968), p. 36.

〔32〕 Homi Bhabha, *The Location of Culture*(New York, 1994), p. 41.

〔33〕 然而有趣的是,在他有关 Bakhtin 的书里,他所说的言语文类指的就是话语文类,他把 Bakhtin 正在写作的著作指为"The Genres of Discourse"。Tzvetan Todorov, *Mikhail Bakhtin: The Dialogical Principle*, Wlad Godzich 译(Minneapolis, 1984), 参见第六章,仔细研究了 Bakhtin 有关文类的论述。

〔34〕 "请进"的例子表面上看起来好像扭转了 Bakhtin 对于言语文类的强调,但实际上它把主要的看成是简单的,而且这确实是事实。然而如果这被看作是文类的决定性特点(主要的,原始的,原始性),问题就出现了。

〔35〕 谚语的问题是一个很重要的问题,不但是因为它们使得每天的日常交往变得生动,而且还因为它们在 *kasala* 里的重要意义,Todorov 把 *kasala* 解释为一种复杂得多的文类。在 Luba 即使邀请也有它们复杂的地方,就像 Johannes Fabian 在 *Power and Performances* (Madison, 1990)里所演示的。在 Kolwezi, Fabian 被邀请品尝作为正餐的鸡胗。他主动提出大家一起吃,但是得到的回答是一句谚语"with the authority of axiom"(3):"Le pouvoir se mange entier"(power is the whole)。Fabian 的书的结构是围绕着寻找谚语,理解它对 Luba 文化的重要意义和它地区性的影响展开的。他的方法论包括对文类的定义:"谚语和谚语式的表达的特色不仅仅是由一定的形式语言学和文学标准决定的;它们还是交际 - 修辞 praxis 的一部分,这个 praxis 的范围比任何类型的范例都要广泛说话的一种方式不能在一个范围内实现文类的地位,除非它和其他文类是相对比的。所有言语或话语的文类首先被认为是一种文化行为"(37)。既然围绕着谚语提问,这最后一点不是无知的,它实际上变成了文化行为的一部分,用 Theatrale Mufwankolo 班子的话说。这种经验,不但不能证明谚语的实质,实际上强调了它的矛盾。不管权利的全部是什么,都分散在它的文化特征里。正是这个逻辑,才使得

Fabian 研究催化了这种行为的产生，在这个产生的过程中谚语的存在是显而易见的。

〔36〕 Tzvetan Todorov, *The Conquest of America: The Question of the Other*, Richard Howard 译(New York, 1987).

〔37〕 有关 *kasala* 的文学作品相当多,事实上,Todorov 在他论述中提到了它。他感谢 Clementine Faik-Nzuji 对于邀请文类作出的论述， Clementine Faik-Nzuji 的作品有 *Kasala: Chant heeroique luba*(Lumbumbashi, 1974). 提到的注释还有 Patrice Mufuta 的 *Le chant kasala des Luba*(Paris, 1968). 第三章的主要内容是 *kasala* 和其他文学文类的关系。

〔38〕 The idea of Luba 和 Mudimbe 关于非洲的作品相互关联。参见 V. Y. Mudimbe 写的"The Idea of 'Luba'",全书名称为 *Memory: Luba Art and the Making of History*, Mary Nooter Roberts 和 Allen F. Roberts 编 (New York, 1996), pp. 245-247. Mudimbe 认为 Luba 代表了一种习惯(habitus),一种无意识的属于一个社会的方式。这是关于生活的一种概念 - 隐喻,一个挑衅文类研究的开放的历史。它不太依赖于存在(being),而更多地依赖于过程(dialogism)。

〔39〕 这个词是我从 V. Y. Mudimbe 的 *The Invention of Africa*(Bloomington, Ind., 1988)这本书里借用的,尤其是第一章。

〔40〕 Adam Hochschild, *King Leopold's Ghost*(New York, 1998), p. 294. 他的描写不仅突出了 Leopold 的贪婪，而且还突出了所有参与"scramble for Africa"的欧洲国家组织。他可能给康拉德的 Kurtz 提供了几个人物,尽管大部分证据仍然无法得到证实。在后殖民时期,Hochschild 则对把 Mobutu 变成一个非洲的 Leopold 而感到满意。这两个人物之间的对比，比如他们在法国都共同享有里维埃拉的房产这一事实被指了出来，但从整体上讲，这本书没有提到当代刚果民主共和国的后殖民政见和经济学。问题是,西方媒体对近期发生的内战表现出所谓的沉默,但一直是震耳欲聋的。

〔41〕 再次参见 V. Y. Mudimbe, *Parables and Fables*(Madison, 1991),尤其是第四章。

理论文体阐释

理解的欣悦

——论巴赫金的诠释学思想

钱中文

内容提要：本文将巴赫金对诠释学的基本观点即“理解”、“解释”等所做的大量论述，结合他的交流对话思想，提到交往对话诠释学（或超语言学诠释学）的水平上来理解，并把它放到诠释学的各个流派的思想背景之上加以探讨。围绕认识论诠释学、本体论诠释学、哲学诠释学中“理解”、“解释”等基本观点的不同论述，文章进行了比较研究，揭示出它们的继承性和各自特征，强调了巴赫金的诠释学思想的独创性所在，提出了后起的以普遍语用学为基础的批判诠释学与巴赫金诠释学的很多共同之处，它们间相异的着力点与不同方向。同时也指出了巴赫金将其交往对话的诠释学思想，贯彻到了他的作家研究之中，他的关于陀思妥耶夫斯基和拉伯雷的两部著作，就是他的交往对话诠释学的研究实例与典范，是一种新型的文学诠释学。诠释学思想把巴赫金的各个方面的创新理论，沟通与融会起来，使我们可以从整体上把握与理解巴赫金的复杂思想与艺术观念。这从总体上显示了诠释学的多样性的狂欢。

关键词：交往　对话　理解　解释　交往对话诠释学

Abstract: The present essay attempts to understand Bakhtin's observations on such fundamental hermeneutic ideas as "understanding" and "interpretation", along with his ideas of communication and dialogue, on the level of communication and dialogic hermeneutics, or metalinguistic hermeneutics, for the purpose of discussing it in the context of various hermeneutic schools and ideas. Centering around the different opinions on such fundamental ideas as "understanding" and "interpretation" in epistemological hermeneutics, ontological hermeneutics and philosophical hermeneutics, the author makes some comparative studies of them. In shedding light to their continuity and distinctive characteristics, the essay emphasizes the originality of Bakhtin's hermeneutic thinking, suggesting the common points of the later critical hermeneutics with universal pragmatics as its foundation with Bakhtin's hermeneutic ideas and pointing out their differences in orientation. Meanwhile, the author suggests that Bakhtin applies his ideas of communication and dialogic hermeneutics to his studies of writers. His two books on Dostoevsky and Rabelais are exemplary practices of such a communication and dialogic hermeneutics which actually form a new literary hermeneutics. It is the hermeneutic thinking that links up and even puts together all Bakhtin's innovative theories, enabling researchers to grasp in a comprehensive way his sophisticated thinking and aesthetic ideas. It also demonstrates a plural carnivalizational situation of hermeneutics.

Keywords: communication, dialogue, understanding, interpretation, communication and dialogic hermeneutics

关于人文科学的思考

把巴赫金的名字与文学诠释学放在一起，可能会使一些人觉得有些唐突。在巴赫金的著述中,我们并未见到过他要依附这类学说的表述,他不过是在探讨一些理论问题，比如关于人文科学、语言学、美学、文艺学和进行一些作家研究等。但是,他还留下了与上述诸多问题相互呼应的有关文本、言语体裁、外位性、他人话语、文化与文艺学、长远时间、人文科学方法论等论文和笔记,其中还有关于“理解”与“解释”的大量论述。

在德国哲学中,很明显,近二百年来存在着一条诠释学路线的走向。在这里，我无意对这一学说进行来龙去脉的梳理，因为这一工作国内外学者已做了很多。但是,无论是施莱尔马赫、狄尔泰,还是海德格尔、伽达默尔、哈贝马斯,还有加入论争的欧美学者,无一例外地都将“理解”与“解释”这些范畴作为他们在诠释学论著或探索性论述中探讨的中心问题，而且各人说的互有不同。联系巴赫金有关这方面的论述,我有理由认为,巴赫金实际上在做着关于人文科学的一种总体性的思考，即一种诠释学的构想，只是他没有标出这种学说来罢了。这种有关人文科学的总体性的诠释学思考，就是关于人的生存状态与方式的思考,有关人文科学与自然科学各自的特征、如何理解与接受、人文科学文本的思考，就是对待传统与创造、艺术作品进入长远时间的思考，就是实践、应用的思考。

巴赫金接受过德国哲学、美学的影响，但是在哪些点上、哪些方面上，这还是一个有待深入探讨的问题。研究巴赫金和德国诠释学理论家关于理解、解释的问题的见解，是一个十分有趣的问题。有趣的原因在于，一方面，由于各人的哲学观点、出发点不同，结果使得这门学科在历史发展中不断有所传承，有所创新，显出了这一学说的多姿多彩的特征；另一方面，巴赫金在上世纪20年代末的著作和50—70年代的笔记中就曾多次谈及狄尔泰及其理解问题。从他的著作涉及的不少外国学者特别是德国学者来说，与其说他接受了什么影响，倒不如说他在人文科学中进行着独特的探讨，做出了独特的创新，形成了他自己的诠释学思想。

先就人文科学来说。在17、18世纪的欧洲随着科学的昌明与技术的发达，人们开始崇拜带来财富、实利的科学技术，科学主义思想受到大力弘扬，以致渐渐形成了君临一切学科之上的局面。笛卡尔提出，从知识的源泉与教育的源泉来说，历史学与文学要低于数学与自然科学。这一量化的、实用主义的社会机械论思想、工具理性主义思想，一直流传至今，历久不衰。人们崇敬自然科学及其方法，以为自然科学知识与方法具有普遍的有效性。相比之下，人文科学较之自然科学在原则与方法的确立方面，不仅要晚起得多，不稳定得多，而且也复杂得多，甚至到现在也是如此，所以也不很成熟。于是社会科学与人文科学不得不屈从于自然科学，纷纷移入自然科学的方法，企图以此来开辟自身发展的新的研究途径。至今，科学主义的、要求立竿见影的、工具理性的量化方法，已经渗入并统制了各个人文科学领域，工具理性横行。对于那些有着数理化皮毛知识而在自己专业问题研究领域一无所长、或者根本没有多少知识而当上了教育、科研机构的学术官僚来说，使用这种方法显得尤为得心应手，而且颐指气使，这使得广大人文科学学者真是只好徒呼奈何！但是一些具有远见卓识的哲学家认为，人文科学、社会科学与自然科学是互不相同的，在对象上和方法上也有异于自然科学，于是激发了新的学说的生成。19世纪下半期和20世纪头二十年，在德国思想界不断有关于社会科学、人文科学与自然科学这类著作出现。巴赫金提到的狄尔泰的“精神科学”学说就是其中之一。

狄尔泰力图把各类人文科学汇集一起，力图建立一种“精神科学”。他认为人文科学明显地区别于自然科学，而且不可通约。[1]“存在于各种

精神世界中的各种事实之间的种种关系表明，它们本身是与各种自然科学过程的一致性不可通约的。因为人们不可能使这些精神世界的事实从属于那些根据机械论的自然观念建立起来的事实。"[2]自然科学面对的是物理世界，是人以外的存在，是物，是对象，没有感觉。认识自然，人们可以通过感觉、外在方式的观察加以研究，观察是认识的基础，最后导出因果关系。而人文科学作为精神活动的产物，则只能通过人的自身的内在领悟、体验和经验的概括而达其实质。"精神科学的对象不是在感觉中所给予的现象，不是意识中的每个单位的反映，而是直接的内在的实在本身，并且这种实在是作为一种被内心所体验的关系。可是，由于这种实在是在内在经验里被给出的这一方式，却造成了对它的客观把握具有极大的困难。"[3]无疑，狄尔泰对于自然科学与人文科学之间的不可通约性，强调得过于绝对了。

精神科学是以生命学说为基础的，它面对的是整个精神世界即生命世界。狄尔泰所说的生命是指人的生命，而不是狭义的生命。他说"在人文科学中，我仅仅将'生命'一词用于人的世界"[4]。狄尔泰所说的生命，实际上是指人类共同的生命，是历史、社会的现实。"生命就是存在于某种持续存在的东西内部的、得到各个个体体验的这样一种完满状态、多样性状态，以及互动状态……历史都是由所有各种生命构成的。历史只不过是根据作为一个整体的人类所具有的连续性来看待的生命而已。"[5]生命就是各个个体体验汇成的客观化的人类精神活动，而具有本体论意义。生命与历史是具有意义的，意义是由各种事件的价值、行为目的以及相互关系所组成的历史事件之间的关系，它不是物理事件之间的简单的因果关系。

如何探讨生命内涵的价值、行为、目的而达及意义，这就要通过"理解"与"解释"。它们探讨动机，追问理由，指向目的，确定尺度，制订原则，求取价值，使生命与历史的意义得以揭示。"如果说在自然科学中任何对规律性的认识只有通过计量的东西才有可能，……那么在精神科学中，每一抽象原理归根到底是通过与精神生活的联系而获得论证，而这种联系是在体验与理解中获得的。"[6]认识历史，使用自然科学的方法难以奏效，应该使用不同于自然科学的方法而与各种人文科学相通的方法即理解，人文科学必须"从内在的经验出发"，人文科学以生命的体验、表达和理解为基础，所以就此而言，理解是人文科学的有效认识过程，具有普遍的方法论意义。或许可以这样说，在这里，狄尔泰重视的是人文科学与自然科学之间的差异,并为人文科学确立了一种方法论。

那么何谓理解,如何理解?狄尔泰十分重视心理学的作用,理解的关键就是体验与经验。“我们把我们由感性上所给予的符号而认识一种心理状态,——符号就是心理状态的表现过程,称之谓理解”[7],理解,就是通过感官所给予的符号去认识一种内在思想的过程。理解产生于实际生活,在实际生活中人们依赖于相互交往,通过交往而达到。人们的行为具有目的性,他们必须相互理解,“一个人必须知道另一个人要干什么。这样,首先形成了理解的基本形式”。我对他人和对自己的理解,需要通过我的内在体验,“只有通过我自己与他们相比较,我才能体验到我自己的个体性,我才能意识到我自己此在中不同于他人的东西”[8]。“只要人们体验人类的各种状态,对他们的体验加以表达,并对这些表达加以理解,人类就会变成精神科学的主题。”又说“生命和有关生命的体验,都是有关理解这个社会–历史世界的。”[9]

个人的自我理解也是如此。理解的过程,是一种转向自我的过程,是一种从外部的运动转向内部的运动的过程。在这一过程中,“只有通过所有各种有关我们自己的生命和其他人的生命的表达,把我们实际上体验到的东西表现出来,才能理解我们自己”。同时“只有人所进行的那些活动、他那些经过系统表述的对生命的表达,以及这些行动和表达对其他人的影响,才能使他学会认识自己。因此,他只有通过这种迂回曲折的理解过程,才能开始对自己进行认识”[10],理解只有面对语言记录才成为一种达到普遍有效性的阐释。

这样,狄尔泰便阐释了人文科学与自然科学之别,提出了人文科学以基于体验性的心理学基础的理解与解释为其基本方法,并以理解与解释贯穿于他的规范的人文科学,赋予了它们普遍的有效性,建立了他的认识论诠释学思想。

关于狄尔泰的心理学流派的思想,巴赫金早在 1927 年《弗洛伊德主义批判纲要》中就已涉及。1929 年,巴赫金在《马克思主义与语言哲学》中,又探讨了狄尔泰及其学派的诠释学心理学即“理解和解释的心理学”。巴赫金认为,要建立客观心理学,但这不是生理学的、生物学的心理学,而是社会学的心理学。心理内容的决定,不是在人的内心完成,而是在它的外部完成的。因为人的主观心理不是自然性的客体,不是自然科学分析的客体,而是社会意识形态理解和阐释的客体。所以,只有社会因素决定着社会环境中的个体的具体生活,只有用这些因素才能理解和解释心理现象。狄尔泰认为,主观的心理感受起着意义的作用,感受产生感受,这是意义,话语制造话语,所以心理学的任务就是建立描述性的和解释性的心理学,并使之成为人文科学的基础。他又认为符号的外部躯体,只是一个外壳,只是一种技术手段,用以实现内部效果——理解。巴赫金在这里指出,心理学派的失误在于,首先把心理学的意义凌驾于意识形态之上,用心理学来解释意识形态,而不是相反。这是因为,"一切意识形态的东西都有意义;它代表、表现、替代着它之外存在的某个东西,也就是说,它是一个符号"[11]。进一步说,意识形态符号以自己的心理实现而存在,而心理实现又为意识形态所充实而存在。"心理感受是内部的,逐渐转化为外部的;意识形态符号是外部的,逐渐转化成内部的……心理成为意识形态的过程中,自我消除,而意识形态成为心理的过程中,也自我消除。"在相互充实与融合中,成为一种新的符号,成为心理的与意识形态实现的共同形式。认为感受具有意义,当然是对的,但意义如何存在?其实意义属于符号,附丽于符号,符号之外的意义是虚假的。"意义是作为单个现实与其他的替换、反映和想象的现实之间关系的符号表现。意义是符号的功能,所以不能想象意义(是纯粹的关系、功能)是存在于符号之外作为某种特殊的、独立的东西……所以,如果感受有意义,如果它可以被理解和解释,那么它应该依据真正的、现实的符号材料。""理解本身也只有在某种符号材料中才能实现(例如,在内部语言中)。符号与符号是互相对应的,意识本身可以实现自己,并且只有在符号体现的材料中成为显现的事实……符号的理解是把这一要理解的符号归入熟悉的符号群中,换句话说,理解就是要用熟悉的符号来弄清新符号。"[12]因此,心理学派没有考虑到意义的社会特性。这样,我们看到,狄尔泰把理解视为人文科学根本的方法,固然具有重大的理论意义,但是,由于从其生命哲学、特别是仅从心理体验出发,所以他提出的"理解"、"解释"的理论内涵,在理论基础上显得并不坚实。

巴赫金关于人文科学的论述,与狄尔泰的观点有着相同之处,他承认人文科学是精神科学、语文科学;自然科学研究的是无声之物,是自然界,是纯粹的客体体系;人文科学是研究人及其特性的科学,需要使用理解的方法,在这些方面,巴赫金大体上是接受了狄尔泰的理论的。但是巴赫金马上就说,人通过自身的行为表现自己,创造文本,如果研究人而不依赖文本,那不是人文科学而是自然科学,这就变成了一种独白型的认识状态,精密科学就是一种独白型的认识状态。巴赫金说:"人以智力观察物体，并表达对它的看法。这里只有一个主体——认识（观照）和说话者。与他相对的是不具声音的物体。任何的认识客体（包括人）均可被当作物来感知与认识。但主体本身不可能作为物来感知和研究，因为作为主体不能既是主体而又不具声音。所以对他的认识只能是对话性的。”[13]在《文本问题》一文中，巴赫金摘录了一位德国学者的话，对人文科学与自然科学的特性做了进一步的探讨。这位德国学者说：“人文科学对自然科学方法的责难，我可以概括如下：自然科学不知道‘你’。这里指的是：对精神现象需要的不是解释其因果，而是理解。当我作为一个语文学家试图理解作者贯注于文本中的涵义时，当我作为一个历史学家试图理解人类活动的目的时，我作为‘我’要同某个‘你’进入对话之中。物理学不知道与自己对象会有这样的交锋，因为它的对象不是作为主体出现在它面前的。这种个人的理解，是我们经验的形式；这种经验形式可施于我们亲近的人，但不能施于石头、星斗与原子。”[14]应该说，这种区别的论述是极有说服力的，它在论证的明确性方面是不容置疑的。对于人文科学，人们往往会用它是否具有准确性的观点来提出诘难，这似乎正是人文科学的软肋，最易受非议之处。但是由于学科性质不同，要在意识形态学科中追求自然科学严格意义上的科学性，是根本办不到的，在这一领域里，只能最大限度地达到科学性。当然，在人文科学中也可以说存在精确性的问题，但与自然科学所要求的精确性是很不相同的。巴赫金指出：如果“自然科学中的准确性标准是证明同一（A = A）。在人文科学中，准确性就是克服他人东西的异己性，却又不把它变成纯粹自己的东西（各种性质的替换，使之现代化，看不出是他人的东西等等）”[15]。克服他人的异己性，但克服却不是为了同一，把对象消灭，或把他变为纯粹的我，这正是人文科学精确性所要求的特征。但是这种追求同一而又保持甚至保护必要的差异的复杂性，又正是独白型思维往往所不予认可的。具有独白型思维的人只知道要求你拿出 A = A 的证明，只承认一种精确性，或者说一种绝对的精确性。但另一种精确性则是通过对知识的积累与继承、通过对历史与现实的历史性思索、通过与文本的对话而达到共识又各自保留己见，相互融会而曲折地迈向新的高度的。在这种情况下，一般说来，在学者之中，形成两者对立的情绪是完全可以理解的。如果狄尔泰比较倾向于自然科学与人文科学的异质对立，那么巴赫金则是避免了两者之间的对立的绝对性，他认为要拒绝承认两者之间具有不可逾越的界线，不存在两者之间的不可通约性，“把两者对立起来的做法（狄尔泰、李凯尔特）为人文科学后

来的发展所推翻。引进数学方法与其他方法，是不可逆转的过程；但同时又发展着也应该发展特有的方法，以至整个特点（比如价值论方法）”[16]。这一观点非常正确。两类科学虽然性质上不同，但我们不能像不少自然科学研究者那样把它们之间的差异绝对化，在社会科学、人文科学领域中，毕竟有不少方面是可以引入自然科学方法的。其实，人文科学的人文性质，也应对于自然科学的探讨、结果实施人文的影响。两类科学的交叉与交融，也极可能产生新兴的学科，这正是目前我们学科发展的趋势与方向，但是毕竟又不能把它们等同起来，人们绝对需要探讨与发展人文科学所“特有的方法”。

从自然科学与人文科学的比较上，我们已发现巴赫金与狄尔泰的观点是不同的。何以会形成这种差异？我们其实已在上面点到，主要在于对“对话”、“理解”与“解释”的不同理解。

如果说狄尔泰的建立在如理解、解释等基本点上的人文科学是以主观的体验心理学为其基础的，那么巴赫金的理论则是以存在哲学思想和独树一帜的超语言学为其理论基础的。我们或许可以这样说，19世纪末20世纪初德国诠释学的核心思想，如理解、解释、对话等，和新康德主义者柯亨的哲学思想，正是巴赫金的思想的重要源头之一，但是它们在巴赫金的存在哲学与超语言学的转化的基础之上，获得了新的独创性。

巴赫金一开始就探讨了行为哲学。《论行为哲学》虽然并不是完整的著述，但它勾勒了他的最为基本的哲学认识。他使用的一些重要术语与柯亨的哲学术语有一定联系，就是从伦理学的角度，如存在、事件、责任、应分、参与性、在场、不在场等范畴，建立他的“第一哲学”，确立人的位置，即在存在中的位置。我作为人是具体的存在，我因我的行为而存在着。“我以唯一的不可重复的方式参与存在，我在唯一存在中占据着唯一的、不可重复的、不可替代的、他人无法进入的位置。”“行为具有最具体而唯一的应分性，以应分性为基础的我存在中在场（не－алиби）这一事实，不需要我来了解和认识，而只须由我来承认和确证。”[17]存在是指个人行为的结果，而人的任何行为构成事件，因此，存在就被看作事件、行为，存在即事件。于是就出现了我对事件参与性与应分的问题。“参与性思维，也就是在具体的唯一性中、在存在之在场的基础上，对存在即事件所作的感情意志方面的理解，换言之，它是一种行动雕琢的思维，即对待自己犹如对待唯一负责的行动者的思维。”所以，任何时候，我不能不参与到生活中去，这是应分之事，这是我的价值所在，也是文化的价值所在。“生命哲学只能是一种道德哲学。要理解生命必须把它视为事件，而不可把它视为实有的存在。摆脱了责任的生命不可能有哲理，因为它从根本上就是偶然的和没有根基的。”同时，当我参与存在的时候，巴赫金将存在设置成了两人，即我与他人。“整个存在同等地包容着我们两人”，即我和你，或我和他人的你；你和我，或你和他人的我。这种伦理哲学，我们可以把它看成存在哲学，虽然巴赫金自称是“生命哲学”[18]。巴赫金通过伦理学的探讨，确立了人的存在，同时通过他的“超语言学”建立了人赖以生存的交往对话方式，而达于理解。

巴赫金式的理解与解释

20世纪，诠释学经过海德格尔、伽达默尔等人的阐发，而显得多姿多彩。

海德格尔无疑受到狄尔泰的诠释学的影响，但他背离了狄尔泰的认识论的诠释学思想，对理解与解释作了另一种阐释，即本体论的阐释。海德格尔从其存在主义哲学的角度说：“理解是此在本已能在的生存论意义上的存在，其情形是：这个于其本身的存在展开着随它本身一道存在的任何所在”，理解本身被海德格尔赋予了一种生存论意义。这里所说的存在不是指世界实体的存在，而是一种新的存在方式，一种关系、意义以及可能性，一种筹划，“理解把此在之在向着此在的‘为何之故’加以筹划”。理解的任务在于，“始终是从事情本身出发来整理先有、先见和先把握”。海德格尔把理解的造就自身的活动称为解释。在解释中，理解把其理解的东西理解性地归结了自身。解释就是植根于理解的，但理解并不出自解释。“解释并不是要对被理解的东西有所认识，而是把理解中筹划的可能性加以整理。”[19]这样，海德格尔就把理解和解释看成是人类的一种生存的结构，理解就在于对此在的各种可能性进行筹划。而语言就是“存在之家园”。这自然不是方法论问题，而是把理解视为存在的本体论思想了。

伽达默尔提出了哲学诠释学。他认为理解文本与解释文本，不仅是科学关切的事，而且也属于“人类的整个世界经验”。所以诠释学不是方法论问题。他说，“我们探究的不仅是科学及其经验方式的问题——我们探究的是人的世界经验和生活实践的问题”，探讨的是“理解怎样得以可能？这是一个先于主体性的一切理解行为的问题”。他同意海德格尔的观点，认为“理解不属于主体的行为方式，而是此在本身的存在方式”。他表

示他的诠释学概念正是在这一意义上使用的。“它标志着此在的根本运动性,这种运动性构成此在的有限性和历史性,因而也构成此在的全部世界经验……事情的本性使得理解运动成为无所不包和无所不在。”[20]伽达默尔把诠释学现象当作是研究人类世界经验的事,即人与世界最基本的方面,于是突出了理解的包罗万象的普遍性。同时,伽达默尔强调了理解与解释和语言的关系,认为理解的过程是一个语言的过程,“语言就是理解本身得以进行的普遍媒介。理解进行的方式就是解释……语言表达问题实际上已经是理解本身问题。一切理解都是解释,而一切解释都是通过语言的媒介而进行的,这种语言媒介既要把对象表述出来,同时又是解释者自己的语言。”[21]我们只有通过语言来进行理解,世界进入语言才能存在,才能使我们呈现出来,从而将诠释学导向语言本体论。伽达默尔的诠释学涉及诸多问题,如传统、理解的对话形式、意义、时间距离等。

巴赫金在30年代建立起来的语言哲学,和后来进一步发展起来的超语言学,可谓独树一帜,对于语言学、语文科学、人文科学、文艺学来说,都是一个重大的推进。一般语言学将活生生的语言现象,总结、归纳为抽象的种种规则,建立了句法、语法、词语结构等等语言学科,如索绪尔的语言学,这自然是必要的。巴赫金的超语言学则避开了语言学的抽象规则,探讨了一般语言学所不感兴趣的方面,根据语言在实际生活中发生的根本性功能,即交往功能本性,通过话语、他人话语、表述的形成与它们之间的相互关系,形成对话而走向理解,这对于文化、文学研究产生了不可估量的影响。

在巴赫金的著作里,贯穿着一个长长的泛音——交往对话的理解。尧斯在1980年康茨坦斯大学召开的“文学交往过程中的对话性”国际学术研讨会上,作了长篇发言:《对话的理解问题》[22],以巴赫金作为开头与结束。巴赫金所阐释的理解的思想,和德国的诠释学中的理解相比较,显然是不很一致的,何况德国的诠释学中的理解含义也不尽一致。巴赫金在语言学著作里,提出了话语理论,指出:“语言-言语的真正现实不是语言形式的抽象体系,不是孤立的独白型表述,也不是它所实现的生物心理学行为,而是言语相互作用的社会事件,是由表述及表述群来实现的。”“在与具体环境这一联系之外,言语的交往任何时候都是不可理解与说清楚的。语言的交往与其他类型的交往是密不可分的,在生产交往与它们共同的土壤上成长着。”[23]这就是超语言学,它“研究的是活的语言中超出语言学范围的那些方面(说它超出了语言学范围,是完全恰当的),而这种研究尚未形成特定的学科”。在后期的著述、笔记中，巴赫金从超语言学的角度更为深入地探讨了文本、话语、对话、表述、理解、解释的问题。在这一出发点上，巴赫金完全显示了自身的独特性。

巴赫金设定过存在是两个人的存在，接着他从交往与语言的角度，来论证人的存在。“人的存在本身（外部的和内部的存在）就是最深刻的交际。存在就意味着交际……存在意味着为他人而存在，再通过他人为自己而存在。”交往自然是两人或两人以上的关系，这是人的存在的真实形态。“我离不开他人，离开他人我不成其为我；我应先在自己身上找到自己，再在他人身上发现自己（即在相互的反映中，在相互的接受中）。证明不可能自我证明，承认不可能自我承认。我的名字是我从别人那里获得的，它是为他人才存在的。”但是这种人的存在是通过话语、对话而被揭示的，实际上话语、对话就是人的存在的根本形式。人类生活本身具有对话的本质，“生活就其本质是对话的。生活意味着参与对话：提问、聆听、应答、赞同等等。人是整个地以其全部生活参与到这一对话之中，包括眼睛、嘴巴、双手、心灵、整个躯体、行为”[24]。巴赫金在这里说得十分深刻，渗透着一种真诚的自我感受。语言的生命深深地依附于交往与对话，语言只能存在于使用者之间的交往与对话中。“语言的整个生命，不论是在哪一个使用领域里（日常生活、公事交往、科学、文艺等等），无不渗透着对话关系。”[25]实际上，我们完全有理由把它当作巴赫金式的语言本体论来看待。

从30年代末开始到70年代，巴赫金在其论著里不断提出理解的问题。巴赫金关于理解的思想主要是针对人文科学而说的，他把理解视为人文科学方法论的基本问题，并将对话精神贯穿其中。巴赫金认为，理解就是力求使自己的言语为他人理解，理解就是进入对话。我们在前面提及，巴赫金认为自然科学不知道“你”，它要求的是因果性的解释，它难以对话，如果进行对话，结论就无法做出来了。在人文科学中，如果使用解说与释义的方法，那么它们主要被用来揭示可以重复的东西，已经熟悉的东西，这时说者的独特个性往往荡然无存，“一切可重复的已认出来的东西，完全消融在理解者一人的意识里，并为这一意识所同化；因为理解者在他人意识中所能见到、理解到的，只是自己的意识。他没有任何东西可以丰富自己。他在他人身上只能认出自己”[26]。这一点说的十分实在。但是人文科学却必须对着“你”说话。巴赫金说，人文思想的诞生，总是作为他人思想、他人意志、他人态度、他人话语、他人符号的思想相互关系的结果，所以人文思想是指向他人思想、他人涵义、他人意义的，它们只能体现于文本中而呈现给研究者。不管研究的目的如何，出发点只能是文本。这样，“文本是这些学科和这一思维作为唯一出发点的直接现实（思想的和感情的现实）。没有文本也就没有了研究和思维的对象”。“我们所关注的是表现为话语的文本问题，这是相应的人文科学——首先是语言学、语文学、文艺学等的第一性实体。”巴赫金以为，人总是在表现自己，亦即说话，创造文本。文本所表现的人文思维是双重主体性的，“文本的生活事件，即它真正的本质，总是在两个意识、两个主体的交界线上展开”。人文思维中不可避免要出现的认识和评价，也总是表现为两个主体、两个意识。“这是两个文本的交锋，一个是现成的文本，另一个是创作出来的应答性的文本，因而也是两个主体、两个作者的交锋。”[27]

这样，理解文本就是在对话中理解文本，这种文本的理解，是与其他文本相互对照，所以一开始就具有两个意识，而解释只具一个意识。作为两个意识对话的理解，就赋予了理解以“应答性”。但是，文本与意识，并不是任意的结构，而是在具体的“统觉背景”即具体的境遇中生成的。而且理解是在历史性中展开的。他引用德国学者的话说，人文学科是一种历史的学科。“历史在我们的理解中，首先是时间进程的不可逆转、命运的一次性、一切境遇的不可重复性。第二，我们理解的历史性，是知道事情的确如此，即意识到生活是自己的一次性命运。”[28]

巴赫金认为，那种活生生的言语、活生生的表述中的任何理解，都带有积极应答的性质，虽然这里的积极的程度是千差万别的，但任何理解都孕育着回答，也必定以某种形式产生回答。这种积极的应答式的理解，使理解者成为对话的参与者。理解者的回应，可以表现在行动中，也可以是一种延迟式的应答，即非直接的那种经过了时间的跨度而发生的应答。在这种背景下，理解不是同义反复，不是照搬，不是重复说者，不是复制说者，“理解者要建立自己的想法、自己的内容；无论说话者还是理解者，各自都留在自己的世界中；话语仅仅表现出目标，显露锥体的顶尖”。理解不是追求一个意识，消解他人意识，归结为一个意识，变成一统的意识。理解也不是移情，使自己融入他人之中，把他人语言译成自己的语言，从而把自己放到他人位置之上，丧失自己的位置。

在对话中，“说话者和理解者又绝非只留在各自的世界中，相反，他们相逢于新的第三世界，交际的世界里，相互交谈，进入积极的对话关系”[29]。这里强调的是，对话不仅仅是保留各自意见，或是同意性的复合，对对方各自有所理解，或是通过直观现实，进行补充，而且还应进入新的世界。所以理解是一种富于创造性的对话与应答，理解就是创新，这是更高层次意义上的理解了。“理解本身作为一个对话因素，进入到对话体系中，并且要给对话体系的总体涵义带来某些变化。理解者不可避免地要成为对话中的第三者……而这个第三者的对话立场是一种完全特殊的立场。”[30]这个第三者是什么呢？他就是“超受话人”未来的理解者，我们在后面还要谈及。理解就是创造，那些“深刻有力的作品，多半是无意识而又多涵义的创作。作品在理解中获得意义的充实，显示出多种的涵义。于是，理解能充实文本，因为理解是能动的，带有创造的性质。创造性理解在继续创造，从而丰富了人类的艺术瑰宝。理解者参与共同的创造……与某种伟大的东西相会，而这种伟大东西决定着什么、赋予某种义务、施以某种约束——这是理解的最高境界”。而且，这是一个无限的过程，连续不断的过程，因为“理解者和应答者的意识，是不可穷尽的，因为这一意义中存在着无可计数的回答、语言、代码”[31]。这是我们应该真正追求的最高意义的理解即新的创造。

理解者不可避免地要成为第三者——超受话人，这实际上表达的是接受美学的观点，虽然巴赫金自己并未这样标榜。作品的任何表述总是在寻找读者，即第二者。但从长远时间来说，还有一个隐蔽的第三者，即持续不断涌现的、未来的读者。“除了这个受话人（第二者）之外，表述作者在不同程度上自觉地预知存在着最高的‘超受话人’（第三者）；这第三者的绝对公正的应答性理解，预料在玄想莫测的远方，或者在遥远的历史时间中。（留有后路的受话人）在不同时代和不同世界观条件下，这个超受话人及其绝对正确的应答性理解，会采取不同的具体的意识形态来加以表现（如上帝、绝对真理、人类良心的公正审判、人民、历史的裁判、科学等等）。”一般来说，作者都不会把自己的作品交给近期的读者，由他们来进行裁判，而总是希望着一种最高层次的应答性理解。“在一场对话发生的背景上，都好像有个隐约存在的第三者，高踞于所有对话参与者（伙伴）之上而作着应答性的理解。”[32]巴赫金的这一接受美学思想，其实在20年代的论著中就初露端倪。

巴赫金在《生活话语与艺术话语》（1926年）一文中，提出了“审美交往”以及审美交往中作者、作品与读者的问题。他当时认为，在艺术理论中存在两个错误观点，即艺术研究只局限于作品本身，创作者和观赏者被排斥于研究的视野之外。另一种观点正好相反，重点放在创作者与观赏者的心理方面，两者的心理感受决定艺术。巴赫金的观点是，艺术包容着三个方面。“艺术是创作者和观赏者关系固定在作品中的一种特殊形式。”他认为艺术作品只有在创作者和观赏者相互作用的过程中，作为这一事件的本质因素，才能获得艺术性。在形式主义主张的艺术作品材料中，那些不能把创作者和观赏者引入审美交往的东西，不能成为交往的中介，都不能获得艺术意义。“审美交往的特点就在于：它完全凭艺术品的创造，凭观赏中的再创造，而得以完成，而不要求其他的客体化。”[33]这种审美交往，参与社会生活之流，而与其他交往形式发生有力的相互作用与交换。巴赫金的这一观点，触及了接受美学的重要特征，他的这些文字有如写于今天一般。“长远时间”是其后来从另一个方面所做的论述。

伟大的作品何以会长久地发生作用，打破自己时代的界限，进入世世代代的长远时间之中，而且还在不断扩大自己的意义？原因在于，它们与自己的过去与现在，有着广泛而深刻的联系，这是精神的联系，它们反映了人的精神的曲折的成长过程，反映了他们在道德的、伦理的、人性的、政治的、社会的、制度的探索中所产生的挫折、失败、痛苦与成功的感悟与体验。它们植根于过去，深入当今的时代，所以也必然地面向着未来，使其在后来获得生命，它们叙述的是今天具体的人的生存与命运，但却获得人类的意义。它们所提出的话题与包容的涵义，可以使未来的读者产生同感而获得接着说的可能，并去丰富它们。过去那些伟大的作家的作品，同时代人给了它们很高的评价，但是今天读者对他们的评价，则是他们所估计不到的了，何故？时代使然。新的时代的读者，根据它们原有的、与新时代共通的涵义，一面予以发扬，一面给以新的阐述与丰富。巴赫金指出，涵义现象可能以隐蔽的方法潜藏着，同时也可以在后世有利于文化内涵的语境中得到揭示。“文学作品首先须在它问世那一时代的文化统一体（有区分的统一体）中揭示出来。但也不能把它封闭在这个时代之中，因为充分揭示它只有在长远时间里。”[34]自然，长远时间只是提供了可能与环境，而真正的揭示者，无疑是读者，只有读者才能去丰富作品的涵义、充实作品的涵义，而且这个过程是在长远时间里不断展开的。

主人公与欣赏者的关系，是巴赫金早期研究中的一个重要方面，其中对移情问题的论述，是很有特点的。显然，他不赞同德国学者提出的移情说，他使用的是审美活动中的“外位说”。他说在平常生活中，我在观察他人时，总能见到他自身所见不到的东西，要消灭这些差别，唯一的办法就是使两人变成一人，这显然是办不到的。所以我能见到他自身所见不到的东西，主要在于我处于“唯有我一个人处于这一位置上，所有他人全在我的身外”的位置。这就是唯一之我的具体外位性，和由于外位性所决定的我多于任何他人之“超视”。人的内心感受，要么从“自己眼中之我”出发，要么从“我眼中之他人出发”，即要么作为我的感受，要么作为唯一之他人出发。审美观照和伦理行为，都具有这种具体而唯一的位置，而超视则赋予了我以能动性，在他人看不到的地方，充实了他人。审美移情则要求我渗入到他人中去，与之融合在一起，但这并没有使人达到审美目的。主要在于如果移情而失去外位性，我则与人物仅仅融合一致，感受、体验他人的痛苦现象而已。但是实际上，移情之后我必然要回归自我，回到自己外位于痛苦者的位置上，“只有从这一位置出发，移情的材料方能从伦理上、认识上或审美上加以把握”。所以，“审美活动真正开始，是在我们回归自身并占据了外位于痛苦者的自己位置之时，在组织并完成移情材料之时；而这种组织加工和最终完成的途径，就是用外位于他人痛苦的整个对象世界的诸因素，来充实移情所得的材料，来充实该人的痛苦感受”。以我自身为例。“用我这个范畴不可能把我外形作为包容我和完成我的一种价值来体验；只有用他人这一范畴才能这样来体验。必须把自己纳入他人这一范畴，才能看到自己是整个绘声绘色的外部世界的一个部分。”

巴赫金在批评表现主义的时候，使用了游戏的例子，是很有意思的。游戏本身不同于艺术，它不存在观众和作者。游戏者也不要求场外观众，所以不能构成事件。但是游戏如果要接近艺术，则要求有一个无涉利害关系的场外观众的加入，给以观照、欣赏，从而参与其中，把游戏视为一种审美事件，使原本是没有意义的活动，充实了新的因素。游戏者变成主人公，而观赏者成了观众，从而使游戏变为萌芽状态的艺术。

再拿舞蹈来说，我的为他人而设的外表，与我内心可以自我感觉到的积极性结合在一起，在舞蹈中我的内心力求外现，与外形相吻合。“在舞蹈中我参与到他人存在里，同时最大限度地在存在中展现形态。在我身上翩翩起舞的是我的实体（从外部给以肯定的价值），是他人眼中所见之我（софийность），是我身上的他人之舞。”[35]这些观点后来贯穿于巴赫金的整个语言哲学、文艺学和文化探索之中。如在论说作者与主人公的关系时，作者的立场是一种“外位的立场”。“整体的统一和整体的完成（思想上和其他方面），都得自这种统摄一切的外位立场。”

巴赫金还将“外位性”运用于文化研究之中，提出了理解者的外位性

而显得别具一格。这一问题的提出,和文化与文化之间的相互理解有关。他认为有一种错误观念,以为在更好地理解别人的文化时,似乎应该使自己融入其中,用别人的眼光来理解他人文化。这当然是需要的,也是理解所不可缺少的一个因素。然而如果这样就算是理解的全部过程,那不过是一种没有新意的重复、复制而已。

理解他人的文化,在于丰富、更新自己的文化。"创造性的理解不排斥自身,不排斥自己在时间中占的位置,不摒弃自己的文化,也不忘记任何东西。理解者针对他想创造性地加以理解的东西而保持外位性,时间上、空间上、文化上的外位性,对理解来说是件了不起的事……外位性是理解的最强大的推动力。"这里提出,在文化交往中,我要投入他人文化,用他者眼光审视、理解他者文化,这是十分必要的。但我又应处于他者文化的外位,用我的眼光去理解他者文化。我所见到的他者文化,从外位的角度看,可以见到他者自身所见不到的部分,我所提出的问题,也是他者难以发现的,反之亦然。双方对于对方提出的问题,都是双方自身不易觉察到的问题,于是在这种交往中,就进入了真正意义上创造性的对话,在对话中相互提问、诘难、丰富与充实。所以别人的文化只有在他人文化的视角中得到充分的揭示。不同文化在对话的交锋中,"保持着自己的统一性和开放的完整性。然而它们却相互得到了丰富和充实"[36]。这也就是他在著述中不断论及的他者、他性问题。

与巴赫金的诠释学思想比较接近一些的,大概是较巴赫金稍后一些的哈贝马斯的批判哲学或批判诠释学思想了。哈贝马斯的思想十分庞杂,他对狄尔泰、海德格尔、伽达默尔等人的诠释学思想都有批判,对于他的理论的种种来龙去脉,我们不拟在这里细究,这里只就他的思想的某些方面来谈。哈贝马斯用交往行为来解释社会的发展动力,企图重建历史唯物主义。他以为交往行为是可以达到人与人的相互理解的,要达到理解,就要通过对话。他把交往与理解建立在一种语言学的基础之上,即在70年代中期提出的"普遍语用学"的基础之上。他说:"普遍语用学的任务是确定并重建关于可能理解的普遍条件(在其他场合也被称之为'交往的一般假设前提'),而我更喜欢用'交往行为的一般假设前提'这个说法,因为我把以达到理解为目的的行为看作是最根本的东西。"[37]这个普遍语用学与一般的语言学的不同在什么地方呢?它和巴赫金的超语言学有同工异曲之妙,即不是从一般语言学,而是突出语言的交往特性这一方面,从言语出发,建立理解的可能性。"我坚持这样的论点:不仅语言,而且言语——即在话语中对句子的使用——也是可以进行规范分析的。正如语言的要素单位（句子）一样，言语的要素单位（话语）能够在某种重建性科学方法论态度中加以分析。”[38]交往的话语导向对话，对话导向对话双方的主体间性的出现，而产生理解与普遍认同。但是对话真要达到理解，必须考虑这中间的要求，这就是哈贝马斯提出的对话双方必须要使话语具有交往性规则资质，即在话语中恰当使用语句的条件而付诸实施，因此要具有话语的真实性、真诚性与正确性。

在巴赫金与哈贝马斯的理论中，既有同一，又有差异。两人的交往对话理论实际上都具有道德伦理色彩，但趋向不尽相同。如前所说，巴赫金的伦理观强调人的“应分”、“责任”，强调人的各自独立、自有价值的自由之人、人与人的平等对话与权利，表现了高度的人文精神。哈贝马斯的以理性见长的批判哲学，其道德伦理色彩也是十分强烈的。他在80、90年代撰有专著《道德意识与交往行为》、《对话伦理学解说》等。他的《什么是普遍语用学》，显然着力于实际生活的语用行为的分析。哈贝马斯把在对话与理解基础上形成的交往行为，置于道德伦理规范之中，目的在于使对话者通过对话、语用的有效性手段，形成共识，承认资本主义的合法性危机，成为改造后期资本主义的策略手段。

在20世纪，跨学科的研究、综合性的研究，成了不同学科整合和新的文化发展的需要。巴赫金使纯正的文学作品的诗学研究，变成了一种卓有成效的新型的文化研究。他认为，文学是文化的组成部分，所以“不应该把文学与其他的文化割裂开来，也不应该像通常所做的那样与社会联系起来，这些因素作用于整个文化，只是通过文化并与文化一起作用于文学。”巴赫金整合的文化诗学思想，在今天是很有现实意义的。在当今的学科整合中，一些西方理论家，在消解逻各斯中心主义的时候，又模糊了文学与其他学科的界限，提倡文学哲学化、哲学文学化，并要求以文学来规范其他学科。在这一点上，哈贝马斯认为，学科综合是发展必然，但学科的分类，又有其历史的合理性，在新的情况下，不可能都变成不确定的东西，从而丧失交往的可能性。

巴赫金没有建立自己的诠释学，但是他所阐释、发挥的思想，正是诠释学的思想。他的有关陀思妥耶夫斯基、拉伯雷创作的研究，正是他的诠释学思想创造性的运用的结果，他以对话的理解贯彻他的理论探讨和对创作的研究。他确立了一种交往思想，以超语言学的理论，在陀思妥耶夫斯基的研究中，通过对欧洲文学体裁传统的深入把握与对小说本身创新的深切理解，建立了对话、复调小说的理论；他通过文化研究的方法，特别是对民间文化的强烈兴趣，找到了探讨拉伯雷的真正入口处，形成了他对拉伯雷的独特的理解，而建立了狂欢化理论，展现了被人视为千年黑暗的欧洲中世纪与文艺复兴时期的活生生的民间生活状态。

这就是巴赫金的文学诠释学的具有独创性的实践与不同凡响的实绩了。

（作者单位：中国社会科学院文学研究所）

注　释：

〔1〕 关于这点，哲学家李凯尔特、文德尔班等人都曾谈过。
〔2〕 狄尔泰：《精神科学引论》第1卷，中国城市出版社，2002年版，第27页。
〔3〕 狄尔泰：《诠释学起源》，见《理解与解释》，东方出版社，2001年版，第75页。
〔4〕 转引自里克曼：《狄尔泰》，中国社会科学出版社，1989年版，第84页。
〔5〕 狄尔泰：《历史中的意义》，中国城市出版社，2002年版，第141页。
〔6〕 转引自刘放桐等编著《新编现代西方哲学》，人民出版社，2000年版，第125页。
〔7〕 狄尔泰：《诠释学的起源》，见《理解与解释》，东方出版社，2001年版，第76页。
〔8〕 同上书，第75页。
〔9〕 狄尔泰：《历史中的意义》，中国城市出版社，2002年版，第8、24页。
〔10〕 同上书，第9页。
〔11〕 巴赫金：《马克思主义与语言哲学》，《巴赫金全集》中译第2卷，河北教育出版社，1998年版，第349页。
〔12〕 同上书，第384、370、351页。
〔13〕 巴赫金：《人文科学方法论》，《巴赫金全集》中译第4卷，河北教育出版社，1998年版，第379页。
〔14〕 巴赫金：《文本问题》，《巴赫金全集》中译第4卷，第311页。
〔15〕 巴赫金：《人文科学方法论》，《巴赫金全集》中译第4卷，第390页。
〔16〕 巴赫金：《1970年—1971年笔记》，《巴赫金全集》中译第4卷，第409—410页。
〔17〕 巴赫金：《行为哲学》，《巴赫金全集》中译第1卷，河北教育出版社，1998年版，第41页。
〔18〕 巴赫金：《行为哲学》，《巴赫金全集》中译第1卷，第45、56页。
〔19〕 海德格尔：《理解和解释》，见《理解与解释》，东方出版社，2001年，第112、113、117页。
〔20〕 伽达默尔：《真理与方法》上卷，《第二版序言》，上海译文出版社，1999年版，第6页。
〔21〕 伽达默尔：《真理与方法》下卷，上海译文出版社，1999年版，第496页。
〔22〕 尧斯：《对话的理解问题》，见《巴赫金汇编》，莫斯科迷宫出版社，1997年。

〔23〕 巴赫金:《马克思主义与语言哲学》,《巴赫金全集》中译第2卷,河北教育出版社,1998年版,第447、448页。

〔24〕 巴赫金:《关于陀思妥耶夫斯基一书的修订》,《巴赫金全集》中译第5卷,第378、379、386、387、242页。

〔25〕 巴赫金:《陀思妥耶夫斯基诗学问题》,《巴赫金全集》中译第5卷,第242页。

〔26〕 巴赫金:《1970年—1971年笔记》,《巴赫金全集》中译第4卷,第407页。

〔27〕 巴赫金:《文本问题》,《巴赫金全集》中译第4卷,第300、301、305页。

〔28〕 巴赫金:《文本问题》,《巴赫金全集》中译第4卷,第311页。巴赫金的这段话引自德国学者卡尔·瓦伊杰克尔的《物理学中的世界图画》,斯图加特,1958年版。

〔29〕 巴赫金:《〈言语体裁问题〉相关笔记存稿》,《巴赫金全集》中译第4卷,第190、191页。

〔30〕 巴赫金:《1961年笔记》,《巴赫金全集》中译第4卷,河北教育出版社,1998年,第335页。

〔31〕 巴赫金:《1970年—1971年笔记》,《巴赫金全集》中译第4卷,第406、398页。

〔32〕 巴赫金:《1961年笔记》,《巴赫金全集》中译第4卷,第335、336页。

〔33〕 巴赫金:《生活话语与艺术话语》,《巴赫金全集》中译第2卷,第82、83页。

〔34〕 巴赫金:《答〈新世界〉编辑部问》,《巴赫金全集》中译第4卷,第368页。

〔35〕 巴赫金:《审美活动中的作者与主人公》,《巴赫金全集》中译第1卷,第122、132、235页。

〔36〕 巴赫金:《答〈新世界〉编辑部问》,《巴赫金全集》中译第4卷,第370、371页。

〔37〕 哈贝马斯:《什么是普遍语用学》,《交往与社会进化》,重庆出版社,1989年版,第1页。

〔38〕 同上书,第6页。

文类的理论化——解释作品

〔美国〕彼得·赛特尔

本文旨在为作为一种阐释工具的文类(genres)的发展做出一点贡献，换句话说，文类作为一套概念和方法不但能够深入地阐释作品想要表达的意思，而且还能够解释作品产生的美学价值。文类从描写语言学的领域中抽出一些要素,但是它并不仅是指向一般意义上的语言或交际,而且还指向对文学作品的理解，因为这些文学作品是用来陈述某些特定历史背景下的人物和事件的。

我的这一方法促成了罗斯马琳(Rosmarin)在她所著的《文类的权力》(*The Power of Genre*)〔1〕一书中讲到的"推理批评"(deductive criticism)理论的完善和发展，但是非常不巧的是我最近才刚刚读到这部著作。我说"不巧"是因为我给我自己最近写的一本书起名为《文类的权力》(*The Powers of Genre*)〔2〕,事先我不并知道她这本书,也不知道她已做出这样的论证,即,"文类是批评家启发式的工具,是批评家自己选择的或者说自己定义的一种方法，他们用这种方法去说服读者用先前所有的不可解释的(inexplicable)和'文学的'完整性(literary fullness)来看文学文本,然后再把这些文学文本和那些相似的文学文本,或者更精确地说,那些得到较为类似的阐释的文学文本联系起来"(*PG*25)。她把这看作是"证明文学文本已知的或是看起来不可阐释的价值的一种方法"(*PG*50)。从这个意义上说来，文类的权力存在于它深入透析每个单部作品的能力。这也是我头脑中想到的它其中的一个力量，但是我没有简明地把它表述出来。文类的另一个力量则在于它能把形成文类的性能(generic performances)和被它形成的社会语境放在中心位置。

我需要研究这一工具的向内和向外两个方面,即,不论是从文类到个别作品,还是从一种文类到它特有的社会语境的阐释推理的支撑点,都来自于我对生活在坦桑尼亚西北部地区哈雅（Haya）的人民的口头文学作品的研究和喜爱。在那个语境中,那批认为某个特定的文学作品有着“已知的或是看起来不可阐释的价值”的人并不包括我。把文类当成一种推理的批评工具,就等于自行改善一个人的阐释能力,而不是重复地就每部作品来建造一个结构－功能推理式的人类学脚手架。但是人类学的、语言学的和历史的视角在其社会场域和语言运用的文化范围内对于理解文学文类都是至关重要的。

这种推理式的批评方法发端于以上这几个视角，并且这几个视角不断引导着这种方法的发展。一开始是几条经验法则，这些经验法则对于理解一般意义上的话语文类是有用的。这些文类包含了一些重要的特点,这是所有这些文类在某种程度上共有的特点;它们也包含了一些分类法,这些方法或多或少给那些言语文类作了分类;除此之外,还包含了一个巴赫金[3]提出的并且被威廉·F. 汉克斯(William F. Hanks)[4]系统化了的所谓的多维模型(multidimensional matrix),用以描述每个文类的不同特点。这三组一般性的表述说明了这种重要的意义发端于哪里和如何发端的,而不是作为预言或阐释的工具。

我将回答两个问题，第一个是有没有适合某种推理式批评方法的文类描述？另一个问题是怎样才能使这些方法成为真的阐释性而不仅仅是描述性的方法?根据上面提出的模式,我回答了以上两个问题。就像我所希望的那样，我们可以通过一开始就聚焦于三维模式中之一维来寻找第一个问题的答案,即,创作式的(compositional)。而通过假设三维之间所共有的变体(covariance)的关系来找到第二个问题的答案。这一围绕这些变体关系所形成的假说引导罗斯马琳提出了“文类力量”(genre-powered)的方法,即,文类通过推理从描述到阐释。我利用对哈雅人的文学文类研究的一些例子对这种推理式的阐释方法的有效性作了详细说明，因为这种方法预示了三种文类的意义和美学形式。这些预言被一些哈雅专家、批评家、口述者和观众证实之后,变成了真正的阐释。

尽管我们将要描述的批评系统是推理式的，但并不是一味还原论的。它没有把很多文学现象说成是一些外部因果关系的后果。基于一种单个文类的具体交往模式，这种文类力量的方法不但类似于用含义和形式中的规律性来形成推理式的、和文类有关的对作品的阐释,而且还把作为必要的批评发展的机会从那些类似的规律中分离出来。更进一步说，这一系统的目标是丰富性(richness),而不只是复杂性(complexity),是对那些存在于结构详细的作品中的深层的优雅文类原则的认同。当这些原则的文类力量通过一些假设的程序实现的时候，这些程序便系统地把一部作品的一维和另一维联系起来，出现的结果就是有时不被预见，但总是可以被伪造，而且它存在的形式也随时可以被创造它的人和读者来讨论。

凭经验讲，话语文类是一个集合体，它包括谚语，违章停车罚款通知单，博士学位论文，韵脚，国际法律条约，史诗，侦探小说，电视新闻，还有好莱坞西部片；它从某些方面定义、指涉或包含一个特殊的社会**世界**(a particular social *world*)，或者说一个更大社会世界的特定部分。所有的文类同样也是生存的工具，即能发挥作用的大量的交往，而且是被设计成用来交往的，比如教育，测验，开凿一条交往的通道，惩罚，或仅仅用来取悦。最后，所有的文类都是**期望的框架**(*frameworks of expectations*)[5]，是一些创造和理解的既定方法，这些方法便于人类之间的互动和意义的交流。

无疑还有其他一些普遍的特征，但是以上说的那些特征对于创建一个推理式批评方法是有用的。很明显，我故意漏掉了一个文类的特点，即文类的生物分类性(taxonomic)，也就是所有的文类都存在于彼此间的类似和对比之中。很多文类所共有的一些特征，可能，也或许不可能定义一个含义更加广泛的概念，像“文学”或“诗”(poesy)；或者说不同言语分类之间的语意对比可能会被一同用以定义一个含蓄的思想体系。[6]但是这种生物分类性模式好像本来就偏离了对个别作品的那种批评方式的目的。或许这种情况的一个例外就是，依赖于对说话人或听话人的本意，去对比生物分类性的术语，并以此来命名一部作品。在这种情况下，注意到每部作品性能或瞬间性之间的系统性的不同——在文体学方面，或是其他一些适应不同的社会语境，或者一些关于表达出来的主题的等级问题对文类的期望——都可能不但对于文类本身，而且对于具体的作品提供批评性洞见。

另一个经验的结果是，所有文类都可以分为三种。一种叫做首要的(primary)(巴赫金在他的文章《话语文类的问题》中有确切的表达)，这种形式得助于“非调解性的言语交流”(unmediated speech communion)——问候语，日常对话，私人信件；另一种叫做次要的(secondary)，这种形式得助于结构更加复杂的交往领域——史诗，小说，戏剧，散文，科学或行政报告。

第二种划分则把同样的所有文类划在两种不同的类别之内。一方面，是那些其文本的产生和交往只是发生在**更大的机构**（*larger institutions*）之内的文类，或者说只是作为这种**更大机构的实践**的一个部分——法律条文，宗教讲道，大学讲座，违章停车罚款通知单，——另一方面，则指那些存在于**机构性语境之外**（*institutional contexts*）的文类，诸如谚语和笑话，或者是创造它们自己的机构，诸如剧院和故事片。

第三种分类，是托多洛夫[7]提出的，可以用来区分**分析性**文类——那些由文学批评家和其他一些批评家所定义的、抽象的、一般意义上的种类，这些种类被用在他们自己的作品里。像史诗叙述或戏剧独白——这些都来自**历史性**文类——还有一些存在于特殊时代和地点的东西，像哈雅民间传说或伊丽莎白时代的十四行诗。这种分类，就好像其他那些根据经验得来的结论一样，都会在以下将要讨论的那种推理式分类工具的发展过程中受到质疑。

不巧的是，不同文类中的一个区别性特征，却不适合在这里做更进一步的讨论，即，书面文类和口头文类之间的区别。尽管很多迹象表明，形式、意义和语境之间的有些关系是口头和书面文类所共有的，但仍有一些明显的变形和断裂。有些暗示性的例子在讨论中被提到——所有经验的推论显然不仅应用于书面而且也应用于口头——但是系统性地处理这些差异则不在本文讨论的范围之内。

最终的启发性原则是由巴赫金提出的：每种话语文类都有它特有的达到其形式的方式，即使之变得完整的方式，用巴赫金自己的话说就是沿着三维到达终极（finalization）——文体，创作和主题。这些概念在推理式的批评中有操作上的意义，如果想对它们正确估计，我们必须站在巴赫金理解言语行为的立场上来理解它，尤其是他所认为的具体的话语（utterance）是表达的基本单位这一观点。

话语的界限是由话题的转变所界定的。说话者或作者往往总结并预见一种反应。这个想象的或实际的反应决定了对话的原则，而对话的原则使得巴赫金的想法一跃超过了描写语言学的限制，因为描写语言学的操作概念是为描写作为一个单位的句子而设计的。把焦点放在话语上实际上强调了终极起到的关键作用，这种作用从逻辑和文体上定义一个话语，就好像说话者的改变从行为上定义它一样。说话者在形式上达到了公认的完整，就像他最终的沉默，使得他的话语可以得到回答，因而构成对话的一部分。

我前面提到过,“非终极性”(unfinalizability)在巴赫金研究中由于涉及陀思妥耶夫斯基[8]小说的很多方面已经变得非常重要。在那一语境中,巴赫金外推了这个概念,从而使其超越了这一概念作为话语的决定性特点的作用,以此来回应性格(character)或个性(personality)在话语中是如何被表现的。他把说明主人公(或者现实中的人)的终极的性格化和非终极性的、总是不断变化的个性的观点加以比较,并把这种对比形成一个整体的系统。当前语境中的终极化仅仅指的是它在形成一个完整的话语时的作用。

我现在先不着急让读者们接受刚才的讨论,从方法论上强迫读者们理解每个所谓的从经验得来的结论,然后要求他们亲眼看到这些结论在哈雅文学文类中的应用,尽管这些结论的推理性潜能是通过对哈雅文学的研究而被展现和发展起来的,但我只是想尝试着把它们安排在一个更为有意思的篇章中。如果给它定一个临时位置的话,这种多少有点主观的对比恰恰强调了这些结论具有很广泛的适应性。

为了把这三组经验得来的结论结合起来,以此来发展推理式的工具,并且演示其批评的力量,我重新划分了三个部分,每个部分都由一个所谓的三合会(triad)组成。从每一组中抽出一个组成一个三合会。这种讨论的方法分别突出了文学、社会历史和文类的语言学理论化,把这三个部分突出便支持了我们所提供的批评方法的发展。

文章剩下的部分将要讨论文类作为不同世界之召唤的作用;因此,它将讨论首要文类和次要文类之间的不同,就像巴赫金早先所做的分类一样。而通过从哈雅文学中找出例子——不管是口头的还是书面的文类,也不管是叙述的还是非叙述的文类——这些分类都能引证巴赫金关于作文的思想来发现创作式文类的本质。紧接着后面的部分将讨论文类作为用在机构(institutional)和非机构(noninstitutional)的语境下的工具,以及在产生修辞力量是所起到的主题的作用。最后一部分展现了文类作为期望的框架。在这里,托多洛夫的分析性文类和历史文类受到了质疑(*F* 13-14),并且形成了文类不同维度之间的互变及功能关系的假说。这样一来,这些描写性的、由经验得来的结论就可以被用来计划阐释性的程序,这些程序对于批评洞见来说是有预言性的,或至少是能产生出更多可能性的。

一、关于文类的世界:其逻辑和构成成分

文类展现了一个社会的世界,或者说这个世界的部分景观,其中包括时间和空间的布局,因果关系和人类动机的概念,以及伦理道德和审美价值。文类是文化知识和文化可能性的一个大仓库。它们支撑着作品的创作,并且引导读者去想象和解读作品。这种关于文类世界的观点,把有着文类知识的批评家带到一个集体再现的不同方面——包括时间,空间,演员和场景的不同分类,因果关系,以及动机——给他们指出所需要的阐释。例如,这说明了,哈雅民间故事的讲述很少会发生在叙述者所处的王国之外;反过来,哈雅史诗却经常是如此。民间故事讲的是发生在一个国家内的故事,而史诗则有一个更大的范围。批评家们往往把这种区别作为他们解读作品的基础的一部分。

尽管巴赫金的首要次要文类的划分来自那些文类本身的存在语境——"非调解性的言语交流"对组织更复杂的交往领域——他立刻指出这些文类在吸收其他文类的倾向性方面和次要文类有所不同。他在自己的批评著述中对这一差异有着更为理论化的研究,因为次要文类通过吸收其他文类来建构自己的能力是对话小说和其他意识形态形式"吸收和消化"以前的话语的基础。因此这种首要和次要的区别很重要,其原因并非在于它精致地区分了言语文类的世界,而在于它指出,复杂的文类话语是有规律地通过概括(encapsulating)他物而组成的——比如,文学批评和史诗。所以,通过演示一个文本的文类的不同方面,推理式的批评系统不但能够展现一种文类话语是如何包含另一种文类话语的,而且还能展现作者的意图。

首要文类并不是指它们从来不消化其他文类。然而军训命令或火车的报站可能就从来不消化其他文类,即使相对简单的文类话语——像谚语——都会消化其他文类。哈雅人说,此类的话:"He who calls the king's relative 'bandy legged' (an insult) calls for his own departure,"会引发一个世界,在那里,原因和结果都紧随而来,其速度快得就像话语和应答那样。

一个文类作品向观众引发一个具有特色的世界,然后可能会通过包含其他世界来丰富那个世界。而包含在里面的世界则从属于整个文类作品,它用相关的特点支撑着整个文类作品的发展。这些相关的特点往往根据想要取得的效果有所不同。在某些概括中,不同主题之间的相辅相

成看起来像是在主要的位置上，尤其包括具有那个世界之特征的道德和情感价值。勒沃斯基(Lewalski)对于概括在史诗里的抒情诗做了以下的评论:“包含在史诗里的抒情诗从古至今都很常见,它们主要是一些各种各样的赞美诗,祷告文,挽歌,爱情诗和赞词。在某些史诗里,单一的抒情诗文类所占有的主导位置起到重要的主题作用。例如,《伊利亚特》里不断出现的挽歌便加剧了悲剧的格调；作品中所有人物不断发出的爱的抱怨之声音也对弥漫在《疯狂的奥兰多》中的反讽推波助澜;但丁的《地狱篇》整个没有出现任何抒情诗（这一点与其他部分的连续不断的赞美诗体形成了鲜明的对比)实际上对犯罪意识的本质作出了评论。”[9]

一部作品可能会在概括了的文类中来探讨时间、空间、因果关系和积极性的逻辑，以此来完善它的形式。哈雅歌集《卡齐文尼亚佳》(*Kachwenyanja*)(*PSG*90－125)在好几次关键的时刻,运用了一个士兵抒情式的自我赞美形式来加强和丰满故事情节的逻辑，这种抒情诗的文类特征是时间上的连续——像这种自我赞美应该发生在皇家贵族的士兵奔赴战场之前,然后再在战争胜利之后以一种修改了的方式重复,以此来获得皇家的奖赏。男主人公在字面上看来是失败了，而女主人公则在寓意上胜利了。当一种文类概括了它自己的逻辑形式时，一个特殊的世界逻辑互动作用的例子便发生了。就像哈姆雷特的戏中戏，或尤利西斯自己咏唱特洛伊战争失败的后果。

在文类叙述的世界,时间、空间、因果关系和动机的富有特色的布局,决定了故事情节——连接起描述事件的逻辑。巴赫金把这种言语文类叫做创作维度(compositional dimension)(尽管在小说作者的文类语境下,他突出情节的时间成分,他把它叫做“时空结构”[10])。一个叙述性的话语最终在一个形式很好的故事情节里,在创作维度这一方面达到了完整化,这个故事情节有这样的特点:它包含插曲,次要情节和结局。这种文类叙述的创作逻辑使得作者和读者把再现事件之间的联系变得合理化了。由情节连接所描述出来的事件在故事中变成了片断。像谚语和违章停车罚款通知单这种非叙述性文类，也可以在一个有特色的文类世界内达到创作的完成,但它们的逻辑是非线性的,因为它们是由相互关联的介词而不是一个个片断组成的。在观察了叙述创作完成后的一些例子后，我们便再度返回谚语。

下面我就简单描述一下五个叙述文类中的创作完整化过程——四个只是口头的,两个是有书面文本的。他们是用来说明创作这个概念的。在以后的讨论中，我们也将会再次提到哈雅文类来说明主题和文体的完整化。

弗拉基米尔·普洛普(Vladimir Propp)对俄罗斯民间故事[11]的研究准确地记录了俄罗斯的一种民间故事的创作维度——一种可能包含一连23个片断的故事，其中有一种是一位有魔法的赠与者传给故事的主人公一个工具；后者因此就用他得到的东西来惩恶扬善，帮助那些穷人，故事也就从此而开始。普洛普的分析和研究结果仅仅描述了有魔法的赠与者的故事，这种故事只是俄罗斯民间故事的一个分支，它早已被其收集者阿凡纳西耶夫认为是一种单独的文类。他在他的俄罗斯民间传统故事集里早已把它们按顺序排好了。普洛普从中得出他的分析汇编。尽管普洛普并不认为他的汇编是创作型的，但他按照在整个故事情节里的作用来划分故事片断，并且分析了每个片断之间的关系，这种做法事实上已经证明他其实是在做一种文类的创作式描写。

哈雅民间故事的叙述者[12]很有特色地通过一个包含五个片断的故事情节来实现创作式的完成。这五个片断被巧妙地放置在一个社会风景里，就像一套同心圆围绕一个烹饪的壁炉，在壁炉周围，人们讲故事，而壁炉则不断地向外散发出热气，通过工作的地方，到达野外。第一个片断的类型是开场的情景，这是介绍人物，他们的社会关系，还有背景。这些互动在第二个片断的类型中在内外产生出一种文类的特定“错位”：有东西在外面，而且必须越过各种各样的界限被带进来；还有一些东西在里面，必须被带出去；一些具有威胁性的东西在外面，必须阻止它们进来，如此等等。在“尝试性的调解”这类片断中，有关的界限是所描写的事件发生的场所，在这里一系列的主人公试图穿越界限，但都失败了；或者唯一的主人公一次次地尝试，但却一次次地失败，或者他在失败后其他人再尝试。最终，在“成功的调解”这个片断中，界限被成功地超越了，情节被解决了。接着可能是“奖励”，可能是“惩罚”。

哈雅叙述者通过把几个情节系列结合或者堆积在一起以此走向故事的结局，从而使得创作型的民间故事更加复杂了。一个简单的例子就是，一个被困在袋子里的年轻姑娘，被一只豹逼迫着歌唱。当这只豹把她从一个地方带到另一个地方时，她用一种豹听不懂的比喻式语言歌唱。这样她便把她的意思传达给在乡间农田里耕作的妇女们。她们听懂了她的歌，便把豹子引到一间房子里，骗过它，然后救出了姑娘。越过界限的动作小心谨慎——袋子，村庄，家庭和歌唱的寓言性语言——在一同运作。

叙述者通过把一个五部分的系列包含在另一个里面来详细阐述哈雅民间故事，包含了这些部分之后便使得单一的功能在一个更大的故事情节中得以完成。普洛普也在俄罗斯民间故事中提到相同的创作式布局。例如，在上面提到的哈雅民间故事里，那个年轻的姑娘成了豹的俘虏，因为她一开始上了村里同龄姑娘玩的把戏的当。这个把戏的内容是，她们把笔直的手杖（在这里不过是孩子的玩具）从森林里拿出来，其中一个人的眼睛是闭着的。她的伙伴们因为睁着眼睛而顺利地穿越了森林的界限，但是因为遵守一开始说好的规则，这个姑娘没有能顺利地走出森林，因此她便受到惩罚，被同伴抛弃，最后被豹子逮住。这一包含五个部分的系列实现了在更大的故事情节里错位的作用。同样，在其他许多类似的民间故事里，叙述者通过增加被穿越的界限，然后把它们安排在等级重叠和复杂的系列中，用一个简单的故事情节形式创造出很多情节复杂的故事。

哈雅史诗歌谣是歌唱的叙述体，由几百到一千多个非格律诗“行”组成。我已经分析过的八部歌谣，包括它们的各种不同版本（*PSG*88-89），已经达到了八个片断类型的结构上的完整性：1）**资格**，介绍、选择合格的主人公；2）**信号**，主人公根据一种特殊的道德语码采取某种行动；3）**准备**，主人公为他的挑战做准备；4）**旅行**，吟游诗人经常把主人公的旅程和实际上的地标联系起来；5）**不能兑现的承诺**；6）**揭露或发现**，一个新的人物或者信息出现；7）**能兑现的承诺**；8）**评论**，进一步说明或修饰前面出现的主要冲突的解决。除了一个篇幅相对短的歌谣外，其他所有歌谣的情节都把一个包括八个片断的系列概括到另一个里面来实现其某个功能的完成，因此这些情节本身也变得更加复杂了。这种复杂详尽可以错综曲折，往往有几个平行交织在一起的系列，在一个主要情节里，形成了唯一一个功能；或者彼此几个层次绞合在一起。这些片断发生在一个长达数百英里的范围内，这个范围通过许多由自己命名的地标而熟悉的路线，跨越了语言和政治的界限。

如同普洛普对传奇故事的研究和巴赫金对中世纪小说的研究，托多洛夫对荒诞故事和侦探小说的研究也同样描述了文类情节的形式，但是没有把它定义为创作式。根据托多洛夫的分析（*F*），所有荒诞小说都包含关键的故事情节，在这个故事情节里，被视为叙述者的主人公不能在有多个解释的暧昧事件中作出选择——它们真的只是在一个充满日常因果关系的世界里的不寻常巧合，还是意味着一些超自然力量的干预？读者可以看到这个两分法发生在两个互相交替的世界之间，或者发生在再现出的事件交替的因果关系逻辑之间。这两者都是创作方面的概念化：但究竟哪一个是在故事情节中真正联系事件发生的逻辑的呢?

托多洛夫认为侦探小说[13]的结构特点是两个相互有联系的情节：一个是案发的情节，另一个是罪犯被发现的情节。小说的创作实际上就是这两个情节之间的关系。托多洛夫对侦探小说和荒诞小说特征的概括，可以被看作是对民间故事的线性情节的激进的详尽阐述过程。在侦探小说中，一个情节附属于另一个情节，不像民间故事那样，是通过堆积或概括，而是作为找寻的事物来刺激、确定主要情节的发展。而荒诞小说文类则通过促进或中止选择有对立因果逻辑的不同世界，使文类的创作方面得以主题化。

谚语和叙述体不同：从逻辑上来说，它们是非线性的，而且它们通常更多的是说话者与听话者之间的谈话交流。它们实现创作完成的途径恰恰反映了这两个条件。

谚语通过使在一个谚语中的情况和另一个正在讨论的情况相类似而产生功能，后面这种情况要确认一个行为，而排斥另一个行为（*PSG* 35-48）。“一针及时省九针”(A stitch in time saves nine.)，我对一个犹豫着不去看医生的朋友说，“马上就去”。这和其他很多谚语在创作结构上的完整都是依靠想象两个在逻辑上平行、命题上对立的事件。逻辑上的对立有很多种情况。从言语－文类的角度来说，当一个人说：“一针及时省九针”时，能听懂这句话的听话者会想到一个相对的命题，即，“如果不及时补上一针，就不能省九针(If you don't take a stitch in time, you won't save nine.)。”当使用这个谚语的比喻义时，创作的完整性就能产生一个主题对比，这个主题对比能表达出想要表达的意思。像这种通过假想一个相对的命题来实现创作完整性的另一个简单例子是哈雅文学中一个警告拒绝听从忠告的故事，“谁不听劝告谁就坐泥船走（He who won't be warned set out in a clay canoe)”(当然泥船会解体和下沉；听从劝告的人当然就不会坐泥船)。

在谚语世界里的因果关系是直接的，或至少立刻能被看懂。当组成这个世界的意义和价值——人，行为，事情——出现的时候，和叙述不一样。它们也是立刻就能被知道的。

很明显，谚语说明了一般意义上的谚语文类结构完整的几个特性。第一，它是通过听话者对说话者的反应来实现的。这种情况在叙述里也是有的，在一个叙述里，每个必须的片断都要被说出来：听话者可以认出片断的类型,把它们和一种相关的文类逻辑联系起来,然后对说话人作出反应。第二,在创作的完整性和主题之间有一个必不可少的关系。谚语说明了这一假说,即,**创作结构的完整在逻辑期待的地方说明主要的主题,以此最大限度地实现想要的事件的结果和效果**(*compositional finalization articulates principal themes in logically expected places to maximize the effect and the efficiency of performance*)。在谚语中,逻辑平行但又对立的命题是在谚语语言实现了创作结构的完整时出现的,并由此产生了谚语的主题对照。

叙述也有同样的假说:一个叙述话语的主要主题是通过文类广泛的创作特点表达出来的。特别是由那些对文类特殊性非常关键的片断类型表达的。这些就是在哈雅文学中的"尝试性的调解"和史诗歌谣中的"号召"。非哈雅文类也有关键的片断类型:在俄罗斯传奇故事中的"有魔法的赠与者"(magical donor)系列;荒诞小说中的暧昧的因果关系片断,还有侦探小说中谋杀情节被部分揭露的重叠片断。这种推理式的批评方法可能会预言,在那些文类作品的关键片断里,存在着一个文类变化表,这个表格里的叙述成分会产生语义对比,并且能表达出作品的主要主题。

通过描述哈雅谚语是怎样实现创作结构完整的,并且通过说明实现结构完整性的非叙述方法,我们完成了推理批评方法的第一部分。(违章停车罚款通知单上留有空白的地方,或者填满、作上标记来说明违章的性质和罚款的金额,或者类似的情况可能会和我们以上讨论的有所不同,当然没有这么有意思)。通过说明我们的第一个启发式假说:**创作结构的完整在逻辑期待的地方说明了主要的主题,并最大限度地实现了想要的事件的结果和效果**,谚语还标志着真正的推理式、阐释性批评方法的初级阶段的开始。

二、有关文类工具和主题的效用

另外三个由经验得来的结论:所有的言语文类都是社会生活的工具。人们利用它们在各有特点的文类语境中从事各种工作,这些语境要么受更大实体性的实践的约束,要么不受约束。[14]在这些语境中起到作用的文类界面——我们称之为文类社会工具的切边——是主题。这个部分就用这些经验的结论来发展、并开始运用文类的推理和阐释的力量,尤其要通过描述文类如何实现各有特点的创作结构的完整性，来发展并运用这种力量。为了能适应这种从描述到推理的分析模式的转变，他们需要先解释一下主题、意义和语境。

主题指的是一个话语中的两种内容：一个是说明了的，一个是推断的。就第一个意思来说，主题是一个话语的公开话题：要说的问题说明白，要讲的故事讲明白，要表明的态度表达清楚。如果是公开的意思，那么一部好莱坞西部片的主题就包括西部风景的写照、马匹、在逃的犯人、县治安官以及描写他们之间交往时的事件。

第二种，暗含的或要解读的主题，指的是电影中描写的事件体现的方式，或者是形成的道德知识和道德价值。在谚语中可以非常清晰地看到这两种主题。"物以类聚"(Birds of a feather flock together)包含的字面意思就说明了鸟类社会行为的一个事实；暗含的意思是关于有组织的犯罪。这个谚语可用来贬低一个人的品性，或者警告听话者远离那些品性方面值得怀疑的人群。从这个意义上来说，就像在片中演出并且被设想生活在美国20世纪末社会主要群体中的人们所理解的那样，一部好莱坞西部片的含义是关于每个人的正义感和责任心的。在现实中，主题几乎总是被用来暗含道德知识。

巴赫金对主题和意义作了一个非常有用的区别。[15]意义只是在特定的社会语境中才出现，通过把一个话语的主题应用到语境的各个方面，使意义在听话者的头脑中(同样也在说话者的头脑中)形成。巴赫金的例子是一种标准的询问："现在几点了？(What time is it?)"依据参与说话的人有着共识的可能语境，这个问题有各种不同的意义。这里面可以包含，对时间的各种不同说法(中午12:15分，午饭时间，下班时间)，这个时间立刻要做的事情(到该走的时间，到不该再继续浪费时间的时候)，在更广泛的历史语境下，意识形态的某一时刻（在人权运动语境下的"民族时间"）。

以上的例子说明，文类话语中的主题在两种语境中产生意义：一种是行为的直接语境，另一种是一个更广泛的历史语境。这两种语境通过它们之间的社会形式相互联系起来，这种社会形式产生有特色的、以文类作工具的情景。

理解文类话语中的意义的另一种方式是同时考虑到主题的完整性。在话语的层次上，主题的完整性是通过当一个主题或一组主题都表达出来之后才实现的。对于谚语和其他文类来讲，听话者可能必须得提供一些在这一层次上的无声的内容来创造这种完整性（*LCP*244）。当一个话语在上下文的层次上实现了主题的完整性，那么意义也就在这个系统中出现了。听话者能理解在话语中表达出来的话题和价值是怎样在它们身上实现的。如果这个主题完整性没有发生，听众就会错过重要的内容。通过参照和评价历史环境的特点，在这个更广阔的历史语境层次上，主题完整性同样会实现，并且产生意义。

言语文类在社会中是通过说话者表达主题和产生意义而起作用的。肯定地说，这种情况也有例外——只有文类本身，而不是文类产生的意义在社会中起作用。这些情况包括，使用一些崇拜者听不懂的传教士般的语言，用一种特殊的方言对一些不知底细的病人说一些魔法咒语，还包括一些问候语和道别时说的话。总的来说，人们通过来自使主题完整的修辞的力量，用言语文类来实现一些不断进行着的社会使命。

那些实现了文类完整化——这些文类是在实体背景里表现的——的暗含的和说明了的主题，往往表达一些工具的和道德的知识来支持实体的实践。像这种文类则可能会通过诸如法庭宣誓、交换誓言这样的言语行为来实现，或者会产生一些帮助实体实践的信息，像忏悔，违章停车罚款通知单，备忘录，医疗和讲座。或者它们会有策略地指引它们的修辞力量来针对机构性政策的实行，诸如布道、政治言论或法庭上的公开辩论等。

不受机构约束的文类，尽管也能服务于法律程序和结婚谈判，但有些是对话式的，像谚语。在一个现代场景中，不受约束的文类可以自己产生一些自己的实体场景，像小说，故事片，剧院，流行音乐，和其他一些大众传播的形式。既然处于一个互相协作的实体结构之中，那么这些文类便表达了范围广泛的道德和审美主题。很多这些主题都有策略地和一些道德文类形式相联系，这些道德文类形式传达着、并通过主导机构性的实践而不断地发展。但是这些文类在策略上的支持(或反对)则倾向于不像文类那样仅仅被集中在很窄的实体范围内。

电视文类是说明主题和实体语境之间关系的很有趣的例子。处在一个家庭中的社会空间之内，文类受到工业生产的约束而不能说出“家庭的价值”，至少在一天中的几个小时之内是如此。在其他时间（当孩子们睡着的时候），这种机构性的语境发生了变化，从而允许说出更多一些道德和审美价值。

哈雅民间故事特别要在炉火边上讲述，即，在父权家庭的中心位置，然而曾经在皇家大厅和婚礼表演中听到的史诗歌谣，现在也主要只能在公共吧间里听到了。机构性实践赋予了这些有特色的表演场景一些道德的修饰，而这些道德修饰则决定着表演者的修辞力量能否正常发挥作用。

在此我们应该强调，被这种或那种文类表达出来的主题不是机构性道德价值的"反映"(reflections)。具有审美功能的作品不能被还原为更大的机构性道德规范的简单符号而再现。它们是一些明确的话语实践产生的修辞力量的工具。叙述行为在机构性实践道德规范的有策略的支持下(或者有时是对立的)产生这种修辞力量，而这种道德规范的力量则渗透到它的叙述表演的语境中。[16]为了认清完整化之后能产生修辞力量的主题，为了理解它们为什么能重复产生修辞力量，我们将轻松地，并且带有审美价值，又返回到我们的推理式批评实践上。

在哈雅民间传说中，尝试性的调解片断类型对部分完整化的文类逻辑的向心性使它成为主题完整化的关键所在。这种判断是对第一个假说(在上面已经用谚语说明过了)的应用，即，**结构上的完整在逻辑期待的地方说明主要的主题，来最大限度地实现想要的事件的结果和效果**(*compositional finalization articulates principal themes in logically expected places to maximize the effect and the efficiency of performance*)。这种片断类型变得对解读文类中所有的文本都具有启发性。正是在主要情节中的片断类型促使了叙述的不断进行。它表达出用意义(significance)来规范行为的主题。因此，发生在(堆积的或嵌入的)从属情节系列的这种片断类型，表达出了完善和丰富那些表现在主要情节中的关键片断类型的主题。

现在我们把**尝试性的调解**作为一个场所通过语义对比主题的表达，给在所有文类故事中都有描述的行为构建了一个范式(paradigm)。这个范式包含文化疆界、中介者(agents)、控制模式(modes of control)和抵抗，最重要的还包括动机。单个故事的阐释和解读是通过这个起源于文类的元语言形成的。这些以文类为主的阅读是和哈雅叙述者和听众放在一起讨论、测验和证实的。这些故事和它们的阐释，从家庭炉火、表演的典型场地和在父系氏族(partrilineal clan)生活的社会领域中心点的角度来看，一起形成了行为的社会心理学。

有这种文类特点的、以推理为起源和通过对话证明的主题强调了内/外之界限、强迫力(forces)、语态(modes)和与穿越界限相联系的原因。这就是父系氏族家庭的道德世界，传统上被认为并被建构成一些同心圆,中心是火炉和野外,或者,对女人来说,嫁给另一个处在同心圆外环上的这种类似的家庭。内/外是原则,涉及到生活在同一个圈子里的其他人,这个原则用来考虑确定某个人的权利和义务。在这个系统里,一个人对另一个人的道德的问询可以这样来表达:另一个人在“里面”多远(How far “inside” is the other)?在家庭里面?在当地的父系里面?在氏族里面?在由与另外一个人的婚姻组成的社会关系网里面?

这种内/外对于文类的创作维和主题维的向心性暗示,父系氏族的机构性实践形成了这种广泛的历史语境,在这个语境里,叙述者使用其修辞力量。父系氏族则按照他们的传统安排他们的婚姻,分配世袭的土地。为了保持他们在社会团体中的社会关系,他们还有很多法律的和仪式的程序,包括死去的和生活在另一个世界的另一些居民。关键的构成成分表达了文类的主要主题,并且指向道德的和机构的语境,在这些语境中,讲故事的人给她的听众讲故事。在这个分析过程中,也同样在接下来的分析中,批评的活动(critical move)是从归纳地描述一组文本的文类结构的完成到推理式地在单个文本上使用这种描述的转变。

以上的分析适用于很多哈雅民间传说:作为一个种类,指那些至少有一个人类主人公的传说。但是这种分析不适用于所有的哈雅故事(回想一下普洛普的分析就没有适用于所有的俄罗斯民间故事)。在这个批评过程中,其他一些没有被包括进来,尽管它们可以同样用文类这个概念来命名,用哈雅语来说,叫 engano。作为一个群体,那些被排除的故事的主人公都是动物。它们的情节形式看起来和很多非洲动物寓言很像,而且已被海林(Haring)认定和描述过了,它们有两个有特点的片断类型,成为好朋友(friendship made)和不再是好朋友(friendship broken)。[17]

我假设这些故事中所鼓吹的道德标准是一种前氏族社会形式,在这里,是友情而不是亲情在社会道德规范中占主导地位。那种社会形式是帮会,是组织一直延续到大约一千年前左右的住在非洲亚撒哈拉地区的各个地方的狩猎族群(hunting-and-gathering)的人。不管是什么样的历史环境形成了这种故事,他们作为一个替换的道德视觉存在于所有的哈雅讲故事者中,这种道德视觉被父系氏族的世界给征服了。我相信那些故事现在主要是在小孩子们之间互相传说。

哈雅史诗歌谣演唱的传统大概只有两百年的历史,尽管有些神话的内容看起来时间更久。按照传统,歌谣是由特殊的吟游诗人来演唱的,他们通常也是有土地的农场主。达·艾斯·撒勒姆大学基斯瓦希利研究所的慕罗科兹(M. M. Mulokozi)博士,是专门研究哈雅文化的学者,他的博士论文和其他几篇文章都是关于哈雅人传统的。[18]这其中一篇在英特网上可以找到,内容是关于其中一个最著名的传统吟游诗人,哈比比·苏里曼(Habib Suliman)的。

经典歌谣的文类包括关于精灵和神仙的故事,英雄、国王和情人的故事。过去,这些歌谣只在哈雅地区七个王国的宫廷里与父系和夫权家族在家举行的婚礼上演唱。今天,已经没有了皇家贵族,这些吟游诗人很明显只在一些公共的吧间里演唱,尽管有人告诉我在婚礼上仍然有这种演出。

在所有的八个片断类型中,号召——召唤主人公为了某种道德标准而做某件事情的传唤——不断地表达说明曾经对立实体的道德知识的主题。在16和17世纪,游牧民族入侵了在东非大湖地区的一些土地,创建了一些皇权国家,在今天,这些国家是,卢旺达,布隆迪,乌干达,还有坦桑尼亚的西北部。这些王国作为这个地区历史进程的一部分发展了起来。这些王国的缔造者们有时和那些勤劳的耕种者们为了争夺土地的所有权而发生战争:这些土地是应该由一个中央集权国家的最高首领来分配呢,还是仍然按照原来的父系氏族的家族世袭来分配?这种国家对氏族的实体对立渗透到了社会生活的很多方面,从土地和牲畜的所有权到宗教、婚姻习俗和妇女的待遇,一直到饮食、着装和见面寒暄的风格。

歌谣里面文类关键的片段,通过这些行为,像传唤、请愿、侮辱、辱骂、甚至勾引,都召唤着各个不同社会地位的主人公来实施或保卫他们各自阶层的道德规范。国王被召唤着做事像个国王,部落的酋长像族长(clan patriarchs like clan patriarchs),武士像武士,妻子像妻子,如此等等。像英雄时代(heroic age)在世界其他地区的史诗一样,这种文类探究一种与萌芽状态政权相关的分布的道德体系,评价它的庇护者和利益捍卫者的角色。

把这种号召理解为关键,如同把尝试性的调解视为民间故事的关键,我可以建立一个再现的、主题清晰的典范——所用的元素有被号召进行行动的主角的社会地位、号召人的社会地位、使用的言语文类和援用的伦理规章。以这种方式确定的主题创建了一种可以被哈雅专家阐释的元语言,包括慕罗科兹,他实际上在我之前就已经得出了大多数的主题性结论。

文类主题的修辞权力和实体道德规范之间同样的战略关系可以用一种更具有对话体的方式来理解。文类话语可被视为说话者想象听话者反应的方式，通过在机构或更加普遍的社会实践中界定行为选择。讲民间故事的人是讲给家庭成员听；民谣歌者对着一个社会阶层的成员歌唱；但是谚语是说给任何一个能够听出道理、并有心照此行动的人。在下一节，我们将探讨说话者这样做时所采用的文体。

三、期望的文类框架和文体的逻辑

除了各个领域和工具，文类也是说话者或作者和听众共享的期望的多维框架。这种共享的知识告知行为者的选择和他艺术中元素的发展及听众如何解释这些元素。文本的文类结构在它的外部，期望行为者发表言论，听众则运用它对行为做出反应。

这些期望在如下所有方面帮助听众理解言语的发展，提供有关情节、文体和主题的经验法则，即使这些期望的提出是令人啼笑皆非的、颠覆性的。文类期望协调听众的想象力，为他们的反应做好准备。

文类模式存在于艺术家和观众共享的知识中。可以使用重要的方式援用这些知识，包括公式化的开场、韵律的安排、电影中的陈词滥调和某些领域的其他援用。[19]但是塑造某一特殊作品的文类期望可能永远也不会得到完全的揭示。或者一个话语通过反讽、省略或另一种修辞搅乱观众的期望，但在文类框架内仍让人感兴趣。相反的，完全满足所有文类期望的话语可能只能提供很少的审美快感。实用性的作品，例如法律文件似乎没有文体或逻辑的想象空间，虽然它们为实现主题的完成肯定也要求不言而喻的共享的假设。

为描绘期望的文类框架，汉克斯系统化了巴赫金的理论。巴赫金认为话语文类在创作、主题和文体等方面，在次话语、全部话语和语境等层面上获得它们完整的典型形式，这包括两方面，行为的直接现时性和宽广的历史时代。这些方面和水平一起创造出描述性的模型，能够找到和分辨期望的文类框架的典型特征。

本文第一部分描述了在话语层面上实现哈雅民间故事和史诗歌谣的创作完整的文类形式（就次要情节而言，是次话语层面）。第二部分描述了在话语和宽广的历史语境层面上民间故事和歌谣主题的完成。这一部分将描述次话语层面上民间故事和歌谣的文体上的完整。

谚语是完全另一回事（它们一直是这样）。因为它们通常是作为一个更大的话语之一部分，在第一部分末尾处描述的创作结构的完成是列为次话语（谚语的文本）层面，而主题上的完成则列入表现语境的层面。文体上的完整则将在本部分中在次话语层面上加以描述。

虽然该多维体系经过细致的校正，富有洞察力，但它本身不能对单独的话语进行批评性的阐释。它完全是描述性的。抱有这一主张的原因是考虑到文类的描述和阐释。

托多洛夫提议区分理论性和历史性的文类。前者是抽象特征的集合，文学批评家定义并推理式地使用它们，可以引证不同时期和地点的作品。而另一方面，历史性文类是由文学史家描述并归纳式地定义的，他们专心于源于某一特定时间和地点的某一种类型的所有作品。托多洛夫将他的批评理念区别于诺思洛普·弗莱的批评观。本·阿莫斯（Ben Amos）对于口头文类也明确表示了相同的区别。[20]

罗斯马琳认为在实际操作中，这两种文类不能也不应该被分开。如果试图这么做就是把文类批评变为简单的描述。她进一步表明，文类批评与描述相反，有必要舍去这种两分法而支持彻底的推理过程，这种过程通过采用文类描述作为暗喻，通过它可以观看、理解它的形式和意义来实现批评的目标（*PG*46-48）。

我们可以暂时同意罗斯马琳的看法，但是怀疑是否所选择或定义的任何文类描述都能够像其他的一样起同样的作用。在许多情况下，包括非西方的文学，批评家使用的文类描述性范畴不能辨别相关的特征。这就如同用拉丁语的语法范畴来描述一种美国土著语的动词时态体系，重要的特征和价值肯定会丢失。

即使推理式的用做暗喻或范例的文类描述调节到高度的准确和专一，就像上文描述的模型，我仍认为它带来的批评也仅仅是描述性的。只有在它众元素中的变体关系能被具体说明时，推理式的方法才能变为阐释性的。我把这种变体引入到巴赫金的描述模型中，通过假定构成因素的完成——它们在预期类型中的解释——在话语中使主要主题完整。创作结构的完成通过把话语中产生主题的符号放入语义对比的典型关系中来达到这一点。在叙述性文类中这通过关键情节的重复范例来实现（尝试性的调解中在边界行为和号召中实体的道德规范的选择）。在谚语中，这种对比通过创作结构完成平行和相反的提议而得到明确的表示。

正如在上一节所示，把这些语义上的对比当作一种元语言来解读，便产生出一些与当地专家的看法和文类功能之语境的伦理环境相一致的解释。在本节中探讨了另一种变体关系——在文体和创作之间的。下面的假

设要接受检验:**文类话语中的文体上的完整表明创作结构完整的形成(这样的话后者可以反过来表明主要的主题)**。

文体在这个意义上指的是话语中重复和形成类型的能够直接可见的因素。例子有标志叙述结合点的副词，在诗歌中形成押韵和韵律的语音元素,由词汇重复和句法平行形成的模式及由旋律、语调和沉默形成的声音模式。在这一体系中,文体指的是可以直接观察到的特征。

在哈雅民间故事中，文体元素和创作元素之间有很强的一致性。许多故事中都包含歌曲，作为所描绘的行为的一部分——例如女孩在豹子的布袋里歌唱。每个这种歌曲都出现在试图调解的情节类型中。如果在这种类型里没有歌曲，有时就会有一段程式化的言语片断。我还没有听说有歌曲出现在别的情节类型中。

这种显著的证实性发现很容易确认该假设。为更为普遍地证实这一点，人们需要推理式地关注由创作结构完成所预知的不同情节类型间的结合点、还要注意标志逻辑转向的文体因素的出现。出现在创作结合点上的这些不同类型的文体因素在文本中可以以字母索引的方式系统地查到。

如果人们查找时使用仔细撰写的公文式官方文件，诸如法律合同或者国际条约,就会期望找到文件(它的逻辑部分)的创造因素和文体因素之间相当密切的相互关系:提纲式文本部分的标记(Ⅰ,Ⅱ,A,B,等);一系列以“鉴于”或“顾及”开始的从句;一连串作为述行动词平行直接宾语的不定式从句(例如,“我们据此同意:to, to,”)。

但是在民间故事中,人们就不期望这么多的润饰,多样化的结合点使用多样化的标记，主题逻辑的分类就由所期待的文类框架来补充。一个案例分析可以证实这一假设(*PSG*73-77)。由一位大师级的演出者讲述的民间小故事中，——按每秒钟的停顿来界定有55“行”，包括开头和结尾的套话——讲故事的人使用了至少8种不同的标记:两个副词、两个明显的动词时态和四种语调。这样做她就标出了6处创作时可预见的结合点，和一处不可预见的试图调解情节的再分，把单纯是唱歌的部分分开来。出现的48处标记中,有41处与创作的结合点一致。如果人们只计算副词和动词的时态,结果是十三个地方有这两种情况,但这样的话不是所有的创作结合点都可以标示出来。文体因素倾向于集中在结合点，而不是遵守公文式功能和形式的分类。讲故事的人的语调不是完全与情节创作一致,大约有五分之一的情况下,起到了其他更加刺激主题的作用。

这种计算行数和标记的方法易于证实这个假设，即文体表示创作。也表明了推理性的批评方法从描述(对创作结构的完成)走向批评性的阐释(对某一文本中的文体应用)。

使用创作结构的完整作为阐释史诗歌谣中文体应用的推理性批评工具是一项卓越的发现，如同发现了民间故事中歌曲和主要情节类型的对应。如果文体因素——在这种情况下有状语、明显的动词构成和其他特征，包括表示赞美的称号和音节无意词——分布的表示不同于吟游诗人穆兹（Muzee）表演的歌谣《卡齐文尼亚佳》(故事讲述的是一名勇士为国王而牺牲了,他的新婚妻子为他复仇并书写了传记。)中的500行,文体就出现了过剩（*PSG*177-195)。所有可以由文类创作可预见结合点都被标明,而且经常是由一组富有特征的、吟游诗人用来连接一系列重复动作的那些更细微、不可预知的情节划分。

但是仍存在过多的特征,它们是作为基于非语音特征——句式平衡、词语重复和语意对比——之上的诗节体系的部分。这种诗律能够成为诗节是由于它创造了在不断出现的重复和对比模式中变得完整（是局部水平上文体完整的成果)的模式:aab, aba, aabb 和其他类型。

虽然具有复杂性——这是因为吟游诗人有能力在一个大的诗节形式内概述平行的诗行组，甚至是完整的诗节——诗律的非韵律形式似乎在很多语言中都受到口头创作的影响。但令人遗憾的是，据我所知这样的诗歌体系——一种以创造出局部完整角色重现模式的非语音特征为基础——在别处还没有报道过。但人们只要看看圣经的前两段赞美诗就可以发现它在起作用。虽然许多批评都注意到圣经中的平行，我不会指出某一件为组成重现模式而专注于平行章节完整性的批评作品。

适用到哈雅史诗歌谣的假设,即文体表示创作,就引起了人们发现一个相对独立的文体精加工体系，虽然这个体系与叙述情节很和谐。在穆兹的《卡齐文尼亚佳》里,仅仅有一个例子中诗节的角色逾越了创作结合点,并且强调了超越情节类型的局部主题统一(即完整)。

吟游诗人传统意义上演唱歌谣时安静、沉思的环境有利于欣赏有时晦涩的语言和多层面的情节、主题和文体。虽然这是男人们喝酒的地方,人们还是表现出对主人,不论是国王还是部落的族长,得体的敬意。

正如人们猜测的那样，说谚语是截然不同的另一件事。有时它们或许是亲戚中年长的老人安排婚事时彬彬有礼的谈话中的一部分，或许是大人和刚学会使用修辞说话的孩子之间的对话。但是,在另外的情况下,说话人可以使用谚语来打发一个不如自己的人，或者在公开的讨论中贬低对手。在所有的例子中，说话人使用了论证的方法，这种方法发挥了修辞的力量，有利于某种特殊的观点。

不管他们喜欢与否，说话人和听话人在讲谚语时，为实现创作结构方面的完整，不得不进行比讲民间故事或史诗更多的合作。听话人必须经常首先为理解所说谚语中的主题对比而做出内心的逻辑推论，然后把主题对比运用到所评价的案例中来。

当然谚语既没有情节也没有事件。作为一种非叙述性文类，它们创作性完整的形式也当然是非线性的。但是它们取得创作性完整的方式不同于故事和歌谣，而是更加让人不安：它很明显并不是文化上特定的东西。谚语话语的创作结构完成，是通过不断的在逻辑框架的同一位置提出语意对比而使得主题清晰明了的，这一点似乎是普遍的。无论我们是讲哈雅语、英语、意第绪语或是俄语的谚语，这都是一样的，至少在我看来，它们中的许多是一样的。

许多谚语中实现创作性完整依靠想象一种无须言喻的对立面："谁不听劝告谁就坐泥船走"（He who wasn' t warned set out in a canoe of clay）（它会裂成小块并下沉——哈雅语）；"不能给傻瓜一半的指示"（Don' t give a fool half the instructions）（意第绪语）；"慢走的奶牛喝得好"（The cow that goes slowly drinks well）（别的奶牛搅起来的泥又重新沉到了河底；这是建议人们要克制——哈雅语）。还可以添加许多条。

但是有时两种主张出现在同一个话语文本："A drunkard sleeps it off, but a fool, never."（俄语）；"He who leaves the forest says it's the spoor of a leopard, Do you say it' s a man' s?"（这是指责没有多少事实为基础的观点——哈雅语）。我没有发现谚语文体完整性和它的创作形式之间一贯的联系。似乎反语和暗喻的一致接受力联合起来组成期望的框架。这样，听到谚语的人再三设想不同的逻辑对立面，直到有一组能够产生语意对比，在讲这句谚语的语境中具有修辞的意义。

任何具有正常反讽和暗喻之感（还具有文化普遍现象的必备知识）的听话人都能够解释主题对比，把它们运用到谈话的主题中并做出反应。但是这样做他必须对文体完整表示创作结构完整这个假设（对民间故事非常真实，对史诗具有启发性）有所保留。这个假设对孩子和/或者家里其他听漫长的线性系列故事的人而言是真实的。但对于那些争论的大人，个个都试图除去别人的观点，取而代之自己的，这没有必要是真实的。

作为本文的结论,我声明描述文类、假设变体以推断单独作品的阐释的概念——从最一般的观察到文类上关键创作因素和主题的功能关系——都是一些经验法则。它们有时恰当,有时不恰当。它们以后的证实和改善将在引起批评对话中出现,是在一群通过自己个别作品懂得某种文类的人们中进行的,反之亦然。

(作者单位:美国史密森研究所民间生活与文化遗产中心)

乔杰 译 王宁 校

(译自 *New Literarry History*, 2003, 34: 299-330)

注 释:

〔1〕 参见 Adena Rosmarin, *The Power of Genre* (Minneapolis, 1985); 在此文章中引用为 *PG*。

〔2〕 参见 Perter Seitel, *The Powers of Genre: Interpreting Haya Oral Literature* (New York, 1999);在此文章中引用为 *PSG*。

〔3〕 参见 Caryl Emerson 和 Michael Holquis, ed. , *Speech Genres and Other Late Essays* (Austin, 1986), 66-102, M. M. Bakhtin, "The Problem of Speech Genres "。

〔4〕 参见 William F. Hanks, "Discourse Genres in a Theory of Practice, " in *American Ethnologist*, 14 (1987), 668-692。

〔5〕 文类作为一种框架的观点来自 Hanks 的 "Discourse Genres in a Theory of Practice"。

〔6〕 参见 Gary H. Gossen, "Chamula Genres of Verbal Behavior", in Americo Paredes and Richard Bauman, ed., *Toward New Perspectives in Folklore,* (Austin, 1972), 145-67。

〔7〕 参见 Tzvetan Todorov, *The Fantastic: A Structural Approach to Literary Genre* (Ithaca, New York, 1975), 13-14, 在这篇文章中引为 *F*。

〔8〕 参见对 Gary Saul Morson and Caryl Emerson 的讨论, *Mikhail Bakhtin: Creation of A Prosaics* (Stanford, 1990), 91-92。

〔9〕 参见 Barbara Kiefer Lewalski, *Paradise Lost and the Rhetoric of Literary Forms* (Princeton, 1985), 21。

〔10〕 参见 Michael Holquist ed., *The Dialogic Imagination: Four Essays by M. M. Bakhtin;* M. M. Bakhtin, "Forms of Time and of the Chronotope in the Novel" (Austin, 1981), 84-258。

〔11〕 参见 V. I. Propp, *Morphology of the Folktale*, (Austin, 1968)。

〔12〕 参见 Peter Seitel, *See So That We May See: Performances and Interpretations of*

Traditional Tales from Tanzania (Bloomington, 1980)。

〔13〕 参见 Tzvetan Todorov, *Genres in Discourse* (Cambridge, 1990), 33。

〔14〕 William F. Hanks 在 *Language and Communication Practices*(Chicago, 1996)这本书里也做了类似的区分。参见第 244 页。在这篇文章中引用为 *LCP*。

〔15〕 这里我在继续保留了 Bakhtin 作出的关于术语和术语的含义之间的区别之外,我把这个区别的顺序反过来,以便和日常用法更贴近。参见 V. N. Voloshinov, *Marxism and the Philosophy of Language* (Cambridge Mass., 1986), 99。

〔16〕 福柯把其称作"'double conditioning'的规则"。参见 Michel Foucault, *The History of Sexuality. Volume I: An Introduction*, tr. Robert Hurley(New York, 1978), 99-100。

〔17〕 参见 Lee Haring 发表在 Richard Dorson 编的 *African Folklore*, *A Characteristic African Folktale Patterns*, (Garden City, New York, 1972), 165-179。

〔18〕 参见 M. M. Mulokozi, "The Nanga Bards of Tanzania: Are They Epic Artists?", in *Research in African Literatures*, 14(1983), 283-311; 和他的博士论文 *The Nanga Epos of the Bahaya: A Case Study in African Epic Characteristics*, University of Dar es Salaam, 1986; 以及 "The Last of the Bards: The Story of Habibu Selemani of Tanzania" (c. 1929-1993), in *Research in African Literatures*, 28(1997), 159-172。

〔19〕 这种参考位于文本中的元素和可以适用它的文类知识主体之间,在 Charles L. Briggs and Richard Bauman's "Genre, Intertextuality, and Social Power, "中被称做"文类文本间"(generic intertextuality), in *Journal of Linguistic Anthropology*, 2(1992), 131-173。

〔20〕 参见 Dan Ben Amos, "Analytic Categories and Ethnic Genres, " in *Folklore Genres*, ed. Dan Ben Amos(Austin, 1976)。

西方马克思主义再探

资本的非领地化与现代性叙事

陈永国

内容提要:本文介绍了詹姆逊近几年来理论研究中的两个主要关怀:全球化语境下资本的流动及其文化上的解码运动;和对现代性的重新思考。他认为,资本主义在现阶段正处于资本全球化和文化殖民化的一个新时期,其主要特点是资本的不断“逃逸”或创造“逃逸路线”,以求新的更大的利润。这恰好印证了马克思和德勒兹/瓜塔里在不同的时代从不同的视角进行的不同分析中得出的相同结论:即资本的非领地化。基于对全球金融资本主义的辩证思考,詹姆逊提出了有关现代性的四个基本原则,认为现代性不是一个概念,而是一个叙事范畴;对现代性的叙事化不能依据意识或主体性来进行,而必须根据“环境”及其断裂来界定。而贯穿这两项研究之始终的一条隐含线索便是德勒兹的精神分裂分析,尤其是非领地化和解码理论,再一次表明了詹姆逊理论框架的宽容性和后结构主义对他的影响。

关键词:资本　非领地化　解码　马克思　德勒兹　詹姆逊

Abstract: This essay presents two of Jameson's most important concerns in his recent theoretic research: the flow of capital and its cultural decoding in the context of globalization; and his reconsideration of modernity. According to Jameson, capitalism is now in a new era of capital globalization and cultural colonization whose principal feature is the incessant creation of "lines of escape" for the purpose of more profitable production. This is exactly the conclusion that Marx and Deleuze/Guattari have drawn in their different studies at different times from different perspectives: the deterritorialization of capital. Based upon the dialectical contemplation of the global monetary capitalism, Jameson makes a reconsideration of modernity with its four basic maxims. He believes that modernity is not a concept, but rather a narrative category. The narratization of modernity cannot be done in terms of consciousness or subjectivity but of its "situation" and ruptures. Underlying these two projects is the influence of Deleuze/Guattari's schizophrenic analysis of capitalism, especially his theory of deterritorialization and decoding, which further shows the tolerance and comprehensiveness of his theoretical framework and his in-take from poststructuralism.

Keywords: capital, deterritorialization, decoding, Marx, Deleuze, Jameson

一、作为知识策略的非领地化

"离开,离开,逃跑,……跨越地平线,进入另一种生活。……麦尔维尔就这样不知疲倦地来到了太平洋中央。他真的跨越了地平线。"这是德勒兹引用劳伦斯的一段话。[1]逃跑就是划界,就是测绘线路,就是绘制地图。所以每一条"逃逸路线"都是一次"非领地化"(deterritorialization)。什么是"非领地化"?非领地化是德勒兹发明的众多概念之一,与"领地化"(territorialization)(又译"解辖域化")和"重新领地化"(reterritorialization)构成三位一体。广义的"领地化"指地域之间明确的分界,当然这不像国界或地界那样简单,因为这里的地域不仅指国家或地区的疆域,而且还包括自然科学、人文社会科学、政治、意识形态和语言等具体和抽象的诸领域。"非领地化"有"展开"的意思,与德勒兹的另一个重要概念"褶子"似有重合之处。窗帘"因褶子而呈多变",绳索的下端因褶子而"颤动或振荡",而大理石的纹理则因物质的褶子而看起来"像是微波涟漪的湖水","包围着聚结在石块中的生命体"[2]。褶子所隔离出来的空间是语言;每一种语言都是一个单子;每一个单子都是一个世界,因此都有相对的边界。之所以是相对的,是因为它既然可以打褶,就可以展开,再打褶,如此变化万千。这就是有机体的物质性,是物的物性,是世界的生命力和创造力。物质凭着打褶、展开、再打褶的能力生存下去。但是,尽管有机体可以无穷尽地给自身打褶,但褶子却不意味着无穷尽地展开,因为褶子的展开意味着"增加、扩大、打褶、缩小、减退,'进入一个世界的深处'"[3]。这样一个过程——

打褶、展开、再打褶；领地化，非领地化，重新领地化——是一种内在的生产，不是某人对某物的生产，而是为生产的生产，机器的生产，生成的生产，组装的生产。由于机器不具有主体性，没有组织核心，因此，机器不过是它所生产的关联和产品，是它所从事的行为本身，也就是所说的生命的不断的非领地化过程。

根据科尔布鲁克的解释，在《反俄狄浦斯》和《千座高原》中，德勒兹和瓜塔里使用的机器、组装、关联和生产这些概念，反复强调机器不是一个隐喻，而生命就字面意义而言是机器。[4]孤立的机器没有封闭的同一性，没有明确的目的或意图，没有特定的功能或效用；它只有在与另一个机器发生关系、生产自身的关联时才具有上述意义。因此，机器通过关联生产：自行车与人体发生关联才产生运动，在这个意义上，人体一旦与自行车相关便成了另一台机器，即自行车手，也只有在这个意义上，自行车才是一个工具；但在艺术家手中，自行车作为机器的意义就由于关联的不同而发生了变化：一旦置放在艺术馆里，自行车就成了艺术品，人体由于与画笔发生关系而成了“艺术家”。推而论之，生命只存在于关联之内：眼与光关联才有视觉，脑与概念关联才有思想，口与语言关联才有言语。生命的每一方面都是机器的，生命的存在和运作只能依赖于它与另一台机器的关联。但这种关联不是没有条件的，就是说，一物（机器）必须与外物（另外一台机器）发生关联，其目的是改造自身，最大限度地发挥自身的能量：人眼只有与照相机的视窗发生关联，才能创造出超越人类的感知或映像。生成的力量和差异的力量在人的生命之中和之外无尽地流淌；差异的每一细小支流都是一次创新的生成，都蕴涵着可能性的扩展或褶子的展开。生命没有所要达到的固定目标，没有不变的终结或目的地，而只有内在的努力，痛苦的追求，不断去实现其力量的增强和能量的最大发挥。惟其如此，生命的过程就是创造相异的、越来越多的生成线或序列；生命的过程就是生产“逃逸路线”的过程。这就是德勒兹和瓜塔里所说的“事件”：不是时间中相别于某一时刻的另一时刻，而是使得时间走上一条新路。生命贯穿于这些“事件”之中，因此不是同质的，而是差异的。生命中的每一点都以其自己的方式创造自己的变奏曲。植物、动物、人类和原子都具有不同的生成能力，而当这种能力促成了生成“事件”的发生，导致了从源地域的逃离或脱离时，非领地化便发生了。[5]

这样一个非历史性的概念（非领地化）在提倡“永远历史化”的马克思主义者弗雷德里克·詹姆逊的近著里被称为“非常恰当的”、“最著名的和成功的"新词,能够用来"增强我们对当前划时代的历史时刻的感知"[6]。这是否像一些文化批评家所说的那样,标志着马克思主义的困境、因而再一次向后结构主义妥协了呢？这是否意味着西方马克思主义真的气数已尽,就连以前万能的涵盖一切的"宏大叙事"在汹涌的全球化潮流的冲击下也无能为力,不得不诉诸后结构主义或其他非马克思主义的话语呢？作为"当代英语世界最杰出的马克思主义文学批评家和文化理论家",詹姆逊是否又在"使用"或"借用"其他理论的"方言",大搞"理论语言的折衷主义"呢？[7]实际上,在德勒兹以及福柯等后结构主义者的理论与西方马克思主义之间始终保持着一种异常活跃的流动关系。福柯和德勒兹固然不是马克思主义理论家,但他们也不是执意要否定马克思、批判马克思主义的理论家。只不过在《规训与惩罚》中,马克思只被当成了一个历史学家或一个历史资源,而不是一种话语构型的创建者。但在《反俄狄浦斯》中,马克思关于原始积累的论述反倒成了"非领地化"和"重新领地化"的理论根据,成了精神分裂分析的三个批评成因之一(其他两个分别是康德和弗洛伊德)。"马克思已经表明了正确的政治经济学的基础：在劳动或生产中——似乎也在欲望中——发现了财富的主观本质的一种抽象。"[8]接着,作者们在括弧中引用了马克思的一段话："亚当·斯密大大前进了一步,他抛开了创造财富的活动的一切规定性,——干脆就是劳动,既不是工业劳动,又不是商业劳动,也不是农业劳动,而既是这种劳动,又是那种劳动,……创造财富的劳动的抽象一般性的……劳动一般。"[9]自马克思之后,人们不再依据外部条件在地域或专制机器的客体里去寻找财富的本质了,因为作为抽象的主观本质的生产只能以财产的形式出现,这种财产形式首先把主观本质具体化,然后通过重新领地化将其异化。在《资本论》中,马克思进一步分析和阐明了资本的非领地化和重新领地化的真正原因：一方面,资本主义只能通过"以自身为目的的生产,即劳动的社会生产力的绝对发展",通过抽象财富的主观本质或为生产而生产的不断发展,才能运行；另一方面,资本主义只能在其自身有限目的的框架之内作为决定的生产方式才能实施这种运作,这种决定的生产方式就是"资本的生产","现存资本的自我扩张"[10]。

关于马克思对劳资关系的论述,德勒兹与瓜塔里对马克思的解读,以及马克思的资本理论对德勒兹"非领地化"理论的影响,尤金·霍兰德做了简明精确的阐述：马克思认为劳动的抽象范畴在斯密和李嘉图的思想中已见雏形,因为当新生的资本主义把工人与生产工具分离开来,把他们的劳动力当作商品出卖时，实际上就已经生产了一般劳动(labor-in-general)。在这种情况下，抽象劳动实际上获得了真实的存在，因为劳动已经成为市场上可交换的商品；工人本身成了消费品；他们所做的工作不再是他们自己的了。工人的劳动力已经从其交换价值转换成实际的使用价值，因此，只有在它作为商品被购买、作为资本家的私有财产而作用于仍然外在于它的生产工具之后，才能具备具体的客观的决定。正是在这样一个历史关头，斯密和李嘉图才不再把财富定义为客观的有价值的财产，而是属于一般生产活动的主观本质，这个一般性恰好与资本主义把抽象地量化的劳动时间作为衡量社会价值的标准相耦合。但是，斯密和李嘉图却又把财富的主观本质重新抽取出来，使之直接回归私有财产。资本主义本身也同样：劳动作为资本主义制度下的最终决定因素而屈从于资本。就是说，作为劳动者的人、人自身的因素被忽视了。所以，斯密和李嘉图并不代表马克思的批判政治经济学，因为他们不过反映了资本主义社会明显的客观运动。而马克思的政治经济学则认为，抽象劳动在资本主义制度下的出现仅仅构成了普遍历史的前提，而不是这种历史的实际基础：首先，它有别于所有其他生产方式，任何其他的社会构型都没有把劳动当作商品而将其从以前的客观决定中解放出来；劳动只有在导致资本主义的那个过程行将结束时才成为真正的抽象。更重要的是，那个历史过程实际上还没有到达终点：在资本主义制度下从前资本主义决定中解放出来的劳动在作为商品被出售时又重新受到资本的外部决定的束缚，其结果是，劳动正以空前的规模不断地生产其异化和被异化的条件。随着马克思对资产阶级政治经济学的批判，资本主义到达了自动批判(autocritique)的阶段，历史也变成了普遍历史：人类现在可以承担起把生产活动从所有外部的异化决定，包括最微妙的、抽象的、非个人的决定即资本本身中解放出来的使命了。[11]

正是在马克思对资本主义发展和资产阶级政治经济学的这一分析的基础上，德勒兹和瓜塔里才提出了资本的非领地化和重新领地化的学说。资本主义通过差异而非同一性创造了普遍历史：一方面是农业地区劳动的非领地化流动，另一方面是作为资本而被利用的货币的非领地化流动；正是这两股流动的独特而偶然的结合才使资本主义成为可能。马克思在《资本论》和《〈政治经济学批判〉导言》[12]中梗概地描述了德勒兹和瓜塔里所说的非领地化和重新领地化的轮廓：第一个时刻，即资本得以最大限度地实现的时刻，新的、具有更大生产能力的资本储备改造了现存

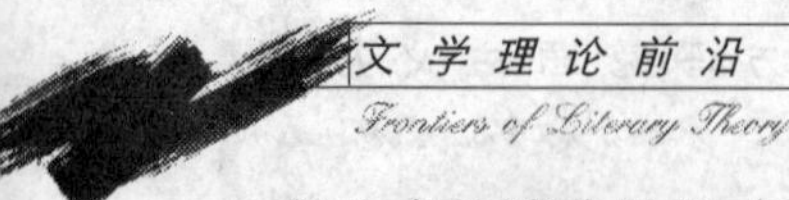

的生产和消费机器,促进了"生产工具的不断革命化",对现存劳动和资本进行了有效的非领地化,导致了新型生产和消费的出现,但在这个过程中也孕育了社会的解码。第二个时刻,即资本最大限度地贬值和生产过程阻塞的时刻,进步的非领地化运动突然停步不前,一切都被重新领地化:改革中的生产和消费机器受到现已陈旧的资本储备的束缚,其唯一的目的就是要发挥旧的资本储备的价值,获取以前的投资的利润。换句话说,非领地化的浪潮解放了生产和消费中的全部创造力,同时使生产力得到了革新和社会化;但重新领地化却阻碍了生产和消费,将其局限于私有者对剩余价值的攫取。因此,重新领地化代表了资本主义的权力因素,是阻碍生产力发展的倒退力量,妨碍了把剩余价值用于进一步生产剩余价值的再投资;而非领地化则代表了"生产工具的不断革命化"的经济因素,促进变化,把生产和消费的能量从现存的客体和局限中释放出来。[13]

德勒兹和瓜塔里继而把马克思描写的利润矛盾融入了他们自己的资本主义社会机器论。在马克思看来,资本主义是不断接近自身局限的一个制度,但同时又通过更大规模的再生产推延和克服了这些局限。这个过程是无休止的,因为这些局限内在于制度本身,在决定着这些局限的条件的同时也决定着扩张性的资本再生产。根据马克思的这一洞见,德勒兹和瓜塔里进而阐述说,资本主义是通过打破社会符码(codes)和领地性(territorialities),用一个"公理制"(axiomatic system)来取代它们而运作的。这一公理制的基本公理是:一切都服从市场交换的法则。一个层面上的非领地化必然伴随着另一个层面上的重新领地化,这是资本主义公理化(axiomatization)的两个基本节奏,用符号形式来说就是解码(decoding)和再编码(recoding)。解码与再编码之间是对立的关系:解码是公理化的积极的一面,因为它把欲望从编码的束缚和扭曲中解放出来。在德勒兹和瓜塔里的精神分裂分析中,马克思所羡慕的资本主义的巨大生产力的一个必然结果是它给予各种实践以自由,使之免于被固定在既定的符码之中。这被称作犬儒主义(或怀疑)的时刻(moment of cynicism)。但是,解码的效应产生于资本主义的经济因素,总是与产生于资本主义权力因素的再编码过程相伴相随,这种再编码把释放出来的力比多能量归还给虚假的符码,以便抽取和实现可供私人挪用的剩余价值。这被称为虔诚的时刻(moment of piety)。[14]这两个时刻的对立关系与其说产生于19世纪资本拥有者与被剥夺者之间的矛盾,毋宁说产生于剩余价值的普遍社会化了的生产与其私有制和管理之间的张力。一方面,资本主义致力于以自身为目的的生产，最大限度地发展社会化劳动的生产活动，另一方面，由于对生产工具的投资是私有的，社会劳动和生活则局限于生产和消费，而这种生产和消费只能增加现存资本储备的价值。[15]解码与再编码之间的关系类似于非领地化与重新领地化之间的关系。解码代表着资本主义过程的积极因素，欲望的生产通过解码而从僵死的符码中释放出来，而再编码则要在虚假的符码中重新捕捉欲望，以服务于再领地化和资本积累。于是，非领地化和重新领地化，解码和再编码，构成了德勒兹和瓜塔里所分析的资本主义公理化的动力学。

如上所述，德勒兹和福柯等后结构主义者与马克思主义处于一种流动的关系，而且只是在知识策略层面上的"为我所用"，即利用马克思主义理论建构自己的理论，以上的论述就是一个明证。其实，这也是一种非领地化的过程：在《反俄狄浦斯》中，作者们征用(expropriate)马克思的分析，将其作为他们的"逃逸线"，因此也遵循了非领地化的双向运动法则：一方面，马克思的分析被当作一个总体的各个部分(断片)而被非领地化，另一方面，它们又被置于一个新的理论平台之上而被重新领地化，作为一个新的话语机器的功能因素而被融合进来。《反俄狄浦斯》把资本主义的公理重新阐述为解码了的资本流动，并把阐述置于欲望机器的总体理论的语境之下，以有助于理解在各个社会构型中起决定作用的抽象物或巨大机器(mega-machines)。这种理论的非领地化涉及两个步骤：首先是分离，脱离熟悉的理论区域，走出惯用的理论框架或领域，然后，进入新的领域，在此期间所发生或创造的新生事物都是非领地化的结果，需要尽可能地重新组装起来。在这个意义上，无论是观点，见解，书或欲望，都是一种组装。只有把被非领地化了的部分重新焊接，组装成一台功能机器，无论是情感的，政治的，还是艺术的，欲望才存在，欲望才能实现。书显然也是这种组装，而且是对不同的陈述的集体组装。[16]这颇有点像"元理论"形成的过程。"真正的理论思维是把每一种个别的理论话语当成意识形态，然后去分析其产生的根源和语境。把它们还原到历史中去，然后去分析它们被割裂的共同的历史背景。通过中介(mediation)、斡旋、谈判，去发现它们背后问题脉络的相关性和总体性。只有以此为基础，才可能产生理论。"[17]

这足以说明詹姆逊理论的"借用"、"挪用"、"转换"的"超符码"(transcoding)过程。在他看来，最重要的、致命的非领地化在于，资本主义的公理破解(decode)了旧的前资本主义的符码系统(code systems)，把它们从旧的体制中解放出来而构成了新的更具功能性的综合。他认为"非领地化"可以与当下"更轻浮的、更成功的"媒体术语"非语境化"(decontextualization)相媲美，意思是，凡是从原语境中攫取的东西，总是能在新的区域和环境里被再语境化(recontextualized)。[18]"但是，非领地化要比非语境化绝对得多(尽管其结果肯定被再度捕捉、'再编码'而进入新的历史环境)。因为它实际上暗指一个本体的和自由流动的状态，在这个状态中，内容(再回到黑格尔的语言上来)显然受到了压抑，而形式则备受推崇；在这个状态中，产品的固有性质变得一无是处，只不过是一个纯粹的市场口实，而生产的目标已不再是某一种特定的市场，某一组特定的消费者或社会和个人所需，而在于向那个因素的转变，就定义而言，那个因素没有语境，没有区域，实际上也没有使用价值，那个因素就是金钱。"[19]在此，詹姆逊所指的那个语境就是"晚期"资本主义的语境，或资本主义全球化的语境，于中，资本主义的逻辑在面对地方甚至国外市场的饱和时决定抛弃特定产品的生产和特定的生产地区，包括厂房和技术人员，向更有利可图的生产逃逸，而身后却留下了一片废墟。这是乔万尼·阿里吉在《漫长的20世纪：金钱、权力与我们时代的起源》中所描写的资本主义景象，也将成为"晚期"资本主义和全球化状况下马克思主义批判的目标。

二、文化与资本的历史化

与德勒兹和瓜塔里对马克思、弗洛伊德、康德和尼采所进行的历史化、从而在他们中间进行调和(negotiate)或制造关联一样，作为马克思主义的文化理论家，詹姆逊在探讨资本的非领地化之前，在知识策略上更要首先对金融资本进行历史化，这也是他的一贯手法。但这种历史化似乎缺乏足够的知识谱系和能够提供结构和经济理论的历史叙事。在"晚期"资本主义条件下，"帝国主义已经被新殖民主义和全球化所取代"[20]，因此，列宁于1916年提出的帝国主义是资本主义的最高阶段这一说法似乎也已成为过去。我们现在正处于一个全新的金融资本的阶段，世界的政治、经济和文化格局都随着资本主义国家之间权力关系和经济重心的转移而发生了重大变化；过去的"最高阶段"现在被置换成"最近的"或"最新的"或"晚期的"阶段，但如果我们把资本主义看作一个断续而不断扩张的过程，在每一个危机时刻都通过非领地化而"突变成更大的活动领域，一个更宽广的渗透、控制、投资和改造的范围"[21]，那么，就连詹姆逊自己用过的、(或确切说)从曼海姆那里借用的“晚期”这一说法也似乎欠准确。从历史上看,资本主义的发展过程不是一条直线,而是阶段性的,螺旋式的,或者可以更准确地说,是跳跃式的。当然,这里所说的“跳跃”不仅指断代的时间跳跃,而且包括空间上的地理跳跃,后者在金融资本主义的新时期显得尤为突出。按照德勒兹和瓜塔里的公理化和非领地化理论,这种跳跃实际上就是“逃逸”,就是可能性或“事件”从其实际根源的解脱,也就是“纯粹感觉”即没有特定身体或地方指向的一种感觉的产生。它表示一种非个人化的生成,无始无终,在时间中不断改变着同一性,不断生产着差异性,不断生成着新的流动。[22]詹姆逊将其比作“病毒”和“流感”,在破坏和毁灭了比较传统的或前资本主义的社会和经济逻辑之后,便朝着更吉祥的、更有利于更新的地方发展。[23]

这样的“跳跃”、“逃逸”、“事件”或“纯粹感觉”构成了资本主义的历史,一部既是“谱系的”又是“地缘的”历史。从谱系上说,按照《漫长的20世纪》所勾画的新图式[24],资本主义萌芽于文艺复兴时期意大利的记账和大城邦里新兴的商业,但在急于征服新世界、并拥有当时世界上最大舰队的西班牙帝国,也出现了较早的金融资本的扩张,热那亚充当了西班牙资本主义的财经来源。然后,资本主义跳跃到以水路和海洋商业为特点的荷兰,继而是以相同方式发展壮大的英国资本主义。以后就是20世纪的美国,它构成了资本主义在当代的循环,也就是金融资本主义条件下的美国标准化。至于日本能否继美国之后构成下一个循环,该书作者表示怀疑,当代全球化的复杂现实也的确难以使人对未来做出充分的估计。[25]这样的历史叙事其实早已为人们耳熟能详,毫无新意。詹姆逊最感兴趣的是书中以《资本论》中M-C-M这一著名公式为蓝本描画的资本主义螺旋式发展的三个内部阶段,詹姆逊称其为资本积累的扩张辩证法:这就是,金钱(M)转变为资本(C),资本滋生额外的金钱(M)。金钱通过残酷甚至暴力的贸易手段实现了原始积累,使金钱得到大量繁殖,这是金融资本主义的古典阶段;金钱的繁殖或资本化转向投资,通过投资农业和制造业,使资本占有了自己的领地,拥有了自己的生产中心,再通过生产、分配和消费而获得利润,这是金融资本主义的第二个经典时期。第三个时期以金融资本的扩张为标志,也就是德勒兹和瓜塔里所说的资本的“逃逸”和非领地化阶段。在这个时期里,投资已经不是获得利润的主要手段,生产、分配和消费已不是获取利润的主要途径,市场也不是资本回收的主要场所;毋宁说,金融资本的扩张是以投机为主要手段的,这主要体现在三方面:

为了在金融交易中获得新利润而进行的白热化研究，为了攫取高利率的投资回收和廉价劳动力而不惜抛弃旧的、开拓新的生产基地，为了避免工业内部或技术之间的激烈竞争而投身股票市场。这意味着，在全球化和金融资本时代，由于信息革命和通讯技术的迅猛发展，资本的转移是通过虚拟的方式跨越民族空间的，金钱环绕全球的闪电般的运动废除了传统的时空概念，而资本也变成自由浮动的能指了。此外，作为这种虚拟和迅速的资本转移的结果，原本具体的“帝国主义掠夺”和生产时代的物质性交换都变成抽象的了，这又意味着，我们必须为这种新的抽象——大众文化和消费，全球化和新的信息技术——进行的新的效应测绘，探讨隐藏在后现代性抽象症候之下深刻而且普遍化了的经济性。

不难看出，流动是金融资本的公理。在德勒兹和瓜塔里所描述的资本的历史抑或人类的历史中，资本流动的主要阶段是与社会机器的发展相对应的，基本上也分为三个阶段：原始时代的社会机器与拥有自己领地的资本；野蛮时代的社会机器与专制的资本；文明时代的社会机器与金融资本。[26]原始-领地阶段的驱动力是血缘亲族关系，是资本的原始形式，不但开始了残酷的人类历史的书写（人类的文明史就是血腥的残酷镇压史），而且开始了社会生产和再生产的欲望投资。在野蛮-专制阶段，被非领地化的社会关系以封建君主为核心，就是说，君主代表着对发展中的社会关系的抑制和抵制，代表着权力，代表着再编码和重新领地化，他的声音促成了作为一种再现模式的书写。文明-资本主义阶段则与此全然不同。如果说原始和野蛮的社会机器“惧怕”生产和金钱的解码流动，那么，资本主义的社会机器则试图繁殖非领地化的分裂流动，而且永无止境：“如果资本主义是所有社会的外部界限，那是因为就资本主义本身而言没有外部界限，而只有一个内部界限，那就是资本本身，它不遭遇任何界限，而只能通过永远置换而繁殖界限。”[27]资本主义机器不断对资本的流动进行解码和非领地化，同时，也对作为公理的流动不断再编码。这或许就是资本主义的地缘政治，不同于马克思主义谱系学的一部地缘史：资本主义是在矛盾中发展起来的；它几乎能从任何一种环境汲取力量和营养，因此没有地域的限制。换言之，资本主义的公理（市场）永远不会“饱和”；新的公理（市场）总能被添加给旧的公理（市场）。

对这样一种无止境的地缘扩张必须进行认知测绘。这是介入当代全球化讨论的一个主要策略，“既能公正对待富裕的个人生活和巨大复杂的全球世界体系，又能使我们看到主体经验的局部范畴与全球体制的抽象和非个人力量之间的紧密关系"。这种认知测绘涉及"一系列的美学实践、理论探讨、甚至政治活动，因此，对于多维度的、变化无常的总体性来说必然是不完整的，甚至是片面的，但仍能给人一种方向感"。之所以是片面的、不完整的，是因为测绘在这里"只是一个隐喻，而且是容易误导的一个隐喻，使人想到地理学家绘制地图的科学而缜密的工作"[28]。但认知测绘的对象并不是固定的、物质的、稳定的地貌，而是一个不断编码和解码、非领地化和重新领地化的过程，因此存在着一个再现的问题，就是说，它永远不能与现实达成一种简单的模仿关系，永远不是对现实的镜像反映，而始终是一种阐释行为，用阿尔杜塞的话说，就是我们与我们的真实生存状况之间的一种想象的再现关系。[29]这也是詹姆逊探讨当代文化时所关注的核心问题。遵循马克思的教导，詹姆逊强调指出，在当代社会起决定作用的各种形式和结构是不能直接付诸经验分析的，我们所能掌握的不过是马克思所说的资本主义生产方式的"现象"，它们本身不是虚假的或幻觉的，而是真实的症候，是社会的构成性因素和力量。换言之，我们所接触到的并不是作为研究客体的社会或资本主义生产方式本身，而只是它的再现(表征)，而任何再现都无法提供模仿的再生产，只能诉诸于阐释行为，这就是说，任何知识都必然以阐释和再现为中介，真理和现实的问题也必须首先通过解决再现的问题才能解决。尤其在后现代状况下，对世界的再现只是对幻象的再现或仿真的再现，因为"后现代"已经失去了与真实世界的全部联系，我们所面对的现实是虚拟现实，而主导这个虚拟现实的是拷贝和映像：电视，广告，设计复本，克隆，商标和适于一切的电脑图像制作。后现代文化是仿真的文化；后现代社会是幻象的社会；后现代语言是媒体的语言。在自由浮动的能指之下，整个世界成了一个巨大的"想象博物馆"，并与一种抽象的死亡冲动和金钱欲望联系起来，于是，在上帝之死、人之死、作者之死、宗教、哲学和历史的终结等众声喧哗之中，后现代文化重温了现代主义高潮时期的荒诞、焦虑和无意义，消费主义的视觉文化占领了整个社会空间，而金钱的抽象流动构成了这个社会的文化逻辑。[30]

于是，詹姆逊看到，后现代是一个双重非领地化的时刻：一种非领地化是把资本转移到更加有利可图的生产形式上来，往往也伴随着向新的地理位置的"逃逸"；另一种非领地化是抛弃全部生产而寻求非生产空间的最大化，这就是向土地和城市空间的投机，其结果是新的后现代的信息化，土地或地球的抽象化，而"随着信息在以前的物质世界上于瞬间从一个结点转到另一个结点，全球化自身也到达了终极非领地化”，这就是人们所说的全球城市(global city)或世界国家(world-state)。然而，资本或金钱的这种抽象流动并没有改变民族国家作为抽象统一体或作为调节者的功能，只不过它现在属于一个更大的力场；它协调这个场内各个力的流动关系，表达其主导和从属的关系，为金钱、商品、私有财产的解码流动建构、发明、编制符码，因而起到了抑制、抵制全球化的再编码和重新领地化的作用。而所需要的是一种再叙事化(renarrativization)，因为金钱一旦变成抽象的，它就是空洞的，就失去了原有的物质意义，就成了“既不需要生产也不需要消费的金融实体在虚拟空间里的能指嬉戏”[31]。

三、现代性的再叙事化

对后现代性进行的这种“叙事化”必然以对现代性的反思为基础，就是说，必然依赖于对现代性的“再叙事化”，因为叙事所坚持的是“一种历时性，是将种种空间性的幻象还原为时间中的有限性的努力”[32]。此外，金融资本在后现代社会里的抽象流动不管多么汹涌，它都没有脱离马克思和詹姆逊所说的资本的整体性，而“这种整体性是看不见摸不着的，……只能靠叙事去‘再现’”[33]。叙事是建构历史的主要方式，也只有通过叙事结构才能接触到历史。这意味着，我们并不总是按照编年史的顺序排列事件，而是把事实置于结构关系当中，以叙事的方式赋予它们在这种结构关系中的意义和价值。叙事是“一种语言再现模式”，“一种话语形式，也可能不被用作历史事件的再现”，而只是“真实事件的结构和过程的幻象。而仅就这种再现类似于它所再现的事件这一点而言，可以把这种再现看作是真实的叙述”[34]。在以金融资本的抽象流动为主导的后现代世界里，无论是歌颂还是惋惜，任何有关这个世界的叙事都无法不用语言来描述它，都必然要把实际与虚拟区别开来，都必然像让·鲍德里亚那样把后现代文化描述为以形象掩盖现实、以虚拟掩盖实际的仿真社会。在这样的情形下，哲学似乎又回到了柏拉图的形而上学中来，但又不是柏拉图的唯心主义模仿论。德勒兹和瓜塔里似乎比鲍德里亚更进一步，认为实际的存在已经是一个形象，因为在这个存在出现之前就已经有了关于它的理念或形象；实际存在的物只能产生于虚拟的可能性，因此，每一个实际存在的物就必然保持着它自身的虚拟的潜力：实际存在的物也是它虚拟地生成的力量之所在。一般认为，实际存在的世界是先于仿真的，但在德勒兹看来，世界“原本”就是一个仿真的过程：存在或实际的物产生于拷贝、重复、映像和仿真，甚至人也是基因的拷贝和重复的结果，每一件独特的艺术品和每一个人类个体都是一个仿真，只不过仿真的过程，即由虚拟变成实际的过程，是“看不到摸不着的”，实际的物，无论是艺术品还是有机物，都是因为具有虚拟的生成的力量才得以变成实际的物的。在这个意义上，实际存在的物也有一个虚拟的维度，世界本身就是一个仿真的世界。鲍德里亚与德勒兹的区别就在于，前者认为后现代的幻象是由媒体文化造成的，媒体文化把一切都归结为表面形象，而没有真实世界的指涉；后者则认为幻象或形象本身就是真实的，生活始终就是仿真的，而每一次仿真都是一次生产，都是一次创造，都是生成差异的过程，因此不同于以前的仿真。只不过，在一般情况下，我们感知不到这种仿真和生成，只能感知到一个由外在的和引申的事物所构成的世界，即德勒兹所说的“超验世界”。但是，通过艺术，通过文学，通过叙述，我们不但能把感性的经验用于实际经验过的物质世界，而且还能体验感性本身，这就是德勒兹所说的“可感觉的存在”，而每一个单一性（singularity）都是这种可感觉的存在的生成，都是这种可感觉的存在的虚拟力量，都造成了一种不合时宜的可能性。[35]

如此，后现代性就是现代性生成的结果，是作为差异而成为现代性的一次生产，一次创造，一次生成的可能性。如果现代性标志着社会的前现代与现代之间的永久斗争，那么，现代化就是这场斗争的过程，而现代化的完成则意味着资本对整个世界（社会和自然）的统领，或者意味着资本主义生产方式已经进入了后现代阶段，因此，后现代性并非对立于现代性，甚至不是现代性的断裂，而恰恰标志着现代性的完成。在后现代性中，资本失去了与“外部”指涉的联系，失去了与过去和历史的联系，而始终生活在一系列永恒的现在之中：差异感和历史感的丧失标志着深度感的丧失，这是后现代性的一个重要特征。它的另一个重要特征是与理性化和商品化过程相伴共生的物化过程，共分三个阶段：第一个阶段是现实主义阶段，此时，符号与外部指涉的关系清晰透明，甚至取代了语言，是再现的黄金时期；第二个阶段是现代主义阶段，此时，物化的力量，也就是各种分离和分隔化的形式，不断侵入符号与外部指涉之间，产生质的变化，使符号与客观世界中的外部指涉越离越远，最后导致能指的独立自治，再现也逐渐随之丧失功能；第三个阶段是后现代主义阶段，此时，物化的力量进一步扩张，渗透到社会生活的方方面面，而由于能指与外部指涉之间

的距离不断加宽,致使后者彻底从前者的视野中消失,再现的防线彻底崩溃,导致了能指作为自我指涉的符号的自由嬉戏。[36]在这个典型的詹姆逊式后现代"断代"叙事中,鲍德里亚和德勒兹所描绘的后现代仿真世界完美地结合在一起了,构成了一个"可感觉的单一性",这是在"十足的后现代性"的理论话语中看到的一种"单一的现代性"。[37]

在詹姆逊看来,甚至连后现代主义者利奥塔和后结构主义者德勒兹也是现代主义者,在前者,明显的政治后现代性中隐藏着美学现代主义;在后者,过去的哲学、文学和历史都要用"后当代的习语"加以重写。[38]这意味着,虽然后现代性已经成为一个不可否认的概念,但现代性也并未因此而被彻底取代,非但如此,在哲学、历史学和社会学等学科里,现代性还赢得了相当的尊重和学术地位。如果说现代性在科技生产方面早已赢得了普遍的全球市场,那么,它在后现代的观念市场上也正在赢得一个越来越大的空间;尽管现代化(工业化)给几个世纪以来的西方文明带来了种种弊端,但世界现代性的政治力量却不但在金融资本和全球化的强大火力攻击下顽强地支撑下来,而且还在全世界范围内复活了,因为现代性本身是后现代的,因此还没有完成。[39]吉登斯以对现代性的批判开始,却以对现代性的拥护结束;哈贝马斯始终认为现代性是一项未竟的事业,永远不能由中产阶级或经济体制来完成。既然现代性是后现代的,是后现代语境下尚未完成的一项工作,那么,它与后现代性又是什么关系呢?詹姆逊对此做了如下区别:"现代性是一系列问题和答案,它们标志着未完成的或已部分完成的现代化环境;后现代性是一种倾向于在更完善的现代化环境中获得的东西,可以概括为两种成就:一是农业的工业化,即消灭了所有传统的农民;另一个是无意识的殖民化和商业化,也就是大众文化和文化工业。"[40]从这个意义上说,现代性的本质在于它与信息革命和全球化的联系,在于它与金融资本和自由市场或市场殖民化的联系,还在于它与现代主义美学领域的联系。如是,对现代性进行一种意识形态的分析就理所当然了。

对詹姆逊来说,进行这种意识形态分析当然要从历史化开始,而历史化的第一个步骤是断代研究或分期化:这是接近历史和历史差异的首要途径。他的惯常做法是:从粗糙的断代差异开始,进而对特定的作品或历史领域进行细腻复杂的分析。这里,作为概念的"现代性"是被加了引号的,以备后来证明"现代性并不是一个概念,而是一种叙事范畴"[41],这是詹姆逊现代性哲学话语的认识论和历史主义核心。按照詹姆逊的追溯,与现代性相关的“现代”一词最早见于公元5世纪末(基拉西乌斯一世教皇在位的492—496年),拉丁语moderns是“现在”的意思,只用来区别于“过去”(antiques)。但在稍后一些时候(在卡西奥多鲁斯写作的公元6世纪),“现代”一词有了新义:“意指迄今为止的经典文化与当代文化之间的根本分化,后者的历史任务就是再造那种经典文化。”[42]这无疑意味着在这两种文化或两个时期之间已经形成了一种断裂(break)。但是,断裂并不是绝对的;断裂与连续、断裂与相关的时期总是处于一种辩证关系之中,总是与一个总体性分不开的。这个总体性包含着无数的差异和同一性,连续和断裂,残余的力和新出现的力,矛盾和二律悖反等。这样的一个总体性是在对过去的不懈探索中形成的,而正是在这个总体性中,正是在这种探索中,我们才认识到过去与现在的辩证关系:一方面是从过去到现在的浑然一体的连续,另一方面是过去作为一个完整的历史时期与现在的断裂。这意味着,首先,过去只有与现在彻底隔绝开来,将自身尘封起来,才能成为一个完整的历史时期;现在只有与未来彻底隔绝开来,将自身尘封起来,才能成为一个完整的历史时期;其次,现在如果不具备自我命名的能力,不能对自己的特征加以描述,不进行属于自己的具有历史意义的创造活动,而只专注于对最近的过去的再造,或对前一个时期的悲观的、忧郁的、理想化的模仿,那么它就不是一个历史时期,就不具有历史性,因此也不具有现代性;复次,现代性是在历史性出现之后形成的,目的是要抛弃对过去的再造和模仿,界定自身的当下使命,并与未来发生关系,从而开辟一个全新的历史时期。这就是说,只有当断裂经过相当长的时间而成为断代史时,现代性才得以形成。18世纪就是由于完全断裂而逐渐成为一个历史时期,因而也被视作现代性的一个形式的。基于这种思考,詹姆逊总结出现代性叙事的第一个原理:断代无法避免。[43]

然而,断代的问题涉及到是把现代性看作单个的历史事件,还是看作某一完整的历史时期的文化逻辑的问题。伽利略与近代实验科学,18世纪与法国大革命和启蒙运动,亚当·斯密与资产阶级政治经济学,尼采的“上帝之死”与世俗化,韦伯的合理化理论与资本主义的垄断阶段,而最重要的也许是笛卡尔的“我思”或“我怀疑”与其后强调自我意识的主体哲学的发展,所有这些个体事件与相关的历史时期都处于一种共生的关系当中,关键在于采取哪个叙事角度来讲述。而这里的叙事与其说是讲述,毋宁说是重写:即对以前的叙事范畴进行置换,对已经存在的和已经成为人类智慧的现代性进行改写。重写或改写是阐释的过程,是不断的自我重

构和再造的过程，现代性的自我创造就是在这种阐释活动和不断的重构中发生的。[44]这意味着，这种重写或改写把现代性与某一历史阶段联系起来，用陌生化的手法根据现在重写过去，或根据过去重写现在。这就使这种重写或改写具有了社会和历史意义，具有了资本的空间流动和文化的非领地化意义，也具有了历史和意识形态的叙事功能。它"以一种新的方式，通过经验本身古老的幽灵般的形式，而不是通过被公认的概念与其同样被公认的对象之间一对一的对应，给'现代性'的指涉对象定位"[45]。于是，詹姆逊说，"正如丹托所表明的，一切非叙事性历史都可能被转译成正常的叙事形式，所以，我也想要提出，在特定的文本中查找出比喻的根据，这本身就是一次不完整的运作，而比喻本身就是隐藏的或被掩埋的叙事的迹象和症候。这至少适于我们所一直描述为现代性的比喻的东西。"因此，詹姆逊总结出现代性叙事的第二个原理："现代性不是一个概念，……而是一个叙事范畴"[46]，是对主客体的一种建构，而这种建构是从笛卡尔那里开始的。

这等于说，建构，无论是主体的建构还是客体的建构，是要建构确定性(certainty)，而建构确定性的第一步是消除怀疑(doubt)。按詹姆逊的分析，笛卡尔的"我思"既标志着现代或西方主体的出现，又标志着主体与客体的分裂。这种分裂体现为主体与客体的一种辩证关系：主体产生于客体世界的空间之中，只有当这个空间被重新组织成纯粹同质的扩张时，主体才能被描述，就是说，只有间接地通过客体的世界，而且是在客体世界历史地产生的时刻，意识和主体才能得以再现。[47]在海德格尔那里，这种再现也同样是指主体与客体的分裂，在这种分裂中，主体与客体之间拉开了距离，主体通过"思"把假定的客体置放在被注视的状态，进行观察，思考，认识和直观理解，然后以再现的方式对它进行建构甚或重构。这种建构或重构的目的就是为了消除怀疑，"只有通过这种新近获得的确定性，新的作为正确性的真理概念才能历史地出现，换言之，类似'现代性'的东西才能出现"[48]。确定性是海德格尔的现代性叙事的理论本质，它体现为一种救赎的确定性，即人摆脱灵魂救赎的天启确定性而走向确保自己认识的已知事物之真实性的确定性，即肯定自身的自我决定。[49]詹姆逊认为这是海德格尔现代性叙事的第一个模式：一个特征（救赎的确定性）从先前的系统中（天启的灵魂救赎）进入了一个新的系统（对自身认知的真实性的确定性），而且发生了功能性变化，这在福柯和阿尔杜塞那里变成了从一种生产方式到另一种生产方式的转换。海德格尔的第二种叙事模式被简单地概括为"属于旧系统的残余因素的持续存在"[50]，这体现为笛卡尔"语言"中中世纪因素的存在。根据这两种模式，可以说笛卡尔的现代性与先前的神学理论构成了一个断裂，同时又与后来的尼采思想构成了另一个断裂，海德格尔也因此而成了一个断代思想家。然而，不管这种断代划分合适与否，詹姆逊在海德格尔的个性化语言中注意到了一个细微差别，即英文中的"再现"（representation）在德文中为两个词：Vorstellung 和 Darstellung。海德格尔使用的是前者，指根据认识论而对世界进行重组，从而产生一个新的存在范畴；而传统的形而上学使用的是后者，具有戏剧表现和场面描写的内涵。在后一种意义上，意识，无意识和主体性都是无法再现的，也是不可能再现的，因此，以"我思"和主体性为主导分类的现代性及其意识形态也就是不可再现的了。但这并不意味着现代性从此就是不可叙述的了。在这个问题上，海德格尔的"重组"无疑具有方法论意义，而首先由雅斯贝斯提出、经过萨特发展的"环境"（situation）这个术语为现代性叙事提供了应急措施，也就是詹姆逊总结的第三个原理："不能围绕主体性范畴组织现代性的叙事；意识和主体性是不可再现的；所能叙述的只有现代性的环境。"[51]

米歇尔·福柯具有划时代意义的知识考古学为现代性勾勒了这种环境，基本上分四个历史时期。第一个是被称作神学世界的前现代时期，它由中世纪和具有迷信色彩的文艺复兴初期构成，里面充满了比喻、相似性和符号，但没有现代意义上的真正历史。第二个是再现（表征）或古典时期，它以 17 和 18 世纪的科学模式和人文主义而与 19 世纪的工业生产方式紧密联系起来，因而与第三个现代时期，即 19 和 20 世纪，构成了一个完整的历史断代。第四个时期是一个朦胧但却富有预言性的领域，在现代性的缝隙中不断对语言和自身进行否定和消解。[52]詹姆逊认为，从技术上说第一个是非现代的，第四个是反现代的，因此都不能算作现代性的历史环境；而第二个和第三个时期就其断裂，过渡，重建，和向新秩序的发展而言，应该算作一个历史时期。此时，"财富，自然史和符号"是三个同源异体的部分（sectors），时间和历史体现为对起源的冥想，而语言则承担了知识的行为，肯定了名（词）与物之间的关系。[53]知识或"知识型"有史以来第一次构成了意义的框架，而意识和笛卡尔在此不过是一个脚注而已。[54]19 世纪语言学、经济学和生物学的发展犹如新生的地质板块的运动，脱离旧大陆的地质层，以无法预测和无法理解的力量向新的方向运动，完成了从再现（表征）向历史的过渡，即从产生意义向开始限制意义的过渡。这是一个新的历史主义和人文主义的时期。“在这个时期里,人类思想的界线,实际上就是知识的界线,就如知识的内容一样引人入胜,耐人寻味。”〔55〕詹姆逊认为,福柯和康德一样,也是对知识和思想的界线进行追踪和清理,但与康德不同的是,福柯在对思想进行界定的同时反而强化了越界的意志,也因此进入了知识的禁地。而福柯与海德格尔的区别则在于:海德格尔把西方形而上学的整个发展追溯到笛卡尔,福柯则把这一追溯所掩盖的部分全部揭示出来了。〔56〕海德格尔的现代性叙事由两个断代构成,第一个是简单再现的时刻,第二个是主体出现的时刻,正是在这第二个时刻里,福柯看到了海德格尔所没有看到的一个特征,即“分离”(separation)。福柯用“分离”描写不同学科的运动,当它们在地理上相互离散而达到相对自治时,便形成了独立的生活、劳动和语言;马克思用“分离”描写资本主义的现代性,当工人从原来的生产方式中解放出来,与土地和工具相分离时,便被当作商品投入了自由市场;在韦伯的“合理化”理论中,“分离”意味着“拆解”,传统的“整体”劳动被拆解成“零部件”,再根据效率标准对这些零部件加以重组,从而完成了管理者和劳动者、即脑力劳动与体力劳动的分工。〔57〕对这种“分离”进行最后描述的是尼克拉斯·鲁曼:在这里,“分离”体现为各个社会生活领域之间的分化,“它们从某一看似全球的和神话的(但往往是宗教的)总体动力的脱离,以及作为具有独立法律和动力的独立领域的重建”〔58〕。

从笛卡尔到福柯,从马克思到鲁曼,各种关于“断代”和“分离”的描述无不关系到现代性理论的建构。如果说笛卡尔的现代性是启蒙和理性,海德格尔的现代性是确定性,福柯的现代性是知识的谱系学,那么,马克思(主义)的现代性就是资本主义本身。“现代性描述的是在特定体制内部、在特定历史时刻内部获得的东西,因此不能指望它对它所否定的东西进行可靠的分析。”〔59〕换言之,任何一种现代性理论,只有承认在现代与后现代之间已经发生了断裂和分离时,才具有意义。〔60〕这是他总结的第四个现代性叙事的原理。

但是,这种断裂和分离是如何发生的呢?在《文化与金融资本》中,詹姆逊试图找出产生断裂和分离的根本原因,因为这是他(自认为)为一种尚未成型的正统的马克思式现代主义理论所做的两个贡献之一,即,“作为现代主义的现实主义,或从根本上作为现代性之组成部分的一种现实主义”,其特点是“断裂,创新,新知的出现”等〔61〕。他的另一个贡献就是把从现实主义到现代主义、从现代主义到后现代主义的过渡看作一个形式过程，物化力量不断加强、各个阶段又相对自主的一个过程。这当然离不开卢卡契的现代性叙事，即他关于现代主义的物化的分析、解构和差异论述。[62]然而，一旦从假定独立的现代性中抽身出来，进入后福特主义的后现代语境中，无论是卢卡契的物化理论，泰勒的劳动分工，还是被誉为“探讨劳动过程的里程碑”的《劳动与垄断资本》[63]，就都不那么适合以文化消费为主流的后现代性的“环境”了，因为在这个环境里，用来支撑和维持后现代性本身的东西只有金融资本，因此，詹姆逊建议用德勒兹和瓜塔里的“非领地化”理论来分析后现代环境里的资本主义消费文化或全球化的虚拟空间(cyberspace)。

在德勒兹和瓜塔里看来，“文明是由资本主义生产中流动的解码和非领地化来限定的。任何一种方法都能保证这种普遍的解码：财产、物品和生产方式的私有化，但还有‘私下的人’自身器官的私有化；金钱数量的抽象化，但还有劳动数量的抽象化；资本与劳动能量之间关系的无限度性，以及金融流动与收支方式的流动之间的无限度性；符码流动本身所呈现的科学和技术形式；由不具有明确认同的线和点开始的浮动结构的形成”[64]。这种解码流动的路线就是一部近代金融史：美元的用途，短期的移动资本，硬货的浮动，金融信贷的新方法，特殊的取款权利，以及新的危机和投资形式。所有这些无不预示着詹姆逊所描述的金融资本的终极非领地化——土地和地球的抽象化。我们现在所要做的，是对这种抽象化进行叙述，描写这种新的非领地化的后现代内容，它“与作为全球金融投机的现代主义自主化的关系，就仿佛旧的金融业和信贷或80年代白热化的股票市场之于大萧条时期一样”[65]。后现代语境下的马克思主义文化批评就是要赞扬、保护、支持以资本的“终极非领地化”为体现的永久革命，抵制和反抗以“重新领地化”为体现的资本主义社会的权力或霸权扩张，其方法就是德勒兹和瓜塔里所高扬并加以政治化的“小语言”(minor language)，但这不是本文所及的话题。

(作者单位：清华大学外语系)

注　释：

〔1〕 Gilles Deleuze and Claire Parnet, *Dialoques II*, trans. Hugh Tomlinson and Barbara Habberjam, New York: Columbia University Press, 2002 (Originally Published in French in 1977). p. 36.

〔2〕 吉尔·德勒兹:《福柯·褶子》,于奇智,杨洁译,湖南文艺出版社,2001年版,第150—151页。

〔3〕 同上书,第159页。

〔4〕 在德勒兹的政治伦理学中,“机器”是一个很重要的概念,几乎贯穿于他的全部著作。机器不同于有机体(organism),有机体是一个有限的、具有同一性和目的性的整体;机器不同于机械(mechanism),机械是具有特定功能的封闭的机器。而机器只是关联(connections),没有来由,没有目的,也没有封闭的同一性。

〔5〕 见 Claire Colebrook, *Gilles Deleuze*, London: Routlege, 2002, pp. 55-59.

〔6〕 Fredric Jameson, “Culture and Finance Capital”, in *The Jameson Reader*, ed. Michael Hardt and Kathi Weeks, Blackwell, 2000, p. 267. (The essay is originally published in *Critical Inquiry* in 1997.) 关于詹姆逊对现代性和现代主义进行的“非领地化”的分析,见其新著: *A Singular Modernity: Essay on the Ontology of the Present*, London: Verso, 2002.

〔7〕 见张旭东:《辩证法的诗学》,载《批评的踪迹:文化理论与文化批评,1985—2002》,生活·读书·新知三联书店,2003年版,第123页。

〔8〕 Gilles Deleuze and Félix Guattari, *Anti-Oedipus: Capitalism and Schizophrenia*, trans. Robert Hurley, Mark Seem, and Helen R. Lane, Preface by Michel Foucault, Minneapolis: University of Minnesota Press, 1994, 7 th printing, p. 258.

〔9〕 *Anti-Oedipus*, pp. 258-259. 中译文引自《马克思恩格斯选集》第二卷,人民出版社,1972年版,第106页。

〔10〕 Marx, *Capital*, Vol. 3, pp. 249-250; *Anti-Oedipus*, pp. 258-259.

〔11〕 Deleuze and Guattari, *Anti-Oedipus*, pp. 270; 320-321. Eugene W. Holland, *Deleuze and Guattari's Anti-Oedipus: Introduction to Schizoanalysis*, London: Routledge, 1999, pp. 16-17。另见《马克思恩格斯选集》第二卷,第108-109页。

〔12〕 见 K. Marx, Capital (1967), Vol. 3: 249-250; *Grundrisse: Introduction to the Critique of Political Economy* (1973), 618-623. (New York: International Publishers.)

〔13〕 Eugene W. Holland, *Deleuze and Guattari' s Anti-Oedipus*, pp. 80-81.

〔14〕 同上书, pp. 80-81.

〔15〕 Anti-Oedipus, pp. 225-267。

〔16〕 Deleuze and Guattari, *A Thousand Plateaus: Capitalism and Schizophrenia*, University of Minnesota Press, Minneapolis, 1987, pp. 351-423. 关于组装的详尽阐释,见 Ian Buchanan, *Deleuzism: A Metacommentary*, Edinburgh University Press, pp. 115-140.

〔17〕 张旭东,上引,第124页。

〔18〕 Jameson, “Culture and Finance Capital”, p. 267-268.

〔19〕 Jameson, ibid. p. 268.

〔20〕 Ibid. p. 257.

〔21〕 Ibid. p. 257.

〔22〕 Gilles Deleuze, *Cinema 1: The Movement-Image*, trans. Hugh Tomlinson and Barbara Habberjam (London, 1986), p. 96.

〔23〕 Jameson. "Culture and Finance Capital", p. 258.

〔24〕 Giovanni Arrighi, *The Long Twentieth Century: Money, Power, and the Origins of Our Times* (New York, 1994).

〔25〕 Ibid. pp. 258-259; Giovanni Arrighi, *The Long Twentieth Century: Money, Power, and the Origins of Our Times* (New York, 1994).

〔26〕 Eugene W. Holland, *Deleuze and Guattari' s Anti-Oedipus*, p. 61.

〔27〕 *Anti-Oedipus*, pp. 230-231.

〔28〕 见 "Introduction" to *The Jameson Reader*, Ed. Michael Hardt and Kathi Weeks, Blackwell, 2000, pp. 22-23.

〔29〕 见 "Postmodernism, or the cultural logic of late capitalism", *The New Left Review*, 146 (July-August, 1984), p. 90.

〔30〕 见 "Cognitive mapping", in Cary Nelson and Lawrence Grossberg (eds), *Marxism and the Interpretation of Culture* (Urbana, University of Illinois Press, 1988), p. 353. Also in *The Jameson Reader.*

〔31〕 Jameson, "Culture and Finance Capital", pp. 272-273.

〔32〕 张旭东,上引,第125页。

〔33〕 同上书,第127页。

〔34〕 海登·怀特:《后现代历史叙事学》,陈永国、张万娟译,中国社会科学出版社,2003年版,第124—126页。

〔35〕 见 Claire Colebrook, *Gilles Deleuze*, Routledge Critical Thinkers, Routledge, 2002, pp. 91-101.

〔36〕 见 "Introduction" to *The Jameson Reader*, pp. 13-15.

〔37〕 Fredric Jameson, *A Singular Modernity: Essay on the Ontology of the Present*, Verso, 2002. p. 1.

〔38〕 Ibid, pp. 4-5.

〔39〕 Ibid, p. 11.

〔40〕 Ibid, pp. 12-13.

〔41〕 Ibid, p. 40.

〔42〕 Ibid, p. 17.

〔43〕 Ibid, p. 30.

〔44〕 霍米·巴巴:"'种族'、时间与现代性的修订",巴特·穆尔-吉伯特等编:《后殖民批评》,杨乃乔等译,北京大学出版社,2001年版,第254-256页。

〔45〕 Jameson, *A Singular Modernity*, p. 39.
〔46〕 Ibid., p. 40.
〔47〕 Ibid., p. 44.
〔48〕 Ibid., p. 47.
〔49〕 Ibid., p. 50.
〔50〕 Ibid., p. 51.
〔51〕 Ibid., p. 57.
〔52〕 Ibid., pp. 61-63. 关于福柯对现代性的古典时期的清晰论述,见汪民安《福柯的界线》,中国社会科学出版社,2002 年版,第 78—93 页。
〔53〕 Ibid., p. 63.
〔54〕 Ibid., p. 68.
〔55〕 Ibid., p. 71.
〔56〕 Ibid., p. 73.
〔57〕 Ibid., p. 83.
〔58〕 Niklas Luhmann, *The Differentiation of Society* (New York: Columbia University Press, 1982). 见 Ibid., p. 90.
〔59〕 Jameson, *A Singular Modernity*, p. 91.
〔60〕 Ibid., p. 94.
〔61〕 Jameson, "Culture and Finance Capital", p. 264.
〔62〕 见 Jameson, *A Singular Modernity*, pp. 82-85.
〔63〕 Harry Braverman, *Labor and Monopoly Capital: The Degradation of Work in the Twentieth Century* (New York: 1974).
〔64〕 *Anti-Oedipus*, pp. 244-245.
〔65〕 Jameson, "Culture and Finance Capital", p. 267.

伊格尔顿的文化批评观：后现代语境下的反思

胡友珍

内容提要:本文在细读理论原著的基础上,对当代英国最杰出的文学理论家、文化批评家和马克思主义理论家特里·伊格尔顿的批评理论做了一番"鸟瞰式"的梳理,在重点介绍他在后现代主义语境下的文化批评观的同时,提出了自己的反思。作者认为,伊格尔顿从文学批评入手开始了自己的学术批评生涯,后逐步过渡到带有鲜明的意识形态色彩的文化批评理论建构。他和前辈马克思主义批评家威廉斯一样,在自己的批评道路上逐步扩大批评的范围,最后发展到具有鲜明倾向性和著述风格的马克思主义文化批评。他的批评理论特色体现在从理论思辨到政治实践,从文学批评到文化理论。这一历程充分证明了他对文学批评的社会功能的强调,对既定的学科界限的超越,以及他的唯物主义实践观。他的后现代主义语境下的文化批评观将从四个方面去展示:文化概念的历史演变,文化危机,文化之战以及共同文化的探寻。

关键词:伊格尔顿　文学理论　意识形态　后现代主义　文化批评　文化观

Abstract: The present essay, based on a close reading of Terry Eagleton's major works, makes sketch of his critical theory, emphasizes his idea of culture in the postmodern context and tries to provide some reflections on his critical thinking. The author thinks that Eagleton started his academic career from literary criticism, and then gradually realized his own distinctive theoretical construction of ideology, and finally become a Marxist cultural critic with his own distinctive ideological tendency and writing style. His critical theory demonstrates a very clear developing process from theoretical reflection to political practice and from literary criticism to cultural criticism and theoretical construction. The process strongly proves his emphasis on the social functions of literary criticism crossing the disciplinary boundaries and his practical idea of materialism. His idea of culture in the postmodern context is largely displayed in the four aspects: (1) the versions of culture; (2) the crisis of culture; (3) the war of culture; and (4) going towards a common culture. Eagleton's contribution to world literary theory is great and should not be ignored. That is what this essay is intended to do and it is aimed to add a certain new perspective on further observations of China's Eagleton study.

Key words: Eagleton, literary theory, ideology, postmodernism, cultural criticism, the idea of culture

尽管在当今的国际文学理论界和文化批评界，特里·伊格尔顿算作一位大师级的文学理论家和有着自己独特风格的文化批评家，但令人奇怪的是，对他的研究著述却少得可怜，这不能不使人感到惊讶。本文虽无力介入国际性的理论争鸣，但至少试图对伊格尔顿的文化批评观做出自己的评介，以便率先在中文的语境下填补这一研究的空白。

文化概念的历史演变

"文化"据说是英语中最复杂的两三个词汇之一，有人统计到目前为止仅文化的定义就有160多种。伊格尔顿的老师雷蒙德·威廉斯认为文化有三种定义。首先是"理想的"文化定义，就某些绝对或普遍价值而言，文化是人类的一种状态或过程；其次是"文献式"的文化定义，根据这个定义，文化是知性和想象性作品的整体，这些作品以不同的方式详细地记录了人类思想和经验；最后是文化的"社会"定义，根据这个定义，文化是对一种特殊生活方式的描述，这种描述不仅表现艺术和习得中的某些价值和意义，而且也表现制度和日常行为中的某些意义和价值。威廉斯认为，这三种定义每一种都有价值，因为我们在分析每一种因素时，它们都是能动的：在许多不同的层次上，每一个因素都将体现一些真实关系。在描述这些关系的过程中，真正的文化过程将显现出来。[1]

而伊格尔顿从分析文化与自然的关系入手，对文化与文明、文化与宗教、文化与礼仪、文化与社会以及文化与政治等关系的历史演变进行了详尽的分析，认为“文化”一词可以包含三个层面的意义：“第一，文化可以指价值得到认同的具体的艺术作品和思想作品及其制作和欣赏过程。第二，由此扩展开去，可以指一个社会的所谓‘情感结构’，是社会的生活方式、习俗、信念、道德、美意识等组成的不断变迁但无法触摸的综合体，是习得行为和信念所形成的渗透性氛围，它将自己相当含混地记在社会意识里，即躲躲闪闪地、辩证地融入所谓‘看不见的日常生活本身的颜色’。第三，进一步扩展开去，文化当然可以指制度层面上的整个社会生活方式，包括艺术、经济、政治和意识形态等相互作用的所有成分，它们构成全部生活经验的所有因素，决定了这样而不是那样的社会。”但是他特别强调指出：“最重要的是三个意义互相关联。”[2]

伊格尔顿经常使用“文化生产”这个概念，以加强“文化”的物质基础和政治意义。把“文学”或艺术与“生产方式”关联起来，在有些人看来似乎非常别扭，因为根据他们的常识，“文学”是高雅神圣的事情，属于“精神王国”，是人们挣脱“生产”和“经济”的世俗劳累和烦恼之后、放飞自我的“精神家园”。那些严守科学疆界的严肃学者通常也不会把“文学”与“生产方式”联系起来，因为众所周知，“生产方式”是马克思主义政治经济学特有的一个基本概念，而“文学”和“政治经济学”则分属两个不同的学科领域，它们是两回事。至于马克思主义美学传统内部，则有两种主要情况：要么也许由于这种强大的“常识”力量的影响，也许是不愿冒犯好像已经签约的学科分界，只是在一些特殊场合通过经济基础/上层建筑框架把“文学”与“生产方式”仪式性地联系一下，要么僵硬地把文学作品与特定历史的经济状况逐一对应，使文学批评还原为社会历史的索引和考证，成了与艺术审美无关的另一种话语。而对于推倒一切学科疆界、填平所有深层结构的后现代理论来说，把“文学”与“生产方式”关联起来，则是一种企图寻找某种本原和基础但现在早已失效的现代性的宏大话语。

但是伊格尔顿却坚持把“文学”与“生产方式”链接在一起，因为文学固然是一种社会知觉结构和意识形式，处理的是思想、观念、世界观、意象等精神方面的事情，但它同时也是一种产业。书籍不止是有意义的结构，戏剧不止是文学脚本和舞台演出的集合，它们也是而且首先是给投资者带来利润、使大众得以消费的商品。文学要成为产品或可以消费的作品，必须经过采用一定方式的生产过程；显然，“文学生产方式”的存在是一个非常简单的事实，对这一事实进行分析，也是一件非常自然的事情。然而，对于伊格尔顿来说，决不能仅仅对事实表面进行社会学和唯经济论的分析，而是要深入事实的核心，分析它与艺术本质的决定关系。结果我们看到，伊格尔顿对“文学生产方式”范畴的界定蕴含着珍贵而丰富的思想，概括而言，第一，他把艺术牢牢地置于社会生产的物质基础之上，令人信服地坚持了唯物主义批评的根本立场；第二，文学生产方式以比人们一般想象的更高的程度决定了艺术观念和审美情趣；第三，文学生产方式以各种方式刻写在作品的文类、风格、结构、节奏、句式等形式上；第四，从本质上看，艺术是一种社会生产形式，是一种社会实践。如果不明确地坚持文学艺术或“文化”的物质生产层面，或者说，如果不把作为意义象征系统的文化与社会的物质生产实践联系起来，“文化”就会成为一种漂浮的能指，因为任何文艺作品都可以根据其历史内容和语言风格测定它所属的特定社会背景以及与其他文化现象的关系。因此伊格尔顿经常使用“文化生产”这个概念，以加强“文化”的物质基础和政治意义。对于伊格尔顿而言，从文化视野看文学，或者把文学放在整个文化的大背景和大语境中，就是要把艺术以及整个社会知觉结构置于以经济生产活动为中心的人的全部物质实践活动当中。因此，“文化”范畴穿越经济基础和上层建筑，当然也与政治权力关系密切相联。[3]

显然，“文化”概念本身充满了意义争执。随着冷战的结束，文化迅速升温，文化在有的人手里成了替代政治的一种全球黏合剂，好像只要文化交流的渠道畅通，“世界人民”就会不分彼此，其乐融融。也有人以为文化冲突将会引起政治军事冲突。二者实际上都是把文化看作最高和最后的能指，但这是一个漂浮的无所指的能指，远远离开了我们所体验的真实。针对后现代时代的文化热，伊格尔顿提醒人们：“不管今天的东西方或南北方之间存在着什么问题，它们首先不是文化问题，这是完全可以肯定的。如果像后现代主义唯文化论者那样持相反的观点，那纯粹是想把破坏性的神秘化现象维持下去。”[4]伊格尔顿认为，文化不是解决问题的方法，也不是一个超验的可以涵盖一切的范畴，更不是可以调和一切现实纷争的最高裁决者，文化本身就是政治斗争的场合。“文化”争执不是简单的概念问题，而是牵涉到社会的利益和权力关系，埃德蒙·伯克等人曾用意味着传统法权、世袭地位、等级差别的风俗惯例或“文化”来对抗托马斯·潘恩等人要求的平等、自由、公正的“自然”，以消除法国大革命引起的喧嚣和骚动；维多利亚王朝的资产阶级精神工程师们曾诉诸“文化”和其他“有机”范式，以补偿和缝合整个经济生活的资本主义所产生的政治不公和社会分裂。因此，文化绝不是封闭的观念变迁的问题，而是人的现实历史关系的表现。文化研究或文化批判并不是用“文化”来解释一切，恰恰相反，应该调动一切资源和方法来解释文化。如果离开人与人的现实历史关系，将特定社会结构的问题转换成观念变迁本身的所谓文化问题，那是对问题的真实性和症结的有意或无意的掩盖。的确，文化总是与权力关系纠缠在一起，批评家的取向会有种种差异，但有一点是肯定的：文化和文化批判总是一种社会政治实践，因为“任何一套关于人类意义、价值、语言、感情和经验的理论，势必要论及关于人类个人和社会性质的更广更深刻的信念、权力和性的问题，对过去历史的解释，对目前的看法，以及对未来的希望”[5]。至于冷战结束以后“文化”的再度升温，其实是自由主义与保守主义在消费资本主义社会条件下的一次新的组合。不妨说，“文化”是政治的表现。这也确实是伊格尔顿“文化理论”所要表明的基本立场。

文化危机

“文化”概念的歧义性，文化与权力的关系，文化的政治表现，无疑加大了文化的神秘化特征，也更加使得它成为了漂浮的无所指的能指。那么，文化的背后到底蕴涵着什么呢？美国著名思想家丹尼尔·贝尔从批判社会学的角度谈到了文化背后隐含着的危机，他的文化危机是指现代资本主义社会的文化危机。在19世纪中叶以前的资本主义社会早期，以功能理性和节俭效益为轴心原则的技术－经济体系，有一套与其协调一致的独特文化和品格构造，这就是视工作为天职、强调先劳后享、勤俭禁欲的新教伦理和清教精神。但是，随着社会结构的变迁，尤其是消费社会的出现，这套独特文化和品格构造逐渐崩溃瓦解，原来勤俭持重的生活习惯，为奢华糜费的享乐主义生活方式所取代，工作失掉了它宗教价值上的超越意义。与此同时，一场以流派纷呈著称的现代主义文化运动，又对已被商业机制蛀蚀得只剩下干瘪外壳的传统价值体系，展开了疯狂扫荡，进一步破坏了资本主义社会赖以维系的道德基础，并最终取得了至高无上的文化霸权地位。但是，现代主义本身也经历了裂变和衰竭的过程，尤其是经过与享乐糜费的大众文化的合流，现代文化日益变得庸俗浅薄、粗鄙无聊，资本主义社会因此正面临着一场“既无过去又无将来”的“信仰问题”或者说“精神危机”[6]。

而伊格尔顿却针对当代社会文化现状和英国的“英文研究”现状，借用本雅明的一句名言提醒大家，“一切照样进行”正是文化危机的所在。“英文研究”（the study of English）是指19世纪后半期马修·阿诺德以来至20世纪前半期的T. S. 艾略特和F. R. 利维斯等人倡导并实践的对英国文学的重视和研究以及相应的一套意识形态和方法论；从谱系上看，它肇始于维多利亚时代的英国，“是当时已经显示出种族主义倾向的人种学的一部分。它的前身是比较语言学，在语言中寻找种族或民族精神的演化规律”[7]。在伊格尔顿看来，19世纪后半期“英文研究”的兴起是由多重因素决定的，但总的来说反映了资产阶级的政治需要。比如维多利亚后期的文化理论家阿诺德就明确提出，中产阶级必须立即行动起来，提高自身的文化修养和审美情趣，否则就不会赢得下面那些阶级的同情，就可能失去自己的阶级霸权。牛津大学早期的英文教授乔治·戈登在他的就职演说中说得也非常彻底：“英国得了病……英国文学一定要救它。教会已经失败，社会医治缓慢，因此英国文学现在有三重作用：我认为它仍然给我们以享受和教育，但同时，也是更重要的，它拯救我们的灵魂，治愈这个国家。”[8]可见“英文研究”曾经被赋予了多么重大而神圣的社会责任和政治任务。不难理解，在资本主义的高速发展与更加严重的社会冲突之间，当马克思所说的革命的幽灵在欧洲徘徊的时候，在宗教已经不再能够收拾世道人心的情况下，文学被主观上赋予了整合乾坤的重任，尽管实际上顶多是给“阳性”暴烈的资产阶级权力附加几句“阴性”温柔的话外音而已。到了20世纪前半叶，“英文研究”在艾略特和利维斯等人的奋力拼搏下，达到了一个前所未有的神话般的高峰。在利维斯手里，社会或“国家”被“生活”所替代，文学成了学科中的学科，社会构成中的精神实质，生活的最高形式，不啻第二个上帝。然而，历史的发展往往“不以人的意志为转移”，伊格尔顿也承认：“事实仍然是，今天的英国文学学生是‘利维斯的信徒’”[9]。利维斯主义已经深深扎根于学院制度之中，并且随着英文进入了世界其他地区，这也是伊格尔顿在《批评与意识形态》、《批评的功能》和《文学理论引论》等许多地方，一再对它发起批判的一个重要原因。伊格尔顿认为当今在读者和文本之间横卧着一种不成体统的话语，有些批评术语如象征、抑扬格、有机统一、以及美妙的质感等，把文学作品拉得离我们更近一些，而性别、能指、亚文本以及意识形态等术语却将作品远远地推开。总的来说，要谈普遍现象，不要谈殖民主义，要谈美，不要谈资产阶级，可以谈论重压之下的人类状况，但不要提任何具体集团的人们受压迫的问题,否则文学就会误入社会的歧途。换句话说,问题的关键是西方文化本身弥漫着危机,虽然并非所有地方都可以明显地看到这种时代的风云剧变。这一剧变的性质如何呢?随之而来的无疑还有民族性的危机,因为凝聚一个民族除了文化还有什么呢?不会是地理,也不会是政治国家,因为那种苍白贫血的统一性只能从团体的生活形式体验中长出肉来。但是那种团体合作的民族属性现在却因为一系列原因而成了问题:出现了跨国资本主义,它像《荒原》那样轻易地穿越民族国家之间的疆界;地缘政治在转型,发达国家正在把它们对着东方的枪口转向南方;革命的民族主义冲击着宗主国中心;一种地地道道的世界性的文化以后现代主义的面目出现了;在种族主义根深蒂固的社会里,出现了种族的杂多性。

伊格尔顿认为,在20世纪头几十年,英文研究在面对世界性的现代主义的挑战时,以昔日帝国的国际主义作为回应,以全球为驰骋的疆域,以本土为安全的中心。这种信心十足的霸权也包含着自我解构的种子。因为利维斯的英文研究所持的意识形态至少表现出这样的特点:看出民族语言的丰富表现和独一无二的英国经验方式有着特别密切的关系。当然,你们可以用"英联邦文学"这类荒谬的东西竭力关照所有这些作品。"第三世界研究"是"英联邦文学"的更精密的理论变种,如今已不那么精确。这种殖民或后殖民写作在能指和所指之间打进了一个危险的楔子,使这个民族的言语脱离了民族的本体。在后现代主义的语境下,人的话语明显处于多元状态,由于人的定义本来要求人具有单一的本质,所以这种多元状况实际上愈发让人难堪。正是由于这个原因,文学在我们这个时代已经匪夷所思地政治化了,不再是成千上万个像我们这样在政治上无关紧要的小卒子们所追求的奥秘了。60年代后期以来,所谓的人文学科无疑第一次在西方成了进行激烈政治抗争的竞技场,而文学研究向来就是人文学科的前哨。这在一定程度是一种话语移植,令人沮丧地表征了我们时代的特点,但是它的确证明了我们经受的危机是一种特定文化的危机。

像迄今为止的许多人类社会一样,资本主义统治制度需要求助于某种超验价值为其行为签名放行,但是据哈贝马斯的观点,这些寻求合理化和世俗化的社会制度必然使自身的形而上基础受到越来越严重的动摇,一只手制造的神秘性被另一只手拆除了。基础和上层建筑、商品生产和精神法度也因此而令人难堪地彼此不合。"莎士比亚仍然体现着永恒的价值,但原因是如果没有万全保险公司的支持赞助,你就无法制作他的作

品。”[10]后现代主义从其恩师尼采那里得到提示，为走出绝境指出了一条大胆的途径：忘掉本体论的依据和形而上的清规戒律，承认上帝——或上层建筑——已经死了，至于自己的价值，就在自己的实际行动当中，就在那个无限增殖的冲突和主宰之网上，尼采谓之权力意志。这种策略指望消除发达资本主义的行为矛盾——事实和价值、修辞和现实、实际行动和口头言说之间存在着严重脱节，这些矛盾本身是造成意识形态不稳定的根源。但是这样做的确需要资本主义制度付出太大的代价，要求它忘记文化不仅反映社会实践，而且使社会实践合法化。文化绝不会从我们的实际行动中自己生发出来，否则，我们最后会得到一些最坏的价值。文化必须使实践活动理想化，予它们以形而上的支持。然而，商品形式越是抹平价值等级，将多种多样的生活形式不分青红皂白地混成一团，使超验领域变得空空如也，就越会掏空社会的意识形态权威所必需的象征资源。[11]

这一矛盾几乎在当代社会生活的每个层面都可以看到。如果人们的法人身份意识受到侵蚀，他们的共同历史被还原为永远现时的消费欲望，他们就不再像有责任心的公民那样行事。所以，必须用传统工业或宗主国战争的形式综合制造那种法人身份意识。如果允许推倒和击碎一切的商品形式侵入教育领域，就需要更大声地坚持基本原则、既定规范、不变标准。越是将媒体商品化，就越发觉得需要诗歌为尼尔逊勋爵说些琅琅上口的漂亮话。越是剥削廉价的黑人劳动力，就越会想到保存民族文化的同一性和纯洁性。在所有这些方面，无政府和专制制度、金钱和形而上学、交换价值和绝对价值，都既是陌生人又是亲兄弟，是不共戴天的敌人，也是如胶似漆的密友。同样，曾经和抽空社会生活目的和价值的政治形势串通一气的知识分子也开始在由自己促成的社会惨相面前露出目瞪口呆、惊恐万状的样子，为绝对价值的丧失而悲痛不已。当然，如果他们能够跨过教会执事常有的怀疑主义而终于对洗礼盘之类的东西确信不疑的话，或许会帮助他们追求到绝对价值。然而，他们大部分人不管私下里多么想做但实际上做不到这一点，所以，他们必须凑合着用那个宗教的代用品，即常说的文化。[12]

针对一些人对知识左派的攻击，伊格尔顿也予以了回击，他指出，实际上，正在颠覆传统文化的并不是它的左翼，而是右翼，不是批评家在颠覆这一系统，而是这一系统的守护人在这样做。正像布莱希特说过的那样，激进的是资本主义，而不是共产主义。他的同道本雅明也补充说，革命并不是失控的火车，而是一次紧急制动。资本主义使每一个价值都成了疑问,使熟悉的生活形式分崩消解,使一切坚实的东西化成空气或肥皂剧。但是资本主义难以承受这样的根本性革命所带来的焦虑感、怀旧感和灭绝感,需要某种称为文化的东西来呵护它,而它一直试图全力削弱的也正是这种文化。文化更加零散、折中、通俗、世界化,这是符合晚期资本主义逻辑的文化,但本质上并不是阿诺德所期盼的文化,而是那种活灵活现地羞辱了阿诺德所预设的文化的文化。接着,后现代主义把这种矛盾简单地颠倒过来,企图用异质性来拆解该文化系统形而上和独白的方面。这种毛糙的理论使商品形式在反对精英主义的名义之下轻松地获得了签字赞同。其实,这种理论比任何精英主义都更加盛气凌人,比任何学院派都更加孤高冷漠,它不负责任地为市场制度呐喊助兴,但是对平民百姓来说,市场却使他们无家可归,无业可就,并不曾引起什么来去不定的力比多冲力;从全球的情况来看,市场引来战争,把世界变成了大厨房。人们也许会说,这种"激进主义"使一切反动都瘫痪了,所以必然要引起反动,这就叫相克相生的辩证法。激起反动的并非来去不定的力比多冲力,因为离开十步远,那东西就认不出来了。认为受到侵蚀的文化标准激起了反动,这种现象在语言中尤为明显,这就是文学研究为什么转而注视政治风雨的又一个原因。"语言是法西斯主义者",罗兰·巴特说了许多诸如此类夸张过火的话,但也因此而显得可爱。这话虽然有点离谱,但语言的纯洁性的的确确是那些骨子里怀着法西斯幻想的妄想狂和病理学患者的最后避难所。他们觉得自己促成的这个多语社会秩序反而削弱了自身的存在。因为语言是人的根本属性,只有诗歌或背叛才会削弱这个根本。[13]

伊格尔顿以上所说的文化危机,其实是指我们所遭遇到的更深层的危险。因为男人女人们并不单靠文化活着;就文化的更狭窄意义而言,大部分男男女女的生活与文化沾不上边。从某种意义上说,文化是剩余和超出的东西,无法用严格的物质尺度来衡量。但是自我僭越和自我超越恰恰是衡量人性的尺度。[14]无论是丹尼尔·贝尔的文化危机还是伊格尔顿的文化危机,都不单纯是一场文化危机,而是整个资本主义社会的危机,文化危机的背后有深刻的社会根源。譬如,美国60年代的"反文化"运动,其背后就有大众贫困的蔓延、黑人争取平等运动、青年的异化、越南战争等社会因素在起作用。社会结构的变迁(人口的增长、都市的出现、交通运输和通讯技术的革命,特别是20年代大众消费社会的出现),新教伦理和清教精神的崩溃以及享乐主义的盛行也是危机生成的因素之一。宗教信仰的泯灭、超生希望的丧失,导致了自我意识的危机,而现代人拒不

承认这种人生的大限，坚持不断的超越（自我表现和自我满足），从而使文化和经济领域发生了激烈的碰撞。事实上，资本主义技术－经济领域内等级制的组织结构，把人日益贬低到角色和功能的位置，人的丰满个性被压榨成单薄无情的分工角色，而追求自我表现、自我满足的现代主义，正是对这种"非人化"的社会结构的反动。这些正是资本主义文化危机的真正根源。资本主义社会矛盾一天不消失，危机的解决就永远是一个乌托邦的神话。[15]

文化之战

光是指出当代文化所遭遇到的深刻危机，并不是作为马克思主义文化批评家的伊格尔顿的根本任务，他所要进行的是一种对具有后现代特征的当代文化的批判。在这一点上，他首先将文化的模糊性和多义性作了区分。他指出，"文化"至少可在两个层次上加以讨论，一种是用大写英文字母开头的"总体文化"（Culture），另一种就是用小写英文字母开头的各民族的"具体文化"（cultures），这两种文化的对立和争斗使得文化的概念毫无节制地扩张，甚至达到了令人生厌的地步。这种"文化之战"的范围从而也就无限制地扩张到除了总体文化与具体文化之间以外的高雅文化与大众文化之间、经典的看护者与差异的维护者之间、死去的白种男性与没有得到公正对待的边缘人之间等的争斗。"文化之战"不再是一个简单的概念或学术问题，而是一个政治问题。[16]

按照席勒或阿诺德的原意，文化是对宗派主义的一种矫正，它使人的头脑被单方面地介入而置于安详的清白状态，并且从我们恶劣的、经验的日常自我中抽出一种普遍的人性。然而，既然这种欢乐的古希腊精神面对的是具体的实际利益，那么它就只能以背叛自己为代价在行动中实现自己了。保卫自己的这种必要行动实际上削弱了自己那和谐的对称。但是你仍然能努力使文化的这一意思在一个三级过程中与其他东西相联系：作为审美的文化界定了一种生活质量（文化作为一种修养），在文化中从总体上实现这一目的就是政治的任务（文化作为生活的集体形式）。[17]

伊格尔顿认为，使文化的概念提到议事日程上来是由于现代性经历了六个历史发展阶段的结果。首先，文化在"文明"开始显得自相矛盾时一下子步入前台，正是在这一时刻一种辩证关系成为必然。在后启蒙时期的欧洲，一旦文明的概念成为一个单调乏味的实在术语而非一个不断上升的规范性术语，文化便开始将其当作乌托邦式的批判而反对它。其次，一旦人们意识到，没有激烈的社会变革，艺术和美好的生活的未来就处于可怕的险境之中，这时文化的作用一下子就变得突出了。为了使文化得以生存，你必须变革这种文化。第三，在赫尔德和德国唯心主义那里，文化在一种独特的传统或种族的生活方式之意义上提供了一种攻击启蒙普世主义的便利方法。第四，一旦西方帝国主义面临异族生活形式的难题，文化便开始发挥作用了，因为那些形式必定是低劣的，但却显示出有着合乎情理的适当外形。因此，在帝国主义时代，西方在某个特定的时刻面临着文化相对主义的幽灵时，它需要确定自己的精神特权。[18]

伊格尔顿还指出，使得文化概念突出的另两个原因在某种程度上属于我们自己的时代。首先是文化工业：在那个历史时期，文化或象征性生产既然与伟大的现代性时代的另一些生产形式相脱离，那么它最终便与后者重新结合并成为总的商品生产的一部分。其次，在过去的几十年里，有三种潮流主宰了全球政治事务：女权主义、革命民主主义和种族性，文化体现在身份、价值、符号、语言、生活风尚、共同的历史以及归属或团体的宽泛意义上，这一事实就是人们可以用来表述自己政治需求的语言，而不是一种使人愉快的奖赏。身份政治也是这样，因为它不大可能是工业阶层的斗争或反饥荒的手段。[19]

从过去几十年里出现的情况来看，文化在本质上已经从解决问题之方法的一部分变成了问题本身的一部分。文化再也不意味着共识的平台，而成了斗争的竞技场。对于后现代主义，文化决不意味着认同的超越，而意味着对同一的确认。

当然，在某种意义上说，文化与危机就好像劳雷尔和哈代一样并行不悖。文化和危机是突然出现的。但对我们来说，此时此刻，危机已经假想出一种独特的形式，人们也许可以将这一形式总结为总体文化和具体文化的对立。（普世文明意义上）文化本身是无文化，因而它确实在某种程度上是低层次文化的敌人。它标示的并不是一种特殊的生活方式，而是那些应该带给人们任何一种生活方式的价值。总体文化其实是各种具体文化的监护者，因此它是无形的和永恒的，它具有以总体文化之名义干预这些具体文化的权利，即最终说来，它代表了它们自身的利益。[20]

他还进一步辨析道，至少从总体文化的角度来看，具体文化是落后的，因为它们是喧嚣的，有时特别激进，除了自身有所反响以外什么也没有反映出。但如果没有这些文化的话，差异也就荡然无存。所以总体文化所做的只是在历史的偶然性之意义上反常地抓住其特殊性，即抓住纯粹(学究意义上)地点、历史、性别、职业、肤色等的偶发性事件，将其升华到普遍的高度。总体文化就其部分而言，并非与偶然的特殊性相关，而更与那种不同的动物，即本质上的个体相关；它的目的是在个别与普遍之间设立一个直接的路径，绕过污浊的经验之途径。确实，什么东西才能比普遍本身更加独特地个体化、更加完整地自我指涉和自成一体呢？[21]

关于当今时代出现的不同文化的争斗，伊格尔顿认为，我们这个时代目前的重大事件是，不同版本的文化的交战不论好歹，不只是英文系的那些仍钻研密尔顿作品中的叙事和结局的令人厌烦的老保守与走廊上那些写手淫方面的书的青年才子之间的冲突。文化在某种程度上确实是远离日常生活的。文化就是你为之而破坏的东西。总体文化与具体文化之间的冲突已在地理轴线上勾画出了，也就是西方与其他地方，因此在普遍主体和民间意义上的西方主流文化所面临的就是民族主义、区域主义、地方主义、社团主义、社群主义、家庭价值、宗教基要主义、种族团体、新时代主义等意义上的文化，文化的这些组合形式从其内部和外部对西方主流文化形成了包围。无庸讳言，这便是地球上的南北之战。在任何情况下，任何东西都不会比跨国公司的勇敢无敌的全球性世界更具有令人恐怖的兼并性特征。[22]

尽管如此，地缘政治的轴线现在是相当明显的。普世性越是空洞地徒有形式，文化防御能力就越是内向和病态。自由人文主义者越是虚伪地把威廉·布莱克捧为永恒人性的声音，他们就越是把他当作死去的白种男性抛弃在加州。因为每一个欧洲自由主义者都被当作一个新纳粹杀手。空泛的全球主义所面临的是一种富有战斗精神的单一主义，就好像一种自由被撕下的但又不想再补上的那部分一样。[23]

但是，他指出我们的文化之战实际上是呈三角形的，而非简单的两极。首先是高雅的或少数人的文化。这一形式的文化是欧洲的精神翼壁，因而必须通过军事行动来日益破坏自己的平静、和谐但索然无趣的对称，这种军事行动的成功仅在于暴露了他们试图支撑的那种精神普世主义的虚伪本质。在当今世界，这种少数人的文化，却与文化的另两种版本发生了奇怪的矛盾冲突。其一，作为组合的特殊文化，或身份政治，作为旧有的“异国情调的”人类学意义现在得到了刷新，并开始大张旗鼓地繁殖，以便包括枪械文化、聋人文化、海滨文化、警察文化、同性恋文化、粗鲁文化、微软文化等：一个由各种感情的特殊性组成的大宇宙，这个宇宙与古典艺术品不同，它会把整个宇宙都否定。其二，当然也存在大众的、商业的或市场取向的文化，他设想，这后两种版本的文化合在一起便构成了为我们所知的后现代文化。人们可以十分容易地将这三者总结为精英、种族和经济。或者将它们环绕成另一个轴，即普世主义、地方主义和世界主义。[24]

在伊格尔顿看来，作为普遍性的文化有着比后现代主义者可以想象得出的更大胆的尝试。对于抽象和普遍主义所表现出的激进，那些具有历史意识的后现代主义者似乎并不欣赏。即使是马克思主义也承认，假如一种真正的普遍性得到流行的话，那么它必须是在差异和特殊之内部并通过它们而建构出来。这一点意味着，社会主义的普遍互惠原则必须得到确定，但得作为阶级社会帮助培育出一种富有个性化且感情特殊的男人和女人之间的关系。任何比较狭隘的社群都必须首先考虑到地域或身体意义上的人，在哪里或是做什么的；如果它能成功地做到这一点，那也是因为任何一个地方的特殊性都是没有结论的，具有差异和相互交织的。严格地说，纯粹的地方是不存在的。人就是他们现在这个样子，因为他们的情感特殊性本质上是对外部世界开放的：为了完全地置身在一个体制内，语言或文化必定已经对一个不可知的彼岸开放了。[25]

面对当今时代文化概念的无限扩张，伊格尔顿感到忧心忡忡，他一针见血地指出，我们看到，当代文化的概念已剧烈膨胀到了如此地步，我们显然共同分享了它的脆弱的、困扰的、物质的、身体的以及客观的人类生活，这种生活已被所谓文化主义的蠢举毫不留情地席卷到一旁了。确实，文化并不是伴随我们生活的东西，但在某种意义上，却是我们为之而生活的东西。感情、关系、记忆、归属、情感完善、智力享受，这些均更接近我们大多数人，并用以换来安排或政治契约。但是自然将始终优越于文化，这是一个被人们称作死亡的现象，不管多么神经质地热衷于自我创造的社会都毫无保留地试图否定这一点。文化也总是可以十分接近舒适安逸。如果我们不将其置于一个启蒙的政治语境中，它的亲和性就可能发展为病态和迷狂状态，因为这一语境能够以更为抽象的同时在某种程度上也更为慷慨大度的从属关系来蕴育这些迫切需要的东西。他甚至断言，我们这个时代的文化已经变得过于自负和厚颜无耻。我们承认其重要性的同时，应该果断地把它送回它该去的地方。[26]应该承认，同样作为西方马克思主义理论家和文化批评家，伊格尔顿的态度较之詹姆逊的文化观，确实要大为激进，因而他在学界引起的争议也大于詹姆逊。但我认为，这恰恰是伊格尔顿之所以能在当今形形色色的西方马克思主义者中得以独树一帜的特征所在，同时也正是我花费较大篇幅对他的文化批评观进行评介的原因之所在。

共同文化的探讨

也许有人会认为，伊格尔顿只是一个批判者或旧的文化观念的破坏者，其实并不然，我认为，他在批判资产阶级的同时也在进行自觉的建构，这具体体现在他对“共同文化”的探讨。在他看来，“文化与社会”的论战经过了漫长的历程，尤其是在20世纪有了新的发展，其中最关键的一点是，逐渐集中在一个新的问题上：什么是共同文化。在伊格尔顿看来，如果要理解19世纪文化论战与当代文化论战的连续性，就要把握这个新用语的意义范围，而进行这项工作的最好办法是分析三个最关键的现代人物：T. S. 艾略特，F. R. 利维斯和雷蒙德·威廉斯。可以说他们分别代表了保守主义、自由主义和激进主义对文学与社会的看法，为比较研究提供了一个宽大的框架。〔27〕

作为必要的准备，我们首先应对艾略特和利维斯所做的事情作一点区分。利维斯的观点（当然远远超过利维斯本人）是，在过去某个“有机的”社会里，艺术与普通生活相互联系，但在商业主义唯利是图的当今文化语境中，二者之间只能是一种基本上相互敌对的关系。艺术文化与社会文化结合时，只有通过有意识的努力才能使自身免受贬损，从而创造性地闯入在这种社会里只能是少数人的意识和行为，这种创造性的活动应该由相当明敏且有防卫能力的精英们去悉心筹划。这种观点显然是19世纪自由人文主义的延续：个体允许保留某些既有的价值，然而如果要扩展到整个社会，势必损失惨重。虽然这些价值本身是社会性的，事关人际交往的品质和道德活力，但在定义中注入了个体自由主义精神，一心想在这个兽性的、非个人的、无望的社会里探寻个人生活的可能性，而不是将这些价值与可以确保可能性变成现实性的社会政治力量结合起来。〔28〕

伊格尔顿指出，利维斯对“有机”社会的怀旧情绪同样可以在艾略特身上看到。艾略特也相信，充分自觉的文化只能是精英人物的专有品，只是在如何看待精英人物的本性这个问题上，他与利维斯有明显的区别。但是艾略特并不属于密尔和阿诺德一脉的自由主义，而是属于勃克、柯尔律治和迪斯雷利等人的激进保守主义传统；也就是说，他并不相信在自觉自省的精英人物和唯利是图的大众之间存在着不断的、无法消除的紧张对立。他相信可能有一种共同分享的文化修养,这就是他所称的“共同文化”:一个有着共同的信念、意义、价值和行为的社会。然而艾略特却保守地认定大部分人既没有能力掌握自觉的文化，也没有能力拥有自觉的信念，这似乎妨碍着他关于共同文化共享信念的设想。艾略特强调文化的无意识性,强调通过无意识来传输文化,因此避开了自由主义在延展与保存之间的紧张对立。如果文化能通过无意识进行播撒，就可以把“群众”不知不觉地带入一种称得上“共同”的文化,而不必考虑他们也曾参与了文化价值的形成。[29] 艾略特强调作为生活体验的文化具有无意识的性质,这对他的论点至关重要:恰恰因为文化是一个民族的整个生活方式,所以文化永远不能完全进入意识领域，所以我们意识到的文化决不是文化的全部。这一点把艾略特和第三种文化与社会观即威廉斯和激进社会主义者的观点联系起来。威廉斯也强调作为生活体验的文化的无意识性,在他看来,文化中的任何一点都缺乏整体上的可把握性,这是由于文化随时敞开接受贡献给它的一切。文化永远不能被完整地带到意识面前,因为它永远都不会彻底地完成。在伊格尔顿看来,所谓共同文化,就是意义、行动、以及描述等不断交换的过程,绝不是自我意识到的或可以总体化的整体,而是在所有文化成员的意识中、因而也是在充分的人性中不断地长大推进。威廉斯与艾略特的关键区别是，威廉斯所主张的共同文化不仅被共同地享有，而且被共同地创造：通过合力参与得到共同享有。对激进社会主义者而言,共同文化是这样一种文化:它全力创造并维护自己的所有形式,包括艺术、政治、道德以及经济,所有成员都最充分地共同参与这些文化形式。而艾略特的共同文化则是在固定不同的层次上被共同地参与和享有，是为少数几个人保留的意识的界定和培养能力。社会主义共同文化观的充分涵义是，应该在全民族的集体实践中不断地重新创造和重新定义整个生活方式，而不是把别人的现成意义和价值拿来进行被动的生活体验。威廉斯在谈及文化一词的意义时，把文化看作自然生长的自觉倾向,这种文化观将两种因素融合起来:真正的共同文化从来不是完全自明的,不能对它进行彻底的描述,所以如此,恰恰因为它是所有成员完全自觉的合作。威廉斯和艾略特都把一个现存社会阶级的价值指定为新社会的创造性象征，但艾略特指的是精英统治阶层的神圣义务和权利,而威廉斯指的是工人阶级运动的共同责任和平等合作。[30]

艾略特的共同文化模式最突出的一点也许就是它的静止性，威廉斯批评的正是这一点。两位论者都将共同文化与单一文化相对照：都重视

一切作为集体生活体验的文化的非平直性和多样性。但不无反讽意味的是,艾略特所指的多样性出自壁垒森严的阶层结构:并非所有阶层都有相似的经验,所以并非所有阶层都能参与相似的活动。威廉斯同意不可能充分参与整个文化,但他把经验的多样性本质置于共同文化的内容而不是形式中:正因为共同文化在其结构和意义形成过程中要求复杂的合作参与,所以从统一之下的分离这个意义上说,它将比目前所谓的共同文化“更丰富,更多样,更开放,更灵活,更自由”[31]。

对社会主义者而言,相信共同文化的可能性就是相信“高雅”文化的力量,但这种文化是由整个群体再创造并分享的,应该得到丰富而不是破坏,在这个意义上的文化共享就是必须让全体人民参与并控制作为整个生活方式的文化生成过程;现实地看,这个运作过程就是革命政治。当然,保守主义把这两个层面都看成灾难。自由主义可能承认有必要让群众接近文化价值,但也会抛弃或限制为确保群众接近文化而创立的实践机构。在一定程度上,关键的不同是把社会看作静止的还是运动的,已然的结构还是正在进行的人的创造活动。在伊格尔顿看来,为更广泛的参与而进行的革命从来就没有停止过;每一道不情愿地撤去的障碍,每一种新的结合形式,都引向进一步的整合。这一进程是无法抗拒或终止的,除非用静止的形象去代替生长着的形象。这就终结了保守主义式的稳定和阶层森严的社会及其特定的文化程度和关系,终结了依靠少数几个正派人在不变的、非个人的社会里维系个人发展的自由主义传统。在一种最完整意义上的共同文化的存在,必然要遇到并了解这两种共同文化观。伊格尔顿认为,眼下只有社会主义才是实现文化理想的真正的物质运动,只有它才能赎回整个历史上被剥夺了的绝大多数男男女女们的文化生活,才能使至今仍然被关在大学门外的“没文化的人”领略文化的滋味于一二。[32]

毫无疑问,一种文化是否能健康发展无疑要取决于对待文化的观念和态度。后现代语境下的社会文化结构在笔者看来,无疑是多元的、多维的、多极的、多面的、多层次、多样态和多向度的。文化既具有地域、阶层、民族的差异性,又具有人类的共同性。文化有高低、文野、雅俗之分,有先进与落后、合理与悖谬、腐朽与新生、进步与反动之别。文化工作者们要认清文化的先进性和广泛性、提高性和普及性、共同性和差异性、主导性和多极性的相互关系,既要反对贵族式的纯文化,也要抵制往往表现为原始文化主义或文化原始主义的那种带有野性的自然欲望的生理层面上的反文化。同时要注意防止和克服文化相对主义和文化虚无主义的思想倾向。我们应当树立和弘扬一种健全的、文明的、高尚的文化精神，一种开放、包容而又理性的精神，选择和确立旨在提高全民思想文化素养的文化观念和价值理想，为建设和发展民族的、科学的和大众的社会主义新文化而努力。

暂时的结论

尽管伊格尔顿的学术生涯远未结束，而且他依然活跃在理论界，不断地著书立说，但仅仅纵观他已经出版的著述中所体现出来的文化理论及其发展历程，尤其是他在后现代语境下逐步发展起来的文化批评观，我们已经不难看出，伊格尔顿之所以成为当今西方文学理论和文化批评界的一位大师级人物，能有资格跻身于西方马克思主义主要人物之列，的确是因为他有着不同于其他人的独特贡献。伊格尔顿不仅以“说什么”给人们以思想的震撼和启迪，而且以“怎么说”深深地打动他的读者。这个“怎么说”凸现出伊格尔顿的人格魅力，形成了一种典型的伊格尔顿风格（Eagletonism）。他经常得心应手地使用论战文体，面对“敌手”时论战，这自不必说，嬉笑怒骂、刨根究底、穷追不舍、不依不饶；即使面对“同志”时他仍然论战，好像论战是他不能须臾割舍的对话方式，也是他表达友情的一种有效方法。譬如对他非常敬爱的老师威廉斯，对他很难得的同路人、美国的马克思主义批评理论家詹姆逊，都进行过颇为尖刻的批评。他说威廉斯的著作表达了典型的左倾利维斯主义观点，说威廉斯实际上是个自由主义左派，说他的文章沉重而空洞，打磨得毫无棱角，而且缩头缩脑，《文化与社会》其实是唯心主义和学院派的东西，对传统之反动的一面视而不见，毕竟是剑桥这种地方出来的文学批评家，等等。[33]他揶揄詹姆逊是一个“温和的黑格尔马克思主义者”，超群出众的关联大师和类比专家，了不起的占用者，用各种话语耐心地修补漏洞百出的文本，表现出一种无家可归的风格，把他的著作比作加利福尼亚某超市，批评他过于“永远历史化”，过于“商品化”，认为他的情况也是激进的美国政治疲软和置换的结果。[34] 伊格尔顿那似乎毫无遮拦的批判锋芒并不一定说明他自以为是，况且对于我们来说，最重要的是他能把一切既有的和“在线”的知识程式放在现实的坩锅里加以“烤验”，使我们重新感受“思想着”的乐趣和实在的自我。

无论在结构主义时代,还是后结构主义时代,伊格尔顿都一再申明自己是一个马克思主义者或左派知识分子。但他与大部分西方马克思主义理论家不同的地方首先在于,他始终实质性地而不是停留在仪式层面上把生产方式和经济基础/上层建筑理论看作马克思主义的根本立场,坚持从这个基本点出发建立自己的理论逻辑。从这个意义上不妨说,伊格尔顿是一个比较正统的马克思主义者。然而他并不像许多也坚持生产方式和基础/上层建筑基本模式的所谓正统马克思主义者,走上教条机械的庸俗马克思主义的狭窄小道。相反,他把生产方式和基础/上层建筑与弗洛伊德的精神分析学、葛兰西的实践美学以及阿尔杜塞的结构主义马克思主义等当代新的理论视角结合起来,深入考察和分析了社会基本矛盾运动的多重结构及其互动关系,充分挖掘了包括意识形态在内的上层建筑对基础的反作用力,在这个框架内提出了一系列深刻独到的见解。他坚定地把艺术、文化置于社会生产的物质基础之上,坚持唯物主义批评的根本立场,这在他所处的西方语境中具有重要的意义。伊格尔顿的"文学生产方式"范畴在比人们一般想象的更高的程度上决定了艺术观念和审美情趣,而且以各种方式刻写在作品的文类、风格、结构、节奏、句式等文本形式上,这是对马克思主义美学进行的一次重要拓展。更重要的是,在"文学生产方式"范畴里,艺术是一种社会实践,是一种综合的多重结构互动的文化生产。这种以生产方式为基础的文化生产是对后现代盛行的文化相对主义或唯文化论(culturalism)的有力抵抗。

毋庸置疑,"意识形态"是伊格尔顿批评话语里的一个中心范畴,甚至是他的文化政治批评方法的标志性符号。尽管"意识形态"是西方马克思主义的中心课题之一,但是对这个范畴的考察之深入和全面、花费的心力和取得的成就之大者,莫过于伊格尔顿。他的意识形态研究的成就集中表现在两个方面:除了以意识形态生产为核心的"文本科学"和"审美意识形态"范畴,还恢复了"意识形态批判"的力量。阿尔杜塞关于意识形态的论述对当代批评理论影响最大,伊格尔顿的意识形态理论也受其影响,然而相比之下,又有诸多不同。伊格尔顿并不认为意识形态完全是"虚假意识",因为意识形态是真实的社会历史的产物,而且意识形态的冲突和斗争本身绝不是虚假的。其次,意识形态并非铁板一块,而是一个多重结构,由一般意识形态、各种局部意识形态、个人意识形态等层次构成,各层次之间以及各层次本身都存在着复杂的矛盾和冲突。再次,在阿尔杜塞那里,意识形态是与政治实践以及理论实践乃至物质实践相并列的一种社会实践，这种观点是他的结构主义多元决定论的产物，其后果是淡化社会存在决定社会意识的唯物主义基本立场，最终削弱了意识形态批判的力量。而伊格尔顿则坚持基础/上层建筑的基本原理，坚持从生产方式的矛盾运动中寻找意识形态的源头，在"意识形态"概念中注入了阶级关系、权力结构以及话语理论等内涵，恢复并增强了意识形态批判的力量，这在不断听到"意识形态终结"声音的后现代语境下，具有尤其重要的现实意义。他尖锐地指出，在一个明显受到意识形态斗争折磨的世界里，意识形态这个概念竟然在后现代主义看来成了过眼云烟，这与后现代主义对真理和再现所抱的怀疑主义态度有很大关系，也与利益和权力关系的全面重组密切相关。[35]在伊格尔顿看来，意识形态批判是人类解放工程的一部分，这与法兰克福派的悲观的意识形态批判形成巨大的反差。

伊格尔顿乐观主义的意识形态批判来自马克思和恩格斯的《德意志意识形态》。的确，他相信马克思主义的"源文本"，或者说，他仍然"固执地"不相信后现代主义的繁荣和马克思主义的困难、市场的全球化和社会主义实践的消解是后现代叙事的惟一情节。他甚至辩证地认为，当前马克思主义的危机不在于苏联和东欧官僚统治机器被推翻之后出现的政治幻灭感，而是在于资本主义已经没有真正意义上的政治反对派而导致的一种更为普遍的虚脱感和挫败意识。[36]正是基于这一信念，伊格尔顿在这个以拆解宏大叙事为主旋律的后现代语境下，不顾一切地甚至"不识时务地"宣称自己是一个马克思主义者和社会主义者，发起对后现代主义尤其是美国解构主义的更加猛烈的政治批判，在后现代理论超市上发出仿佛另类的声音——马克思主义的声音：刺耳但发人深省，壮烈但给人以希望。

伊格尔顿的世界级份量也许首先在于他自觉地探索和拓展英国马克思主义的美学空间，自觉地面对英国的文化理论和实践问题。最引人注目的，也许就是他对"英文研究"传统的不依不饶的批判。也可以说，多亏伊格尔顿，"英文研究"和"英国文学"变得名声远播。我们知道，以利维斯的"细绎"派为代表的英国文学研究传统在20世纪的英国批评界占据着不可怀疑的权威地位，因此，不用说批判"英文研究"和"伟大的传统"，哪怕对它说三道四、稍露不恭，都可能招致灭顶之灾。而伊格尔顿的学术生涯几乎就是从批判"英文研究"开始的。他认为，在利维斯派的"英文研究"的背后，是不列颠帝国的宗主意识和独此一家的英国特色，亦即充分昂扬的民族自豪感。伊格尔顿一再批判"英文研究"传统，说明这一传统的根深蒂固。实际上，伊格尔顿不能不触犯更为深层和悠久的英国经验主义意识形态。经验主义也是英国自由主义的同义语，深深地影响了英国的马克思主义文化理论家，甚至像考德威尔那样具有较重的庸俗马克思主义色彩的人，也无法摆脱经验主义的无意识。因此，更深层地看，从根本上批判英国经验主义形而上传统，乃是伊格尔顿向威廉斯发动俄狄浦斯式的反叛的主要原因。在伊格尔顿看来，威廉斯也深陷于经验主义的泥潭之中，例如威廉斯认为基础/上层建筑公式是抽象的，无法包容互相交织的"实际经验"、"整个生活方式"和"情感结构"，实际上是不想从理论上区分主观经验和客观社会条件，也就是不想放弃折中的温良恭谦的自由人文主义或威廉斯自我标榜的"社会主义人文主义"。伊格尔顿认为，从根本上讲，在资本主义生产方式的条件下，不可能仅仅通过经验认识历史的真实，因为"真实是经验所无法感知的，必须把自身隐藏在现象范畴之中(商品、工资关系、交换价值等等)，它让人们看到的仅仅是这些范畴"[37]。正是这个基本立场促动伊格尔顿探索一种"科学的"唯物主义批评理论，进而走向文化政治批评。

自从20世纪60年代以来，文化研究逐步在英国步入了理论家的视野，之后逐步走出早先利维斯主义的精英文化认知模式，更为关注当代大众文化和工人阶级的社区生活。到了80年代后期，文化研究迅速包容了各种后现代的文化现象，并迅速占据了英语文学和文化学术界的主导地位。"文化"成了解释人们从审美意识到吃喝拉撒的最终"能指"，美食文化、起居文化、旅游文化、休闲文化、时装文化、茶文化、性文化……后现代文化的零散化、折中化、低俗化和世界化远远超过了阿诺德所能想象的程度。文化仿佛完全是文化人类学的问题。其实，即使现在，文化也远非那么潇洒，现在无处不在的文化深深打着无处不在的消费资本主义的商品化印记。但是显然文化不全是文化人类学的问题，正如人的问题不全是喜欢吃猪肉还是吃牛肉的问题。其实作为思想表达者的知识分子，大部分还是知道并虚无主义地固守自己的终极价值的。换言之，"文化"仍然是一个不平静的力场(the field of forces)。[38]

作为一位有着坚定的马克思主义信念的文学理论家，伊格尔顿对后现代主义的表演性和带有怀疑一切色彩的世界观和人生观予以了尖锐的批判。伊格尔顿眼里的后现代主义并非后现代时期的所有"主义"或"学说"，而是指后结构主义以来一味在语言"文本"中全身心地进行非中心、非主体、非价值、非总体、非历史、非体系……的文本与文本间差异嬉戏的各种主张。后现代主义貌似无以复加的激进，但实际上只是一种修订版的自由主义，而且丢掉了马克思主义曾经称赞过的自由主义的许多珍贵之处，因为自由主义毕竟还坚持为“人”这个主体界定一个自由的维度。更严重的是，后现代主义尤其在北美洲脱离了所有的实践政治语境，甚至成了“权力话语”中最稳妥得力的词汇，这恐怕是连雅克·德里达也不愿看到的事实。[39]

同样，对于当今风行于后现代主义之后的“文化研究”，伊格尔顿也从马克思主义的文化批判角度作了冷静的分析。他甚至针对西方国家以外的第三世界国家的后现代热和文化热发表了自己的不同意见，一针见血地指出：“当今为什么所有人都在谈论文化？因为就此有重要问题可谈。一切都变得与文化有关……文化主义加大了有关人类生活所建构和破译并属于习俗的东西的重要性……历史主义往往强调历史的可变性、相对性和非连续性特征，而不是保持那种大规模不变的甚至令人沮丧的一贯性特征。文化主义属于一个特定的历史空间和时间——在我们这里——属于先进的资本主义西方世界，但现在似乎却日益进口到中国以及其他一些‘新崛起的’社会。”[40]这种现象足以引起包括中国在内的一些第三世界国家理论家的注意。在他看来，有着不同文化传统的国家不必把西方后工业社会的特定文化现象统统引进自己的国家，否则便会丧失自己民族的文化特色。伊格尔顿针对后现代理论的华而不实和对现实问题的遮蔽，针对美国式的解构主义在政治上的无所作为，指出革命的文化工作者当前面临的三项主要任务是：“第一，通过已经转换了的‘文化’媒介，参与作品和事件的生产，为了取得社会主义胜利的效果而将‘现实’虚构化。第二，作为批评家，应该暴露非社会主义作品的修辞结构及其产生的不良效果，以此与现在已经很不时髦的虚假意识作斗争。第三，尽可能‘刨根究底’地阐释这些作品，以占用对社会主义有价值的一切东西。简言之，社会主义文化工作者的实践是投入型的、论战型的和占用型的。”[41]

综观伊格尔顿的思想历程到他的后现代语境下的文化观，我们可能得到很多的启示，但我认为从中得到的最大的启示是：永远从自身的处境和感受中提出“真问题”，永远从自己脚下的泥土中汲取新鲜的灵感，不要寄生于某种“最权威的”、“最新的”或“最稳当的”理论话语，这样我们才能从所有动物都会做的“模仿”进化到只有人类动物才能做的“创造”。伊格尔顿始终旗帜鲜明地坚持文化研究的方法论问题必须与实践政治紧密联系起来，因为“文化并不是一个超验的可以涵盖一切的范畴，更不是可以调和一切现实纷争的最终裁决者。如果用文化来解释一切，文化就成了永远漂浮着的无所指的‘能指’。但实际上,文化从来就是问题的一部分,而不是解决问题的办法，文化本身就是政治斗争的场所。如果有人离开人与人的现实历史关系，将特定社会结构的问题转换成观念变迁的文化问题,那是为了掩盖问题的真实性和症结。”[42]正是由于这种深切的现实关怀，他始终坚持一种广阔的文化视野，坚持文化诸意义互相阐发的关系，尤其坚持将作为社会象征系统的文化置于作为社会根本结构的一般生产方式之中。这种深深的政治关怀使他能看到整个历史上绝大多数男男女女所体验的一直是苦难和受压迫的生活，但更重要的不是洒一把浪漫主义的同情泪或说一些自由主义的漂亮话，而是更深刻地看到开着自己的汽车到南方阳光明媚的希腊海滩度假的工人并没有解放自己。因此，伊格尔顿似乎不合时宜的社会主义信念首先不是来自某经典或元理论,而是来自切身的现实感受,正像他在《瓦尔特·本雅明》里说的那样:“人们所以成为社会主义者,绝不仅仅因为他或她信服了唯物主义的历史理论或被马克思的经济算式的说服力打动。最终而言，做一个社会主义者的惟一原因是他反对历史中绝大多数男男女女一直过着痛苦而低下的生活,他相信这种状况在将来是可以改变的。”[43]所以,伊格尔顿仍然坚持马克思主义立场,在他看来,只要存在压迫,作为最彻底的解放理论的马克思主义就不会失去它的有效性，马克思主义仍然是对消费资本主义进行内在批判的最先进的武器。伊格尔顿的这种现实关怀和理论与实践相统一的原则，始终使他在自己的话语活动中保持了最大限度的开放性和吸纳性。伊格尔顿可能有他这样和那样的问题和片面性，但他的这种理论的现实关怀和批评实践的批判精神永远是我们从事文化工作的学者们应该借鉴的要义。

（作者单位:中国农业大学外语系）

注　释:

〔1〕 参阅雷蒙德·威廉斯:《文化分析》,中译文见《外国文学》2000年第5期,第61页。

〔2〕 参阅 Eagleton, *The Idea of Culture*, Blackwell, 2000, p. 120。

〔3〕 参阅 Terry Eagleton, *Criticism and Ideology*, Verso, 1976, p. 45。

〔4〕 Terry Eagleton, “The Contradiction of Postmodernism”, in *New Literary History*, 28. 1(1997), p. 6。

〔5〕 伊格尔顿:《当代西方文学理论》,王逢振译,中国社会科学出版社,1998 年版,第 281 页。
〔6〕 丹尼尔·贝尔:《资本主义文化矛盾》,三联书店,1986 年版, 第 74 页。
〔7〕 *The Eagleton Reader*, ed. Stephen Regan(Oxford: Blackwell, 1998), p. 146。
〔8〕 伊格尔顿:《当代西方文学理论》,第 44 页。
〔9〕 伊格尔顿:《当代西方文学理论》,第 55 页。
〔10〕 *The Eagleton Reader*, p. 148。
〔11〕 参阅 *The Eagleton Reader*, p. 150。
〔12〕 参阅 *The Eagleton Reader*, pp. 152-153。
〔13〕 参阅 *The Eagleton Reader*, pp. 156-157。
〔14〕 参阅 *The Eagleton Reader*, p. 158。
〔15〕 赵一凡:《贝尔学术思想评价》,《资本主义文化的矛盾》中译本序言,三联书店,1989 年版。
〔16〕 参阅 Eagleton, *The Idea of Culture*, Oxford: Blackwell, 2000, p. 51。
〔17〕 参阅 Eagleton, *The Idea of Culture*, Oxford: Blackwell, 2000, pp. 32-33。
〔18〕 参阅伊格尔顿《文化之战》,王宁译,《南方文坛》,2001 年第 3 期, 第 4 页。
〔19〕 参阅伊格尔顿《文化之战》,王宁译,《南方文坛》,2001 年第 3 期, 第 5 页。
〔20〕 同上。
〔21〕 同上。
〔22〕 参阅伊格尔顿《文化之战》,王宁译,《南方文坛》,2001 年第 3 期, 第 6 页。
〔23〕 同上。
〔24〕 同上。
〔25〕 参阅伊格尔顿《文化之战》,王宁译,《南方文坛》,2001 年第 3 期, 第 9 页。
〔26〕 同上。
〔27〕 参阅 Eagleton, *The Idea of Culture*, Blackwell, 2000, pp. 112-131。
〔28〕 参阅 Eagleton, *The Idea of Culture*, Blackwell, 2000, p. 116。
〔29〕 伊格尔顿:《历史中的政治、哲学、爱欲》,马海良译, 中国社会科学出版社,1999 年版,第 138 – 139 页。
〔30〕 Eagleton, *The Idea of Culture*, Blackwell, 2000, p. 113。
〔31〕 Eagleton, *The Idea of Culture*, Blackwell, 2000, p. 116。
〔32〕 Eagleton, *The Idea of Culture*, Blackwell, 2000, p. 118。
〔33〕 参见 *Criticism and Ideology* 之第一章。
〔34〕 Eagleton, "Fredric Jameson: The Politics of Style", in *Against the Grain* (Verso), 1981。
〔35〕 Eagleton, *Ideology, an Introduction*, p. 10。
〔36〕 Eagleton, *The Illusions of Postmodernism*, Blackwell, 1996, p. 18。
〔37〕 Eagleton, *Criticism and Ideology*, p. 69。

〔38〕 Terry Eagleton, *The Idea of Culture*, Blackwell, 2000, p. 51。

〔39〕 伊格尔顿《当代西方文学理论》第299页。

〔40〕 *The Eagleton Reader*, ed. Stephen Regan(Oxford: Blackwell, 1998), p. 154。

〔41〕 Eagleton, *Walter Benjamin, or Towards a Revolutionary Criticism* (Verso, 1981), p. 113。

〔42〕 Eagleton, "The Contradictions of Postmodernism", in the *New Literary History*, 28. 1(Spring, 1997), p. 2。

〔43〕 Eagleton, *Walter Benjamin, or Towards a Revolutionary Criticism*, p. 96。

二十世纪文论大师研究

理论的想象：论诺斯洛普·弗莱神话批评的文化意义

江玉琴

内容提要：加拿大最重要的文学理论家和文化批评家诺斯洛普·弗莱作为现代主义文学理论大师，在20世纪80年代为中国学术界所译介并得到中国学者较为深入的研究。他在《批评的解剖》里建构的原型批评理论对中国的文学理论批评产生了重大的影响，以致神话原型批评在中国曾一度成为重要批评方法之一。但中国学术界却较少关注弗莱神话批评的文化意义，因此本文在略要回顾中国的弗莱研究之基础上，从文化的角度分析弗莱批评历程中神话批评的发展与形成，提出神话批评是贯彻他一生批评建构的核心，他的神话批评远不只是一种为人所熟识的宏大的文学整体结构观，而且是一种他从早期的整体结构论发展到晚期的关怀神话论的文化批评。本文还比较了弗莱与其他神话批评家，尤其是以弗雷泽为代表的仪式学派与以荣格为代表的心理学派的不同，以及斯宾格勒对他的影响。作者认为，弗莱神话批评的文化意义最终体现在三个方面：将神话作为想象的产物置于文学研究的中心；将文学研究置于社会文化语境；文学的社会关怀性，从而论证了弗莱是以坚持文学批评为基础的文化批评家。

关键词：诺斯洛普·弗莱　神话批评　文化批评

Abstract: As a great modern Canadian theorist and thinker of worldwide influence, Northrop Frye was introduced into the Chinese context and has been researched by Chinese scholars since the 1980s. His archetypal criticism was one of the important critical methods at that time and made significant impacts on Chinese scholars' critical and theoretical construction. When postmodernism and postcolonialism moved to the center in contemporary cultural studies in the 1990s, Frye was ignored by Chinese academic circles and regarded as an old-fashioned literary critic. But actually, to the author, Frye kept an eye open on the world, his myth and archetypal criticism was not only a criticism included in myth study and structuralism study, but an important force in contemporary cultural studies. He insists on the importance of the social context and social function in literary study. The present essay tries to trace back the main line of Frye' s myth criticism from the publication of *Fearful Symmetry* to *Anatomy of Criticism* then to *The Critical Path* and *Words with Power*. The author argues that myth criticism is the heart of Frye' s cultural criticism. To make a distinction of Frye' s myth criticism, the essay compares Frye and Frazer and Spengler and Jung, in an attempt to demonstrate that all the three somewhat influenced Frye in his construction of myth criticism, but Frye walked on the way to cultural criticism through a serious consideration of the social function of myth. Therefore it finally proves that Frye is a cultural critic on the basis of putting his literary study in a broad cultural context.

Key Words: Northrop Frye, myth criticism, cultural criticism

诺斯洛普·弗莱（Northrop Frye，1912—1991）不仅是在加拿大同时也是在整个国际文学理论界有着广泛影响的文学理论家、思想家和文化批评家,根据弗莱研究专家罗伯特·德·丹纳姆的考证,弗莱的影响和被引用的因子应排在马克思、亚里士多德、莎士比亚、列宁、柏拉图、弗洛伊德与罗兰·巴特之后,是一位思想的伟人。[1]弗莱最为人所熟悉的是他在50年代后期出版的《批评的解剖》中提出的神话－原型批评理论,这本书成为了终结盛行于20、30年代英美批评界的新批评的力作,也成为了使他在学术界声誉鹊起的杰作。当时哈罗德·布鲁姆（Harold Bloom）评论道,弗莱“赢得了在所有英语写作里成为文学批评理论家的领袖声誉”[2],这本书作为“那段时期内批评思想史上最显著的成就”[3],因而使弗莱成为自1950年代以来最具有影响力的批评家,“他影响着一代发展中的文学批评家,具有绝对的影响力,比近来批评史上的任何理论家的影响力都更巨大、更独特”[4]。毫无疑问,《批评的解剖》(1957)“严格地说是一本在文学里研究神话、仪式与神秘解释(或绝对想象)的书”[5],弗莱在该书中提出,批评应该以远距离看待诗歌才能够发现一首诗与其他诗的原型或神话结构;文学模式起着统一文学并作为一个整体的作用,形成了一个文学世界或由诗学想象创造的词语秩序;诗人不必模仿自然但要描绘在文学世界里包括的原型与习俗;批评的正确职责不是进行价值判断,而是系统地描述文学世界与它内在的构造等,这些主张构成了他的神话批评思想。在1963年的系列广播演讲中,弗莱还谈到他的总的原则是“在人类的文明史中,文学产生于神话学之后。神话是一种区别人类与非人类世界的简单原始的想象,它最典型的结果是关于神的故事,在后来,神话学开始融入文学,而且神话也成为一个讲故事的结构原则”[6]。

正是基于弗莱对神话、仪式的研究,人们把他归类为神话批评家,并常常把他与其他神话理论家,如仪式学派的弗雷泽与斯宾格勒、心理学派的弗洛伊德与荣格以及哲学学派的卡西尔相提并论或者进行比较。同时基于他提出的神话原型结构观点,人们把他归结为50年代法国人类学家列维-施特劳斯与思想家罗兰·巴特从索绪尔的语言学与符号学的角度出发开辟的以神话结构研究为基础的结构主义批评与语义学流派,认为这一学派的特征在于将一个特殊文化的神话看作文化的真实意义与所指体系。尽管弗莱本人非常抵触人们为他贴上的神话批评家标签,他说,“我在1947年出版《布莱克研究》一书的时候,我并不知道人们后来告诉我属于的任何‘神话批评’学派:我仅仅知道我研究了在理解布莱克中有关神话学的一些东西。十年后当我出版《批评的解剖》的时候我也没有听过结构主义这个词:我只是意识到,结构是批评的一个中心意义,意识到那时候‘新批评’错误地低估了这本书”[7]。显然,弗莱如他自己所说并不从属于任何批评流派,但他的原型或神话批评仍然与各个神话理论有着密切的联系。尽管在当前西方批评理论界,随着后现代主义与后殖民主义等思潮理论的涌现,神话批评理论似乎显得过时而逐渐被学术界边缘化,弗莱留在人们记忆中的只是一位进行宏大叙述的原型理论家、神话批评家,但实际上弗莱的思想永远是开放的,他远不只是一个现代主义意义上的神话批评家,还是当代文化研究领域里的社会文化意义上的神话批评家,尤其是在他晚期的著作《批评之路》、《伟大的代码》、《权力的词语》里,神话对于他已经不完全是一种故事或叙述,而是具有特殊社会功能的东西,这种社会功能就是社会关怀,也就是,“一种充分发展的神话或百科全书式的神话，包括最关心社会所要了解的一切东西”[8]。詹姆逊在《政治无意识》里是这样评论弗莱的，“他的伟大之处以及他的著述与那些众多的一般性神话批评之间的重大区别在于，他善于提出具有社群的问题，并从作为集体表现的宗教性中得出基本的、本质上具有社会性特征的解释性论段”[9]。况且弗莱从来不是一个封闭的批评家，他密切关注着社会的发展，积极将文学置入社会文化语境中进行研究，因此他已经成为了最广泛意义上的文化批评家，“弗莱大百科全书式的综合性批评除了把他称为文学批评家没有更合适的称呼了，但‘文学’是宽泛文化意义上的意思”[10]。在20世纪90年代举办的三次弗莱国际研讨会（1992年在多伦多大学，1994年在中国北京大学，1999年在中国内蒙古大学）上，学者们的讨论证明，弗莱的思想以其开放性特征而成为当代文化批评潮流中阿诺德、利维斯一条线上的文学的文化批评的先驱。[11]神话批评不只是建构了弗莱的结构主义文学理论，更因为他讨论神话的社会作用而成就了他的社会文化批评，况且“弗莱的神话批评贯穿在他的批评生涯中”[12]，因此可以说，研究弗莱的文化批评不可能脱离他的神话研究，神话批评其实成了他文化批评的核心。

弗莱由于其神话－原型批评理论之盛名被介绍进中国学术界，但它一直是作为与荣格的原型心理学与弗雷泽的神话仪式研究类同的神话理论一起为批评界所译介和接受的。20世纪的中国在长期的封闭之后对西方社会思潮与文艺理论思潮如饥似渴，但因为受到社会条件的制约，往往并不是与西方思潮的发展相同步，而常常是同时译介西方不同时期的各个思想流派，因此对弗莱的神话原型理论，人们在粗略了解了产生自英国的兴起于20世纪20年代并盛行于50年代的仪式学派（剑桥学派）的神话研究基础上发生兴趣也就不足为奇了。据叶舒宪的统计，1957年开始在台湾由颜元叔翻译的新批评家威廉·威姆撒特（William Wimsatt）与克林斯·布鲁克斯（Cleanth Brooks）写作的《文学批评简史》有一个章节讨论了包括弗莱在内的从18世纪一直到当时的原型理论，弗莱开始出现在中国人的视野，但他们并未能评论弗莱而只是就文章论事。进入80年代以来，大量的英美理论文本被翻译成汉语，1982年，美国批评家威伯·斯科特（Wilbur Scott）关于当代英美文学批评的五种研究方法的论著被译成中文，这本书介绍了一些原型批评家，如弗雷泽、荣格，D. H. 劳伦斯等，但没有提到诺斯洛普·弗莱。斯科特提出，“无论好坏与否，图腾的方法显然影响了当代人不满于科学把人作为理性的概念。人类学文学寻求为我们保存完整的人文性,从人类天性的原始成分取得的人文性"[13],他的观点得到了很多中国文学人类学领域的批评家的认同。他们同时坚持,神话、仪式与现实之间的交流,原始与文明、理性与非理性之间的关系应该是该批评流派的中心。1983年弗莱的神话原型批评与荣格的原型心理学由伍蠡甫编入《现代西方文学理论选文》一书,其中收录了弗莱《同一的寓言》的部分章节,译者把弗莱介绍为"结构主义的核心代表,以其对神话的分析而著称"[14],这个评价似乎更适用于法国人类学家列维-施特劳斯而不是弗莱。随着中国对西方人类学研究成果的译介,中国批评家进行了适当的理论本土化并成立了中国神话学研究协会。中国对西方文学理论的介绍在20世纪80年代中期达到高潮,也掀起了一股原型理论的热潮,批评家开始有深度地介绍弗莱的原型理论,并将其运用于中外文学作品的研究实践中。

纵观弗莱在中国的介绍及引用情况,中国学术界一直对弗莱产生了一种误解,将弗莱与弗雷泽、荣格以及列维-施特劳斯混淆在一起,同认为神话原型批评家,而且对弗莱的认识往往仅限于他的《批评的解剖》。但其实弗莱在他的晚期著作中充分发展了他的神话思想,他的神话批评不再只是建构了一种文学整体结构,而更是走向了文化批评。虽然90年代先后在中国北京大学和内蒙古大学举办了两次弗莱国际研讨会,但显然大多数中国学者还停留在对《批评的解剖》的不同角度的分析和解释(如程爱民的"原型批评的精神分析透视",张辉的"原型与形式",丁尔苏的"弗莱'象征理论'的符号学解读"等),当然也不乏用弗莱的理论进行文本分析的著作,总而言之,仍局限在弗莱早期的原型结构理论中。只有少数学者,如王宁等,已经认识到弗莱晚期思想的价值,可以与国际弗莱研究界进行直接的对话,共同探讨弗莱的文化批评理论。因此在这里有必要重新解释弗莱的神话批评,尤其是结合他在晚期对神话思想的发展,寻找其内涵的文化意义。本文的目的在于从文化的角度重新认识弗莱的神话批评,认为弗莱早期的也是最有成就的著作《批评的解剖》不仅建构了文化整体论,而且预示了他后来提出的社会语境说,同时从该书中进行的神话讨论发展而来的神话关怀成为弗莱整个神话批评的核心,也是他文化批评的核心。本文将从三个方面进行分析,第一部分将分析弗莱神话批评的发展脉络,指出他的神话批评的新的意义是什么;第二部分将具体分析弗莱神话批评与其他神话批评(主要是以弗雷泽为代表的仪式学派与荣格的心理学派以及斯宾格勒的历史哲学影响)的不同之处;第三部分将分析他的神话批评的文化意义；最后总结出弗莱的神话批评是一种社会文化批评。

一、弗莱的神话批评概述

神话批评既然是与神话相关的批评，那首先必然与神话的意义密切关联。神话是一个古老的词语，它的字面意思是指"古老的故事，通常包括宗教的与巫术的观点，可以解释自然或历史事件"[15]，格兰翰（Graham Hougn）发现神话"最早出现在柏拉图的《斐德若》(Phaedrus)里，在拿破仑时代继续，重新出现在文艺复兴的神话作家里，在牧人与德国浪漫主义那里获得了新的力量"[16]，但来源于亚里士多德的文学批评的主流却忽视了它。亚里士多德似乎忘记了希腊悲剧的神话起源，而将伟大的神话时代故事的复活这一事实解释为几个家庭所遭遇的可怕行为与苦难故事。由此而来人们逐渐形成习惯把文学中的神话成分认为理所当然，"神话被认为是文学的一个组成部分，为文学提供某种激动的情节与大量的装饰性想象"[17]。现代批评对神话的兴趣部分来自于人类学家与心理学家（弗雷泽、弗洛伊德与荣格），部分来自卡西尔的哲学，以及由苏珊·朗格在英语国家里继续的神话哲学。从这些不同的影响产生了一种新的批评，这个新的流派就被叫作神话批评。现代神话批评家不再把神话看作是一种纯粹的辅助工具，而是将其看作是向所有文字提供来源的母体。由此罗杰·弗勒（Roger Fowler）在文学批评中归纳了神话的意义，认为"神话"与"神秘的"长期以来被用于相对于"真理"与"现实"的语境，神话是不很确定的起源或有助于解释宗教信仰权威性的故事，通常它们的主题是神或者英雄的业绩，也可以是荒诞的或超自然的人，也可以组成宇宙产生的变化或社会生活条件中的变化。批评家对神话持肯定态度是因为神话显而易见的自然而然性与集体性，表达了人类经验的某种持续的、具有概括性的满意的叙述。同样吸引人的还有神话显而易见的普遍性与永恒性。神话英雄与他的业绩的可望而不可及的复活，或者自然的或动物的主题（月亮或水或蛇或马）在很多神话学中起着关键的作用。[18]

艾布拉姆斯（M. H. Abrams）吸纳了当代神话批评家的观点，在《批评术语词典》中对神话的意义进行了概括的归纳。他指出，一般在古希腊"神话"(mythos)指的是任何故事或情节，无论是真实的还是创造的。但在当代的核心意义里，神话是指神话学里的一个故事，是由一群特殊的群体组成的，一度相信是真实的、世代相传的故事体系，它的作用是解释（根据神与其他超自然存在的意向与行动）为什么世界是现在的样子，事情为什么恰好是那个样子，来为社会提供习俗，为观察提供一个理性的解释，并为他们在生活中制定的规则建立约束力。[19]显然艾布拉姆斯参照了弗莱的观点，将神话不仅看作是讲述众神与英雄的故事，而且还具有解释世界的作用。但他没有理解神话这种作用的社会意义是什么。只有弗莱才具体分析并给出了文学批评里神话的复杂定义，他曾在《哈伯文学手册》中对神话的意义作了一个概述，认为在人类历史上，每个人类社会都拥有某种语言文化形式，其中小说或故事会占据重要地位。有一些故事看上去比其它故事重要，因为这些故事讲述主要与社会相关的某些东西，这些故事有助于解释社会宗教、法律、社会结构、环境、历史及宇宙论的某些特点。而其他故事则看来没有那么重要，只是为了娱乐。这就意味着讲述这些故事是为了满足社会的想象需求，以致词语的结构能满足这些需要。两种故事中更重要一些的故事则倾向于传递某些特别知识的东西，阐述了社会的宗教、历史、阶级结构或自然环境的特殊特点的来源。[20]弗莱把社会语言结构中心的这些更重要的故事群称作为神话，“对我而言，最简单的办法就是把这些具有特殊重要性的故事群体称作为社会的神话”[21]。而不那么重要的故事则形成民间故事。神话与民间故事作为故事都享有故事的相同结构，但它们的社会功能不同。神话的特殊社会功能赋予它本身两个特点。首先，它定义了一个文化领域并赋予它一个共享的引喻遗产，正如荷马的史诗对希腊文化，旧约的写作对希伯莱文化那样。其次，神话彼此相互连接形成了一个神话学，成为一个相互联结的故事体，表达了特别是在宗教与历史上的社会的主要关怀。因此神话是关怀的，受到一定社会条件制约的，而民间故事则相对而言是游牧性的，毫无语言障碍，可以在各个国家间自由来往。显然正是弗莱赋予了关怀神话以新的意义，从而使神话超越了故事叙述的层面，进入社会文化批评领域。

上面概述的是弗莱基本的神话观点，但弗莱并不是从一开始就形成了这种神话思想的，而是随着他文学研究的深入发展而逐渐发展起来的。

弗莱于 1947 出版了他那本厚达四百多页的布莱克研究专著《可怕的对称》(*Fearful Symmetry*)，这也是他的第一本书。这本书前前后后共花费了他至少十二年的时间对布莱克进行研究，“不仅改变了几代人的布莱克研究模式，而且还成为了作为‘原型’或‘神话’批评所进行编撰的最初的范例”[22]，同时还由此发展形成了弗莱主要的文学理论著作《批评的解剖》[23]。

弗莱在《可怕的对称》里从布莱克的诗歌,尤其是从预言里发现“布莱克的单一原创语言与宗教教条暗示了仪式、神话与所有宗教之间教义的相似性比它们之间的差异性更为重要。这暗示了比较宗教学、神话形态学、仪式与神学的研究会将我们领至一个人类思想试图表达的单一的想象概念,一种由神圣牺牲赎罪的已创造的堕落的世界与正在进行重生的世界的想象”〔24〕。进而弗莱领悟到这样一种研究会提供给我们当代思想中所失去的历史片段,而一旦恢复这些片段,人类统一的整体模式便有可能实现。弗莱后来承认,正是这种认识使他“想表现布莱克是处于我一直到现在都在试图勾勒的神话学框架里面”〔25〕,因为任何人在阅读布莱克这样的诗人时,会很快意识到文学史不再是讲述地区的民族的事件,而是在西方语境中承载着大量犹太教基督教传统,包括古典的希腊与罗马、以及人们不是很熟悉的东方的神话体〔26〕。但从布莱克研究中,弗莱更喜欢通过艺术作品的比较研究来寻求人类思想的统一性,而不是通过仪式或神话时代的梦来达到这一点。意识统一对弗莱而言比无意识的统一更具有价值。因此弗莱在寻求一种理论,也就是类比研究,希望找到当代思想的整个模式所丧失的联系,并将其统一起来。“在弗莱的图解里,在所有的文学文本里,作者为词语与读者提供意义。历史语境在这个过程中非常重要,我们必须走向世界类型,走向大悲剧。”〔27〕

正是这种在《可怕的对称》里所发现的诗歌的统一性与整体性使弗莱试图抓住诗歌的结构并将其表达清楚,“《批评的解剖》是弗莱在布莱克研究形成的原则基础上尝试将文学作为一个整体的努力”〔28〕,于是在《批评的解剖》里,他开始建构一个神话世界的原型批评,一个具有虚构构思与主题构思的抽象的或者纯文学的世界,这个世界丝毫不受与我们所熟悉的经验相适应的规则的制约〔29〕,在这里,“神话世界可以是与充满活动的场所或者领域相同的世界,只需记住一条原则,那就是诗歌的意义或模式具有概念内涵的想象结构”〔30〕。神话想象的世界常常由宗教上的天堂或地狱的概念表现出来,它是神启式的也是完全隐喻的世界,在那里,每件事都潜在地与另一件事相同,好像一切都处于一个单一无限体中。显然神话的意思已经明确成为了所有文学经验共享的深层结构。在《批评的解剖》中第三篇,即最有影响的一篇论文“神启的批评:神话的理论”中,弗莱勾勒了在原型层面上的文学想象的结构。他认为想象类似于绘画这类视觉艺术,在欣赏画面的时候,如果我们走得太近就只能看到或分析到详细的线条,文学批评中的新批评派使用的就是类似的方法,但如果稍微站远一点，图画的设计就会更加清楚，我们才能完全看到画面所展示的内容,因此他认为我们在欣赏诗歌时也是如此,“必须与一首诗歌保持距离,这样我们才能看到它的原型组织”〔31〕。神话的想象成为了理解文学的起始点因为原型在这里最清楚地被勾画出来。弗莱集中在神启的文学里讨论原型的意义是因为他认为神启清楚地显示了它本身的主题,“神启大概是原型想象可以假设的最极端的形式”〔32〕，恶魔世界直接相对于神启象征,展现了为欲望所完全抛弃的世界,恶魔与神启世界都展现了想象的外在有限性,而很多文学是在这两个极端之间活动,中间领域就是罗曼司与现实主义。对弗莱而言，想象的结构只能通过时间从文本的阅读中提取出来,但作为诗歌意义的结构本身是静止的模式,故而弗莱在“有争议性的介绍”里阐述认为“批评的核心必须是,不是诗人不知道他正在讨论的东西，而是他不能谈论他所知道的东西。因此为批评的存在权利进行辩护就是假设批评是一种以自己的权利存在的知识与思想的结构，具有某种从艺术里独立出来的方式。”〔33〕从文学的结构出发,弗莱因此提出了文学批评是一门科学的观点。

最重要的一点是,弗莱在《批评的解剖》里形成的原型理论实际上产生了关于想象的教义,丹纳姆（R. D. Denham）通过分析指出,“弗莱强调想象使他更接近于这些人,如康德,的传统,他们将原则置于人类理解的中心或思想的中心,他们使用‘想象’本身作为他们讨论艺术的基本术语”〔34〕。他指出,这并不是说康德的美学观点成为了弗莱想象概念的来源,弗莱主要的思想来源是浪漫主义传统,主要是布莱克的传统。像布莱克一样,弗莱将想象理解为创造性的与领会性的东西。在“想象的与虚构的”（The Imaginative and the Imaginary）一文里,弗莱把想象等同于思想的创造力,创造力产生了“我们叫做文化与文明的一切事物。它还是将亚人类心理世界转变为具有人类形式与意义的世界”〔34〕,是“想象创造现实”。因此弗莱指出:想象不仅创造了超自然的文化,而且还创造了文学语言,但它创造的最重要的东西不是文学的表面文理，而是深层的文学结构与设计。显然弗莱提出的这一想象的结构权力观点使他对想象成分的理解不同于柯勒律治的观点。柯勒律治认为，想象是一个充满活力的再创力量以努力去实现与统一，而弗莱则使用同一语言来描述想象。实际上在弗莱看来，柯勒律治并没有真正相信想象创造文学整个结构的力量，即使柯勒律治再多谈论想象是使一件事情不同于其它事情的创造力也是如此。〔36〕在弗莱眼中,想象是思想的建构力量,从单元中建立统一的力量,想象所创造的设计在没有移置的文学作品中最为明显。而且因为文学作品在合理地朝向现实主义的方向移置,那里的形式结构不那么严密,想象的语境就能够被看作是展现了与现实的具象主义或被移置的文学作品语境相反的空间,艺术因此阐述了人类想象的普遍性。

既然想象是理解文化结构的基础,那么弗莱关心的就不仅是文本结构,更多的是构成文本的社会文化结构与语境,因此如果说在60年代弗莱在《同一的寓言》里还在深化与解释提出神话是原型,这时的他也已经逐渐领悟到,神话其实是"一个贯穿许多当代思想领域的概念,这些领域包括人类学、心理学、比较宗教学、社会学和其他领域"[37],神话的意义不仅仅与文学相连,更是文学的语境。神话学作为一个完整的结构,是文学的母体,所有主要的诗歌都会回归到神话学那里,因此神话批评的主要用途之一是使我们能够理解文学作品在文学作为一个整体的语境中的相应地位。到70年代,弗莱在这一基础上走得更远,对他而言,神话不仅是产生文学的源头,更具有丰富的社会功能。这时候的弗莱已经在考虑神话与文学的关系,神话的社会功能等问题了,并开始赋予神话更多的社会文化意义。

弗莱成熟地考虑文学批评的社会语境问题的最终成果体现在他于1971年出版的《批评之路》,该书的副标题就叫做"论文学批评的社会语境"。这本书是弗莱从文学批评转向文化批评的最重要的一本书,因为他在里面不仅继续了《批评的解剖》里所提出的将批评看作一门科学的观点,进一步论述了文学批评是属于社会科学的范畴,更重要的是,他将文学批评的语境指向神话,并在这里赋予了神话新的意义,提出了关怀神话与自由神话的概念,神话已经成为了产生初级关怀与意识形态的源头与本体,这使他对神话的论述超越了文学批评的范畴,走向文化批评。

在这本书里,为了更明确地解释神话的意义及其社会作用,弗莱详细分析了神话的两层意义。首先也是主要的意义,即他在《批评的解剖》里提出的神话、故事、情节、叙述。他从希腊语里借用myth,意思是指情节、叙述[38],神话成为一种故事类型,在这个故事里,主要人物是神与其他拥有比人类更大的权力的生物。这个故事很少会被放置于历史之中,一般它的行为发生在普遍时间之前或之上,因此是一种抽象的故事类型。"神与英雄在神话里的重要性取决于这个事实,即这些人物为人信服地类似于人类,拥有超越自然的权力,逐渐建立了一个无所不能的超越冷漠自然的个人社会的梦想。"[39]但这个意义上的神话不只是成为一种文学类型,神话与叙述（myth and mythoi）理论“成为了一种将文学作品组织进词语秩序的一种方法，不是通过它们的历史与意义的顺序，而是通过它们更大的类型形式”[40]，也就是说，成为所有文学形式都拥有的原型，所以神话就是原型。“神话是将原型的意义赋予仪式，原型的叙述赋予神谕的中心通知权力。”[41]作为一种故事，神话是语言艺术的一种形式，属于艺术世界。像艺术而不像科学，神话处理的不是人们思考的世界，而是人们创造的世界，一个艺术的世界，其中内容是自然，形式是人类，因此艺术模仿自然时将自然同化于人类形式，而且它还做出一个系统的尝试从人类的结构框架里看待自然。显然，神话的第一层意义仍然是继承自弗莱从《可怕的对称》与《批评的解剖》发展而来的作为故事、叙述、原型的文学功能。

从第二个意义（也是更重要的意义）来看，神话被赋予了一种特殊的严肃性和重要性。关于这一点弗莱在后来的文章中也一直在不停地阐述。“当神话在一种文化的中心具体化的时候，那种文化的周围就会被罩上一个神奇之圈，一种文学就会在一个有限的、由语言、参照、典故、信仰、继承和共有的传说等构成的范围之内历史地形成”[42]，神话成为了产生法律、道德、政治、宗教等社会意识的源泉并享有权威。这使它与民间故事不一样，民间故事只是为了娱乐或者别的次要目的，而神话则是把社会应该知道的重要的事情告诉社会，无论这些事情是有关神的，还是有关历史的、法律的，或是有关阶级结构的，神话成为了文化暗示所享有的遗产，植根于某个社会的神话传输、一种世代相传的引喻和词语经历，“因此神话促进文化历史的创造”[43]。当神话集中在一起时便形成了神话学，“主要是作为信仰结构或社会关怀而不是作为想象为人们所接受”[44]。神话具有与民间故事不同的社会功能引申而来的神话的社会关怀功能，这时的神话不只是局限于故事文学，而且倾向于涵盖各种学科，扩展成一个总的神话，包括社会对过去、现在和将来的看法，成为一种人类文化的产物。弗莱把这种充分发展的神话或百科全书式的神话称为关怀的神话学。在很长一段时间内，宗教的终极关怀一直处于整个关怀神话的中心，“圣经是神话能够在某种社会压力下聚结在一起构成神话学的一种方式的超级的例子”[45]。宗教的关怀在基督教时代、中世纪最为明显，但随着文艺复兴与18世纪技术革命的发展，宗教关怀逐渐倾向于关心另一个世界而丧失了它的社会中心地位，西方关怀神话的基督教一统天下让位于一个更加多元化的状态，其中一些新的、更加世俗化的神话与它一起共享这个领域。神话学世界的基础是人类关怀与希望和焦虑的现实幻想，因而所有的神话世界的定义都集中在人类身上，真正的世界也被认为是集中在人类身上。

关怀神话与自由神话构成了批评的语境。关怀神话天性是传统的、保守的，极其强调连续性与一致性的价值。它产生自口头或前文字文化里并与连续的语言习俗与不连贯的散文形式相关，是“深深地粘附于仪式、加冕礼、婚礼、丧礼、游行以及某种公开表达社会内在身份的东西”[46]。与关怀神话相对的是自由神话。自由神话来自于关怀神话，“只能在与关怀神话的对立之中产生，而且只能在个体的社会良知中产生，因为个体的真理观和现实观与关怀的神话背道而驰”[47]。它天性是自由的，有助于发展尊崇这类的客观性、疏离、判断的搁置、容忍、尊重个人等价值，自由神话强调文化中非神话因素的重要性，强调的是所研究的而非创造的、自然的而非由社会幻象所产生的那些真理和现实的重要性，产生于写作文化以不断的散文与不断的语言形式为社会产生的思想习惯。[48]因此自由神话与关怀神话之间存在一种张力，“这个张力组成了他（弗莱）自己的中心神话，通过这本书，弗莱检视的文化现象是从来自这种张力的视角解释的”[49]。

在《权力的词语》里，弗莱继续了这种神话与关怀的讨论。在这里他还提出了早期社会神话发展出来的被我们叫做意识形态的社会功能。他认为神话在定义一个社会、赋予社会共同享有的知识上起着主导作用。关怀神话具有初级关怀与次要关怀两个层面。初级关怀就是指人类基本生存的四个方面，分别是食物与水，这与人类的身体需要有关；性；财产；与活动的自由。初级关怀的总的目标以圣经词汇来说是“更丰富的生活”。“最开始初级关怀不是个人性的或相对于类别这样的社会性，早于单数与复数的冲突。但随着社会的发展，初级关怀成了个体对不同于他的政体的声明。比如饥饿是一个社会问题，但只有在个体绝食的时候才成为社会问题。因此坚持尝试来表达初级关怀仅能在个性也获得发展的社会里才能够发展。”[50]次级关怀则来自于弗莱在《批评之路》里提到的社会契约论，包括爱国与忠诚、宗教信仰以及阶级条件制约下的态度与行为。次级关怀产生了神话的意识形态方面，结果趋向于以意识形态的术语进行表达。在神话阶段通常伴随有仪式来表现这种意识形态。因此“我们叫做意识形态的东西非常接近于次级关怀，而且在很大程度上由次级关怀的理性化组成”[51]。弗莱一直认为，意识形态是一种次生的事物，主要的事物是一种神话学，也就是人们不会去发明树立一种假设或信仰，他们发明的是一套故事，而且由故事产生假设与信仰。像民主、进步、革命、马克思主义政治哲学这类事物都有戏剧情节，重叠在历史上。对弗莱而言，语言文化是文化体验的有利方式之一，它的特点是一定数量的语言有特色方式之间的相互渗透，意识形态是其中一种特殊方式，而所有的这些方式又都包含在一个神话的模式里。阿丹姆森(Joe Adamson)发现，在弗莱的《权力的词语》里讨论的话语模式中，弗莱"将意识形态置于概念与文学之间，在他看来，任何一种方式都排除了一个朝相反方向运动的隐含的离题方面，这一方面秘密地运作着，但却被边缘化并受到压抑，因而不可避免地成为替代方式的核心"〔52〕，为了描述这种形式，弗莱将意识形态和修辞两个术语交替使用，修辞是植根于针对一个洗耳恭听的读者说话的个体，而意识形态则成为一个修辞性的口语形式，其功能是说服或强迫读者或社会团体或整个社会赞同某些观点并采取某些行动。每个社会都由一种意识形态所支配，一切意识形态都包括在神话学结构中，如果人们没有意识到这一点，就会简单地转变重点而不会真正到达任何地方，因为"意识形态是军事的、帝国的与阶级的结构"〔53〕。艺术家生活在一个想象的世界，他们必须与他们时代的意识形态结构达成一致，尤其是在如果他们不能找到任何鼓励的源泉来相信他们正在从事的事情的有效性的时候更是如此。因此弗莱指出，文学艺术这类想象性作品提供的视角使人们认识到意识形态结构最终会被创造性精神所代替，只有通过在文学、艺术和诗歌的表达达到顶峰的神话中才能体会到已完成的初级关怀、自由、平等、健康和爱的向往，一个永远使人有理性的世界。在这里实际上弗莱又回归到布莱克传统里对想象的创造性的教义。

由此看来，弗莱从《可怕的对称》出发，发现了布莱克诗歌里神话的意义，并在《批评的解剖》中发展了这一研究，将神话看作是文学的原型与深层结构，从而建构了他的原型理论。更重要的是，他在此基础上发展了想象的意义，这也是他理解所有文学与文化的关键。弗莱认为，文学承载着人类文化想象的作用，神话作为想象的产物从而不仅是文学的母体与原型结构，更是文学的社会文化语境，是一种社会关怀。这使得弗莱的神话批评一开始就具有强烈的文化意识，因而也使他的神话批评区别于一般的神话批评思想，成为广泛意义上关注文学的文化批评。可以说，弗莱在其后的漫长的文学和文化批评生涯中正是继续并发展了这一观点。

二、弗莱的神话批评与弗雷泽、斯宾格勒及荣格之关系

正如前文所述,弗莱的神话批评与神话理论仪式学派弗雷泽、心理学派荣格、哲学流派的卡西尔常被人放在一起进行比较,而且毫无疑问,弗莱神话批评的提出深受这些研究成果的直接和间接的影响。另一个很重要的人物就是历史哲学家斯宾格勒,虽然他没有提出神话批评,但他的文化整体观思想也深刻地影响了弗莱的神话批评理论的建构,因此本部分将把他也包括进来一并进行比较研究。在这里,我将主要比较弗莱与弗雷泽和荣格的神话观点的异同,以及斯宾格勒对他神话批评的形成性影响。我认为,不能把弗莱的神话批评归属于他们的阵营,即使他们对弗莱理论的形成具有深刻的影响,因为弗莱的神话批评已经超越了神话作为故事的功能,从专注于文学批评走向了文学的文化批评。

1. 弗莱与弗雷泽的仪式研究

弗雷泽是英国社会人类学家,他于20世纪初通过对不同文化的仪式进行的大量研究发现了仪式中杀死老国王或死亡之神以重新获得力量与生机这一相似的主题,从而成为人类学研究中的仪式学派的代表人物。弗莱与弗雷泽的仪式研究有着密切的关系,弗雷泽通过在《金枝》里对仪式的细致研究,发现了处于不同文化背景之中的神话与祭祀仪式的相似性,这一点对弗莱启发很大,使弗莱开始远距离地看待文学文本并发现其中的结构。

弗莱早年因为圣经旧约课程的原因偶然发现了《金枝》,他立刻如饥似渴地吸收弗雷泽关于垂死神的象征主义范畴,于是一个全新的世界在他面前展开,尤其是里面充满着艺术的生机及其艺术的历史基础,使弗莱感觉到他的"思想迅速地扩张成型,快得连自己都很害怕,我有时害怕别人在我之前说出这个发现,或者我活不了那么长的时间来完成这项发现"[54]。对弗莱而言,《金枝》与其说是一本人类学的著作不如说是一本文学批评的著作[55],因为这本书进行的是比较象征主义研究,而且吸引的主要是艺术家、诗人、批评家和宗教学研究者。他把《金枝》里的仪式研究看作是"人类想象的一种语法"[56],它的价值在于其中心思想,即其中的每个事实都能够被质疑或者无须影响它的价值而可以进行重新评价。由此他从弗雷泽的仪式里发现了人类想象中潜在的某种东西,虽然有时它可以以文学的形式表达出来,但基本上是以一种假设解释仪式中的特点,而不必是其

他仪式来源的原仪式。“《金枝》并不是描述在久远的过去人们所做的事情，而是试图表述自己关于最伟大的神秘、生活的神秘、死亡的神秘以及死后生活的神秘时人类的想象所能达到的程度。”[57]换句话说，它是在社会方面的无意识象征主义的研究，反映并完成了弗洛伊德、荣格及其他人在关于个人的梦以及类似的无意识象征主义心理学方面所做的工作。特别是弗雷泽的模式非常适合心理学模式。弗莱比较分析说，弗雷泽的死神就像弗洛伊德梦里的力比多；弗雷泽替罪羊仪式里衰老的女人与男人的形象与弗洛伊德的父母意象相似；狂欢中的暂代国王是弗洛伊德已经研究的作为智慧机制的社会形式。对此马克·马格纳落（Marc Manganaro）指出“正是通过对仪式研究挖掘出植根于原始想象的极度扩张意义的这些偶像，以及‘神话诗学梦想’构成了弗莱‘原型批评’的主要概念”[58]。

弗雷泽的《金枝》被弗莱看作是一部文学批评的著作，是“一部关于天真戏剧的仪式内容，也就是说这本书重建了一种原型仪式，从而戏剧结构的、类型的原则可以逻辑地由此而生”[59]。弗雷泽的假设、仪式世界不可避免地有很多惊人的实际仪式的类比，而且这些类比都是他讨论的部分。但仪式与戏剧的关系是内容与仪式的关系，而不是源头与来源的关系。相似的，天真罗曼司的内容是可交流的梦的内容，它与分析已死的诗人的心理没有关系，但它原本与心理分析过程中所采用的幻想有着惊人的相似之处。从对《金枝》的研究中，弗莱还发现，仪式的比较研究把我们不仅带到人类思想统一性的含糊与直觉的感觉中，而且艺术作品的比较研究应该阐述它已经超出了揣测。在弗莱看来，仪式在巫术里具有特殊的意义，在宗教里，仪式是某种信仰与希望，以及超自然存在的理论。但当剥夺了信仰与作用时，仪式就成为它真正的自己，“某种想象制造的东西，艺术的一种潜在作品”[60]。这样，对弗莱而言，仪式形成了戏剧或罗曼司，或小说，或象征诗歌，诗人从弗雷泽那里获得一种他们自己想象所意味着的新感觉，而批评家则了解到人类想象怎样比从任何现代作家那里学习到更多地回应自然。因此弗莱认为弗雷泽在这方面为自己将要建构的文学批评做了压力释放，通过无视文学传统、时间，尤其是文学文本之间的界限，推动人类意识的最终统一。[61]

正是受弗雷泽仪式研究的影响，弗莱发现诗歌与诗歌之间实际上有着密切的联系，每一首诗歌就像是总体诗歌的一个单位，当诗歌之间彼此产生联系时便产生了类型与习俗。原型就是诗歌之间可以交流的象征，原型批评作为一个社会事实与交流技巧就与文学相连。“欲望与重现的

这些成分构成了原型批评的重要地位，原型批评把诗歌当作一个整体来研究，把象征作为交流单位来研究。从这点说，文学的叙述方面是象征交流的重现行为，也是一个仪式。文学作品的叙述内容被原型批评家当作了仪式或行动的模仿来进行研究，而不仅仅是一个行动的模仿。”〔62〕

尽管弗莱深受弗雷泽人类学方法及仪式研究的影响，但他毕竟与弗雷泽还是有着根本的不同。弗莱的传记作家约翰·爱尔(John Ayre)指出，弗莱对弗雷泽的反应与其说是弗雷泽的仪式研究还不如说是弗雷泽的材料“暗示了使弗莱激动的具有四季循环组织的死亡与复活的象征主义，并为他提供了一种新的视野”〔63〕。弗雷泽联系了仪式与神话，但他更关心去阐述正发生的杀死国王的仪式，而弗莱则认为，弗雷泽假设这种可怕的仪式有着某种基于偶然历史存在的东西是没有必要的。同时弗莱坚持他是逻辑的，不是按照时间顺序取源自弗雷泽的死亡之神或国王必须死亡的模式；弗雷泽则是按照时间顺序工作，就像大多数 19 世纪的思想家的方式，希望找到某种外在于暂时性因素的整一的相关部分。因此《金枝》对弗莱而言，是“一部关于素朴戏剧仪式内容的论著”，明晰化了在所有戏剧中心的成分行动，帮助文学批评抽取“戏剧的结构与类型原则以适用于后来的复杂工作”〔64〕。弗莱与弗雷泽的不同还在于，弗莱对任何特殊的仪式没有兴趣，弗雷泽则相反，他一直在补充特殊例子以致他的著作最终达到四千多页。因此弗莱的体系显示的是以神话术语告诉文化是什么，神话怎样成为文化的体系。如果说整个文学史是从低级原始进入高级复杂的形态，那么原型研究就是一种文学人类学，关注文学由前文学范畴，如仪式、神话与民间故事的方式。〔65〕

弗莱总结他对弗雷泽的研究成果，并运用到他的神话原型中，提出他所称的仪式只是一般情节，仪式不应该作为戏剧源头来研究。弗雷泽的《金枝》从文学批评的观点来看，“重建了作为戏剧的结构与类型原则来源的原型仪式。但仪式与戏剧的关系就是内容与形式的关系，而不是源头与来源的关系。死神与弗雷泽的其他的构造都是戏剧的主题，这是每一个戏剧家通过经验发现如果他想要吸引观众游离的注意力，尤其是对一群并不复杂的观众时他必须运用的主题。”〔66〕弗莱是以文学的视角去阅读弗雷泽的著作，并将其主题运用到他的文学分析与文学批评中，受其仪式研究的影响发现了人类深层的文化结构，从而成为了他在建构神话原型理论时一个非常重要的思想来源，并最终终结了新批评派的语言中心论，成为以文学批评为核心的文化批评家。

2. 弗莱与斯宾格勒的社会循环论

奥斯卡·斯宾格勒是德国历史哲学家，他于1918年出版了《西方的没落》。当时因为经济原因没有人愿意出版这本书，最后出版时印的数量也非常少，但这本书一出版便很快成为在欧洲讨论最为热烈最为广泛的一本书。于是斯宾格勒开始修订与扩展该书，1923年最终以两卷本完成，三年后这本书在德国销售了十万本，同年C. F. 阿金森(C. F. Atkinson)开始将其翻译为英文出版。弗莱在二十七岁的时候，即1929年，开始接触到《西方的没落》，这本书显然对他产生了巨大的影响。在他后来批评生涯的四个不同时刻，弗莱还试图保持他年轻时对斯宾格勒的热情。在1955年的广播谈话中，弗莱声称《西方的没落》是"一种想象而不是一种理论或哲学，是一种萦绕着想象力的想象。它的真理是诗歌或预言的真理，而不是科学的真理……如果说《西方的没落》不是什么任何其他的东西，它应该仍然是世界上伟大的浪漫主义诗歌之一。"[67]神话批评提出了文学研究的文化语境。"神话批评的主要用途之一就是使我们能够理解文学作品在文学作为一个整体的语境中的相应地位。"[68] 1974年弗莱在"重访斯宾格勒"一文里承认，"在我的经验里很少有书像斯宾格勒那样具有扩张与刺激思想的力量。他勇敢跳动的想象万花筒似的模式使他把这些糅合在一起时产生了一种在前面展开的整个人类思想感与文化感。"[69]因此他把斯宾格勒与弗雷泽看作是在20世纪30年代学生时期的"两位文化英雄"，四十年后弗莱还一直认为，"他们的概念好像进入并形成了我所做的每件事情"[70]，这说明弗莱已经把他们整合进自己的著作中了。弗莱的神话批评也有着斯宾格勒社会文化循环论的深刻影响。

斯宾格勒从两个方面给弗莱后来的神话批评带来启示。首先，斯宾格勒以一年的四季来象征人类的四个主要阶段建构历史的宏大结构，影响了弗莱在神话研究的基础上建构文学想象与文学类型的结构。斯宾格勒把人类历史看作整体，经历了春季(中世纪，由贵族与僧侣统治的社会，文学主要是关于英雄与骑士的主题)、夏季(文艺复兴时期，王子与宫廷统治社会，莎士比亚取代了无名的艺术)、秋季(18世纪末，歌德的诗歌、莫扎特的音乐与康德的哲学)以及冬季(拿破仑与他的世界帝国，这时西方文化转变为西方文明，进入了它的最后阶段)。对斯宾格勒而言，文化像肌体主义那样运动，像婴儿一般出生，最终的结果是死亡，即迟早要回归到他们生长的纯粹的原始生命中去。他把文化产生的每一样东西看作是文化的特点，也就是文化的象征，结果历史成为展示几乎无法用词语表示

的象征集合体，因为文化的存在不可能真正地被证实，它只能让读者通过象征的安排指出、感觉或知觉到。弗莱屡次提起，这种观点对他的影响很深刻。他"在写作《可怕的对称》时已经受了斯宾格勒的影响，因为他避免通常学者以自传或历史语境或细读方式解读布莱克的作品，而是把布莱克置于'历史的文化语境'"[71]。弗莱把文化的原始生命指向神话，并从神话中发现了类型，并根据四个季节划分为喜剧（春天的神话/叙述）、罗曼司（夏天的神话）、悲剧（秋天的神话）以及讽刺与反讽（冬天的神话），这些类型实际上就是想象的结构。同时正如斯宾格勒的肌体文化循环一样，弗莱发现想象的四个范畴（神圣的世界、火的世界、人类世界、动物世界、植物世界、诗人与水的象征世界）都形成了一个循环体，像四季那样周而复始，历经生长、成熟、衰落、死亡复生的肌体循环，形成了另外一个个体形式。

其次，斯宾格勒的整体文化观促使弗莱把文学看作一个整体，把文学看作是文化想象的核心。斯宾格勒的文化意象与一个个体一样属于肌体活动，这个观点提出历史是文化发展的多元性，是一般把历史分为古代、中世纪与现代阶段的那种认识的巨大提高。因此对弗莱而言，斯宾格勒是站在一块坚实的土地上，他所产生的东西是一种历史想象，非常接近于文学作品，因此他也非常接近于一个文学批评家。[72]最重要的是斯宾格勒为肌体文化的概念提供了一种"宏大的叙述"。弗莱指出，《西方的没落》是一本试图采取更为开阔的视野观照人类历史的书，与通常的历史分析很不一样。通常的历史分析认为，希伯莱人、希腊人、罗马人提供给我们宗教、文化和法律，古老的社会就是中世纪，中世纪产生了现代社会，现代社会又产生了我们。任何外在于这个观点的都不是真正的历史。但斯宾格勒认为还可以以地区划分的方式做出同样的区分，实际上，文化的范畴比国家或帝国更宽泛，更广大。英国之所以有一个漫长的历史，是因为它属于其中的一种文化，属于欧洲的已向外扩张到全世界的西方文化。弗莱完全认同斯宾格勒的观点，因此对他而言，斯宾格勒的书与其说是一个设想，不如说是一种理论或者一种哲学，甚至是徘徊的想象力的设想，他的真实在于昭示诗学或者预言的真理，而不是科学。弗莱后来解释说，斯宾格勒"显示了所有每个时代的文化产品是怎样形成一个可以感觉到或直觉到的整体，尽管并没被阐述出来，一种整体感接近这种感觉那就是人类文化是一个单一的更大的整体，一个在时间里出现的巨人"[73]。

因此汉密尔顿认为，是斯宾格勒把弗莱变成了一个文化批评家。"实际上，是斯宾格勒将弗莱整合进了将文学作品当作主要的文化文本，将文学批评定义为'社会的理论'。而且使他将现代批评家的整个主题并不看作纯粹的文学，而是同神话语言建构和进入并了解的信仰相关的领域。"[74]因为受到斯宾格勒思想的启发，弗莱发现了文学作品主要通过使用习俗、神话和文类的相互影响，即大的社会语境，也使他发现了文学的宏大叙述。

3. **弗莱与荣格的心理学**

荣格是20世纪著名的精神分析学家，他通过对人类意识的研究发现人类具有相同的"集体无意识"，并将其称为人类心理的"原型"。因为荣格对心理结构的假设与弗莱的文学原型的建构有着某种程度的联系，人们很容易将他与荣格的原型理论归为同一类别，一起称其为神话批评家或原型批评家。但弗莱对此多次表达他的不满，因为他认为自己使用"原型"这个术语并不是像人们想象的那样受荣格的"集体无意识"及原型术语的影响，"我使用'原型'是因为这是批评里的一个传统术语，尽管并没有人经常运用这个词语。但我没有想到荣格已经霸占了这个术语，以致因为我使用这个术语，每个人都认为我是一个荣格主义者"[75]。弗莱因此强调他与荣格不同的是，他是在研究主体心理世界与社会世界、客体的或自然世界之间的中间世界，而将主体与客体融为一体的隐喻世界就是神话与隐喻的世界。但显而易见的是，弗莱确实受到当时的心理学研究成果的影响，并将心理学的研究成果运用到他的文学研究中去。

弗莱花费了十年时间来发展原型理论，从1947年出版《可怕的对称》到1957年《批评的解剖》将一篇论文冠名为"原型批评"，然后花了另外二十五年来解释这个术语一直到1982年《伟大的代码》的出版，在那里他放弃了使用这个词，声称如果他早知道荣格使用这个词已经占领了这个领域的话，他早就不用这个词了。在《权力的词语》里他就没有使用这个词。弗莱的"原型"这个词是以传统的基督教中的"基督是作为一种创造的模式，通过他产生了万物"的意思发展而来的。[76]汤玛斯·威拉德（Thomas Willard）将弗莱与荣格进行了细致的比较，认为不可否认的是弗莱受到了荣格的影响。他发现当荣格的选集开始自50年代以英译本出现的时候，因为翻译的不够完全，弗莱把荣格理解为很难理解的诗人。弗莱阅读了荣格关于梦的两篇分析，了解到荣格的方法是从人类学与宗教里组成一个扩大的梦。50年代，弗莱在一篇题为"布莱克对原型的理解"的文章结尾，将荣格的阿尼马（anima）与布莱克的发散（emanation）进行了比较，认为布莱克的诗歌几乎完全由对原型的解释组成，但他又解释说，他所指的原型是文学作品的一个成分，以此区别于荣格的原型概念。尽管在这之后弗莱对原型进行了进一步的定义，强调他的文学的原型，人们甚至可以追溯到他的布莱克传统中去，但“荣格流派之后写作的原型批评，以及类似于弗莱作为一位原型批评家的遗产仍然与荣格有关”[77]。

弗莱认为隐喻的世界是主体与客体融合在一起的世界，是神话与隐喻的世界；荣格的原型是指灵魂内部的力量，它们与文学的某些习俗人物具有非常熟悉的迷惑人的相似之处。因此弗莱强调指出他与荣格的原型不同的地方在于：荣格关注的是存在的原型，不是想象的原型，是出现在“个人化”上的复活人物和意象[78]。弗莱把荣格认同为与斯宾格勒和弗雷泽一样对文学理论家与文化理论家具有最重要意义的人物。他认为，荣格对生活想象的核心是从“自我”（即一般的生活具有对时间与空间危险的与不情愿的思考）到“个人”（以更为合作的和图表式的思考模式）的进步。在荣格看来，“个人”思考的象征是满德拉（Mandala），是一种类似在中世纪和文艺复兴时期非常普遍的几何学宇宙观的对称格式。在弗莱的《批评的解剖》里最初的文学观点与满德拉具有很多相同之处，因此很多人认为弗莱的著作来源于满德拉。但弗莱与荣格的强调点是不同的，弗莱关心复活的事实，而且他以季节复活与重生的神话层次进行的类比来阐述这一点。弗莱没有谈到原始起源，却可以宣布原型是将一首诗歌与另一首诗歌相连接的象征，有助于统一并整合我们的文学经验，“对弗莱而言，原型是文学，而不是基本，而且很少与深层心理学的类别有关。事实上，原型提供了文学与生活之间的联系，使文学成为了一种伦理工具。因此原型也是可以进行交流的意义，是人类的梦想，不是模仿自然而是包括自然”[79]。弗莱指出，戏剧来源于仪式，仪式不是源头而是戏剧作品的内容。同样宇宙学是神话学的分支，有时作为诗歌的结构原则。这种新的批评立场可以得到荣格原型理论的支持。结果，弗莱自由地使用原型而没有尝试荣格理论的其他部分。同时，弗莱还指出，集体无意识的假设对他的计划来说并不是必不可少的。因此弗莱从各种假设中分离出弗雷泽主义与荣格主义的模式，因为这些假设都寻求处于神话学思想范围之外的神话源头。从这种意义上说，弗莱根据通过对新批评的悖反定义了他的神话批评。

罗塞尔（Ford Russel）认为，弗莱在三个层面上受到荣格的心理学影响。根据弗莱的观点，荣格的个体过程是“自我必须进入到阴影，并将其辨别为它的重要连续体”[80]。阴影是自我遇到的第一个心理原型。当自我溶入到阴影里时，心理的中心就从自我表现转变为自我表现与阴影之间的平衡点。外在的心理就变成了一个“个性”或者说是“社会面具”，而内在心理则成为灵魂或者爱的焦点。弗莱借鉴荣格第一阶段的理论，提出读者是形成分析一部文学作品所进行的每一个相对客观的实体，从而来展现读者发展的文学经验。根据荣格第二个阶段的理论，即发展的自我要避免被吸纳进个性或阿尼马以保持自我中心的平衡，弗莱也保持类型与习俗之间的平衡，但弗莱是通过将阅读理论作为一个整体来实现这一点的。根据荣格第三阶段的理论，他提出要确保出现的自我穿过危机，自然结果就是从无意识释放出两种更深的能量。在弗莱看来，荣格关于原型比喻的体系核心是阿尼马，但他反对这个观点，相反地认为阿尼马应该是个人化的第二个阶段。

总而言之，虽然弗莱抵制人们将他使用的原型术语与荣格的原型术语混为一谈，但不可否认的是，弗莱或多或少受到心理学的影响，并自觉地运用到他的文学分析中去。弗莱与荣格最大的区别在于：弗莱始终处于文学的想象领域，而荣格却展现的是一种心理存在，因此虽然荣格的原型理论可以作为分析文学的一种方法，却不是文学批评。

综上所述，尽管弗莱因为对神话的研究而被人们有意识地看作是神话批评家，他的神话批评形成过程中也的确受到神话理论尤其是弗雷泽的仪式学派、荣格的心理学派以及斯宾格勒的历史哲学的影响，但弗莱始终立足于文学研究与文学想象，因而使他的神话批评与其他人的神话批评不相同，更何况弗莱后期的神话批评已经具有了他们所没有的文化社会功能，从而使他的神话批评超越了一般的神话批评，进入了文化批评的领域。

三、弗莱神话批评的文化意义

既然弗莱的神话如前文所述，不仅具有故事功能，而且具有特殊的严肃的社会功能，因此他的神话批评就不是人类学家纯粹的神话研究或对文学文本的研究，而是与社会文化密切相连，并且使文学实现了它的严肃社会功能。弗莱的神话批评的文化意义主要表现为以下几点：

1. 神话研究从边缘走向文学研究和社会文化研究的中心

神话在文学批评中一直处于边缘地位，但弗莱在研究中不仅将神话

置于文学研究的中心，而且赋予它严肃的社会作用，使神话研究成为一直为经典文学所占据的文学研究中心的主要主题。弗莱主要从神话与文学、神话与社会的关系所进行的分析来实现这一点。

首先，神话成为文学想象的源泉与结构，是文学的母体。在弗莱看来，文学来自于神话，神话的内容组成文学的一部分，而不仅仅是起着装饰性作用，神话与文学两者都承载着想象的功能，神话本身的结构形成文学的原型。当神话聚集在一起形成神话学时，就为文学提供了文学类型。神话学产生了诸神的谱系，一种以众神的起源与它们个性化的自然起源有相关联系的叙述，比如天堂与地狱，创造与人类的原始状态，法律与文化的开始，以及一直到现在被称作为文化形态的东西。除此以外神话学还提供了大量的讲述神与其他诸神以及与人之间的通常为谨慎道德等关系的故事章节。这些神话故事证明了或联系了地方宗族的各种不同神；认可了赋予神话学神圣起源的法律，为神话学的国王与英雄提供了一个神圣的祖先，因此成为了由神话学扩大到人类起源、人类形势、人类命运的相关叙述，一种在形式上仍然保持为一系列故事的叙述，但这些故事又显然具有哲学与道德寓意，具有明显的文学特征。[81]神话与文学最重要的联系就是文学来自神话学，因此在诗人面前的某种故事又与大量的传统与权威有关。当神话学成为一种文学，文学能够为社会人类的状况提供某种想象的社会功能就来自于它的神话学模式，在这种发展里神话的典型形式成为了习俗与文学类型，而且只有在习俗与类型被认为是文学形式的两个重要方面时，文学与神话的联系才不证自明了。

在西方文化传统中，神话已经是文学不可分割的一部分，不了解神话就没法真正理解诗歌。早从荷马时代，诗人就开始对神话和神话学产生了浓厚的兴趣，因为"神话带给作家一个已经准备好的结构框架，带有古老的灰白，允许作家将所有力量奉献给他精美的设计"[82]。神话与诗歌之间具有某种内在联系，使诗歌与神话的关系比与民间故事或传说的关系更为密切。神话的中心与它的永恒意义都反映在文学作品里，神话的制造者就是诗人。在希腊，神话学从来就没有成为神学，荷马和贺拉斯所具有的文化权威也都来自于拓展超越文学，因此"当诗人重新创造了神话，他们就从预言家走向了不同方向。诗人的冲动就是重述故事，或发明同样人物的新故事，但不是理性化故事"[83]，而且诗人对诗歌的文化影响主要是强调神话里具体的、个人的、讲故事的成分，倾向于某些过时或古老的东西，因此诗人的预言家角色倾向于试图摆脱神话里人物的神圣个性而将神话集中在事件上，诗人还倾向于只把事件看作是人物性格活动的象征。显然神话在文学里成为文学创作与文学批评的中心。

其次，关注神话中的仪式（亚文化）并将其解读为文学文本。弗莱对神话中的仪式研究不同于20世纪的仪式主义研究，因为弗莱不是从人类学的角度，他更多的是从文学的角度来分析解释仪式。弗莱认为神话学思想的主要特色是它的循环特性，因此他着重的不是神话的创造性，而是神话的季节性循环特征，从而使"他很多基于神话与仪式模式的讨论证实了他想要找出历史与文化领域的诗学创造源头"[84]。弗莱认为，在诗人的主题与人类从事的重要活动之间有一种密切的类比，因为两者都是典型循环的，都是我们称之为仪式的行动。而仪式的口头模仿就是神话，诗歌的典型行动就是情节，因此对文学批评家而言，亚里士多德的术语神话叙述（mythos）与英语词汇中的神话在很大程度上是一致的。这类情节，因为描述的是典型行动，自然会具有典型形式，其中之一就是悲剧情节，另一个就是喜剧情节，还有讽刺情节。当历史学家的主题成为某种综合性的一点时，它就在形式上变成了神话的，而且在结构上接近诗学。但从某种意义上说历史是神话的对立面，大多数历史学家宁愿相信，对培根而言，诗歌是"伪历史"，或至少历史是一回事，诗歌是另一回事，而且所有的元历史都是对这两者的阉割式的结合，因为这两者从来没有真正的结合。正如亚里士多德所说，诗歌因为它对宇宙的普遍关怀而不是对个别的特殊关怀，因此诗歌更多哲学性而少历史性。[85]诗人通常寻求的是新的表达，而不是新的内容，当我们发现诗歌里的深刻的或者伟大的思想时通常也会发现机智的不可避免的表述对人类境遇的关心。因此诗人通常使用的"想法"并不是真实的概念，而是思想形式或者概念化的深化，常用于处理意象而不是抽象，因此一般是由隐喻统一起来，或者由意象词汇而不是逻辑统一。

再次，神话作为培育想像的结构，是创造性的源泉。正如弗莱指出的，虽然我们期待有大量的文学来源于特殊的神话，但神话学与文学之间的关系并不是一对一的关系，因为神话学作为一个完整的结构，在任何时代，作为思想家的诗人，深刻关注人类的起源与命运/欲望的诗人，以及关注属于文学所能表达的更大框架的任何事情的诗人，几乎找不到不与神话偶遇的文学主题，因此在史诗与百科全书里的明显的神话时代诗歌的宏伟整体形成了很多最伟大的诗人使用的形式，把神话学接受为有效的信仰的诗人，如但丁和密尔顿接受基督教，会自然地运用它；在这样传统之外的诗人转向其他神话学，如建议性的象征性的可以为人相信的东西，如歌德、维克多·雨果、雪莱或济慈改编古典的神秘的神话学体系。[86]因此神话还是年轻人接受想象训练的结构，“通过阅读伟大的神话体，圣经以及希腊与罗马古典书籍而达到这一点”[87]。

所以，对弗莱来说，神话不再是人们所认为的古老故事，在文学研究中也不再是处于微不足道的地位，神话产生了文学，也产生了后来的社会形态，更重要的是神话一直处于想象的中心，成为文学世界的中心。这使得弗莱的观点大大超越了文学研究中人们对神话普遍的轻视态度，与人类学一起推动文学研究的神话学转向，从而成为开辟文学人类学领域的先驱。

2. 神话形成文学批评的社会语境

弗莱晚期著作显示了一个共同点，那就是对文化产物进行社会、哲学和道德方面的分析，这个共同点最集中地体现在《批评之路》中，即讨论批评的社会语境的问题。

《批评之路》是一本高度民主理论化的著作，在该书里弗莱声称解释文化的社会神话过程非常类似于文学里的批评，而且“批评阐释的不同形式不可能严格分析，无论它们适用于莎士比亚的戏剧、圣经文本、美国宪法或者土著部落的口头传统。在总的关怀领域，无论在法律、神学或人类学中有可能区别多么大，它们都趋向于一致”[88]。丹纳姆认为这可能描述了这本书基本的假设，即当文学批评家没有资格处理文化所有的技术语境时，如果他是一位原型批评家的话，他尤其应准备去解释形成文学的社会环境的文化现象。[89]在这本书里，弗莱表明批评家的作品有两种作用，即文学的作用与社会的作用，一个转向文学结构，一个转向其他文化现象所形成的文学的社会环境。两者在一起时是平衡的，当一方作用于另一方时，批评的视角就走出了焦点。如果批评处在适当的平衡之处，批评家倾向于从批评走向更大社会的视角就成为更有智慧的行为。

实际上在《批评的解剖》里已经预设了批评的社会语境。神话作为故事、叙述以及文学的深层结构与原型，通过习俗将文学连接为一个整体。当习俗大得足以包括整部作品时，就成为了类型，类型以两种方式建立文学作品的本体：类型指出作品是什么，暗示作品的语境，把作品置于类似的许多其他作品中。类型研究是基于形式上的类比，如果没有诸如文学是一个完整的形式，如果文学仅只是意味着所有写过的文学作品的堆积，那也就没有像悲剧或任何其他类型的概念了。因此“原型是一个变化的习俗”[90]，而且文学并不是单一存在的，文学作品的意义形成了更大整体的部分，并从而使文学具有了三个成分，一个是意义或主题，其他两个基本点是情节或叙述与特点，因此进一步思考的不仅仅是一系列意义，而是一系列语境或关系，整个文学艺术作品可以放入其中的语境，每个语境都有它自己的特点，叙述与精神，还有它的意义。因为有原型，“我们不再限制在单一文本里，而是自由地在文本之间活动。通过把象征解读为文学原型则成为一个交换系统。原型批评接种在文学的复活上。现在文学成为了仪式，一个重复的结构，尝试去调和经验与欲望”[91]，因此原型层面的批评就不只是与类型与习俗相关了，因为它把象征当作是具有人类意义的自然客体，它的范围被扩大到包括文明，从这个观点来看，诗歌成为人类工作目标的想象的产物[92]，从而以神话的深层结构使文学作品形成表现社会生活和社会想象的整体。

在《批评之路》中，弗莱指出批评的社会语境就是关怀神话。关怀神话是组成社会最关心想知道的一切事情。弗莱通过阐述两位不同的为诗辩护的诗人——锡德尼和雪莱——的观点来宽泛地使用自由与关怀的辩证方法。他将锡德尼的诗歌置于文艺复兴时期人文主义的背景中，得出结论说，锡德尼将诗人的作用适用于阅读与写作文化的价值，适用于散漫的散文作家建立的意义标准。而在雪莱的为诗歌辩护里，我们则回到了把诗歌接受为神话的、心理学的原始性。弗莱倾向于赞同雪莱的观点，“他们（弗莱和雪莱）都反对锡德尼的还原性观点，锡德尼把批评家作为一个价值判断并使诗歌服从于一个精英社会恰好可以媲美的关怀框架里建立的东西”[93]。对弗莱而言，雪莱的诗歌观点把我们带回到原始的口头神话学表达的关怀领域时，批评家由关怀神话所表达的价值方法必须来源于自由神话。在关怀神话与自由神话之间存在着张力。当关怀神话以自己的方式占有一切的时候，它就变成最卑劣的暴政，而自由神话以自己的方式占有一切的时候，它又会变成权力结构的一种懒惰自私的寄生虫。因此在关怀神话与自由神话之间的张力中，要产生第三种经验，于是便“出现了一种可能并不存在但却在完成其存在的世界，这是个由确定的经验构成的世界，诗歌促使我们得到这个世界，但我们永远不可能真正得到”[94]。因此诗歌可以为我们创造一个我们想要的世界，批评则成为现实与想象之间的调停者。

总而言之，在弗莱看来，神话作为文学的母体产生了文学的整体结构，神话的关怀功能导致批评与社会文化互动，神话是批评的社会语境。

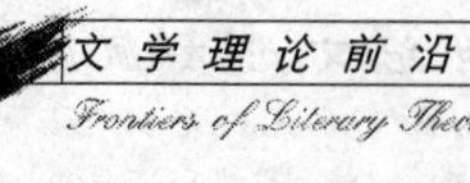

3. **文学的社会关怀性**

弗莱主要从关怀的神话与自由神话、初级关怀与意识形态等方面讨论了文学的社会关怀性。在他的晚期作品里反复提到关怀，并把关怀作为文学批评的社会语境。他认为有两种关怀,即初级关怀与次级关怀,初级关怀主要关心人的生存状态，次级关怀则是有关权威与真理的意识形态。通过语言与想象,文学最终表达社会的初级关怀与次级关怀。

从关怀的发展过程来看，弗莱将它追溯到人类社会形成后产生的神话。他一直强调神话具有特殊的社会功能，而这种社会功能就是社会关怀,也就是“一种充分发展的神话或百科全书式的神话,包括最关心社会要了解的一切东西”[95]。因此在人类早期社会里神话表达了人类关怀,而且从某种程度上说，神话从开始人们相信它讲述的是真实的东西逐渐发展到社会群体对它的信仰,因此关怀神话逐渐发展成为宗教神话,尤其在中世纪宗教神话强调排他性的终级关怀,关注死后的生活,从而又使宗教的终级关怀始终处于整个社会神话的中心。因为关怀神话对整个社会的影响,在每个社会占支配地位的阶级都试图接管关怀神话,利用它或它最基本的部分使其统治合理化。就基督教在世俗社会中获取的比例来说,它的关怀神话趋向于与不断更迭的不同的统治阶级的神话联结在一起。但基督教仍然是一种革命的神话，从来没有完全同任何统治阶级的神话合而为一,这赋予了基督教一种肯定的生命活力,也赋予了一种否定的活力,使宗教神话日益倾向于关注另外的世界，到18世纪基督教的政治革命因素失去了作用时，宗教关怀神话便发生了危机。西方基督教一统天下让位于更加多元化的状态,其中一些新的、更为世俗化的神话便开始与之共享这个领域。

同时对关怀本身而言,“具有两种关怀,即初级关怀与次级关怀”[96]。对弗莱而言,初级关怀包括四个因素,分别是食物与水,性,财产,以及活动的自由。这里提到的自由是指人们活动时无须警察检查护照、许可证及身份证的自由，以及在工作中及公共场合不会因性别与肤色不同而受到不同待遇的自由。但弗莱意义上的初级关怀不仅仅是对人类生存的物质基础的关注,而且包括对精神维度的关注,也就是活动的自由还指涉思想与批评的自由;财产还包括科学发现与诗歌音乐的创造;性爱不仅是双方身体的需求,还是相互依靠相互伴侣的事情;食物与水也应该成为一个社区对商品的共享。次级关怀则包括我们的政治、宗教及其他意识形态的忠诚,因此次级关怀实际上就是意识形态。多查尼认为,弗莱所说的意识形态是“人类欲望的一种表述，更准确地说是生活在社会契约范围之内受环境制约的人类欲望，受到这样环境制约的有限的欲望”[97]。在弗莱看来，初级关怀的精神维度与意识形态关怀的区别在于它们在两个不同的社会——即原始社会与成熟社会——里得到了表述。在原始社会或初级社会，个人是社会群体的一个功能，在这样的社会权威阶级结构内必须建立以确保个人不会走出边界线。而成熟的社会则是在社会中发展真正的个人性，“在一个完全成熟的社会里权威的结构成为了机构之内个人的功能，所有一切无需区别性、阶级或种族，生活、爱情与思想，而且产生一种包围他们的空间感”[98]。很显然，在人类历史上人类社会还没有发展到成熟社会，还处于弗莱眼中的原始社会。同时弗莱指出，出现这种情形的原因是因为我们从一出生就被设置在一个语境中，我们的身份、阶级等社会条件已经确立，因此我们所有人都属于某种在我们成为任何东西之前的东西。初级关怀的精神形式需要物质基础，在个人化的社会语境中与意识形态关怀在理论上是相同的，但意识形态要求个人服从社会需要不断地推迟对初级关怀的实行，从而产生一种社会参与与积极活动的对立，因此集中在主题感受的内倾的或内在成长的创造性。而这在成熟社会是不存在的。

我们再回到弗莱对神话的定义，也许可以更加清楚地理解他对所有关怀的定义。弗莱始终强调神话的两层含义，“神话对我而言，意味着首先是叙述，即故事或叙述。在早期社会，这些故事是严格限制意义上的故事。当随着时间的推移它们成为更加弹性的叙述，你就可以获得一种描述生活方式的叙述类型。你能够以某种可以识别的语言术语来定义中世纪或马克思主义的俄国或民主的美国的叙述。它不再是严格限制的故事，而是某种意义上的叙述，在那里它将看到进入到某个方向与走向某种想象的社会，就像罗曼司的寻找主题那样”[99]。神话开始是由一种口头语言表达的，后来逐渐发展成为书面语言。通过语言表达神话社会功能的是隐喻，是相对于描述与概念的想象，人类创造现实的线性的或叙述的与结构的或主题的方面。正如神话结构进入神话学，隐喻以图解式的甚至是图表的聚集形式出现。在这些事情发生的时候，很显然，人类思想中的想象建构里可以而且的确存在着运动，并产生了超出意识形态、价值以及任何特殊社会的权力结构之外的存在。因此正如弗莱所指出的，文学也是文化的伟大代码，“整个文学像宗教和政治运动一样，也同一种中心生活相联系，但它的中心生活是人性，它的富有灵感的教师是人。这再次表明,文学在整体上不是超越的关怀神话,它更真实是因为它所包含的内容比所有现存的关怀神话合在一起还多。"[100]因此,文学具有巨大的重要性,因为它表明了一种永远无法表达而只能通过艺术本身的多样性来说明的无限的整体关怀。

圣经是弗莱晚期著作中关注最多的文本。在他眼中,圣经是神话的,而不是历史的,因为历史讲的是过去的语言,神话是现在时态唯一的语言,也是诗歌的语言。在《伟大的代码》里弗莱讨论了圣经对于文学创作想象力的作用,在该书里他指出当我们用艺术或文学的形式来表现人们的想象时,我们只知道这些想象表现了神话世界的构成成分,并没有清楚地理解它们构成的整个世界。实际上我们从这个由人类的关注构成的神话天体中所见到的一切,都具有社会的前提和文化的继承。在文化的继承的底层必定还有一种共同的心理继承,否则我们就无法理解那些超出我们自己的传统的文化表现形式和想象表现形式了。因此弗莱强调,"文学批评的实际功能之一就是使我们更加认识到我们的神话的熏陶作用"[101]。他还指出,"神话是想象最原始的努力以认同人类与非人类世界,最典型的结果是关于神的故事。后来神话学开始融入到文学里,神话于是成为了讲述故事的结构原则"[102],正是基于这一特点,文学不是疏离的而是关怀的,探讨的是人们想要的和不想要的东西。关怀的相关性意义还进入到很多语言领域,大量的哲学与历史、政治理论和心理学领域,还延伸进入实用科学的大多数领域,因此对他而言,"关怀的语言就是神话的语言"[103],神话是文学的结构原则,文学进入到并给出与关怀有关的语言原则的形式。文学世界是一个直接经验的具体的人类世界,是通过想象建构了一个人们想生活的世界,并以神话与隐喻的方式表达了人类的最深层关怀。

四、神话批评在弗莱文化批评中的意义

弗莱的神话批评是处于一种开放的状态的,正如乔纳森·哈特所说,"人们越是阅读弗莱就越是意识到弗莱创造了一个变化体"[104],晚期的弗莱"在理论与想象,文学与批评,圣经与文学,文学与社会的世界之间编导了一场舞会,他从来没有从我们时代紧迫的事件如意识形态和语言、文学创作与政治中退身出来"[105]。伊默·萨鲁辛斯基(Imre Salusinszky)也指出,实际上从《批评的解剖》以来,弗莱的神话批评进入了三个主要方向,第一个方向是运用他在研究布莱克时发现、并在《批评的解剖》里系统化

的神话原型批评技巧来分析很多其他诗人，第二个方向是把自己的观点扩展成为自由人文主义的社会分析，把神话与文学的研究作为理解整个文化与文明的关键。第三个方向也就是在他晚期认为圣经是杰出的“百科全书”或西方想象的储存库[106]。因为弗莱在建构自己的神话批评时，尽管关注亚文学形式如仪式和神话，但是从来没有脱离文学文本，他的研究焦点始终集中在文学作品上面，因此弗莱的神话批评是一种基于文学的文化批评。神话在他的研究领域不只是故事，更是与文学密切相关又包罗万象的领域，是一个贯穿许多当代思考领域的概念，因此弗莱把他的批评体系建立在神话学的结构原则上，但他绝对不是一个将文学附属于超文学即神话学的神话批评家。他认为文学是最复杂最有趣的阐述或解释神话学，同时也承认意识形态的无处不在，但他认为，神话学先于意识形态，文学与批评运用神话与隐喻创造了一种想象的语言。正是从这点出发，文学的原型结构即所有的文学作品形成了一个文学的总体，为文学想象创造了一个社会语境，由此神话的社会功能决定了文学相应的社会关怀功能。总而言之，弗莱的神话批评不同于仪式主义的神话研究，弗莱始终关注的是文学作品与文学想象本身，弗莱的神话批评导致他把文化定义为一个人类社会不可摧毁的核心，他提出的社会神话学概念，也就是关怀的神话，成为在诗歌表达中的主要神话学声音。因此可以说，弗莱的神话批评就是他的文化批评的核心内容，不仅提出了想象的理论，更为他的教育理论和对加拿大的民族文化的发展做好了铺垫。这也就是他的文化批评观念与众多活跃在当代的文化批评家的观念的根本区别之所在。

（作者单位：山东大学文学院）

注　释：

〔1〕 Robert D. Denham, *Northrop Frye: An Annotated Bibliography of Primary and Secondary Sources,* Toronto: University of Toronto Press, 1987, p. 9.

〔2〕 Robert D. Denham, “preface”, *Northrop Frye and Critical Method* , University Park: The Pennsylvania State University Press, 1978, p. vii

〔3〕 “preface”, *Northrop Frye and Critical Method,* 1978, p. vii

〔4〕 Murray Krieger ed., “Northrop Frye and Contemporary Criticism”, in *Northrop Frye in Modern Criticism,* New York: Columbia University Press, 1966, p. 1.

〔5〕 Imre Salusinszky, *Criticism in Society*, New York: Methuen, 1987, p. 28.

〔6〕 Northrop Frye, *Fable of Identity: Studies of Poetic Mythology,* New York:

Harcourt, Brace & World Inc, 1963, p. 45.

〔7〕 Northrop Frye, *Spiritus Mundi: Essays on Literature, Myth, and Society*, Bloomington: Indiana University Press, 1976, p. 100.

〔8〕 Northrop Frye, *The Critical Path*, Bloomington and London: Indiana University Press, 1973, p. 36.

〔9〕 Fredric Jamerson, *The Political Unconscious: Narrative as a Socially Symbol Act*, New York: Cornell University Press, 1981, pp. 69-70.

〔10〕 A. C. Hamilton, "Northrop Frye as a Cultural Theorist," in *Rereading Frye: The Published and Unpublished Works*, David Boyd and Imre Salusinszky ed, Toronto: University of Toronto Press, 1999, p.107.

〔11〕 Wang Ning, "Northorp Frye and Cultural Studies", in *A New Direction in Northrop. Frye Studies*, edited by Jean O'Grady and Wang Ning, Shanghai Foreign Language Education Press, p. 57.

〔12〕 在我与弗莱研究专家阿文·阿·李教授讨论时，他指出弗莱的神话批评是他思想的核心，但他强调神话已经不是原来意义上的神话，而是被赋予了社会意义。

〔13〕 Ye Shuxian, "Myth-Archetypal Criticism in China", in *Northrop Frye: Eastern and Western Perspective*, Jean O' Grady and Wang Ning ed., Toronto: University of Toronto Press, 2003, p. 142.

〔14〕 "Myth-Archetypal Criticism in China", *Northrop Frye: Eastern and Western Perspective*, p. 143.

〔15〕 Longman English Dictionary, 1992.

〔16〕 Graham Hough, *An Essay on Criticism*, London: Duckworth, 1966, p. 140.

〔17〕 *An Essay on Criticism*, p. 140.

〔18〕 Roger Fowler ed., *A Dictionary of Modern Critical Terms*, New York: Routledge & Kegan Paul, 1987, p. 153.

〔19〕 M. H. Abrams, *A Glossary of Literary Term*, 6th Edition, Holt, Rinehart and Winston, Inc, 1993, p. 121.

〔20〕 Northrop Frye, Sheridan Baker, George Pertins ed., *The Harper Handbook of Literature*, New York: Harper & Row, 1985, p. 300.

〔21〕 Robert D. Denham ed., *Northrop Frye on Literature and Society: 1936-1989*, Toronto: University of Toronto Press, 2002, p. 253.

〔22〕 Ian Balfour, *Northrop Frye*, Boston: Twayne Publisher, 1988, p. 1.

〔23〕 Jonathan Hart, *Northrop Frye: the Theoretical Imagination*, New York: Routledge, 1994, p. 25.

〔24〕 Northrop Frye, *Fearful Symmetry*, Princeton: Princeton University Press, 1947, p. 420.

〔25〕 David Cayley, *Northrop Frye in Conversation*, Concord Ont: House of Anansi Press, 1992, p. 51.
〔26〕 *Northrop Frye*, p. 16.
〔27〕 *Northrop Frye: the Theoretical Imagination*, p. 55.
〔28〕 *Northrop Frye*, p. 18.
〔29〕 Northrop Frye, *Anatomy of Criticism*, Princeton: Princeton University Press, 1957, p. 136.
〔30〕 *Anatomy of Criticism*, p. 136.
〔31〕 *Anatomy of Criticism*, p. 140.
〔32〕 *Northrop Frye*, p. 34.
〔33〕 "Polemical Introduction", *Anatomy of Criticism*, p. 5.
〔34〕 *Northrop Frye and Critical Method*, p. 152.
〔35〕 *Fable of Identity*, p. 152.
〔36〕 *Northrop Frye and Critical Method*, p. 153.
〔37〕 *Fable of Identity*, p. 21.
〔38〕 *Glossary, Anatomy of Criticism*, p. 366.
〔39〕 *Fable of Identity*, p. 19.
〔40〕 A. C. Hamilton, *Northrop Frye: Anatomy of his Criticism*, Toronto: University of Toronto Press, 1990, p. 123.
〔41〕 *Fable of Identity*, p. 15.
〔42〕 Northrop Frye, "The Koine of Myth: Myth as a Universally Intelligible Language", Robert D. Denham ed, *Myth and Metaphor: Selected Essays 1974-1988*, Charlottesville: University Press of Virginia, 1990, p. 3.
〔43〕 诺斯洛普·弗莱,《伟大的代码》,郝振益等译,北京大学出版社,1997,第56页。
〔44〕 Northrop Frye, *The Secular Scripture: A Study of the Structure of Romance*, Cambridge, Mass: Harvard University Press, 1982, p. 12.
〔45〕 *The Secular Scripture*, p. 14.
〔46〕 *The Critical Path*, p. 45.
〔47〕 Eva Kushner, "The Social Thoughts of Northrop Frye", *The Living Prism: Itineraries in Comparative Literature*, Montreal: McGill-Queen's University Press, 2001, pp. 271-275.
〔48〕 *The Critical Path*, p. 44.
〔49〕 *Northrop Frye and Critical Method*, p. 189.
〔50〕 Northrop Frye, *Words with Power: Being a Second Study of The Bible and Literature*, San Diego: Harcourt Brace Jovanovich, 1990, p. 31.
〔51〕 *Words with Power: Being a Second Study of The Bible and Literature*, p. 43.
〔52〕 裘·阿丹姆斯,"弗莱与意识形态",王宁等编《弗莱研究:中国与西方》,中

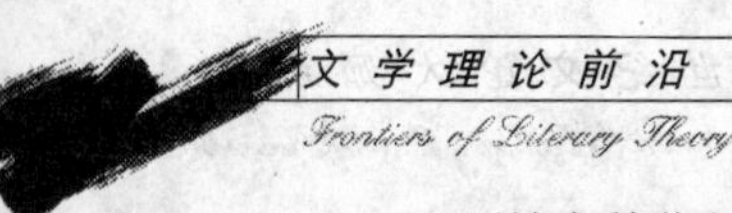

国社会科学出版社,1996,第32页。

〔53〕 *Northrop Frye in Conversation*, p. 114.

〔54〕 John Ayre, *Northrop Frye: A Biography*, Toronto: Random House, 1989, p. 105.

〔55〕 Northrop Frye, "Sir James Frazer", *Architects of Modern Thought: Twelve Talks For CBC Radio*, *Toronto:* Canadian Broadcasting Cop., 1959, p. 26.

〔56〕 *Architects of Modern Thought: Twelve Talks For CBC Radio*, p. 27.

〔57〕 *Architects of Modern Thought: Twelve Talks For CBC Radio*, p. 28.

〔58〕 Marc Manganaro, *Myth, Rhetoric, and the Voice of Authority: A Critique of Frazer, Eliot, Frye & Campbell*, New Haven & London: Yale University Press, 1992, p. 111.

〔59〕 Robert D. Denham ed., *Northrop Frye: Culture and Literature: A Collection of Review Essays*, Chicago: University of Chicago Press, 1978, p. 125.

〔60〕 *Architects of Modern Thought: Twelve Talks For CBC Radio*, p. 29.

〔61〕 *Myth, Rhetoric, and the Voice of Authority: A Critique of Frazer, Eliot, Frye & Campbell*, p. 113.

〔62〕 Northrop Frye, "The Literary Meaning of 'Archetype'", Robert D. Denham ed., *Northrop Frye on Literature and Society*, 1936-1989, Toronto: University of Toronto Press, 2002, p. 185.

〔63〕 *Northrop Frye: A Biography*, p. 106.

〔64〕 *Anatomy of Criticism*, p. 109.

〔65〕 *Fable of Identity: Studies of Poetic Mythology*, p. 12.

〔66〕 Northrop Frye, "The Literary Meaning of 'Archetype'", *Northrop Frye on Literature and Society*, p. 187.

〔67〕 Robert D. Denham ed., *Reading the World: Selected Writing* 1935-1976, New York: Peter Lang, 1990, p. 319.

〔68〕 *Fable of Identity*, p. 37.

〔69〕 *Reading the World: Selected Writing* 1935-1976, p. 321.

〔70〕 *Spiritus Mundi: Essays on Literature, Myth, and Society*, p. 111.

〔71〕 A. C. Hamilton, "Northrop Frye as a Cultural Theorist", *Rereading Frye: The Published and Unpublished Works*, p. 109.

〔72〕 Northrop Frye, "Spengler Revisited", *Spirit Mundi*, p. 187.

〔73〕 *Spiritus Mundi*, p. 111.

〔74〕 A. C. Hamilton, "Northrop Frye as a Cultural Critic", *Legacy of Northrop Frye*, Alvin A Lee and Robert D. Denham ed., Toronto: University of Toronto Press, 1994, p. 6.

〔75〕 *Northrop Frye in Conversation*, p. 76.

〔76〕 Thomas Willard, "Archetypes of the Imagination", *The Legacy of Northrop*

Frye, p. 16.
〔77〕 *The Legacy of Northrop Fry*, p. 21.
〔78〕 *Spiritus Mundi*, p. 119.
〔79〕 Nishi Bir Chawlar, "Northrop Frye and the Mythos of Comedy", S. Krishnamoorthy Aithal ed., *The Importance of Northrop Frye*, Humanities Research Centre published, Century Prints, 1993, p. 21.
〔80〕 Ford Russel, *Northrop Frye on Myth*, New York : Garland, 1998, p. 116-122.
〔81〕 Northrop Frye, " Literature and Myth", *Relations of Literary Studies: Essays on Interdisciplinary Contributions*, James Thorpe ed, Modern Language Association of America, p. 34.
〔82〕 *Fable of Identity*, p. 30.
〔83〕 *Relations of Literary Studies: Essays on Interdisciplinary Contributions*, p 33.
〔84〕 Eleazer M. Meletinsky, *The Poetics of Myth*, New York: Garland Publishing Inc., 1998, p. 86.
〔85〕 Northrop Frye, "New Directions from Old", Henry A. Murray ed., *Myth and Mythmaking*, New York: Beacon Press, 1960, p. 119.
〔86〕 *Fable of Identity*, p. 33.
〔87〕 W. K. Wimsalt, "Northrop Frye: Criticism as Myth", Murray Krieger ed., *Northrop Frye in Modern Criticism*, New York: Columbia University Press, 1966, p. 77.
〔88〕 *The Critical Path*, p. 123.
〔89〕 *Northrop Frye and Critical Method*, p. 186.
〔90〕 *Northrop Frye on Literature and Society: 1936-1989*, p. 187.
〔91〕 Lars Ole Sauerberg, *Vision of the Past— Vision of the Future: The Canonical in the Criticism of T. S. Eliot, F. R. Leavis, Northrop Frye and Harold Bloom*, New York: Maomillan Press Ltd, 1997, p. 101.
〔92〕 Robert D. Denham ed., *Northrop Frye: Culture and Literature*, Chicago: University of Chicago Press, 1978, p. 29.
〔93〕 *Northrop Frye and Critical Method*, p. 189.
〔94〕 *The Critical Path*, p. 170.
〔95〕 *The Critical Path*, p. 36.
〔96〕 Northrop Frye, *The Double Vision: Language and Meaning in Religion*, Toronto: University of Toronto Press, 1991, p. 6.
〔97〕 Michael Dolzani ed., The "*Third Book*" *Notebooks of Northrop Frye*, 1964-1972, Toronto: University of Toronto Press, 2002, p. xxvi.
〔98〕 *The Double Vision: Language and Meaning in Religion*, p. 9.
〔99〕 Robert D. Denham ed., *A World in a Grain of Sand*, New York: Peter Lang.,

1991, p. 298.

〔100〕 *The Critical Path*, p. 128.

〔101〕《伟大的代码》, 第9页。

〔102〕 Northrop Frye, *The Educated Imagination,* Montreal: Canadian Broadcasting Corp, 1963, p. 45.

〔103〕 Northrop Frye, *The Stubborn Structure: Essays on Criticism and Society*, London: Methuen, 1970, p. 17.

〔104〕 Jonathan Hart, Preface, *Northrop Frye: The Theoretical Imagination,* p. xiii.

〔105〕 *Northrop Frye: The Theoretical Imagination*, p. 2.

〔106〕 *Criticism in Society*, p. 29.

朱光潜美学思想新探

肖 鹰

内容提要:朱光潜是20世纪中国美学的代表性人物。他的丰富深刻的美学思想,对于发展21世纪中国美学具有重要价值,是一个需要进一步研究、发掘的宝库。本文把朱光潜的美学思想纳入到他成长发展的历史线索中作系统的解读,努力探索朱光潜美学对中西美学思想的接受史,并由此展开朱光潜美学发展的内在逻辑探讨。一般论述朱光潜美学发展历程的著作,都将之分为建国前和建国后两个大阶段。本文则将朱光潜美学发展历程划分为四个时期:第一,"前美学时期"(1897—1925),这个时期,是朱光潜的成长时期,它为朱光潜悲剧的人生观奠定了基础,并且使朱光潜萌发了用艺术解决人生问题的思想;第二,"美学时期"(1926—1935),朱光潜在这个时期中主要是在英、法留学,广泛学习现代西方文化,接受尼采、克罗齐诸人的美学,并在艰苦的探索之后,创立了自己的美学体系——20世纪中国第一个具有现代意义的美学体系;第三,"美学实践时期"(1936—1949),从留学回国后直到中华人民共和国建立这段时间,朱光潜转变了在留学期间以美学理论研究为主的治学道路,转入运用他的美学理论进行诗学和文学批评的具体工作;第四,"美学批判时期"(1949—1986),由于朱光潜的美学思想被定性为"资产阶级唯心主义美学"并受到批判,他不得不再次转变治学道路:进入以马列主义为指导思想的美学批判(包括自我批判)运动中,参与这个运动成为朱光潜建国后直到逝世的主要工作。这个新的分期法,既考虑到20世纪前后两个50年中国社会性质的变化对朱光潜美学的影响,更注重对朱光潜美学历程的内在阶段性变异的揭示,必将深化对朱光潜美学思想的研究。

关键词:朱光潜 现代美学 中国

Abstract: Zhu Guangqian was a very leading figure of 20th century Chinese aesthetics and literary theory. His profound and rich aesthetic thinking is of relevant value to the development of 21st century Chinese aesthetics, which deserves to be further studied. The present essay is aimed to read and interpret Zhu's aesthetic ideas in the historical development of his critical and academic career so as to explore his reception of both Chinese and Western aesthetic thoughts preceding him and the internal logic of Zhu's aesthetic ideas. Zhu's academic career is usually divided into two periods: before and after the founding of the People's Republic of China. But to the author, it should be divided into four periods: (1) pre-aesthetic period (1897-1925), in which Zhu developed his career and laid a foundation for his life view of tragedy which enabled him to start to think about solving the problems in life by means of art; (2) aesthetic period (1926-1935), in which he studied in Britain and France where he received Nietzsche's and Croce's aesthetics by reading extensively works on modern Western culture and aesthetics, and it was in this period that Zhu constructed his own aesthetic system, the first one in the modern sense in 20th century China; (3) the period of aesthetic practice(1936-1949), in which Zhu shifted his attention from aesthetic theory to poetic study and literary criticism from an aesthetic perspective; (4) the period of aesthetic critique(1949-1986), in which he, criticized as a "bourgeois idealist authority", had to shift his focus again to the movement of aesthetic critique and self-criticism under the guidance of Marxism-Leninism, which became his major work after the founding of the PRC. This new division, in view of the fact that the changes in 20th century Chinese society made profound influence on Zhu's aesthetic thinking, lays more emphasis on the change of the internal logic of his aesthetic path. It may well deepen the study of Zhu Guangqian's aesthetic thinking.

Keywords: Zhu Guangqian, modern aesthetics, China

一、前美学时期(1897—1925)

这一时期,以朱光潜于1897年10月4日在安徽桐城县出生开始,到他赴英国留学结束。朱光潜说:"我的教育过程充分反映出半封建半殖民地时代的特色。相当长期的封建教育之后，接着就是相当长期的外国帝国主义的教育。我是由没落的封建地主阶级家庭出身的，一转就转到没落的资产阶级社会的环境。”[1]如果不论这段话所附带的当时中国社会的政治色彩，它毕竟客观地概括了朱光潜所受教育的基本历程。这个历程是一个自古而新、由中向西的转变过程。

在香港大学的四年（1918—1922），是朱光潜文化观念转变的关键时期。一方面，朱光潜在此期间接受的是西方教育学、英国语言和文学、生物学、心理学诸学科的教育，可说是一种全方位的新式（西式）教育，甚至是一种心智的“洗礼”；另一方面，改变中国历史的“五四”新文化运动也在这个时期爆发，朱光潜很快由一个传统文化的维护者转变为一个新文化运动的拥护者。在这个时期，影响朱光潜思想变化，并奠定了他未来选择美学道路的一个重要文化背景，就是中国现代美学思想的兴起。20世纪初期梁启超、王国维、蔡元培诸人引进康德、叔本华等近代西方学者的美学观念，用以改造中国古典美学观念，使之向现代美学转换。这几位先驱者的美学思想，概括起来，有五个主要方面：第一，主张美有独立的人生价值，是人类生活中的一种“最重要的因素”（梁启超）；第二，美的性质是“可爱玩而不可利用者”，艺术是生存竞争之余的游戏的事业（王国维）；第三，主张美的价值，是普遍的超功利的价值，审美教育可以打破人我界限、利害关系，实现社会统一，因此要“以美育代宗教”（蔡元培）；第四，主张美在形式——“一切美都是形式美”，并把形式美区分为对象本身形式的美和表现对象的艺术形式的美，认为艺术形式美有独立价值（王国维）；第五，主张艺术境界说，并将中国古典的情景统一说和西方现代的美在直观形象中结合起来（王国维）。这些新的美学思想，改变了传统中国的审美－艺术观念，也改变了它的教育观念。它们对青年朱光潜的影响具有奠基性的作用。其中特别是王国维以《人间词话》为代表的美学思想，实际上是朱光潜联结传统中国美学（诗学）和西方现代美学（诗学）的桥梁。[2]

我认为，朱光潜在这个时期发表的文章中，有三篇对于理解朱光潜思想变化的个人因素有重要意义。第一篇是《弗洛伊德的隐意识说与心理分析》（1921）。朱光潜认为，弗氏学说指出心理压抑会导致隐意识、种下心理疾病的种子，为社会教育指出了一条反对专制教育、尊重个性自然发展的改革道路。无疑，在这篇文章中，朱光潜首次表达了他反封建教育和专制统治的思想。值得注意的是，在文中论及中国教育的出路时，他已主张“文艺是陶淑隐意识的无上至宝”。第二篇文章是《消除烦闷与超脱现实》(1923)。朱光潜认为，现实(环境)不能从根本上满足人的欲求，是人生永远的缺陷和障碍，因此，人生必然有失望，有失望就有烦闷。要从根本上消除烦闷，就要超脱现实。超脱现实有三种主要的方法:宗教、艺术(美术)、孩子气。超脱现实，“是给生机以自由活动的机会”。相比较而言，人从艺术创作和欣赏中获得的自由，更胜于宗教与孩子气。

第三篇文章是《无言之美》(1924)。这是朱光潜出国留学前所写的最重要的文章。它的重要意义在于:首先，它是朱光潜第一篇专门谈艺术的论文，而且把问题集中到艺术与人生的基本关系问题。其次，这篇文章不仅延续了《消除烦闷与超脱现实》的观点:文艺的功用在于帮助人们超脱现实，而且进一步指出超脱的目标是“超脱到理想界去”。因为现实世界处处存在障碍、限制和缺陷，而理想世界却是自由自在、尽善尽美的。再次，朱光潜用中西艺术名作作证，论证“无言之美”是艺术的理想境界。朱光潜说:“文学之所以美，不仅在有尽之言，而尤在无穷之意。推广地说，美术作品之所以美，不是只美在已表现的一部分，尤其是美在未表现而含蓄无穷的一大部分，这就是本文所谓无言之美。”[3]最后，朱光潜指出，“无言之美”的价值，还在于它为欣赏者的想象力提供了极大的空间，使欣赏者能够自由运用自己的想象力创造一个理想的世界。以这个观点为基础，朱光潜进一步指出，现实正是以它的局限和残缺为我们创造理想的世界留下了空间。“这个世界之所以美满，就在有缺陷，就在有希望的机会，有想象的天地。换句话说，世界有缺陷，可能性(potentiality)才大。这种可能而未能的状况就是无言之美。”[4]这篇文章的思想来源，明显的是20世纪初王国维等现代美学先驱的美学思想。

《无言之美》，作为朱光潜的第一篇美学论文，已经奠定了朱光潜以美学解决人生问题的观念。正是因为以审美的眼光来看待人生、审视世界，所以，在《弗洛伊德的隐意识说与心理分析》一文中所展现出的批判和反叛中国传统文化的意识，并没有在后来的发展中扩张为一种革命意识，而是被审美的眼光缓和弱化了。因此，在《无言之美》中，在青年朱光潜的审美眼光下，中西文化都统一在艺术“无言之美”的美妙境界中。正是在这个意义上，《无言之美》是一篇结束朱光潜的前美学时期、开启其美学时期的标志性论文。

二、美学时期(1926—1935)

我把朱光潜在英法留学的八年[5]及留学回国后的前两年,定为他的美学时期。我的判断根据两个事实:第一,朱光潜的主要美学专著都是在这个时期完成并定稿出版的。特别是1931—1933年这段时间,是朱光潜美学创作力最旺盛的三年,他完成并出版了博士论文《悲剧心理学》(英文版)和《谈美》两部著作,完成了《文艺心理学》和《诗论》的初稿。这四部书稿的完成,实际上就是朱光潜美学思想体系的完成。第二,通览朱光潜的论著,这个时期是朱光潜最集中探索美学理论问题、最自由主动地进行美学理论创造的时期,美学家朱光潜对20世纪中国文化的重大影响也在这个时期集中表现出来。晚年朱光潜在一个访谈中说,“我几乎所有较重要的著作都是当学生时候写的”[6],指的就是这个时期。朱光潜1933年回国,1935年完成《文艺心理学》的定稿(修正稿),是这个时期结束的标志。

关于自己美学道路的起点,朱光潜晚年(20世纪80年代)有两个不同的说法。第一,他多次在文章中或接受采访时的说法是,“我学美学是从学习克罗齐入手的”,“我的第一部美学著作是1936年出版的《文艺心理学》”;第二,在《悲剧心理学》的《中译本自序》(1982)中,朱光潜却明确地以此书为他的美学(文艺思想)的起点,“处女作”;而且,他还表明,他之所以赞成在半个世纪之后翻译出版这部早年的著作,“这不仅因为这部处女作是我的文艺思想的起点,是《文艺心理学》和《诗论》的萌芽,也不仅因为我见知于少数西方文艺批评家,主要靠这部外文著作;更重要的是我从此较清楚地认识到我本来的思想面貌,不仅在美学方面,尤其在整个人生观方面。一般读者都认为我是克罗齐式的唯心主义信徒,现在我自己才认识到我实在是尼采式的唯心主义信徒。在我心灵里植根的倒不是克罗齐的《美学原理》中的直觉说,而是尼采的《悲剧的诞生》中的酒神精神和日神精神”[7]。在这两个矛盾的说法之间,朱光潜没有做进一步的说明,将两者协调起来,也没有做最后的选择。关于朱光潜美学起点的追问,实际上是对朱光潜美学的内在基础的追问。朱光潜在克罗齐与尼采之间选择不定,实际上是由他对自己美学的内在基础的认识上的矛盾造成的。

在探讨朱光潜美学的起点的时候,我们不要忘记他的前美学时期已形成的以艺术解脱苦闷和提升人生境界的思想。这个思想在赴欧之后,不仅没有消散，而且如种子一样在新的土壤里继续生长着。在这片新的土壤中，18—19世纪欧洲的浪漫主义文学给了热爱文学的青年朱光潜最初的滋养，它奠定了朱光潜思想中的忧郁理想的情调——一种关于人生的基本悲剧观。〔8〕1926年，朱光潜在国内杂志《一般》上连续发表了《给一个中学生的十二封信》，其中《第十二封信》以"谈人生与我"为题，向国内青年介绍自己看待人生的两种方法：一是在前台演戏，二是在后台看戏。这两种方法，都以人生为一个舞台，演出悲剧和喜剧。其实，悲和喜只是看戏者不同角度的观感，在根本上人生是有缺陷的，是悲剧。朱光潜在精神上更认同人生的悲剧意义。他说："人生的悲剧尤其能使我惊心动魄……悲剧也就是人生一种缺陷。它好比洪涛巨浪，令人在平凡中见出庄严，在黑暗中见出光彩。"〔9〕

这种悲剧的人生观是朱光潜在爱丁堡大学就开始进行悲剧研究的出发点。〔10〕正是在这个思想起点上，我们看到朱光潜与尼采的悲剧哲学深刻契合的前提。在朱光潜的《悲剧心理学》中有一段转述尼采的悲剧学说的文字："尼采用审美的解释来代替对人世的道德的解释。现实是痛苦的，但它的外表又是迷人的。不要到现实世界去寻找正义和幸福，因为你永远也找不到；但是，如果你像艺术家看待风景那样看待它，你就会发现它是美丽而崇高的。尼采的格言：'从形象中得到解救'，就是这个意思。"〔11〕从这段文字足见朱光潜与尼采认同的情感倾向，而且它实际上与朱光潜自己在《无言之美》等文中对人生悲剧的论述如出一辙。

在《悲剧心理学》中，朱光潜不止于赞扬尼采的悲剧哲学，而且还把它作为灵魂熔铸到这部著作中，准确地讲，"从形象中得解救"就是《悲剧心理学》的灵魂。这部著作的副题是："各种悲剧快感理论的评述"。在书中，朱光潜用"从形象中得解救"作为准则去剖析西方自古希腊至20世纪初的悲剧理论，分别给予肯定或否定的评价。朱光潜认为无论是康德－克罗齐的纯粹形式主义的美学，还是柏拉图、黑格尔和托尔斯泰的明显道德论的美学都不能作为合理的悲剧心理学的基础。他用布洛（E. Bullough）的审美心理距离说来阐释他关于悲剧与人生的超越和联系的双重关系，又借助"活力论"（Vitalism）来揭示悲剧快感的本质是观众在暂时的压抑之后一阵突发的自我生力的扩张。这些观点，都是尼采的"存在和世界只有作为审美现象才能得到永恒地证明"〔12〕和"悲剧的伟大力量在于激发、净化和释放一个民族的全部生机"〔13〕等悲剧哲学思想的运用和阐发。

朱光潜给悲剧心理学确定的任务是："我们不仅要把悲剧的欣赏作为

一个孤立的纯审美现象来描述，而且要说明它的原因和结果，并确定它与整个生活中各种活动之间的关系。”[14]朱光潜坚持人生是一个有机整体的观点，根据这个观点，他认为悲剧表现的并不是一个孤立绝缘的世界，而是“理想化的生活，即放在人为的框架中的生活”。因为是理想化的生活，一方面，悲剧将现实的苦难经过了艺术形式的“过滤”，悲剧中的苦难就不再是真实的苦难，而是想象的苦难；另一方面，悲剧是更深广地对生活的表现，它以自身特有的形式传达和交流了人们对人生命运（生命本质）的基本情感和普遍感受。悲剧给予人的不是单纯的悲哀和恐惧，即不仅是压抑，而是在悲哀和恐惧之后传达了柔情和英雄气魄，即压抑之后的自我扩张。在悲剧与人生的根本联系中来审视悲剧，认为悲剧是人生的理想化（审美化），是生命的形而上学，是尼采悲剧哲学的基本观念。这让我们记起尼采关于人生只有作为一种审美现象才有充足的理由的观点和艺术是生命的形而上学的观点。“艺术不只是自然现实的模仿，而且本来是对自然现实的一种形而上补充，是为了征服它而放置在它旁边的。”[15]

现在我们来看克罗齐对朱光潜的影响。1927年，朱光潜在爱丁堡大学的心理学研讨班宣读他的论文《论悲剧的快感》的同一年，他在国内杂志上发表了第一篇介绍克罗齐的文章《欧洲近代三大批评学者（三）——克罗齐》。在这篇文章中，朱光潜给克罗齐以极高的评价，并且以赞赏的笔调介绍了克罗齐在1912年写作的、一个用于演讲的《美学纲要》（特别是其第一章“艺术是什么？”）中的观点。这是一个值得注意的事实，由此我们应该考虑到朱光潜真正开始接受克罗齐的美学，用作基本文本的，是《美学纲要》，而不是克罗齐更早、更基本的美学著作《作为表现和普通语言学的科学的美学》（1901）。[16]

将《美学》与《美学纲要》比较，可发现克罗齐的直觉概念有不容忽视的变化。《美学》是克罗齐《精神哲学》体系中的第一部（其他三部是《逻辑学》、《实践的科学，即经济学与伦理学》和《历史学》）。卡西尔（E. Kassirer）指出：“克罗齐的哲学是一种精神哲学，它只关注艺术作品的精神属性”，“克罗齐感兴趣的只是表现这一事实，而不是表现的方式”。[17]这是作为精神哲学基础理论的《美学》的前提制约。在这个前提制约下，直觉概念是作为精神活动的初级形式的一般性的直觉，它的本质是对印象（感触和情感）的形式化处理——表现。克罗齐在这里强调的是直觉作为精神活动的非逻辑性（非概念性）、主动性（创造力）和直觉形象的整一性，简言之，直觉是精神的综合作用和创造力活动的初级形式。这是克罗齐“艺术与直觉统一”的基本

含义。在这个前提下，情感作为未表现的、无形式的质料是直觉的被动对象，而精神是直觉的主动的推动力。〔18〕然而，在《美学纲要》中，克罗齐明确提出了“艺术即直觉”的定义，并且进一步规定：“艺术的直觉总是抒情的直觉：后者是前者的同义词，而不是一形容词或前者的定义。”〔19〕克罗齐在这里提出“直觉即抒情的直觉”公式，包含了他对情感在直觉（艺术）中的意义的认识的改变。他说：“是情感给了直觉以连贯性和完整性：直觉之所以真是连贯的和完整的，就因为它表达了情感，而且直觉只能来自情感，基于情感。”克罗齐赞同英国学者佩特（W. Pater）“一切艺术都以逼近音乐为旨归”的观点，认为这个观点包含了强调“审美意象在情感中的起源”的思想。〔20〕因此，《美学纲要》关于“艺术即直觉”的定义，不仅突出了艺术中的情感因素，而且把情感提高到直觉（艺术）原动力的地位。这与《美学》中的反情感的纯形式主义立场是大不相同的。在这里，我们可以看到在《美学》出版10余年后，克罗齐对浪漫主义美学的妥协或一定程度上的认同。〔21〕

我们在前面已指出，朱光潜具体接受克罗齐美学是从《美学纲要》开始的。因此，克罗齐在《美学纲要》中偏重于情感，以情感为直觉的原动力，即“艺术即抒情的直觉”的观念首先影响了朱光潜。还应当注意到的一个事实是，克罗齐在《美学纲要》和为《大英百科全书》撰写的“美学”条目中的艺术观念，很接近尼采在《悲剧的诞生》中的艺术观念。比如克罗齐在“美学”条目中说：“诗就像阳光，它照耀黑暗，它用自己的灿烂光辉拥抱黑暗，使万物种种隐蔽的形象变得鲜明起来了。”〔22〕克罗齐修正后的直觉观念，富有浪漫主义诗学色彩，更接近于尼采的早期诗学观念，也使他更容易为朱光潜所认同。更重要的是，《美学纲要》影响了朱光潜对《美学》的认识，它不仅使朱光潜在《文艺心理学》中把克罗齐前后的直觉观念混为一谈，而且使他将《美学》中的作为精神形式的直觉观念情感化、心理化。这就不能避免意大利学者沙巴蒂尼（M. Sabatini）的批评：朱光潜把克罗齐的直觉概念引入文艺心理学，是把克罗齐作为精神活动因素的“直觉”误解为一个关于审美经验的心理学范畴。沙巴蒂尼说：“可是克罗齐所理解的直觉，不是一个涉及经验世界的心理学范畴，而是精神在认识过程中的一个因素。要懂得这一因素，只有把它提高到超验水平，在这超验水平上人和物都失去它们的具体个性，完全成为精神的显现和表现。”〔23〕

朱光潜究竟在什么意义上接受了克罗齐美学？在《诗论》中，朱光潜说：“各种艺术就其为艺术而言，有一个共同的要素，这就是情趣饱和的意象；有一种共同的心理活动，这就是见到（用克罗齐的术语来说，'直觉到'）一个意象恰好能表现一种情趣。这种艺术的单整性(unity)以及实质形式的不可分离，克罗齐看得最清楚，说得最斩截有力量。就大体说，这部分的价值是不可磨灭的。"〔24〕这就是说，朱光潜真正接受克罗齐的，是直觉说对艺术（审美意象）的两个规定：情感与形象统一，形式完整（独立）。的确，终其一生，朱光潜对克罗齐美学的批判，几乎涉及其所有观点，始终给予肯定的只有克罗齐这两个观点。〔25〕朱光潜反对克罗齐的核心问题，则是后者的直觉说在肯定艺术（审美意象）的独立性、完整性的同时，割裂了艺术与人生整体的内在联系，同时也就取消了艺术对于人生的基本价值。我们会发现，正因为朱光潜对克罗齐直觉说的接受包含了这个根本分歧，如果说朱光潜的美学道路是从学习克罗齐美学开始的，那么，它也是从批判克罗齐美学开始的。包括《悲剧心理学》、《文艺心理学》和《诗论》在内，朱光潜一生中所有重要的论著，都在进行着对克罗齐美学的批判。因此，朱光潜的美学道路，与其说是接受和阐发克罗齐美学的历史，不如说是批判和超越克罗齐美学的历史。

在《悲剧心理学》中，朱光潜就批判了克罗齐直觉说的形式主义弊病："从主观方面说来，它把审美感觉归结为先于逻辑概念思维、甚至先于意义的理解的一种纯粹的基本直觉；从客观方面说来，它把审美对象缩小到没有任何理性内容的纯感觉的外表。"〔26〕相反，朱光潜认为，生活是一个有机整体，各部分之间紧密联系，不可分割。他指出，审美经验（艺术）〔27〕与生活有双重联系：第一，艺术是从生活中获取材料的，是生活的理想化表现，没有生活就没有艺术；第二，审美经验总是要以理解为前提，所有艺术品都是有意义的，而理解艺术的媒介就是个人的生活经验。

在《文艺心理学》中，朱光潜从"人生为有机体"的前提出发，进一步指出："在实际上'美感的人'同时也还是'科学的人'和'伦理的人'。文艺与道德不能无关，因为'美感的人'和'伦理的人'共有一个生命。形式派美学在把'美感的人'从整个的有机体的生命中分割出来时，便已把道德问题置于文艺范围之外。"〔28〕是否承认审美经验与人生密切相关（艺术与道德密切相关），是决定朱光潜美学与克罗齐美学分歧的关键问题。克罗齐认为，在精神活动的历史体系中，审美经验是第一度（认识）的初级形式，而道德是第二度（实践）的高级形式。两者之间隔着概念和经验两个阶段，因此是互不相关的（道德作为实践当然要依靠认识提供的逻辑知识）。相反，朱光潜坚持认为，审美经验虽然不是道德教育，但是它在人生的有机整体中却发挥着独特的道德功能,是更为基础的道德活动。

在《谈美》中,朱光潜提出"实际人生"与"整个人生"两个概念论述审美经验(艺术)与人生(道德)的有机统一。他说:"我们把实际生活看作整个人生之中的一片段,所以在肯定艺术与实际人生的距离时,并非肯定艺术与整个人生的隔阂。严格地说,离开人生便无所谓艺术,因为艺术是情趣的表现,而情趣的根源就在人生;反之,离开艺术也便无所谓人生,因为凡是创造和欣赏都是艺术的活动,无创造、无欣赏的人生是一个自相矛盾的名词。"〔29〕审美经验只是与实际人生有距离,但它是完全内在于整个人生的。形式主义直觉观的错误就在于把审美经验从整个人生的有机体中割裂出来,在抽象的形式中把它化简为最简单的元素(纯直觉),使审美经验成为与人生无关的、而且再也不能放回到人生的纯形式。总结上述内容,可见,朱光潜用生活有机整体观否定了对审美经验的形式主义抽象。这个批评,可以看作是朱光潜对克罗齐美学进行持续不断的批评的出发点和总纲。

但是,朱光潜对克罗齐美学总是处于一种矛盾的态度——既认识到克罗齐的根本错误,但又始终不能放弃他的直觉说。这特别反映在他关于审美经验是否必然产生移情作用的矛盾论述上。有时,他从克罗齐的直觉概念出发,排斥审美经验中具有移情作用(审美经验不必然具有移情作用);有时又从移情美学出发,明确主张审美经验就是移情作用。〔30〕朱光潜在直觉与移情问题上的矛盾,牵涉到审美经验中形象与情感的矛盾、直觉与想象、形式与内容等多层次的矛盾,但更根本地牵涉到艺术与人生(道德),即艺术的独立性和功用性的矛盾。一方面,为了维护艺术的独立性,他坚持直觉说,认为美感经验是对孤立意象的纯粹直觉,是无所为而为的观赏(玩索),观赏者心目中只有单纯的意象;另一方面,为了主张艺术的功用性即"为人生而艺术"的观点,他又坚持移情说,认为正因为审美经验具有移情作用,它一则可以表现主体自我的情趣,一则可以通过主体对物的姿态(情趣)的吸收(模仿)陶冶性情,起到道德教育不能起到的心灵教化作用。朱光潜主张最高的道德是"以出世的精神做入世的事情",这是自由超脱和深切投入的统一,在他看来,这恰是审美经验的无所为而为的观照和物我交流的移情的统一。总之,艺术的世界是一个意象的世界,但是这个意象世界并不是与人生无关的空洞的形式(形象),而是更深刻地启示人生奥秘的世界。这样,朱光潜美学以"为人生而艺术"为指归,面临着直觉说与移情说的矛盾,但他利用矛盾的两个方面而达成自己的美学理想。

《文艺心理学》第十章“什么叫做美”，在1932年的初稿中没有，是在1935年的定稿中新添上的。这一章却是非常重要的，它是朱光潜首次系统地正面阐释自己关于“美的本质”的哲学思想。什么叫做美？朱光潜说：

> 美不仅在物，亦不仅在心，它在心与物的关系上面；但这种关系并不如康德和一般人所想象的，在物为刺激，在心为感受；它是心借物的形象来表现情趣。世间并没有天生自在、俯拾即是的美，凡是美都要经过心灵的创造。……在美感经验中，我们须见到一个意象或形象，这种“见”就是直觉或创造；所见到的意象须恰好传出一种特殊的情趣，这种“传”就是表现或象征；见出意象恰好表现情趣，就是审美或欣赏。创造是表现情趣于意象，可以说是情趣的意象化；欣赏是因意象而见情趣，可以说是意象的情趣化。美就是情趣意象化或意象情趣化时心中所觉到的“恰好”的快感。“美”是一个形容词，它所形容的对象不是生来就是名词的“心”或“物”，而是由动词变成名词的“表现”或“创造”。〔31〕

这是中国第一个具有现代学术意义的美的定义。这个定义不仅简单指出“美”是什么，而且把它纳入了一个揭示审美活动中主体与客体关系的系统中。朱光潜承认审美经验是以形象的直觉为起点的，但是，又主张审美经验不止于这个起点，而是要通过联想、移情等作用，实现物我交流，并进而启示人生自然的深广境界，终于使我们的心灵得到解放和提升。这就是朱光潜美学思想的主线，围绕着这个主线建立起来的是一个面对现代中国生活世界的朱光潜美学体系。它表明朱光潜在多年的美学探索之后，确定了自己的美学基点；反过来，《文艺心理学》的其他部分，则成为这个基点的体系化的展开。至此，朱光潜完成了他的美学时期，即他的美学探索和体系建立时期的历程。

三、美学实践时期（1936—1949）

从1933年回国后直到1949年，在朱光潜撰写和发表（出版）的论著中，除《文艺心理学》外，只有为数不多的几篇介绍性的美学文章，相反的是，他发表了大量论述诗学和文学批评的文章和著作。这个事实表明，回国后,特别是《文艺心理学》定稿后,朱光潜实际上已经放弃了把美学理论研究作为自己基本工作的选择,转而进入诗学和文学批评的专门工作。因此,可以把这个时期称为朱光潜的诗学–文学批评时期。但是,在这个时期,朱光潜的文学研究并非是与他的美学无关的活动,相反,他运用自己的美学思想和原理去研究文学问题。就此而言,将这个时期定为"美学实践"时期是适当的。在这个时期的后期,朱光潜撰写、出版了《克罗齐哲学述评》(1948)。这是一个具有标志意义的工作,它表明朱光潜在一段时间的美学实践之后,对自己美学基础的清理。这个清理工作导致了朱光潜对哲学(唯心主义)的根本性怀疑,它反证了朱光潜回国后转入美学实践道路的正确。

无疑,《诗论》(1943)是朱光潜美学实践时期最重要的著作。它是中国历史上第一部具有现代形态、现代意识的诗学著作。朱光潜在1984年的出版后记中说:"在我过去的写作中,自认为用功较多,比较有点独到见解的,还是这本书《诗论》。我在这里试图用西方诗论来解释中国古典诗歌,用中国诗论来印证西方诗论;对中国诗的音律、为什么后来走上律诗的道路,也作了探索分析。"[32]

比较两个文本,从《文艺心理学》到《诗论》,我们可以看到朱光潜有三个重要转变:

第一,就美学而言,从对审美经验的基础理论的关注,转向对艺术创造的具体问题的关注。用克罗齐的术语讲,朱光潜从关注纯心理经验的直觉表现(审美经验),转向了关注表现的传达(艺术形象的物化)过程,全书的重点在于具体分析诗歌(特别是中国诗歌)的外部形式:语言、声韵、节奏和格律。克罗齐把传达排除在艺术创造过程之外,朱光潜的转变无疑是与克罗齐背道而驰的。

第二,就中西关系而言,从以西方现代艺术经验为主体,转向以中国传统艺术经验为主体。因此我们会发现,在《悲剧心理学》和《文艺心理学》中,中国的艺术经验是处于纯粹被西方理论解释和规定的附属地位的,它们的存在价值只是被用作西方理论的印证,然而在《诗论》中,中国的艺术经验却成为一个被关注、被肯定的主体。《诗论》的主体部分,同时也是朱光潜最有创见性的部分,是在中西比较中对中国诗歌的独特形式的细致分析和透彻阐述。它回答了三个问题:中国诗歌的形式是怎样的?为什么是这样的?它的独特的审美价值是什么?

第三,更重要的转变是,随着关注对象的转移,朱光潜美学核心话语的重心也相应地向中国传统美学(诗学)转移。这个重心转移的明显表现是:在《诗论》中,王国维的境界说实际上代替了克罗齐直觉说在《文艺心理学》中的地位,成为对诗歌意象(本体)的基本定义;情趣与意象的契合,作为对诗歌境界的本质规定,是朱光潜诗歌美学的核心思想,它既与朱光潜对中国传统诗歌的体认相关,也与王国维用情景合一("意与境浑")来规定"境界"有关。这不仅极大程度地削弱了克罗齐直觉说的影响,而且使《诗论》的诗歌美学由于趋向于中国传统诗歌经验而体现出中国化的特色。

这三个转变,实际上实现了朱光潜美学思想的双重回归:第一,从一般美学理论思考向艺术实践经验分析回归;第二,西方美学理论向中国艺术经验(诗歌)的回归。这个双重回归,不仅使朱光潜把研究目标集中于自己过去一向用功较多的诗歌(特别是中国诗歌),而且使他的研究思想和话语都与自己本土的艺术经验联系、沟通起来。因此,朱光潜一方面可以在研究中有独到之见——在传统的中国诗学模式下和单纯的西方美学模式下都不能见到的,另一方面也可以传个人之见——在固定抽象的理论模式下不容易表达出来的。

朱光潜在《诗论》中提出了他的诗歌美学观念:诗歌的意象世界是一个情趣与意象契合的境界,而这两者契合的实质是"主观化为客观"——"情趣化为意象"。如果说情趣与意象的统一是中国古典诗学的传统观念,朱光潜对它的强调是突出了他的诗歌美学的中国化趋向;那么,以主观化为客观(情趣化为意象)来规定情趣与意象的统一,却又表明了朱光潜对传统中国诗学的创造性改造。然而,朱光潜这一思想,正是来自于尼采的悲剧诞生于"酒神智慧通过日神的艺术而获得象征表现"[33]的观点。朱光潜移尼采的悲剧理论于诗歌(和一般艺术),认为尼采揭示出了主观的情趣与客观的意象之间的隔阂与冲突,同时也很具体地说明冲突的调和。朱光潜说:"诗是情趣的流露,或者说,狄俄倪索斯精神的焕发。但是情趣每不能流露于诗,因为诗的情趣并不是生糙自然的情趣,它必定经过一番冷静的观照和熔化洗练的功夫,它须受过阿波罗的洗礼。"[34]

在《悲剧的诞生》中,尼采指出诗人要经过两度客观化才能进入悲剧的世界:第一,摆脱个人的意志,成为与原始意志统一的酒神艺术家;第二,酒神状态的客观化,即酒神的冲动静化为日神的美丽梦象。朱光潜则把这两个过程统一为一个过程,他认为客观化就是诗人自我情感的客观化(形象化)。[35]华兹华斯(Wordsworth)说"诗起于经过在沉静中回味来的情绪”，朱光潜则说“感受情趣而能在沉静中回味，就是诗人的特殊本领”。所谓“在沉静中回味情感”，按照朱光潜的看法，就是在宁静的心态中将情感化为诗歌的意象。情感的形象化，即主观的客观化，也就是主体自我“由形象得解救”的过程。尼采认为由酒神冲动静化为日神的梦象是希腊人从形象中解脱苦难的历程，朱光潜则认为情趣化为意象，即诗的境界的构成，是诗人自我解放的实现。“在感受时，悲欢怨爱，两两相反；在回味时，欢爱固然可欣，悲怨亦复有趣。从感受到回味，是从现实世界跳到诗的境界，从实用态度变为美感态度。在现实世界中处处都是牵绊冲突，可喜者引起营求，可悲者引起畏避；在诗的境界中尘忧俗虑都洗濯净尽，可喜与可悲者一样看待，所以相冲突者各得其所，相安无碍。”[36]

由此，朱光潜确立了他的“静穆”的诗歌（艺术）理想观。所谓“静穆”，是本来有隔阂和冲突的情趣与意象、主观与客观，达到了冲突的调和（“融合得恰到好处”），即情趣化为意象（主观化为客观）的境界。“静穆”的根源是诗人自我情感冲突的调和，正如酒神的激烈的苦痛化为了日神的光辉宁静的形象。这是尼采对朱光潜最根本的影响，它契合了朱光潜对中国古典诗歌的审美经验。在美学实践时期（1936—1949），“静穆”是朱光潜最重要的诗学（文艺批评）观念，它被普遍使用于朱光潜的文艺批评中。进一步讲，“静穆”是寄托了朱光潜最高美学理想的概念，他认为一个艺术的极境就是传达了人生由冲突达到调和的理想的境界，这就是“静穆”。在著名的《说“曲终人不见，江上数峰青”》（1935）一文中，朱光潜借评析钱起《省试湘灵鼓瑟》的两句诗“曲终人不见，江上数峰青”，明确提出了关于诗歌的“静穆”理想。他说：“艺术的最高境界都不在热烈。就诗人之所以为人而论，他所感到的欢喜和愁苦也许比常人所感到的更加热烈。就诗人之所以为诗人而论，热烈的欢喜或热烈的愁苦经过诗表现出来以后，都好比黄酒经过长久年代的储藏，失去它的辣性，只是一味醇朴。”“静穆”是一种豁然大悟、得到归依的心情，亦是一种从消逝万象中感识永恒存在的妙悟和慰藉。在西方，静穆的艺术典型是诗神阿波罗，而中国则以陶渊明为真正达到静穆极境的诗人。“陶潜浑身是‘静穆’，所以他伟大。”[37]

朱光潜主张“艺术的最高境界是静穆”的观点，并不是一个针对一人一事的暂时的看法，而是他从《无言之美》以来就开始萌发、并在数十年间探索、深化的一个基本的艺术理想。这个艺术理想的发展是贯穿朱光潜美学思想史的一条线。这条线就是：艺术的真正境界是一个超越现实的无限的理想境界（《无言之美》），这个境界是人生苦痛幻化为美丽的形象的结晶（《悲剧心理学》），艺术并不是远离人生的无意义的形象，它是对人生的自由的观照，并且启示着人心的深广的理解和同情（《文艺心理学》、《谈美》），艺术的境界，正如诗意的境界，是主观化为客观（情趣化为意象），是艺术家自我情感的净化和升华的境界（《诗论》），因此，艺术的理想境界是静穆，而不是热烈（《说"曲终人不见，江上数峰青"》）。

但是，20 世纪 30 年代正是中国内忧外患的时代，1935 年更是内外矛盾深化、危机四伏的岁月，日本军国主义已霸占了我国东三省，抗日战争正在酝酿之中。因此，以时事而论，这不是一个谈美（"谈风月"）的时代。在这篇文章发表后不久（1936），鲁迅严厉抨击了朱光潜的"静穆"观念，认为把艺术的极境指定为"静穆"是对艺术和艺术家"缩小"和"凌迟"的结果。他主张评论文章和作者，不仅要顾及全篇，而且要顾及作者的全人、以及他所处的社会状态。就作者的全人和他所处的社会状态来看，文学艺术的境界不是静穆，而是热烈：历来的伟大的作者，是没有一个"浑身是'静穆'"的，陶渊明因为并非"浑身是'静穆'，所以他伟大"[38]。鲁迅的批判，无疑代表了一个时代的严正声音。

对于鲁迅的批判，朱光潜当时没有予以回答。这段时期的朱光潜感到了深刻的寂寞。他的许多文章都透露出寂寞中的忧伤和无奈。在《谈文艺的甘苦》（1935）一文中，他向青年朋友诉说道："文艺世界中的豪情胜概和清思敏感在现实世界中哪里找得着？除非是你用点金术把现实世界也化成一个文艺世界？但是得到文艺世界，你就要失掉现实世界。爱好文艺的人们总难免有几分书呆子的心习，以书呆子的心习去处身涉世，总难免处处觉得格格不入。蜗牛的触须本来藏在硬壳里，它偶然伸出去探看世界，碰上了硬辣的刺激，仍然缩回到硬壳里去，谁知道它在硬壳里的寂寞？"[39]

1937 年，朱光潜先南游上海，后赴四川，抗日战争中先后在成都四川大学和乐山武汉大学任教，1945 年战后返回北京。在此期间，朱光潜下功夫最多、最重要的文章是《陶渊明》（1945）。这篇文章以"大诗人先在生活中把自己的人格涵养成一首完美的诗，充实而光辉，写下来的诗是人格的焕发"立论，综合论述陶渊明作为一个伟大诗人的身世、交流、阅读、思想、情感生活、人格和风格。朱光潜认为，陶渊明是一个在思想上广泛吸收诸家精华、在情感上丰富热情的人。他身处晋宋易代之际，世事艰难，家境贫困，而且一生很少不在病中，可说是一生贫病煎迫。陶渊明厌弃官场，隐居山林，人格中有"隐"的一面；他不满刘裕篡晋，寄怀荆轲、张良，人格中又有“侠”的一面。但是,陶渊明还有极实际极平常的一面,他的高超的胸襟并不妨碍他在日常生活中的至性深情的坦白表达,他总是以平常人的面貌、以深广的同情心待人接物。因此,他的思想中不能没有矛盾,情感中也不能没有苦痛。陶渊明与我们一般人一样,有许多矛盾和冲突;但他和一切伟大的诗人一样,他终于达到调和静穆。“总之,渊明不是一个简单的人,这就是说,他的精神生活很丰富。他的《时运》诗序中最后一句话是‘欣慨交心’,这句话可以总结他的精神生活。他有感慨,也有欣喜;惟其有感慨,那种欣喜是由冲突调和而彻悟人生世相的欣喜,不只是浅薄的嬉笑;惟其有欣喜,那种感慨有适当的调剂,不只是奋激徉狂,或是神经质的感伤。他对于人生悲喜剧两方面都能领悟。”[40]陶渊明诗歌风格,正如他的人格,是在极深广的人生体验中获得的冲淡平和,是达到了以“真”为底蕴的“简练高妙”的“化境”:

> 渊明打破了现在的界限,也打破了切身利害相关的小天地界限,他的世界中人与物以及人与我的分别都已化除,只是一团和气,普运周流,人我物在一体同仁的状态中各徜徉自得,如庄子所说的“鱼相忘于江湖”。他把自己的胸襟气韵贯注于外物,使外物的生命更活跃,情趣更丰富;同时也吸收外物的生命与情趣来扩大自己的胸襟气韵。这种物我的回响交流,有如佛家所说的“千灯相照”,互相增辉。所以无论是微云孤鸟,时雨景风,或是南阜斜川,新苗秋菊,都到手成文,触目成趣。渊明人品的高妙就在有这样深广的同情;他没有由苦闷而落到颓唐放诞者,也正以此。[41]

朱光潜对陶渊明的身世、思想和人格的理解寄予了自己人生体验的深刻同情,笔端不时流溢着他自身于人生世界的感慨欣喜。而在阐述陶渊明的诗歌境界时,我们更可以看到朱光潜不止于将陶渊明作为自己极为推崇的一个伟大诗人,而是将他的诗歌作为体现自己美学的最高理想的典范加以表彰的。上面一段引文,是朱光潜对陶渊明的人格、风格的概括,也是对他自己的人生理想、美学理想的概括(我们在朱光潜论述审美经验的所有著作中都能看到类似的文字)。《陶渊明》是朱光潜在十年以后对鲁迅批判的一个认真恳切的回答,但更是朱光潜自己更深入地对静穆的艺术理想的思考、体认之后的重新阐发。因此,1947 年《诗论》再版时,朱光潜将《陶渊明》作为全书结尾的一章补入书中。这表明此文对于表达他的诗歌理想具有定论性的意义。

1947年朱光潜发表论文《看戏与演戏——两种人生理想》。这是一篇综合古今中外伟大人物的人生活动来论说人生理想的长文。朱光潜认为，依各人的性格而定，人生有两种理想类型：生来爱看戏的人以看为人生归宿，生来爱演戏的人以演为人生归宿。演戏就是行，就是实践；看戏就是知，就是认识。以艺术论人生，“看”（知）与“演”（行）的两种人生理想的分歧，就是古典派与浪漫派的分歧。古典派要求意象的完美，浪漫派要求情感的丰富，还是冷静与热烈的分别。“理想的人生是由知而行，由看而演，由观照而行动。”但是，知与行，看与演，是难以调和的矛盾，两者的统一也是难以实现的理想。王阳明的“知行合一”说仍以演（行动）为归宿，尼采的日神酒神融合说仍以看（观照）为归宿。“最聪明的办法是让生来善看戏的人们去看戏，生来善演戏的人们来演戏。”[42]

在这个“看戏与演戏相分”的人生观下，朱光潜明确地把艺术（文艺）规定为“看”（观照）的人生活动，“它是人生世相的返照，离开观照，就不能有它的生存”。艺术是情趣与意象的融合。情感是主观的，热烈的；形象是客观的，冷静的。两者的融合，就是主观化为客观，情趣化为意象，热烈化为冷静。如果用尼采的比喻，这就是酒神的热烈的活动投影于日神的静穆的观照，是两极端冲突的调和，相反者的同一。但是，在调和与同一中，占优势的是冷静的观照的力量而不是热烈的行动的力量。“这正犹如尼采在表面上说明了日神与酒神两种精神的融合，实际上仍然是以酒神精神沉没于日神精神，以行动投影于观照。”[43] 因此，一切经验和情感必须经过艺术的客观化的过程，化为冷静的形象，成为观照的对象，才成为艺术的内容。“由于这个道理，观照（这其实就是想象，也就是直觉）是文艺的灵魂；也由于这个道理，诗人和艺术家们也往往以观照为人生的归宿。”[44]

主张艺术是人生世相的观照（返照），而且认为观照的本质是主观化为客观、情感化为形象的一个自我（人生）超越的过程，这是朱光潜一以贯之的艺术观念。在这个艺术观念之基础上，以人生为一出戏剧，主张艺术是一种“看－演”的人生活动，它的特点在于静观人生，而不是热情地参与实际行动，并且申明自己的人生理想就以（艺术的）观照（“看戏”）为归宿，这也是朱光潜由来以久的思想。由此我们可以看到朱光潜人生观和美学精神的连续性和一贯性。但是，以性格差异为根据，把人分为“生来爱看戏的人”和“生来爱演戏的人”两类，把人生理想分为“以看为归宿”与“以演为归宿”两种，并且认为这两种人生理想是矛盾而不可融合的，所以各人只当以各人的性格爱好选择自己“看”或“演”的人生理想，这又是与朱光潜在《谈美》中关于人生（整体）艺术化的主张相矛盾的，更是与他在《陶渊明》中主张的人生活动与艺术活动的统一、人格精神与艺术风格的统一的观点相矛盾的。自《无言之美》而来，朱光潜一以贯之的美学精神是坚持艺术与整体人生的统一，艺术对于整体人生的基础（道德）意义。这也是他与克罗齐的深刻分歧所在。然而，在《看戏与演戏——两种人生理想》中，朱光潜却犯了与克罗齐同样的错误——割裂艺术与人生整体的联系。从此看来，朱光潜似乎不再坚持艺术对于人生整体的基础价值；至少，他对此表示了怀疑。也许，20世纪40年代后期的世事纷乱导致了朱光潜美学基础的动摇。

在这里我们可以就朱光潜对尼采的接受做一个总结。朱光潜并没有完全接受尼采的悲剧哲学，他接受并着重发挥的是酒神的激烈痛苦化为日神的光辉宁静的形象的观念，而对于酒神将日神的光辉形象重新毁灭在永恒的原始痛苦之中的观念，却回避、拒绝了。但是，朱光潜可引尼采在《悲剧的诞生》结尾处的论述为自己作证，尼采说：“况且，一切存在的基础，世界的酒神根基，它们在多大程度上侵入人类个体意识中，就在多大程度上被日神的造型力量重新克服。……酒神的强力在何时如我们所体验的那样暴涨，日神就必定同时披着祥云降临到我们身边；下一代人或许会享受到它的最完满美妙的影响。”[45]如果说尼采的酒神－日神冲突说是动态与静态、激情与形象的循环永恒的冲突，朱光潜则突出并强调了瞬间的冲突的调和——阿波罗形象的灵光闪现。这就是朱光潜极力推崇尼采的“从形象中得解救”说的真实意义。

抗战胜利后，朱光潜于1946年返回北京，仍在北京大学任教。此时他开始翻译克罗齐的《美学》，同时着手撰写长篇论文《克罗齐哲学述评》（1948）。这篇文章在全面介绍克罗齐精神哲学体系的基础上，对它的唯心主义立场、内在矛盾、违反常识的趋向等问题，做了系统的批判或质疑。在对世界的基本看法上，朱光潜不赞成克罗齐及其所代表的唯心主义用“心”去统一“物”，主张有一客观真实的世界，认为否定自我以外的一切人和物，将之看作自我心灵的创造，是违反常识的。就美学而言，除了继续批判克罗齐否定艺术传达、艺术价值差别外，朱光潜集中批判了克罗齐的直觉即表现说。他指出，克罗齐有三个方面的错误：第一，克罗齐混淆了一般事物的形状和艺术形式的区别，同时也就混淆了一般直觉与艺术直觉的区别。第二，克罗齐混淆了一般直觉对普通感触的把握和艺术直觉对情感的表现。只能说艺术直觉是表现，不能说一般直觉也是表现。第三，克罗齐把直觉的根据（材料）限定为未知解的无形式的物质（感触、印象），混淆了普通直觉的材料（未经认识的感触、印象）和艺术直觉的材料（已认识的情感）。朱光潜对克罗齐直觉说的批判，明确的目标，就是要把艺术直觉从一般直觉中区别出来：前者是二度认识活动，后者是一度认识活动。但是，朱光潜所做的这三个区别，实际上否定了克罗齐直觉概念的艺术内涵，“艺术即直觉”的定义被挖空了。因此，我们可以援引沙巴蒂尼的话说，在《克罗齐哲学述评》中，朱光潜虽然纠正了某些对克罗齐的误解，但“背离克罗齐是更显著了，他更自觉地摈弃了克罗齐的某些基本命题（艺术与直觉的同一，艺术与表现的同一，以及从艺术事实中排除传达等）。”[46]

这次对克罗齐哲学的整体评述，一方面使朱光潜明确了自己与克罗齐之间的深刻分歧，另一方面使他进一步证实了自己对哲学（唯心主义）的怀疑。[47]这使本来如陶渊明一样“不是一个拘守系统的思想家或宗教信徒”的朱光潜更加坚定了“一切哲学系统都只能当作艺术作品去看”[48]的态度。这不仅证明了他回国后，特别是1935年以来，把主要精力用于诗学和文学批评，即美学的实践活动的重要性，也证明了他不做任何哲学理论的教徒的正确性。这预示着下一个时期的朱光潜应当是继续这个美学实践的道路，即继续面对审美和艺术的具体问题走下去的。

四、美学批判时期（1949—1986）

1949年中华人民共和国建立。自此以后，直到文革结束，朱光潜先是经历了建国初期的对“旧知识分子”的思想改造和政治审查，接着经历了1956年由《文艺报》组织的对朱光潜资产阶级唯心主义美学的批判，最后经历了持续十年的“文化大革命”运动，处于被审查、批斗的地位。1976年，毛泽东逝世，文革结束。朱光潜与其他知识分子一道被解放，并随着中国社会逐渐改革开放而获得学术思想的自由。在建国后的36年中，朱光潜的美学工作，主要分为两类：一类是包括柏拉图《文艺对话集》、黑格尔《美学》和维柯（G. Vico）《新科学》在内的数种西方美学经典著作的翻译工作；另一类是以马列主义为理论依据撰写了大量论文，进行美学思想的批判和自我批判的工作。所以，我将这个时期确定为朱光潜的美学批

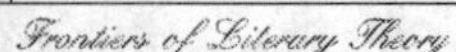

判时期。

对自己1949年以后的工作,朱光潜自己的评价也是矛盾的。一是肯定的评价:"解放后特别是美学批判和讨论以后,我才开始认真地钻研马列主义,并且试图运用历史唯物主义和辩证唯物主义来探讨一些关键性的美学问题。《西方美学史》、《谈美书简》就是这种尝试的见证。从'敝帚自珍'的眼光来看,我自以为我的解放后实际上不到二十年的工作比起解放前大半生的工作远较重要。"[49]但是,在一封《致陈望衡(1979年9月20日)》信中,他说:"我研究美学主要是解放前的事,无论从质看还是从量看,解放前的著作都较重要。这当然是个人敝帚自珍的看法。"[50]

朱光潜在1956年6月,根据《文艺报》的组织,在该报第十二期上发表了《我的文艺思想的反动性》。这是朱光潜第一次用马列主义对自己的美学思想作系统的批判,目的在于暴露自己美学思想中的"反动方面"。按照当时思想改造的说法,《我的文艺思想的反动性》是朱光潜对自己的"资产阶级唯心主义美学"进行的一项"破"的工作;它在美学批判中的作用,则是按照安排树立起来的一个供批判用的靶子。这篇文章发表后,自然招来了一系列的批判。1957年朱光潜发表了长篇论文《论美是客观与主观的统一》。这是一篇在以马列主义为武器,辨析、批判争论中各方关于美的本质的观点的基础上,朱光潜正面确立自己的马列主义美学观的论文,做的是一项"立"的工作。在这篇文章中,朱光潜提出马克思主义的美学必须建立在四个基本原则的基础上:(1)感觉反映客观现实;(2)艺术是一种意识形态;(3)艺术是一种生产劳动;(4)客观与主观的对立和统一。

比较朱光潜在美学批判前和后的美学观点,一方面,我们要承认前后之间发生的哲学立场"转变",另一方面我们也要看到前后之间的深刻联系。我认为朱光潜新、旧美学观之间,至少有三个重要联系:第一,美是主观与客观的统一,是朱光潜一以贯之的思想。新、旧美学观之间的差异在于,旧美学观的"主观"概念偏重于审美主体的个人情趣,新美学观的"主观概念"偏重于审美主体的社会意识形态,并且在主观与客观统一之外,突出美的本质具有自然性与社会性统一的内涵。第二,美(艺术)是主观心灵的创造,审美(艺术)活动就是一种创造性活动,是朱光潜美学的另一个基本观念。新、旧美学观之间的差异在于,旧美学观的创造说是建立在直觉说和移情说基础上的,突出的是个人心灵的创造力;新美学观的创造说是以社会意识形态说和文艺生产劳动说为基础的,突出的是创造的社会内涵和社会动力。第三,坚持美的统一性,即所有形式的美都具有一个共同的特质，而且把这个共同的特质规定为以创造活动为基础的主观与客观的统一，也是朱光潜的一个基本美学观念。在这个美学观念下，朱光潜把自然美和社会美都统一于艺术美，认为前两者是后者的雏形。新旧美学观都一致坚持这个观念。

由于朱光潜新、旧美学观具有这三个层次的一致性，对于朱光潜建国后的自我批判，我们应当从两个方面来看：首先，这的确是朱光潜适应新社会的意识形态要求，积极转换自己的思想立场，使之马克思主义化的过程。如果我们考虑到建国前朱光潜缺少一个严格系统的哲学立场，那么这个立场转换的过程更大程度上是立场奠基的过程。朱光潜立场"转变"之迅速、之彻底，如果我们肯定其真实性，就应当从"奠基"的意义上来理解它。其次，从另一个角度来看，朱光潜在马列主义创始人的著作中发现的不仅是对自己美学思想的否定，而且还有肯定；甚至可以说，是肯定多于否定。准确地讲，朱光潜在学习马列著作中获得了根本性的支持，这些支持不仅使他轻松痛快地转换了自己的唯心主义"立场"，而且鼓舞他在成为众矢之的的困境中敢于"有来必往，无批不辩"地慷慨应战。建国后三十余年，无论主动或被动，朱光潜始终处于论战的状态。美学批判使他认识了马列主义，马列主义成为他的阵地，他的武器。这当是朱光潜"建国后三十年只读马列"的内在动力。

怎样评价朱光潜在1949年以后的美学工作，这是朱光潜研究中的一个重要问题。要解决这个问题，既需要宏观的历史眼光，即从20世纪中国社会文化历史发展的角度来看问题，又需要微观的比较分析，即细读和比较朱光潜1949年以前和以后的美学论著。在这里，我要指出的是，两个关键的事实必须予以考虑：

第一，建国后直至文革结束，朱光潜不仅作为一个"旧知识分子"，而且因为所谓"历史问题"，长期受到严重的政治压力和思想束缚。所受压力和束缚，不仅表现在生活中，而且表现在他此时所有的著述中。[51]而且，我们应当看到，文革结束后，在朱光潜身上，虽然政治压力取消了，思想束缚并没有相应地解除，至少还是心有余悸，或者说，这种束缚变成了一种思想惯性。他晚年也有重新肯定自己在美学批判时期放弃了的部分思想的意图，但非常小心翼翼，努力将之与通行的正统思想缝合，怕担"回潮"之罪，比如将艺术起源游戏说与艺术起源劳动说缝合。[52]他此间的许多矛盾的自我评价，实际上也是这种思想惯性或心有余悸的表现。

第二，《克罗齐哲学述评》预示着朱光潜将沿着美学实践（诗学和文学批评)的道路走下去。但是,建国后他的美学思想被官方定性为“反动的资产阶级唯心主义美学”,这是一顶对于当时的中国学者具有无限政治压力的“帽子”。正是在这顶“帽子”的压力下,为了摘掉它,朱光潜被迫中断了自己的美学实践道路,转入美学批判。朱光潜建国后逾三十年之功,主要做的就是这个工作:他不是进一步去探讨美学的内在问题,而是对自己既往的美学思想作马列主义的甄别、证实和维护工作。为了使自己的美学马列主义化,朱光潜对马列著作的引用、阐释也有牵强附会之处。如叶朗指出:“朱先生试图用‘艺术是生产劳动’这个命题来突破把美学作为认识论的框框。他的思路是:生产劳动是创造性的过程,这个过程的结果是‘物的形象’,‘物的形象’是主客观的统一。这样就避免了直观反映论的局限。但马克思说的生产劳动是物质生产活动,而审美活动是精神活动,这二者有质的不同,朱先生把它们混在一起了。更重要的是,引进‘艺术是生产劳动’的命题,并没有从本体论的层面上克服主客二分的模式,并没有为美学找到一个本体论的基础——人和世界的本原性的关系。”〔53〕

叶朗指出:“50 年代那场美学大讨论对于朱光潜先生美学思想的批判,它的大前提依然是把美学归结为认识论,把哲学领域中唯物唯心的斗争简单地搬到美学领域中来。”〔54〕朱光潜美学被判定为资产阶级唯心主义美学,根源就在于把美学归结为认识论,并且用列宁在《唯物主义与经验主义批判》中的直观反映论原理作标准判断朱光潜美学。朱光潜美学中有没有资产阶级的文化意识呢?当然有。明显地表现在它强调个性、强调自我表现和精英意识。但是,它是不是唯心主义的呢?不是。朱光潜虽然没有明确的唯物主义哲学主张(立场),但他经常从艺术经验的实际出发,批判克罗齐、黑格尔等唯心主义者从概念出发来论说、规定艺术活动的错误。《克罗齐哲学述评》可看作朱光潜用素朴的唯物主义观点来批判克罗齐唯心主义的一部书。〔55〕克罗齐美学的唯心主义主要表现在把审美活动作为孤立的非概念非道德的直觉活动,朱光潜对这个美学观念一开始就采取了矛盾的态度。一方面他接受直觉说对审美经验的直观性、独立性和非功利性的规定,另一方面他又坚决反对把审美活动作为无内容的抽象形象的感觉,作为无关于道德人生的活动。这些应当充分反映了他的唯物主义趋向。朱光潜强调主观能动性,强调创造性,强调艺术对于现实人生的创造作用。有些批评者片面理解列宁的直观反映论,并且怀着朱光潜所批判的“对主观存在着迷信式的畏惧,把客观绝对化起来”〔56〕的心理,一方面看不到朱光潜思想中的唯物论因素(趋向),另一方面把朱光潜对审美活动中的主观性（主体性和创造性）的肯定和强调极端化，这就不能不对朱光潜美学作“唯心主义”的定性。

20世纪50年代对朱光潜进行的美学批判在中国美学发展中的负面影响，本文暂不展开讨论。但是，单就它对朱光潜的影响而言，它不仅强行阻断了朱光潜美学发展的自然历程，而且给朱光潜的精神和思想造成了至终不能摆脱的压抑和束缚。更为可悲的是，这种压抑和束缚已经成为朱光潜美学思想的内在限制而几乎不为他所意识了。他晚年竭尽全力翻译、推荐维柯的《新科学》，不仅因为它是一部启发了包括克罗齐在内的西方近代哲学家的巨著，也不仅因为维柯关于“诗歌是人类童年的智慧”、“认识事物即是构造事物”、“人类历史是由人类自己创造的”诸观念可以成为朱光潜美学思想的一个深刻证明，而且因为它恰好是被马克思主义创始人热情称赞的一部书。无疑，《新科学》对于朱光潜是一种双重证明，既是学术史的证明，又是马列主义的证明——这是朱光潜为自己的美学做的最后一次郑重引证。朱光潜身为中国现代美学的一代宗师，心胸之宽广活跃，曾是陶渊明式的“像蜂儿采花酿蜜，把所吸收来的不同的东西融会成他的整个心灵”，晚年却孜孜不倦于引经据典，扼守绳墨，造物弄人何其可悲也。也许，朱光潜在20世纪的中国学术史上当比陶渊明加倍沉重地感受了“语默异势”。这也可以理解朱光潜何以晚年要说：“我研究美学主要是解放前的事。”其中的沉痛非如朱光潜过来人是体会不到的。

五、结论：朱光潜美学的基本评价

朱光潜于1986年3月6日，在北京与世长辞，享年89岁。这位世纪美学老人终于结束了他艰辛曲折的美学人生之旅，功过是非都留与后人了。

在中国现代美学史上，朱光潜的美学思想是在梁启超、王国维和蔡元培几位先驱者的基础上的进一步发展。但是，相比较而言，朱光潜的美学思想不仅更具体、系统（更具有现代学术形态），而且是真正深入到美学问题内部的研究和建设的。有两个基本事实是不容否定的：第一，以《文艺心理学》和《诗论》为代表，朱光潜是第一位将现代学术规范和学术精神带入中国美学的学者，他为中国美学的现代化、美学学科体系和规范的建立做了开山劈路的工作；第二，通过毕生勤奋不辍的笔墨耕耘，朱光潜不仅把近代以来西方重要的美学思想和著作译介到中国，而且用他自己丰富隽美的思想，影响了数代青年人的审美思想，并且为造就大批20世纪中国美学的学者做出了不可替代的贡献。因此，20世纪中国美学史是同这位世纪美学老人的一生分不开的。

叶朗认为“朱光潜是中国现代美学的代表人物”，他的贡献表现在三个方面：第一，朱光潜的美学思想反映了西方美学从古典美学走向现代的趋势——思维方式从“主客二分”的模式走向“天人合一”的模式；第二，朱光潜的美学思想反映了中国近代以来美学发展的历史趋势：寻找中西美学的融合；第三，朱光潜对“意象”的重视和研究。[57]同时，叶朗也指出了朱光潜美学思想的两个方面的局限：第一，他还没有完全摆脱传统的认识论模式，还没有完全从主客二分视野彻底转移到“以人生存于世界之中并与世界相融合”这样一种现代哲学视野。第二，与此相联系，他研究美学，主要采取的是心理学的方法和角度，由此带来的局限性是“往往不容易上升到哲学的、本体论的和价值论的层面”，即真正超认识论地来看待美学问题。[58]

叶朗的上述评价，为全面把握朱光潜美学提供了一个具有原则意义的框架。在这个框架下，我认为朱光潜的美学思想有如下四个要点值得我们今天特别重视：第一，美是情趣化为意象，主观化为客观；第二，审美－艺术的境界是一完整和谐的意象——整一性；第三，审美活动本质上是美的创造活动；第四，审美的人生价值是实现自我超越和启发深广的自然－社会同情。这四个要点不仅揭示了审美意象（美）作为情趣与意象契合的实质（情趣化为意象）和基本特征（整一性），也不仅揭示了审美意象的来源（主体在客体之上的创造活动），而且揭示了审美经验的人生指向。朱光潜美学思想的四个要点，是他融合中国美学精华而得到的，也是他以漫长的人生－艺术经验深刻体认到的，所以也是他毕其一生坚决维护的东西。我将这四个要点，看作是朱光潜对中国现代美学作的奠基性的贡献，它对后来的发展具有基础性的作用。正是基于此，朱光潜才能以他的美学思想的综合性和系统性成为中国现代美学的代表。

（作者单位：清华大学艺术教育中心）

注　释：

〔1〕 朱光潜：《朱光潜全集》第5卷，合肥：安徽教育出版社（以下不再另注），1995年版，第13页。

〔2〕 朱光潜：《朱光潜全集》第10卷，第652页。

〔3〕 朱光潜:《朱光潜全集》第1卷,第69页。
〔4〕 朱光潜:《朱光潜全集》第1卷,第72页。
〔5〕 在1925—1933年间,朱光潜先后在英国爱丁堡大学、伦敦大学和法国巴黎大学、斯特拉斯堡大学留学。
〔6〕 朱光潜:《朱光潜全集》第10卷,第530页。
〔7〕 朱光潜:《朱光潜全集》第2卷,第209—210页。
〔8〕 朱光潜:《朱光潜全集》第5卷,第13页。
〔9〕 朱光潜:《朱光潜全集》第1卷,第60页。
〔10〕 朱光潜在爱丁堡大学就开始研究悲剧心理学,撰写并在心理学研究班宣读了论文《论悲剧的快感》,是后来博士论文的基础。
〔11〕 朱光潜:《朱光潜全集》第2卷,第358页。
〔12〕 F. Nietzsche, *The Birth of Tragedy*, tr. by C. P. Fadiman, New York: Dover Publications, INC. , 1995, p. 17.
〔13〕 F. Nietzsche, *The Birth of Tragedy*, tr. by C. P. Fadiman, New York: Dover Publications, INC. , 1995, p. 77.
〔14〕 朱光潜:《朱光潜全集》第2卷,第239页。
〔15〕 F. Nietzsche, *The Birth of Tragedy*, tr. by C. P. Fadiman, New York: Dover Publications, INC. , 1995, p. 89.
〔16〕 克罗齐:《作为表现和普通语言学的科学的美学》(Estetica come scienza dell' espressione e linguistca generale),以下简称《美学》。
〔17〕 E. Kassirer, "Art", in H. Adams (ed.), *Critical Theory since Plato*, Florida: Harcourt Brace Jovanocich, Inc. , 1992, p. 928.
〔18〕 B. Croce, *The Asethetic as the Science of Expression and of the Linguistic in General*, tr. by C. Lyas, Cambridge: Cambridge University Press, 1992, p. 6.
〔19〕 克罗齐:《美学原理 美学纲要》,朱光潜等译,北京:外国文学出版社,1983年版,第229页。
〔20〕 克罗齐:《美学原理 美学纲要》,朱光潜等译,第227—228页。
〔21〕 在1928年为《大英百科全书》撰写的"美学"条目中,克罗齐进一步明确了他的"艺术即(抒情的)直觉"的观念,强调情感与意象是诗歌的两个不可缺少的、并且相统一的要素。(克罗齐:《美学或艺术和语言的哲学》,黄文捷译,北京:中国社会科学出版社,1992年版,第2页)
〔22〕 克罗齐:《美学或艺术和语言的哲学》,黄文捷译,第9页。
〔23〕 沙巴蒂尼(M. Sabatini):《外国学者论朱光潜与克罗齐主义》,申奥译,载北京:《读书》,1981(3),第140—141页。
〔24〕 朱光潜:《朱光潜全集》第3卷,第94页。
〔25〕 朱光潜:《朱光潜全集》第5卷,第173页。
〔26〕 朱光潜:《朱光潜全集》第2卷,第230—231页。

〔27〕 朱光潜受克罗齐影响,常将艺术与审美经验混同作用,互相替代;虽然他多次对两者作区分,但在表达美学的基本思想的时候仍然把两者混同。
〔28〕 朱光潜:《朱光潜全集》第1卷,第316页。
〔29〕 朱光潜:《朱光潜全集》第2卷,第90—91页。
〔30〕 朱光潜:《朱光潜全集》第2卷,第22页。
〔31〕 朱光潜:《朱光潜全集》第1卷,第346—347页。
〔32〕 朱光潜:《朱光潜全集》第3卷,第331页。
〔33〕 F. Nietzsche, *The Birth of Tragedy*, tr. by C. P. Fadiman, New York: Dover Publications, INC., 1995, p. 82.
〔34〕 朱光潜:《朱光潜全集》第3卷,第63页。
〔35〕 F. Nietzsche, *The Birth of Tragedy*, tr. by C. P. Fadiman, New York: Dover Publications, INC., 1995, p. 14.
〔36〕 朱光潜:《朱光潜全集》第3卷,第64页。
〔37〕 朱光潜:《朱光潜全集》第8卷,第396页。
〔38〕 鲁迅:《鲁迅全集》第6卷,北京:人民文学出版社,1981年版,第431页。
〔39〕 朱光潜:《朱光潜全集》第3卷,第342页。
〔40〕 朱光潜:《朱光潜全集》第3卷,第263页。
〔41〕 朱光潜:《朱光潜全集》第3卷,第259页。
〔42〕 朱光潜:《朱光潜全集》第9卷,第269页。
〔43〕 朱光潜:《朱光潜全集》第9卷,第268页。
〔44〕 朱光潜:《朱光潜全集》第9卷,第265页。
〔45〕 F. Nietzsche, *The Birth of Tragedy*, tr. by C. P. Fadiman, New York: Dover Publications, INC., 1995, pp. 91-92.
〔46〕 沙巴蒂尼(M. Sabatini):《外国学者论朱光潜与克罗齐主义》,申奥译,载北京:《读书》,1981(3),第143页。
〔47〕 朱光潜:《朱光潜全集》第4卷,第306页。
〔48〕 朱光潜:《朱光潜全集》第2卷,第96页。
〔49〕 朱光潜:《朱光潜全集》第10卷,第566—567页。
〔50〕 朱光潜:《朱光潜全集》第10卷,第461页。
〔51〕 《西方美学史》就是一部典型的在政治压力和思想束缚状态下完成的著作,它给朱光潜晚年留下了不能释怀的歉疚和遗憾。(见朱光潜:《朱光潜全集》第10卷,第650页;朱光潜:《朱光潜全集》第2卷,第210页)
〔52〕 朱光潜:《朱光潜全集》第5卷,第340—341页。
〔53〕 叶朗:《胸中之竹——走向现代之中国美学》,合肥:安徽教育出版社,1998年版,第277—278页。
〔54〕 叶朗:《胸中之竹——走向现代之中国美学》,第278页。
〔55〕 朱光潜:"克罗齐无疑是唯心主义的,关于克罗齐我写过一部书,批评克罗

齐的唯心主义。”(朱光潜:《朱光潜全集》第10卷,第671页)[按:“一部书”即指《克罗齐哲学述评》]

〔56〕 朱光潜:《朱光潜全集》第5卷,第74页。

〔57〕 叶朗:《胸中之竹——走向现代之中国美学》,第257—270页。

〔58〕 叶朗:《胸中之竹——走向现代之中国美学》,第276—277页。

纪念赛义德

批评的良知：纪念爱德华·赛义德

〔美国〕W. J. T. 米切尔

面对爱德华·赛义德的死（抑或生），我们无法保持批评的中立或客观性。爱德华是当代最伟大的学者兼批评家之一，他为学界内外成千上万的人们开辟了全新的思想和研究领域。但同时他也是我长达二十二年的亲密挚友。对我而言，他既是知识分子最高天职的永远无法企及的楷模，又像是一个让我汗颜、使我浑身不自在的老大哥——因为他聪敏过人、相貌堂堂、衣着潇洒、处世圆熟，总是远远地走在前方的地平线上，而我也只能顾其背影而自叹不如。他为我打开了千门万户，而且，他似乎把我当成了一个教化的目标——一个粗野的美国牛仔，急需指引和再教育，尤其是在穿着方面。每次见面时，他总是上上下下将我打量一番，然后对我的鞋子做出毁灭性的判断，还要训斥我冥顽不化，不去找一个好点儿的裁缝。

二十年来，我已经记不清有多少次我们在电话上或餐桌前的倾心长谈。他对我主编了 25 年的学术刊物《批评探索》产生了深远的影响，他经常为我们撰稿，还是我们顾问委员会的重要成员。我们首次见面是在 1981 年《批评探索》召集的题为"阐释的策略"的研讨会上，爱德华在那次会上宣读了他的著名论文《敌手、观众、选民、社群》（"Opponents, Audiences, Constituencies, and Community"）。从此以后，我们之间的对话就很少中断过，最多不过间隔一两个月。我们一起分享秘密与激情、一起体验惊奇开玩笑、一起说闲话发牢骚，还有哥伦比亚大学的黏土球场上那马拉松式的网球赛。

我们常常争论——争论文学理论、争论新的批评运动、争论后现代主义、争论解构和政治、争论编辑部的决定、争论品位问题。他惯常的策略是先将我驳得哑口无言，然后转回头来，对自己刚才的论点表示一些异议，然后再鼓动我开始一场更精彩的战斗，恰似一个拳击手故意让对手一两个回合。我感觉这是他的逆反式批评策略的一部分：质疑已接受的思想观点（包括他自己的观点），不是将批评性冲突当成一种“体制”或“立场”，而是一种对话式转型。我们都认同威廉·布莱克的那句格言：“逆耳忠言见真情”。

人们可以更加权威地对赛义德的学术成就作出评价，他在音乐、文学和艺术等领域内是一位学者，又是巴勒斯坦人的代言人。但我认为，没有人能够完全理解他的雄心抱负——他不但大量地阅读历史和政治学方面的书籍，还广泛涉猎欧洲文学、美洲文学和中东文学。据我看来，他在文化写作和政治写作两方面（尽管他声称过着“两种生活”，我却总认为是完整而不可分割的）的典型姿态是从可以预见的直路上**掉头转弯**，是场地的交换，是日程的打乱。于是，赛义德一旦通过多种著述全面建立起所谓的“后殖民”研究，他立马着手开始对其加以批判，对随之出现的自满状态和已经为人接受的思想进行质疑。他作为巴勒斯坦的代言人这一角色也经历了类似的转变和波折。他经常说他要帮助建起巴勒斯坦国，以便他能够扮演适当的批评家的角色，然后对其进行攻击。

在我看来，他对巴勒斯坦人民的最深邃的思索集中反映于他的《最后一片天之后》（万神殿丛书，1999 年版），这是一部他与杰出的瑞士摄影家简·摩尔（Jean Mohr）共同创作的论著。该书所冒的风险是双重的：一方面与一种视觉形式（赛义德经常坦言这种媒介使他“惶恐不安”）密切相关，一方面又与被压迫人民的内在的、私人的生活息息相连。在很多方面，这些受压迫者的生活与赛义德本人所喜欢的世界主义的、并且相当贵族化的生活是格格不入的。

结果该书成为对巴勒斯坦众生相、对四处谬传的关于他们的僵化形象（**他们自己**也是传播者）、对他们的幻想和固恋、对他们的美德及罪恶的一次层次丰富的绝妙反思。当然，这本书也激情澎湃地呼吁国际社会承认巴勒斯坦民族权力的正当性，抨击半个世纪以来他们所遭受的骇人听闻的领土占领和财产掠夺。但尤为重要的是，对于巴勒斯坦人而言，该书是一面镜子，是对他们的政治过失及他们的文化缺陷的批判性反思。

但首先，该书是赛义德对自己与他的人民之间模棱关系的一种自白，这绝不是通常意义上的“代言人”——一种强权的喉舌。但爱德华又确实是一个代言人，正如犹太先知们为以色列人代言、对以色列人发言那样：那是一种斥责、一种挑战的声音，有时在荒野丛林，有时在剧院音乐厅，有时在影视作品中，有时在诗集或配图纪实性作品的序言里，有时又在学术讲坛上，但总是面对强权，直陈不受欢迎的真理。

对我而言，这种在公共场合高扬的声音与那个像长辈一样的、老爱逗弄人的形象是无法分开的，他经常在著名的巴勒斯坦历史学家拉士德·卡拉第及其妻子马娜的餐桌上与亲朋好友开玩笑——无论他们是黑人白人，是犹太人还是阿拉伯人，是爱尔兰人还是英国人还是印度人。由于疾病的折磨，在过去的两年里，他通话的声音透露出他的痛楚，但无论多么痛楚，它都能够毫无阻碍地转变为人们在美国公共广播公司（PBS）和英国广播公司（BBC）上经常听到的那种声音——雄辩有力、智识逼人，显示出深厚的学术功力和情感，透露出一种恶作剧式的幽默感和激昂的义愤。无论是跟爱德华同行还是与他谈话都无甚区别：我们的谈话总是率直莽撞、急急火火，从来就无拘无束，经常被毫无防备地打断。我会突然发觉只有我自个儿在走路，一回头却看见他一脸的惊讶，或者他会一把拽住我，突然停下来说：“但是，老伙计，你不会真这么想吧！”或者“不可能！**真的**？我一直就怀疑是这样的！”无论是浅显的学术策略还是高深的全球化方略都逃不过他敏锐智性的挞伐与批判。没有任何盟友可以躲得过他的批评，无论他们的关系是多么密切；也没有任何敌手能够避免他最为擅长的口诛笔伐。

我们应该记住，赛义德是一个能言善辩之人，一个承袭乔纳森·斯威夫特传统的文学干将。日常生活中他那种恶作剧式的幽默和嘲弄在公诸于世的文字中转变成痛快淋漓的嘲讽和讥刺。他经常为《批评探索》发表批评他的文章而大动肝火（对杂志也对我），有一次他甚至遣责我们“批评性回应”栏目的某位对手是虚构的，是意识形态陈词滥调的欺诈的拼凑。他年轻时脾气糟糕，到了中年脾气也不好，他一直在学习如何成为一个出色的坏脾气，不断地斥责他未来的追随者和年轻的同仁们，说他们是时髦的奴仆，写文章用语芜杂，充斥着令人费解的行话。这当然引起了别人的愤恨与嫉妒。不断地有人谴责他在政治作品中缺乏“平衡”，没有像谴责以色列的国家恐怖主义那样经常而猛烈地谴责巴勒斯坦恐怖主义——就好像有什么名副其实的论辩曾经有过所谓的**平衡**一样，就好像存在着某种道德的算式，要求对强权暴力的任何谴责都需要用对弱势抵抗进行同等时间的谴责方可“平衡”一样。

爱德华每次在公共场合露面都会遭受多方面的侵扰：要么是死亡的人身威胁，他将这种威胁（与他的癌症）当作是烦人的干扰而置之一边；要么是提问者试图诱惑他发表反犹太言论，或者将他对以色列的批评描述成“反犹太主义”（这更加糟糕）。（这种谣言如今已被一场全国性的运动制度化了，该运动将所有以任何方式对以色列政策提出质疑的知识分子指控为种族主义；在这种意义上，我们都已经变成爱德华·赛义德了。）

无论是在公共场合还是在私底下，爱德华都一向毫不动摇地抵制仇恨的言辞和敌意的思想的诱惑。在他的谈话中，我们可以感受到无数的犹太对话者的存在，感受到巴勒斯坦与犹太之间文化与历史的密切关联，感受到他对为共同的悲剧命运所连结的各民族的感情，似乎巴勒斯坦人可以被看作是犹太人中的犹太人一样。尽管他不说希伯莱语，但他喜欢引用巴勒斯坦诗人穆罕默德·达维希（Mahmoud Darwish）的话，达维希说过他用希伯莱语——他小时候学过——求爱。

1998年在伯济德大学召开的一次著名的国际会议上，我们共同在西岸地区和以色列度过了一周的时间。这次大会的主题为“巴勒斯坦全景视角”，是我所参加过的最具深远影响力的学术会议（大会记录后来于1999年由伯济德大学出版社出版，题目为《巴勒斯坦全景：暧昧的诗篇》）。与会者来自全球各个角落，来自人文社会科学的各个学科。会上以色列和巴勒斯坦的知识分子共聚一堂，如今看来，这次会议就像是一场遥远的乌托邦般的时刻，充满着对中东地区和平的憧憬和希望。新的一代似乎摆开架式要接过阿拉法特和沙龙等老一辈战士的重担，准备进入一个和解与相互发现的新时代（现在看来似乎是无法想象的）。

爱德华、已故的易卜拉欣·阿布鲁戈和我一行三人驱车相对轻松地从拉玛拉来到耶路撒冷再到雅法，一起重访儿时旧地，寻觅“消失了的”巴勒斯坦村落，徜徉在耶路撒冷的正统犹太人居住区，畅游地中海。爱德华不愧是一个游泳健将，很快就将我们远远地甩在后面，最后只能看见他的头像一个小点，在波涛中时隐时现。如今，他已经游得太远了，我们已经不可能追上他了。但他的话语之潮汐将永远激荡在未来的批评界、政治界、文化界，将永远推动着人类思想向前迈进。

（作者单位：美国芝加哥大学）
生安锋　译
（译自《批评探索》[*Critical Inquiry*]第30卷[2004]冬季号）